目击高校档案

羊皮日记

1956-1976

不小人儿◎作品

重庆出版集团 重庆出版社

图书在版编目（CIP）数据

羊皮日记 1956～1976 / 不小人儿 著. - 重庆：重庆出版社，2011.3
ISBN 978-7-229-03748-2

Ⅰ.①羊… Ⅱ.①不… Ⅲ.①长篇小说—中国—当代
Ⅳ.①I247.5

中国版本图书馆 CIP 数据核字（2011）第 014568 号

羊皮日记 1956～1976

Yangpi Riji 1956～1976

不小人儿 著

出 版 人：罗小卫
策　　划：华章同人
特约策划：田　力　唐　婉
责任编辑：舒晓云
特约编辑：胡世勋
责任印制：杨　宁
营销编辑：田　果
封面设计：尚书堂

重庆出版集团
重庆出版社　出版
（重庆长江二路 205 号）

北京中印联印务有限公司　印刷
重庆出版集团图书发行公司　发行
邮购电话：010-85869375/76/77 转 810
E-mail：bjhztr@vip.163.com
全国新华书店经销

开本：787mm×1092mm　1/16　印张：17　字数：264千
2011年5月第1版　2011年5月第1次印刷
定价：28.00元

如有印装质量问题，请致电023-68706683

目 录

右一数，发现这一段的石块也正好是 335 块，不禁心中大喜，于是找准了中间的一块，举起手电筒，准备向墙壁敲去。就在手电筒将近墙壁时，拿手电筒的手突然被人一把抓住。我回头一看，是季慎，他神情严肃："不要莽撞！这个地方很复杂。"

楔子

说起北 X 大学，人人都知道；说起陈步云教授，却甚至是上世纪 60 年代的北 X 大学毕业生都很少有人知道。但是，有一点不容置疑，陈步云教授和他的三个研究生失踪在茫茫荒原中，是北 X 大学有史以来最大的疑案。

在写下面的话之前，我掂量了很长时间，因为很多事情本来就应该消失，不再为人所记起，这不仅是为了让死者安息，也是为了让生者安心。然而，我还是决定写下来，不是为了什么别的目的，只是为了实现我的一个理想——还历史以本来面目。

历史，其实不是我们想象的那样。陈步云教授恰恰是一个想告诉人们历史真相的人，所以关于他的一切记忆就被故意抹去了，消失得仿佛这个人从来没在世界上出现过一样。我之所以知道世界上曾经有过陈步云教授这个人，是因为我无意中发现了他的一本日记。

但是，我可以肯定，那些故意抹去人们记忆的人并没有什么恶意，他们只是为了掩藏一段历史，可他们并不知道，这本日记的背后，连接着一个巨大秘密。

20 年前，我曾在北 X 大学当过 3 年的档案管理员。多年的积累，使北 X 大学的档案资料汗牛充栋，我的工作，就是天天翻这些陈旧发黄、带着腐味的档案资料。在普通人看来，这些档案似乎毫无稀奇之处，但在我眼中，这些档案却个个都是宝贝。如果说，历史是不可追溯的，那么我所遇到的那些资料就是历史的结晶，而档案馆这个地方就是历史的储存所。

那些在物欲中挣扎，在灯红酒绿中缠绵的人们，很难理解当档案管理员的幸福。当我翻开一本几乎要化为碎片的旧纸，突然发现落款是三个清晰的毛笔字——"蔡子民"（蔡元培字子民）时，我的心会颤抖，会狂喜。

其实，即使是这些书写者，也会忘记自己写过什么。但是他确确实实在这么一张纸上写过东西，并且和一些不为人知的秘密相联系。

"昨图书馆某人来访，阔论一番，其人识见不凡，然学问不足，难以成材。""昨日玄同来，告予以赵家楼之事，并言学生偏激，政府无能，涉语多愤，乃知其为性情中人也，不可徒以新派人物视之。"……纸片上，虽然只有寥寥数语，却让我看到那些名人对历史事件和人物的看法。

"别人笑我太疯癫，我笑他人看不穿。"虽然收入微薄，加上当时物价飞涨，我对这份工作却是乐在其中，每日从鸡鸣到日暮，在这些故纸堆里疯翻不止。

说起二十多年前的北 X 大学档案馆，现在知道的人不多了；但是如果说起现在的北 X 大学研究生院，估计很多北 X 大学毕业生或者考过北 X 大学研究生的人都知道。

当时的档案馆，就设在这座古色古香、飞檐斗拱的大红楼里，具体位置想必大家也知道，就在未名湖北，和珅石舫附近。不过我还要交代一下，在 1993 年之前，这里还不叫北 X 大学档案馆，名字叫北 X 大学综合档案室。

在档案馆里工作，一点也不轻松。我通常早上 6 点多起床，傍晚闭馆后，还要在馆里再待一段时间，去整理几个房间里乱放的旧纸堆。因为在"文革"期间，大批的档案被造反派抄去或者被外单位借去，十多年来，一直在陆续返还中。

等我回到宿舍时，常常已经是晚上 8 点多。如果我发现了有价值的资料，熬个通宵去整理也是常有的事。

当时整理档案有个规矩：先粗选，把一些涉及名人的材料整理出来；然后再细选，把一些还算完整的材料挑出来，编好号；第三道程序是将原本一本本，后来因为种种原因而散佚的资料归整为一册，这个程序就很麻烦了；最后一道程序最麻烦，是将那些已经破损的碎纸张拼起来，然后再归整。

据说，北 X 大学的这种做法后来被推广到全国。现在几乎所有的档案馆都在按照我们创造的这套流程做。当时我在北 X 大学档案馆，做的就是第三道程序，主要负责整理 1148 室的资料。这个室现在还在，如果你有空到了北 X 大学，不妨去看一看。只要进了现在的北 X 大学研究生院，沿着走廊向西，折个弯，再走到底，就是这个房间。

这个房间的背后，是一些隆起的土丘，土丘上长着一些古树。大树遮天蔽日，再加上房间是最北边的，终日不见阳光，所以一直是阴森森的；而且除了树叶的沙沙声，几乎听不到任何声音。

里面的纸却堆了不少，大约占了三分之一个房间。资料整理起来也很麻烦，因为有的是两三页连在一起，其余的却散开了，有的则干脆一页页散落在纸堆里。要整理好这么一大堆资料，确实难度很大。

可是，千万别小看这堆发黄的纸，里面的宝贝可不少：蔡元培未寄出的家信，在里面；胡适文章的草稿，也在里面。虽然纸堆里的名人手迹很多，却也有相同之处，那就是以文字为主，有图案的极少，这似乎和当时的风气有关。所以，就不难想象，当我见到陈步云教授的日记时，心里涌出的那份既诧异又惊喜的感觉。

第一章　前往西部

那是 1990 年初冬的一天晚上，时间大约是 7 点多。我刚刚整理完傅斯年在北 X 大学当校长时签的一些公文。我现在还记得很清楚，我找到的最后一份公文是傅斯年开除周作人的通知，理由是，周作人在抗战中当过伪北 X 大学教授兼文学院院长，所以"汉贼不两立"。

那是 1990 年初冬的一天晚上，时间大约是 7 点多。我刚刚整理完傅斯年在北 X 大学当校长时签的一些公文。我现在还记得很清楚，我找到的最后一份公文是傅斯年开除周作人的通知，理由是，周作人在抗战中当过伪北 X 大学教授兼文学院院长，所以"汉贼不两立"。

看到这份措辞强烈的通知，我脸上露出了微笑，因为这正好说明了一桩陈年旧事：抗战胜利后，傅斯年被推荐为北 X 大学校长，傅斯年却把这桩好事让给了胡适；没想到傅斯年保举胡适后，却又到处找人，表示要到北 X 大学当一段时间的代理校长。但这并不是傅斯年反悔了，而是他担心胡适爱做老好人，对那些当过汉奸的教授下不了狠手，所以要在胡适到来之前，先帮他"清理门户"。

周作人是鲁迅的弟弟，兄弟两个，一个为北 X 大学设计了校徽，至今仍在用；一个却因为当了汉奸，不但被北 X 大学开除教职，还被民国政府公开审判。兄弟俩走的路，真是大相径庭。

带着这种白云苍狗的感叹，我揉揉酸痛的腰，闭闭有些迷离的眼，然后继续在暗淡的日光灯下整理资料。

我突然发现，在纸堆中，有一张纸与众不同。整张纸上，是围成圆形、环环相扣的八个圆圈，中间则是一个更大的圆圈，里面是环环相套的圆圈，我数了一下，总共有五个。这张纸是用黑色钢笔画的。

这张纸上，字数寥寥无几。在八个圆圈上，标注着八个毛笔大字："乾、坤、坎、离、震、艮、巽、兑。"而那五个圆圈上则拉出五条线，第一条标着"金刚墙壹"，其后则依次是"贰"、"叁"、"肆"、"伍"。除此之外，再也没有其他的字，甚至连个签名都没有。

看到这张纸，我皱起了眉头。

要知道，在北 X 大学整个的校史中，讲这类阴阳五行的教授几乎没有。北 X 大学的前身是京师大学堂，确实设立过经学科，不过讲的却是《毛诗》、《周礼》、《左传》等，现在很流行的《易经》、八卦等东西根本不受重视，当然这也和孔子提倡的"不语怪力乱神"有关；在严复担任北 X 大学校长后，连经学也不像以前那么吃香了，他将经科并入了文科，提倡东西方哲学、中外历史、地理、文学"兼收并蓄"。到 1915 年之后，新文化运动兴起，"德先生"和"赛先生"的口号响彻全国，更不可能再出现八卦和"金刚墙"之类的东西了。

从这张纸用的笔来看，也颇有可疑之处。钢笔在北 X 大学教授和学生中流行，是在抗战胜利之后，最早在 1927 年北伐战争前后被使用。这时在北 X 大学，根本没有图上所画的东西的立足之地。

对着灯光反复验看，我又发现了一个疑点，相比于常见的民国信函用纸，这张纸明显比较厚，但是很平整，应该属于国外进口机器制作的纸。另外，边缘大部分发黄，最边缘处已经成为褐色，已经破损了，可以认为这应该是民国时期的纸。

在当时，国外进口纸因为质量比较好，价格也很贵，要三块大洋才能买上一令，不是特别重要的文件，当时基本上不会有人用这种纸。

从这种种迹象看，我觉得这张纸不大可能来自北 X 大学。难道在归还档案时，中间夹了其他的资料？我暗自想。

这种情况并不是没有可能，我就曾经在这堆纸中发现混入的一张纸，先看到的是一个大印，上面的字是"华北剿匪总司令部"。仔细一辨，发现是一张调兵命令，内容是在平津战役期间，傅作义命令他的王牌军第 35 军军长郭景云火速增援张家口。

后来，我们把这份文件移交给了在南京的中国第二历史档案馆，档案馆的一位研究员激动地给我们打来了电话，连声说"得到了珍贵的一手史料，解决了大问题"。

现在回想起来，当时如果我把这张纸简单地丢在一旁，那我就会和这个秘密无缘。我的职业心却没有让我这么干，因为我知道，在这堆纸里的每一张纸，都可能是珍贵的。

在北 X 大学，我只是个小人物，和那些名声远播的大教授们无法相比，可我也有自己的追求，毕竟在这个世界上，不是所有的人都能够接触到那么多名人的手迹，发现那么多不为人知的陈年旧事。我后来才发现，就凭我在北 X 大学档案馆的这段经历，我已能比现在很多名人还要出名。

纸堆在一天天减少，和这张图笔迹相同的纸越来越多，我也已看出，这是一本日记。纸上不断出现的"北 X 大学"字样使我意识到，这张图和北 X 大学确实有很大关系。

可是，这本日记的作者是谁呢？在我收集的日记中，不断看到的只是"昨天聚餐，人较多，数杯小酌，有欣欣然之感"、"今天上书，领导告知高层很重视，心甚慰"之类的话，作者从来没有写到自己的姓名。也许，对人而言，最容易被忘记的可能恰恰是他自己！

1990年12月31日，随着一张纸的出现，我终于知道了作者的名字。

我之所以记得这个日子，是因为前一天正好下了大雪，雪压垮了树枝，结果砸破了1148室的玻璃。第二天我发现时，纸堆上已经蒙了薄薄一层雪。

这些旧纸很多用的是手工竹纸，写的是毛笔字，雪压在上面，万一化开，那有多少珍贵的资料会毁于一旦。我赶紧处理起来，在把雪花抖开时，我发现了一张薄羊皮，上面写的是"步云杂记"。

这个笔迹很是熟悉，我打开档案袋，一对比，发现这张薄羊皮竟然是这本日记的封面。

"步云"是谁呢？虽然经过这段时间的工作，我对北X大学的种种掌故已经极其熟悉，可是我从来没听说有什么人名叫"步云"的。这时，我想到了一个人：老秦。

在北X大学，老秦可能算对北X大学最熟悉的人了。他出生于1925年，父亲就是北X大学的校工，所以从小在北X大学长大，我只不过在纸堆里看到那些名人手迹，他却看到过他们本人。

"傅斯年先生是个胖子，很怕热，可是又很贪吃，可是当时北X大学没有冷气，有一次，傅先生为了吃好晚饭，居然先把自己淋透了，然后才坐在桌旁大吃。

"胡适先生对敌人也是很好的，鲁迅当年把胡适先生骂个臭死，抗战后，在审判周作人时，胡适还用北X大学的名义，向法庭出具了一份证明，说日伪期间北X大学校产未遭破坏，图书设备还有增加。当时，在报纸上又被骂了个臭死。"……

各种名人逸事只要和北X大学有关，老秦张口就来。

看到我时，老秦本来还笑嘻嘻的，可是一看到那张薄羊皮封面，老秦的脸色却变得很古怪。他摘下老花眼镜，拿起个放大镜，把羊皮封面看了又看，然后戴上眼镜，再把它拉下，炯炯的目光掠过老花镜，死盯着我："这些东西你从哪里弄来的？"

"1148室的纸堆里。"

"那毁了它吧！"

"毁了它？这、这怎么行呢？"我大吃一惊。

我估计，这些纸要是放到现在，如果拿出来拍卖的话，每张纸起码可以拍到几万元。虽然当时我还没有这种概念，却也知道这些东西都是价值不菲的文物。

老秦这个人，当然也知道这个理，为什么会突然冒出来这么一句话呢？

下面是老秦对我讲的话：

"我今年67岁了，反正退休了，有些话说也就说了，没人会把我怎么样。你做事情有干劲，为人也正派，有些话我也就对你说说，别人我还不一定愿意说。人这个东西啊，在我看来，就一个字：贱！为什么我这么说？因为人从来都不知好歹，就拿周作人来说吧，当时国难临头，日本人打进来了，杀了多少中国人啊。可是他却投靠了日本人，当了什么北平市文化委员会主任，这不是汉奸是什么？所以，我是打心眼里佩服傅斯年先生，为什么？人家爱憎分明啊！

"可话又说回来，毕竟傅斯年先生只有一个。北X大学的大多数教授还是那种很贱的人，日本人打进来了，北X大学师生南迁、西迁，变成西南联合大学，不要说老百姓吃苦，他们吃了多少苦啊。细论起来，也有周作人造的一份孽。可是抗战胜利之后，你知道怎么着？大多数教授却发起善心来了，觉得还是不要处罚周作人好。这不是贱吗？说了这么多，你会觉得这和这本日记有什么关系？有关系，关系大了。所以我说你年轻，还不懂这个世界。

"这个世界是什么？它最差劲。你不知道这本日记是谁写的吧？我告诉你，写这本日记的姓陈名步云，也是北X大学的教授。说起这位陈教授，也真是古怪，他从不和人打交道，从来不害人，只知道自己一天到晚琢磨学问，连门亲都没顾得上娶。可以这么说，这位陈先生，是世上难得的好人，该有好报了吧？才不呢！有些人，对做了汉奸的周作人发善心，可就是不对这位一直做好人的陈教授发善心，排挤他呀，冷嘲热讽呀，什么我都见过。所以我说人这个东西，他就是贱，欺软怕硬！在这个世界里，你要是横着走，人家都避着你，你要是规规矩矩地走，人家都在挤你；别看有些人学问大过东海，可也是这副小心眼，一点不比普通人强！

"就拿胡适先生来说吧，他抗战胜利后，要不是傅斯年先生先来一步，他还不是好坏不分吗？他要是当了国家主席，也就一昏君，这我也算看明白了。他自己说是爱惜人才，可再是人才，他要是犯了国法，也要受惩处不是？这完全是两码事嘛！所以我说他是昏君。扯远了，我再说说陈教授吧！后来，陈教授没办法啦，那时候也快"文革"了。他自己提出来说，我要和工农兵结合，我要好好改造自己，人家都到这份儿上了，这些教授们还不依不饶地把他弄到大西北去了。

"讲了这么多，为什么我叫你把日记毁了？这是为了保护你自己。我老秦活了这么多年了，还看不清楚人是什么样的吗？名人对坏人偶尔严厉一下，他的一帮徒子徒孙说祖师爷是"疾恶如仇"，要是对坏人宽厚，又说他是"胸襟广阔"。反正人嘴两张皮，说好说坏全由他！人家不是说"名师出高徒"吗？有些人，不能证明自己是高徒，就来证明自己跟过名师！说穿了，还不是为自己！可是这东西谁也不敢揭穿它呀，你要说穿了，他们就想方设法把你往死里整。

"为什么现在没人提陈教授？因为他没徒弟，没人替他讲话啊。人为什么要有后代？就是要有个人在你死后替你讲讲话，收徒弟的道理是一样。这徒弟最好是鲁智深，人家一讲师傅的坏话，他就跳出来，死瞪着大眼看着他：'你他妈的再敢讲这话，老子活劈了你！'本来还好，人家都忘记了陈教授，现在你这日记一出，不把有些人的事给抖出来了吗？不证明他们其实不是名师了吗？不也就连带着证明这些人不是高徒了吗？不知道多少人要恨你，要整你呢！你还年轻，要明白人的心理，有些事知道就行了，犯不着太认真。何苦呢？"

听完了老秦的话，我头顶好像被浇了一盆凉水，从头一直凉到脚。这么长时间，我废寝忘食，整理的大部分就是这些人的资料。

现在我才知道，所谓名人、名教授，其实就是一些学术水平比较高的常人，可是偏偏有一群人为了自己的利益，硬要把他们塑造成完人，变成不食人间烟火的神。正是这种有色的眼镜，使我看每件档案，都觉得它是神圣的，当然它让我工作积极性大增，可是却无助于了解事实的真相。

看着老秦讲完之后一脸满足的样子，我知道，这番话在他脑子里不知道憋了多长时间。现在，他之所以满足，是因为这些话就像一大堆垃圾，他说出这些话，就有一种倒完垃圾、通体舒坦的感觉。虽然他确确实实是好意，不过我还有一种莫名其妙充当了垃圾筒的感觉，说不清地难受。

我该为自己考虑一下了，我暗自想。但是，这个陈步云教授究竟是什么人？为什么老秦一直给他以高评价？这倒是我所不能理解的了。

1992 年 8 月，北京的天气还是和往年一样，依旧比较热。8 月 1 日下午，我来到了李成先教授家。

1991 年时，我考上了北 X 大学历史系的博士研究生，李成先教授是我的导师。在北 X 大学，李教授属于那种为数不少却名气不大的教授。其实，我原本可以师从那些更有名气的教授，不过我左思右想之后，却决定考李教授的博士。

这中间，不能不说老秦对我讲的一番话起了作用。我回去之后，对老秦的话反复琢磨了好长时间，终于明白了很长时间困扰我的一些难题。

现在很多人考博士，自然要选择那些名家，这其中有两个原因：同门人多势众，众人捡柴火焰高，有些人博士毕业后，甚至一年破格成副教授，再过几年成教授，无论做学问还是当官，前途一片光明；导师头面广、路子熟，各种经费源源不断，在上博士时，也可以导师吃肉，自己啃骨头，日子过得不错。

这道理我很明白，我也不是不喜欢钱和前途的人，但是我不敢投入名门。因为当了名门的弟子，也有坏处。

比如说，本门的一些清规戒律你不能突破。要知道，所谓的名门，往往会有一个开山鼻祖，这个鼻祖自然是著作等身，他老人家书写多了，涉及本门的各种观点自然也多。虽然说"吾爱吾师，但吾更爱真理"，可是实际操作中，并不是这么一回事。谁也不敢在学术上和老祖师爷叫板，也不敢和为数众多的师叔、师伯们叫板，这样一来，当博士期间就要熟读本门的各种著作，三年时间，弹指一挥间，除了熟悉了本门戒律，来得及学的东西实在有限。

第二，既然是名师，想入门的自然踏破门槛，那些最善于做学问的人往往会落选，一些善于察言观色、讨人喜欢的人往往会被选上。原因也很简单，导师也是人，只要是人，总是喜欢那些能讨自己欢心的人，偏偏那些只能做学问的人，这方面才能往往是不具备的。而且，在以后的读书过程中，为了争夺师门的资源，明争暗斗也是免不了的，师兄弟之间相互倾轧，也是常事。

学术界，其实也是江湖。人的精力总是有限的，我觉得自己是个"和天斗，其乐无穷"的人，却不是个"和人斗，其乐无穷"的人，于是就绝了考名门的念头。

这时候，李成先教授正好在招博士生，他是搞中国古代墓葬研究的，这个领域在历史学中是偏门。于是我就找上门去，说准备考他的博士生。听了我的表示，李教授哈哈大笑，只是说了一句："要耐得住寂寞哦！"

确实，在当时，经济经过两年多的困难后突然发力，带动全社会都注目于经济，原先颇受政界重视、各种资源也颇多的历史学突然变得一蹶不振，科研项目大大减少。至于考古，更是几乎淹没在经济大潮中，为了经济发展，毁坏古代墓葬的事情不时发生。

那时候，虽说什么地方挖到一个古墓，鉴定年代和墓主身份的时候会请李成先教授去一下，不过几乎得不到什么科研经费，所以愿意报考的硕士生、博士生也不多，甚至还出现了一些在校研究生熬不过寂寞，竟然放弃学业，到南方经商的事。

当时我的回答是："我肯定会熬得住寂寞的，因为我喜欢这行业。"李成先教授将信将疑，点点头。我在历史学上的知识还算深厚，英语也不错，不久我就考上了他的博士生。

考上博士之后，我觉得自己十分幸运。原来李教授自知门派单薄，对我的要求并不高，只希望在校是师徒，毕业后是朋友。除了叫我不要去涉足那些名门大派的固有领地外，别的也就本着"师父领进门，修行看个人"的态度，对我听之任之，任由我自行研究。

不过，他在鉴定墓葬的时候，也会带我去看，一起研究一番，经费自然从他口袋里出，虽然减少了收入，但是他确实是尽了一位导师应该承担的责任。幸好在1991到1992年间，我国的考古发现并不少，比如甘肃敦煌汉悬泉置遗址、河南永城芒砀山汉梁孝王王后墓、河南三门峡上村岭西周虢仲墓，等等，我都随着李教授去过，随同鉴定，在这期间我学到了很多知识。

这时，我还在北X大学档案馆里兼着管理员的职务。不过，工作轻松了好多，各地返还的资料越来越少，资料也基本归整完毕，我的工作也就剩下了日常管理，清闲得很。但是，表面的平静之下，我内心始终藏着一股说不清的激情。

1991 年 4 月份，我找到了陈步云教授的最后一张日记，一本完整的日记被整理齐了。这本日记，我越整理越是心惊：这根本不是日记，而是一本历史学的大百科全书。

要知道，在中国历史学中，有很多事情没有得到解决，最典型的例子，就是很多城市的名字我们现在根本不知道什么意思，在历史学界中，也几乎没有人愿意花工夫去研究："邯郸"、"诸暨"、"无锡"、"淄博"、"莱芜"……陈教授在一页日记里却怀疑，远古的中国大地，是个种族斗争的大战场，无数的民族在这里被消灭，被融合，这些地名只是这些斗争的残留物而已。

一页一页，几乎都是这种和现今历史界主流观点完全不同的见解，我看得心惊肉跳，却又不得不承认主流历史观点确实存在不少问题。

不过，我没有按老秦教我的去做，而是乘着交档案的高峰期，把日记上缴了，但是没留下任何能让人查出来这是我整理的信息。不过，我很担心这本日记会被人偷偷毁掉，每整理出一页，就悄悄地把日记抄了下来，总共800 多页，时间跨度 10 年。

到这里，我对这本日记的整理总算结束，不过我没有收集全，收集到的只是从 1956 年到 1966 年初这一段，令人奇怪的是，这个日记到 1966 年 12 月 11 日，却毫无征兆地戛然而止。之前一天的日记是："虽然参加劳动，但乡民均极友善，不忍付以重活儿，心情尚好，时至今日，方知世外桃源之真意。"

虽然确定陈教授的日记是一本非常严肃的学术杂记，可是我却始终弄不明白一个问题：我发现的那页图究竟是什么意思。在日记里，陈教授对这张图没有作出任何说明，甚至没有标注一下这图究竟是军事作战的布阵图、墓葬图，还是什么别的图，这让我颇感头痛。

当然，我可以找他的一些论文来寻找蛛丝马迹。可是在北 X 大学积攒的教授历年发表的文库中，陈教授的论文我竟然一篇都没发现，陈教授似乎根本不喜欢写论文。寻来找去，我只是发现在他的日记中，反复提到了一个地名：临夏。此后，大约两个月的日记却又残缺不全，除了知道他参加劳动之外，几乎没有任何线索。

于是，我觉得自己应该到甘肃去实地看一下。所以，那天去李成先教授家中，是为了向他暂时告别，想进行人生第一次旅行考察，以解决自己在学术研究中的一些未解之谜。此外，我也想到临夏去看看，想找到当年这个流落在西北一个小地方的前北 X 大学教授，当面向他请教，以求有所裨益。

李教授的家在一幢筒子楼里，作为一名教授，虽然他早就名声在外，但因为当时住宅很是紧张，所以他的家也就是连在一起的三间房子而已：一间书房兼会客厅，一间卧室，一间则是儿子的房间。

走进屋去，李教授正坐在书桌前，手持一面放大镜，仔细地看着一张文物的照片。听到我进门的声音，他抬起头来："啊，你来了。"然后又低头去鉴别这件文物上刻的字。

"李教授，我准备到甘肃去一趟。"我说道。

"唔。"他没做声，还是看着那张照片。过了好几秒钟，他突然抬起头来，惊讶地看着我："你要去甘肃？为什么？"

"我在学习的时候，发现了一个怪现象：在先秦两汉时期，王公贵族们特别喜欢在自己的墓上堆成丘，但是从三国开始，墓就变得十分隐蔽，到了唐末，几乎定型，这究竟是为什么呢？"我说道。

"唔，这个问题确实存在。最近一段时间，我还准备就这个课题研究一下，"李成先教授放下手中的放大镜说道，"如果你对这有兴趣，可以把它当做毕业论文题目。"

我继续说道："现在的学术界认为，这主要是因为三国时，曹操本人就是个盗墓大家，他曾经设立了中国盗墓史上第一个也是唯一一个军方盗墓机构，总指挥叫'发丘中郎将'，项目组负责人叫'摸金校尉'；为了怕人家也盗他的墓，所以他就把自己的墓弄得很神秘，此后渐渐形成风气。我却认为，这种说法不一定正确，中间涉及的问题很多，甚至有可能有外来因素的影响。当时的中国，海上丝绸之路还没有完全兴起，和外部联系的必经之路，应该在甘肃一带。如果真的有外部影响，那应该由甘肃向全国推广。"

"有道理，我个人觉得，你确实应该到甘肃去一趟。"李成先教授说道。

"另外，我还有个私人的想法。"于是，我把发现陈步云教授日记的事情说了一遍。说到"陈步云"这个名字时，我发现李成先教授的身体突然一颤，脸色突然变了。

过了好长一段时间，他才结结巴巴地说道："你发现了他的日记？日记在哪里？能不能让我看看？"

长久以来，我一直想知道陈步云究竟是个什么人，听李成先教授的口气，他似乎认识陈步云，这倒确实是个线索，于是我赶紧问道："您认识陈步云教授？"

"哦……这个……这个，我曾经见过他一面。"李成先教授说道。显然，他似乎想隐瞒什么，这和他平时的为人很不相符，倒让我大为吃惊。

既然他这么掩饰，我倒不好多问了。剩下的，无非是李教授对我的谆谆叮嘱：注意人身安全；如果有什么困难，及时和他联系；如果有什么新的发现，可以和当地文物部门联系，只要说是他的博士生就可以了，那边很多人对他很熟悉。

"希望你到甘肃的这段时间，能够有收获。当然你还要考虑一下，用三国到唐墓葬形式的变化作博士论文选题，究竟合适不合适，考古发掘的证据支持不支持，免得万一做不下去临时换题影响论文答辩和毕业。"最后他说道。

现在，人们如果说到甘肃，就会想到"童山秃岭"、"黄土高原"、"祖国的西北角"……似乎这是个边陲地区，远离文明中心。其实这并不确切，甘肃这地方，在古代其实并不是文明的边缘，而恰恰是文明起源地和中心之一。《汉书》就曾经记载过，凉州这地方的土地在全国是最好的，属于"上上"，也就是产量最高的地区，而且还说到凉州的畜产、粮食产量均很高，人民生活也很富裕。只是到了后来，因为气候变化，这块土地才变得又干又贫瘠，所以才给人以经济落后的感觉。

怀着这种对古代甘肃文化的憧憬之情，8月2日，我踏上了去甘肃的行程。应该来说，在甘肃的这段日子，我过得很充实。

我去过的地方很多：镇原县姜家湾、寺沟口、黑土梁，庆阳的巨家塬，环县楼房子和刘家岔等处文化遗址，觉得深受启发。每次，当我面对一件件历史上人们留下的灿烂文化遗迹时，不由得发出啧啧之声，内心不由得为我们这个民族的灿烂文化而自豪。

在甘肃旅行的日子里，我感到很愉快，匆匆忙忙地从一个点赶到另一个点，从这中间，我也学到了很多在资料或论文上根本学不到的东西。当然，我还没忘记一件事，那就是去临夏，寻找那个流落在异乡的北 X 大学前辈——陈步云，在旅行计划中，我把它列为最后一件事，找到他之后，我就准备打道回北京了。

我想不到的是，一个突然事件改变了我的整个计划。

那是在甘肃临夏一个小镇的旅店里，当时我在临夏县城东张西望地四处寻找，却始终找不到陈步云教授的线索，听说附近有个古战场，我便来到了这个小镇上凭吊，并且在旅馆住下。

"你也是来找宝藏的吧！"半夜里，"哗"一盆水泼在我脸上。

直到被水浇醒，我才发现，浑身上下已被麻绳捆了好几十道。旅店老板死死地盯着我，眼睛一眨不眨；旁边两个服务员，一个手拿雪亮的砍刀，另一个肩上扛着一柄斧头。床头柜上，旅行包已经被翻了个底朝天。

宝藏？这个词让我迷惑不解。我突然想到了一件陈年旧事：我生于苏南乡下的一个书香世家，从小起，就看到爷爷每天都在看线装书，他往往一坐就是一整天。10岁那年，爷爷去世，在咽气时，他拼命指着席子底下。等把尸体抬走，小姑姑翻开席子一看，垫被下是一张画了好几个圈圈的中国地图，上面几个毛笔写的大楷体字：历代藏宝地，边上还有几行小字：前世重宝，价值连城，不可轻往，戒之戒之。

当时大家觉得爷爷去世之前糊涂了，没把这图当回事，不过也没扔掉，把它和一些杂物放在阁楼上了。我13岁那年上初一时，要学中国地理，因为家里没大幅的中国地图，曾偷偷到阁楼去翻了几次。

我所住的旅馆，正好位于其中一个圈圈里：甘肃省临夏回族自治州的一个乡下小镇！想到这里，我浑身冒汗。"我来旅游的，不知道什么宝藏！"这种时候，我必须十分小心，因为一旦说到古战场，那很容易被人误以为是来找宝的。

"这里没什么景点，有什么好旅游的？你从大老远跑过来，还不是冲这上百亿美元的宝藏？"老板的手指，几乎要戳进我左眼，"你是江苏吴江人，你爷爷叫李瓒宜，是不是？"

"是。"我爷爷确实叫这个名字，我也确实是江苏吴江人。当时，我太紧张了，甚至没顾得上想一下，在离家好几千公里的甘肃小镇，为什么会有一个旅店老板知道我爷爷叫什么名字、是什么地方人？

哈哈哈，老板得意地大笑起来："那你还不是来找宝藏的？"

"快说，宝藏在哪里？"他沉下脸。冰凉的砍刀架在我脖子上；斧子也只离我额头三厘米。

"我不知道，我真是来旅游的！"

老板摇摇头，脸上竖满了横肉："看来，不介绍几个比你先到的人，你是不会说的了。"拿砍刀的服务员立刻跑出房间，抱了三盆鲜花回来。

"他叫杨卫东，两年之前到这里，盆子里的土，有一部分是他的骨粉。"盆子里栽的是一株很珍贵的绿菊花，已经起了好几个花骨朵。"杨卫东和你一样，也不肯说，所以我把他留下了。"

"另外两盆，一个叫方军，一个叫刘小兵。我这里还有一个空盆，不知道以后里面装的，会不会是你？"老板冷冷地说。这时，我浑身大汗淋漓，脑子却转得飞快：不说知道，看来很可能变成花泥；说知道，可我确实一点都不知道，说不定会更惨。

看我长时间不说话，老板却误会了我。他脸上渐渐露出了笑容，声音也变柔和了不少："我也不是不讲道理，不过，我不喜欢别人时间拖太长，这样吧，给你十分钟时间，你考虑清楚了！"说最后一句话时，他收起了笑容，脸上再次竖起了横肉。

砍刀和斧头依然对准我，老板却坐在床边的椅子上，当然他眼睛还是一眨不眨地盯着我。

我的心情依然紧张万分，汗水，不断地涌出。可是原来的死结却始终没有解开：老板认定我知道宝藏的秘密，说什么他也不会相信。

"看来，今天是难逃一死了。"我大脑里一片空白。这时候，我突然想到了我的学业，再过两个学年，我就能拿到北 X 大学的历史学博士学位；我的女朋友陈紫青还答应我，等我拿到了学位，找到一个大学教书后，她就和我结婚。

如果我不是看到陈步云的那本日记，如果我不是突然对古代墓葬制度的变化起了兴趣，跑到甘肃这荒郊野地里来，就根本不会遇到这种毫无来由的事。如果我突然失踪了，李成先教授会不会有什么责任呢？毕竟他是知道并赞同我这次旅行的。

我心里有着说不出的悔恨，再怎么悔恨，也要面对现实！我横下心，仰起头，大声说道："要说什么你们才相信？我根本不知道什么宝藏！"

"你不知道?"老板腾地从椅子上跳了起来,愤怒地在房间里快步走了几圈,双手撑在床沿上,脸几乎贴着我眼睛,"那你来这里干吗?"

"我来这里,是想知道,1100多年前吐蕃王朝崩溃时,赞普的亲戚论恐热的后方已经出现了张议潮义军,他为什么不先巩固后方,却玩命地攻打驻守临夏的大相尚婢婢,最后兵败身死?"

"终于说实话了,都说到这里了,还敢说不知道宝藏?"老板的眼神变得冰冷,"别以为没有你,我就没法找到宝藏。"我大吃一惊:公元844年到851年,7年多时间,论恐热一直在疯狂进攻尚婢婢,尚婢婢始终坚守不退,难道和什么宝藏有关系?

"你不说,没关系。这么多人都到临夏来了,就证明宝藏确实在这里。只要再找找,我肯定能找到,"老板掏出了三张纸,朝我晃了晃,"那老不死的把方位图分给你爷爷,把宝穴结构图分给他们三家,想让我找不到。结果,聪明反被聪明误,我在这里守株待兔,宝穴结构图不是自己送上门来了吗?"

这时,我脑子一片空白,眼睛直盯着房间里那个空着的花盆。砍刀拟了拟,对准我的脖子,然后高高地举了起来。

我闭上眼睛,等着刀砍下。

"砰"!电灯突然爆开,房间内,一片漆黑。几条人影闪了进来,几乎在同时,老板和两个服务员都发出一声闷哼。然后,我听到了人倒地的声音。我刚张口想叫,一块有刺激气味的布捂住了我的口鼻,一只强健有力的手臂使我根本无法动弹。很快,我就失去了知觉。

黑夜,茫茫的黑夜……不知道过了多长时间,我慢慢张开眼,发现已是正午了,刺眼的阳光照着我。

我动了一下,发现不知什么时候身上的绳索已解开,房间里没有尸体,旅行包和我睡觉前一样,甚至摆的位置都和原来一样!看上去,竟然似乎什么都没发生!

我抄起旅行包,夺门而出。这家旅店是典型的四合院,要出去,先要穿过院子。近八米长的院子,我只用了一秒钟就穿过了。进了和大门相连的房间,我的血一下子凝固了:旅店老板坐在柜台里,戴着老花镜,正认真地翻着账本,还有一个服务员在扫地!

逃，赶紧逃！我从来没跑得这么快过，街道两边的房子嗖嗖地向后飘。背后，传来好几个人的吼声。

我扭头一看：旅店老板和那个服务员也从店里冲出来，拼命地追着我。我跑得更快了。

突然，对面冲来一个人，把我拦腰抱着。我定睛一看：天啊，原来是那个不在店里的服务员！他气喘吁吁，冲我怒吼："你疯啦！"

就这么一瞬间，旅店老板冲到我面前，他和服务员把我团团围住，老板狞笑着伸出一只手。"拿来！"老板说。

"没有！"死就死吧！我早就横下心来了。"没有？"老板沉吟了一下，问旁边的服务员，"小李，身上有几块钱？"

李使劲掏了一下，摸出了三张一块钱。"够了。"老板抽出两张，往我手里一塞，掉头就走。"呸！"那个抱我的服务员把我放了，朝地上吐了口唾沫。我还听到，刚走了几步他们就骂开了："神经病！"

我站在这偏远小镇的街上，目瞪口呆。这个小镇实在是太小了，如果按照沿海的标准来看，甚至连个村子都不如。刚才街上这么闹腾，竟然连个看热闹的人都没有。

尽管将近正午，秋季的黄土高原还是凉了起来。一阵秋风吹来，我不由得打了个寒噤。这时我才发现，刚才急着逃出旅店，连放在床沿的外衣也没穿，身上只有一件秋衣和一条秋裤。

幸好，我旅行包里还有两身换洗衣服，我也顾不上害羞，立即翻开包，当街把外衣穿上。可惜的是，皮带还留在旅店里，裤子有点大，可是我说什么也不敢再回旅店，只好用手提着。

这次到甘肃，我的计划本来是考察一些古战场，为以后的研究增加实地材料。可是在这家小旅店里发生的一切，使我决定：赶紧回北京，越快越好！

1992年时，西北地区的交通还很不发达，要回北京，先要到兰州，从兰州再乘火车。我当然是巴不得马上就走，可是要到下午两点多，才会有一辆从陕西过来的长途班车，这也就意味着，我还要在这个小镇呆近三个小时。

突然，旅店老板又出现了！这次，他是一个人，手里还捧着我的衣服。

"给!"他又把我衣服一塞。这时,一个东西掉在地上,原来是房牌。老板捡起房牌,虎着脸说:"你等着!"

此时不走,更待何时?我撒腿就跑,却被老板一把抓住:"你不要押金啦?"

"不要了!"

"那可是你说的哦!"老板松开手,转头就走。

附近一户人家的门帘掀开了,露出两个头:一个中年男人和一个小孩。"这个人脑子有问题,可怜啊。待会儿出门时绕着他走。"小孩还懂事地点了点头。

大街上,阳光灿烂。这时,我突然心生怀疑:难道在夜里的一幕,根本没发生过?仅仅是我做了一个梦?可是,夜里的一幕我却记得十分清晰,如果是做梦,醒来之后,梦里的东西根本就不可能回忆起。

这究竟有没有发生过呢?我懵懵懂懂,似醉似醒。从小时起,我就喜欢各种冒险故事。小学的时候,我就看《汤姆·索亚历险记》和《哈克流浪记》,到了初中的时候,我又迷上了《神秘岛》。这些书里的各种神秘故事和冒险经历让我觉得很刺激。有的时候,我甚至会做梦并化身为梦里的主角。

说实话,我这个人一向很孤僻,并不是那种很喜欢和人交往的人。正因为如此,我对现实并不是很感兴趣,反而很喜欢独处,看一些书,并且思考一些旁人看来很奇怪的问题。

这是我自己的私密体验,可是在我的幻想中,从来没有像这一次这样真实,甚至我自己都难以辨别。站在临夏回族自治州这个小镇的大街上,我突然有一种从未有过的体验,甚至不知道自己是存在,还是已经消失。

说不定真的存在着一个前所未有的宝藏库,而这个小镇的旅店老板一直在寻找着这些宝藏;可是既然旅店老板认定我知道宝藏的方位,为什么又会轻易放我走呢?为什么旅店老板对我的态度这么自然,一点都没有造假的痕迹呢?

难道,我真的做了一个梦,我所记忆的一切,纯粹是个虚幻的梦,而在事实上根本不存在?难道我冤枉了旅店老板,他其实根本不知道什么论恐热、尚婢婢,只是一个在黄土高原的小镇上普普通通地挣扎着生存下来,却又不失可爱的小老板?

一个接一个问题，使我陷入了巨大的谜团中。

虽然这个小镇的大街上阳光灿烂，我却觉得自己身处一片迷雾之中，根本看不清在迷雾中隐藏的真实。就这样，我在一团迷惑中度过了这三个小时。下午 2 点 25 分，一辆挂满了灰尘的客车来到了这个小镇，我上了去往兰州的车。在找到座位后，我看到一个路牌，是这个小镇的名字：西来庄。

路上，阳光依旧灿烂，照耀着两边光秃秃的群山；黄土飞扬，有时甚至能遮住路边的白杨树；远处，缓缓流淌的黄河闪着金色的光芒……如果在四五天前，这本是会让我无比激动的一幕。可是现在，我却一点也提不起兴致来欣赏这西北的壮丽景色。

现在，在我的心里只有两个字：离开。

1992 年的兰州，虽说是个省的省会，却还只是个沿着黄河而建、很长却宽度不够的小城市。甚至现在名气很大的兰州拉面，在当时兰州的大街上，招牌都很少见。

唯一让人感到像个大城市的，只有两样："天下黄河第一桥"，这是在 1907 年时，清政府建造的黄河干流上第一座大型铁结构桥；另一个就是兰州大学，这所学校现在名气小了起来，但在 1992 年时名气很大。

此外，还让我感到惊异的是在兰州郊外随处可见的窑洞：一片麦苗青青的山坡地正下方，居然挖着洞，大洞住人，小洞养羊，在江南，这根本不可思议。

我到兰州还有一个前面没交代的打算，就是买一床雪梅牌毛毯。现在已经几乎没人知道这个毛毯的品牌，可在上世纪 80 年代末到 90 年代初，这个毛毯的名气很大，它的生产厂家是兰州一家毛厂，产品只有 30%在国内销售，70%出口国外。

因为考虑到总有一天会和陈紫青结婚，一条好一点的毛毯必不可少，所以我专门委托朋友帮我采购了一条，这次到兰州，为的也就是把它带回去。

我到兰州时已经深夜 2 点多，就找了个店住下。第二天，上午 10 点多，朋友来了我住的房间。不用说，手里还提着毛毯："准备什么时候走？"

"要看火车，如果能买到今天的票，我就准备今天走；如果实在买不到，那我就 24 号走。"这时，朋友惊讶地看着我："24 号？今天已经是 26 号了！"

什么？我大吃一惊。在以往，我从来没有算错过日子。

此后，我一直在发愣，已经顾不上我朋友的絮絮叨叨，什么既然到兰州来了，兰州的小吃总要尝一尝，像炒粉（和南方的炒粉不一样，兰州的炒粉是立体正方体的）、羊杂碎汤、锅盔之类的；拉卜楞寺也要去一去啦。

过去几天的情形，一直在我的脑海中盘旋。

8月21日上午，我到了西来庄，住进了这家叫"西来招待所"的旅店；中午时，我到了尚婢婢和论恐热交战的古河州城周围转了一圈，在土里还掘出了几个生锈的箭头；吃了晚饭后，我就睡觉了。然后，就发生了那让人毛骨悚然的一幕。

我离开的时候，应该是8月24日，而我自己以为是8月22日。换句话说，我睡眠的时间，应该是从8月21日晚上到8月24日早上，整整睡了两天三夜！

这两天三夜，我究竟干了些什么？是一直在睡觉，还是在自己毫无感觉的情况下干了些什么？我拼命地回想，可是脑子里留下的只是那一片黑暗。

这时，我突然想到我在北X大学探听到的一件事：陈步云教授十多年前被流放的地点，就是西来庄！

难道夜里发生的一幕，不是我的梦，而是真实发生的事？真的有那个宝藏，也真的有那么穷凶极恶的旅店老板，甚至还真的有用寻宝人的骨粉养花的事？难道这个旅店，和陈步云教授的神秘失踪，有着什么联系？

在住店的时候交了10元钱，讲好了房费5元，房牌押金3元，房内设施2元。如果我住了两天三夜的话，我该欠旅店5元，可为什么老板没找我要？反而表现得像我只住了一个晚上一样，还要找我钱？一个真正开店的老板，不应该这样，中间一定有猫腻！这一定要搞清楚！

我这房间，是可以三个人睡的通铺，就在我们说话的时候，有两个人走了进来，这两个人一个是年轻人，脸色很严肃；另一个是个中年人，脸色同样严肃。这两人看起来似乎曾经当过兵，身体挺得很直，不过他们身上并未穿军装。当时我只是瞥了一眼，也没多留意。这两个人一句话也不多说，抖开被子，头钻进被窝睡了起来，似乎是熬夜没睡，所以只好白天睡觉。

我当时满心想的还是我遇到的怪事，于是便一把抓住还在絮絮叨叨的朋友："我还想再去一次临夏！"朋友惊讶地看着我："还要去临夏，不是说要回北京吗？"

我于是把在旅店的经历和我的怀疑讲了。朋友越听脸色变得越严肃："有这种怪事？如果不是梦，关系好几条人命，确实该好好查一下。"这时，我看到被窝里的那两个人似乎动了几下，大约半小时后，就听到被窝里传来了畅快的鼾声。

朋友的单位是兰州四毛厂，正好第二天就有一辆卡车要去临夏收购羊毛，路过西来庄镇。朋友当即决定，第二天早上我就搭他们公司的车去。"押车的、驾驶员，再加上你，有三个人，相互间可以有个照应。"计议好之后，朋友便离开了。

第二天一大早，就有一辆卡车停在旅馆前。开车的是个脸瘦瘦的年轻人，名字叫孙卫红，这名字一听就知道是"文革"的产物；押车的也是个年轻人，身材高大，肌肉发达，脸上还带着个刀疤。这两人的身上，都穿着一身深蓝色的工作服。

"呵呵，你就是李博士吧？我叫陈明。奶奶的，昨天快下班了，我们处长突然叫我来押车，唉，这几天老婆抱不成了。"他一边打招呼，一边自我介绍，原来他是四毛厂保卫处的，一个多月前刚刚从部队转业回来。

发现我在注视着他的刀疤，陈明解嘲地摸了一把脸，解释道："在老山前线，和越南鬼子肉搏时，被小鬼子剁了一刀，奶奶的，破相了。"

一路上，从陈明的嘴里，我知道他在部队里干的是特种兵，曾经是排长，中越双方的特种兵曾经爆发过战斗。一次战斗中，陈明就干掉了两个越南兵，没想到，却被第三个越南特种兵砍伤了脸。

他是兰州郊县的人，本来按理说，他很难转业到兰州的，不过因为他在越南前线的表现不错，立了二等功，所以破格进了兰州城，三天前刚刚到四毛厂保卫处报到。

说实在的，我之前从来没有过和这种人打交道的经历。相比起陈明的活跃，孙卫红却一直不说话，他只是默默地开车。

从兰州到临夏，如果按直线距离来说，并不算远，只要一直向青海方向走，路过了永靖和东乡两个县，然后就到临夏自治州了。不过我们要去的西来庄却在甘肃和青海的交界处，当时的道路还不够好，一路颠簸不已。

幸好，陈明是个活跃的人，一路上听他讲在越南的神勇故事，倒也少了原先的寂寞。过了东乡之后，我就对他讲起了此行的目的。

结果倒是引来他不少的问题："你醒来后，没去看看床前有没有血迹？""你有没有注意一下老板的长相有什么不同？""你当时为什么不报警？"

俗话说，当兵三年，非傻即痴。像我们这种人，在学校待的时间长了，很注意说话的方式和方法，突然间和这么一个从战场回来不久的大兵交谈，说实话，一时之间还有点不习惯。

更让我觉得好笑的是，陈明居然是古龙小说的爱好者。他竟然认真地对我说，他认为，在那天晚上，店老板和两个服务员被人杀了，我在8月24日见到的那三个人根本是冒充的，他们都化过妆，而我在之前因为习惯了住旅馆，所以没有仔细看他们的长相！

经过多年的学术训练，我已经形成了自己的思维方式：我觉得，如果一件事没有百分之百把握的话，千万不要过早下结论。像陈明这种敢于猜测的人，在以往的经历中，我还没有遇到过。

"我也不排除这种可能，不过我们现在没有充足的证据。"

"哈哈，要个鸟证据。我们在前线的时候，就有一个越南特种兵杀了我们一个兵，再化妆成他，大白天大摇大摆走进我们阵地，一下子干了我两个战友。"

"在甘肃和青海交界的地方，你觉得发生这种事情的概率高吗？"

"那也说不定，老山不过是个长满野草和杂树的山，我们还有那么多人死在那里，如果要真有百亿美元的宝藏，要是我，老早杀了几千几万人，用点化妆术算个屁！"

"那猜错了怎么办？"

"那就改回来好了，你们这些读书人，把事情搞得这么认真干什么？"

在学术界，如果出现有人证据不足就信口雌黄，在当时，不要说念到博士，连念到硕士研究生也是不大可能的事。学术，靠的就是严谨，如果一旦猜错，那就名声扫地了。这么长时间的书念下来，我已经不习惯这种大胆假设的事情了。

我摇摇头，和陈明这个老兵痞实在搭不上话，他满脑子里装的都是复杂的东西。当时我觉得，其实世界很简单，根本就不像他想的那么复杂。

但是，我忘记了毛主席说过的一句话：人民群众才是真正的英雄。

陈明实在没法说服。

我从口袋里掏出一包上海产的"凤凰"牌香烟，递给陈明。没想到，他却摆摆手，连声说不会。

这根香烟又勾起了他的话："我们当特种兵的，和一般兵不一样，他们可以抽，我们绝对不能抽烟。"陈明说，这是受到惨痛的教训之后才被人记牢的规矩，抽烟的人往往嗅觉不灵敏，另外还有烟味，他有个战友战前抽了根烟，两小时后埋伏在树上时，因为呼出一口气，被越南人闻到了，抬手一枪，当场打死。

越南特种兵也有不守规矩的。一次执行任务时，陈明突然闻到一股很淡的烟味，他立马趴下，旁边两个战友已经被子弹打成了筛子，他回枪就扫，整个排才没全军覆没。

和陈明这种人在一起，寂寞是肯定不会有的。说说笑笑之间，很快，西来庄镇土黄色的房子已经远远可见，这时已经是下午三点多，不过西北地区和沿海地区有点时差，太阳还是高高地挂在正中偏西一点。

又进了这个铺满黄土的小镇，那天夜里恐怖的一幕立刻浮现在我眼前。整个小镇，还是和原来一样，安静得叫人发怵。

西来庄招待所并不在镇的中心，而在镇的边缘，周围除了一户人家外，还稀稀落落地围着一大丛歪歪扭扭长着的树，显得很是荒僻。卡车在西来庄招待所边停了下来，陈明和我跳下车，走进了这座阴森森的旅馆。奇怪的是，这个旅店大门洞开，里面却空无一人，老板和两个服务员不知去向！

进了院子，我突然发现，夜里我见到的那三盆菊花正安静地在角落晒着太阳。我指了指，陈明跳到盆前，他用手捏起一块花泥，放到鼻口闻了一下，脸色大变，低声对我说："这泥确实有古怪！"

"有股腥气，你闻到没有？"在院子四周缓缓转了一圈，陈明突然问我。我细细地闻了好几下，却什么也没闻到。

"里面的屋子。"陈明低沉短促地说了一句，操起院子里的一根木棍，冲进里屋，我也跟了进去。这时，我才闻到，里屋里果然有一股淡淡的腥味。

陈明蹑手蹑脚，我连大气也不敢喘一下。里屋也是空无一人，我们搜遍了整个屋子，也没发现腥气的来源。

这股腥味让我联想到了清明节上坟：那时候，土里会散发出一股很奇怪的腥味，似淡似浓，却令人闻了极不舒服。

我正疑惑时，只听陈明说了一句："对！这是死人腐烂的味道。"后来，我才知道，对这种气味，陈明实在是闻多了。

这个旅店其实很小，后面的住宿区只有两层，总共有8个房间，上下各4间。我以前住的房间在2楼的中间偏西。陈明冲进了这个房间之后，头伏在地上细细打量，突然他惊呼一声，站起来，手里捏着一粒尘埃样的东西，另一手捏着一根很粗的针。

到了阳光下我才发现，这是一粒很小的玻璃碎片，细看一下，还能看出碎片上蒙着一层烟雾。"白炽灯用的时间长了，钨就会蒸发到玻璃上。"陈明低声说。

尽管房间里的电灯线上，一只崭新的白炽灯还挂在半空中，这个蒙着钨的玻璃片难道不会是以前的灯泡留下的？"那天晚上，灯泡就是这根针打碎的。"陈明晃了一下针。

"看，水泥地上还有一点没被擦掉的血迹。"我顺着陈明的手指，果然在水泥地上，看到一个针尖大小的小黑点，如果不小心，根本看不出。

"现在该怎么办？"我悄悄地问。

"我们走！"

"走？"

"对。"

"这么就走？"

"这里什么都找不到，我们待在这里干什么？"陈明突然声音大起来，态度也一反以前的和蔼。

我们跳上卡车，离开了西来庄镇。

车上，孙卫红正紧张地捏着一把长柄钳。

看到我们，他只问了一句："店里有古怪？"

"对！"

孙卫红不再问第二句话，立即发动卡车，沿着我们来的方向驶去。

陈明一直紧张地回望，似乎担心有什么人会追过来。

大约开出十五分钟后，卡车突然出了公路，拐进小山背后。陈明和孙卫红跳下车："李博士，下车！"

这是一片荒山，周围全是一人多高的草。我环视一周，在视线所及的范围内，没有任何一个人的踪影。只有微微的凉风吹过，让我觉得脖子发凉。

我突然害怕起来，这两个人一声不吭，突然把我带到这荒山里来，究竟是什么意思？难道他们……我甚至不敢想下去。

再一看，陈明和孙卫红跑东跑西，正在荒山里到处乱翻。在这荒凉的山里，他们究竟想干什么？我看到他们不时从地上捡起一块块的东西，然后把它抱到一个坡土坍塌形成的小洞里。

"过来，过来！"他们直冲我挥手。

走近一看，原来他们抱的竟然是一块块大山石！

我虽然读了很多年书，可是这情形却从来没见过。这不符合我的逻辑，感到头脑木木的。

"李博士，进去！"陈明突然语气强硬地命令道。

陈明站在我的面前，而孙卫红却不在洞边，他径直走向卡车。

我突然想到，这会不会是他们把我骗下车，准备在这里动手？山洞就是我的葬身之地。再一想，更觉得是真的：他们找的那些石头，说不定就是为了压住我的！

"我不进去！"

"野风凉，你要在这里待一段时间，还是进去吧。"不知为何，陈明的声音听起来阴森森的。

孙卫红走近了，我看清了，他从车上取了一张塑料布！

我眼前浮现出一幅景象：我被掐死后，陈明和孙卫红把我丢进山洞，盖上塑料布，在塑料布上，他们还要压上石头！

孙卫红身上，还背着书包、军用水壶。

他打开书包，取出熟鸡蛋、大饼和酱肉，分给我和陈明。

逃，我肯定是逃不掉，反正不过是个死。我横着一条心，不辨滋味，大嚼起来。

陈明和孙卫红边吃还在边聊："几个人？"

"应该是三个。"

"屋子里几个？"

"两个，一个在外把风。"

"会不会还有一个？"

"不会，四个人靠旅店生活的话，太显眼了。"

孙卫红点点头，又问："把风的知道在哪里吗？"

"不清楚。"

"里面两个人手艺怎么样？"

"至少有一个腕力很强，用针能透过窗玻璃，再射破灯泡。"

"和你差不多。"

"嗯。"

"只要先知道那个把风的，我们的胜算有十成了。"

"好吧，我们睡一会儿。"

"睡吧！"

两人铺好塑料布，再压上石头，几分钟后，居然在山洞里打起鼾来了。

他们想干什么？听了这番话，我心里嘀咕起来。

我一个人站在荒草萋萋的山坡上，满肚狐疑，独自发呆，只听见风吹过荒草，沙沙作响。

陈明睡了一阵，见我还一个人站在洞外："博士，睡一下，我们晚上还要去西来庄！"

"去西来庄？"

"对，杀个回——马——枪——"最后一声"枪"之后，竟是一连串的呼噜声。

回马枪？他们究竟想干什么？长久以来，我从不怀疑自己的智商，这时我却怀疑起来，因为我根本听不懂陈明是什么意思。

太阳渐渐偏西，荒原上的风越来越大，也越来越凉，草的声响越发大了。我一个人站在这片无人的荒原，依旧在发呆。

这个世界究竟是怎么了？从小时到上中学、大学，直至念博士，我一直觉得我能把握自己周围的一切，但这两天的经历，却让我感到我的人生存在着很大的缺陷，我陷入了种种谜团之中，却没法从谜团中找到一丝答案。

我为什么要到这个荒原来？这个世界是不是像我所想象的那样，还是我本来就没搞清楚世界是怎么样的，却还以为自己已经搞清楚了这个世界？

世界，充满了迷乱和争斗，充满了种种莫名其妙之处。我怎么去辨别人们？怎么去理解人类的情感？不理解这个，我觉得自己的研究工作根本无法进行下去。

我困了，这么多天的紧张和劳累，使我的身体软了下来。我和陈明、孙卫红一样，也躺在草丛里，深深地睡着了。

不知睡了多长时间。突然有人在使劲摇我："博士，我们出发了。"一看，是陈明。

黑夜，已经降临。天空中，繁星点点。

孙卫红站在我面前，说："博士，有三件事情先给你交代一下：第一，紧跟着我们俩；第二，走路时不能有声音，嘴里也不要出声；第三，只准看，不准来帮忙。"

陈明补充道："博士，这次行动很危险。你和我们不一样，没经过特种兵训练，为了保障你的安全，一定要记着这三句话。"

"孙卫红也当过特种兵？"

"对啊，他当过我的领导。"

"领导？"

"他是我老连长。"

连长、行动……这一连串的事情让我觉得有点头晕目眩。

我只想到一个问题："照你们的意思，现在西来庄里有几个很难对付的人？"

"对，他们就是那天杀了旅店老板和服务员，后来又化妆成他们的人。8月24号，追着你、要塞钱给你的也是他们。"孙卫红说。

"你们怎么知道，他们一定杀了旅店老板和服务员呢？"

"陈明查看过了，你房间窗户玻璃上有个洞，这是粗针穿过的；你床前，也有血迹。这说明，这批人本领不错，要么不下手，一下手就不留活口。"

"照你这么说，这群人已经在一旁窥探旅店老板他们很长时间了，为什么早不下手，晚不下手，偏偏要在旅店老板准备杀我的时候下手？"

"他们看到旅店老板对你下手时，担心你被杀后，就没人知道宝藏的下落，因此才迫不得已下手。另外，他们之所以一直在旅店周围窥探，是因为不知道最后一个人是谁，他们听了旅店老板和你的对话后，当然不必再有顾忌。"

"他们杀了旅店老板之后，为什么要化妆成旅店老板，不马上离开？"

"因为他们要在旅店里找一些东西，却一直没找到，既然不能杀你，又不便离开旅店，只能设法让你在短期之内相信，你只不过做了个梦。这样，他们就能得到更多的时间，把东西找出来。"

"那你估计，他们找到东西了吗？"

"没有。"

"为什么？"

"旅店大门开着。这就说明，他们发现我们时，仓促得甚至来不及关店门。"

"那我们为什么白天不把他们找出来，却要到晚上去找？"

"我们估计，他们有三个人，手艺不错，不比我们差，再加上他们对旅店的情况很熟悉，白天我们在明，他们在暗，我们两人肯定不是他们的对手；在晚上，我们在暗，他们在明，我们可进可退。所以一定要在晚上去旅店。"

"另外，我们三个人坐了半天车，太累了，不适合马上进攻。现在我们养精蓄锐，他们的体力就不如我们了，现在进攻，正是好时机。"陈明插嘴说。

两人的一番话，使我茅塞顿开。白天，他们所做的一切顿时清晰起来。看来，陈明和孙卫红早就胸有成竹，我立刻充满了信心。

这片荒原离西来庄约十里地。前面一大段，我们还沿着大路，站着走；快到镇时，孙卫红和陈明都在地上爬了起来。到了镇的入口处，两人更是谨慎，爬的速度更是缓慢。

我的手正好按在一块尖石上，"嗯"的一声还没出口，就被陈明捂住了："嘘——别出声，这伙人中有个把风的，就在边上。"

夜，黑魆魆，对面的人都见不到，这把风的会躲在什么地方呢？

我们三人绕着小镇爬了三圈，把风的却依旧不知在何处。

正在惶急间，爬在后面的孙卫红突然拍拍我们，只见我们正前方，一个小红点或明或暗。

陈明跳了起来，手一扬。黑暗传来"啊"的一声惨叫。

这时，孙卫红已经跃出。细一看，只见孙卫红抱着一个人，手里一把水果刀正好抵住这人的咽喉，地上一个点还兀自闪着红光。

原来，这人居然躲在一个石敢当后，难怪我们始终没看见，不过，他抽的一根烟却让我们看到了他。

陈明掏出手电筒一照，只见一根大铁钉深深地插在这人肩膀上，痛得他浑身发抖。陈明掏出绳子，把这人捆得严严实实，又撕下一大片衣服，把这家伙的嘴堵上。

别看孙卫红人瘦，力气却不小，他一只手就把这家伙拎起来，塞进附近一户人家的麦草堆里。

旅店就在一百米开外，大门紧闭，里面透出昏黄的灯光。孙卫红带着我，躲在旅店门口，一转眼工夫，陈明一个翻身，就从两米多高的墙上翻进旅店。

"糟了，他们跑了！"旅店里突然传来一声惊叫。

孙卫红一脚踹开大门，只见陈明站在院子里，满脸失望。

我心一落，只见在院子里，一口大缸已经被挪开，露出个直径约50厘米的黑洞。里面，一股股腥味冒出。

"妈的，不顾了，我下去，你在上面。"陈明咬着牙说。

面对着意想不到的事情，孙卫红也不知如何是好。这时，我的大脑已经恢复了灵活，开始思索起来。

显然，我们低估了对手的能力。这次陈明和孙卫红采取的行动，类似田忌赛马，我们使用的战术是尽量分解对方，然后各个击破；但是对手传递信息的能力却超过了我们的估计，这就使我们可能转小胜为大败，陷入劣势中。

第二章　黑旅店

"咦？"刘强突然一声轻呼惊呼，"我……我……我的右手没感觉了！"我上前摸了摸，发现这只手虽然温热，可把手臂拉起，手就软软地垂下来。

可是，既然我们之前能击破一处，这也就意味着这一信息被传递，应该是在我们放翻把风的那个人之后。这也证实了前面陈明和孙卫红的猜测，对手就是两个人。对手之所以隐藏，是因为对战胜陈明和孙卫红没有绝对把握。

因此，对手要击败我们，只能用两种办法，一种办法是把我们引向暗处，利用他们对地形的熟悉来击败我们；另一种是把我们隔开，假设我们有一个人进了洞，另一个人把守的话，毫无疑问我们会被各个击破。

"慢，等我想一想。"我伸手拦住陈明。我的大脑在快速转动，不断翻开历史上著名战役的例子。

在我国甚至是世界上的著名战役中，用奇取胜的例子比比皆是，但大多是先正后奇，然后才出奇制胜，换言之，就是先求自保，然后再找准对手的弱点，给对手以致命一击。

想到这里，我觉得通体透明。于是我掉转头，看着陈明和孙卫红，缓缓地说："以我们现在所处的位置，如果对手故设疑阵，人藏在洞外，那就是二比二，大家可以打个平手；如果对手是在洞内，里面食物肯定不多，我们在洞外守着，那他们肯定耗不过我们。"

看着陈明和孙卫红赞许的笑容，我知道，他们现在对我另眼相看了。我继续说道："即使是现在，我们仍然占一些优势，但如果我们急躁了，不论是全部进洞还是一个进洞，一个在外面，都会输。"

"那我们怎么办？"两人异口同声地问道。

"等。我们耗得起，他们耗不起。只要我们等，就赢定了。"

"你行啊！博士，要是你在部队的话，起码能当个将军！"看得出，两人非常赞同我的意见。

这一刻，我内心感慨得很，这么多年，我从来没有用过所学知识为自己办一件事，并且以为这是无用的。这时我才明白，那些被人称为"首长"的人为什么老是喜欢听人家讲历史故事。他们是在从历史故事中学东西啊。

长久以来，在学者中间一直存在着一种偏见，觉得那些在学术之外的人们不理解学者的活动，所以才会有一些所谓的名门大派存在。但是，真正的学问，是应该能够使人生活得更好、变得更聪明的！

我仰望星空，觉得在这一瞬间，自己变了很多。这个世界没有英雄，只有有自己独立思想的人才是英雄！

"博士，我还是觉得有点玄，这个洞会不会通向外面，对手再给我们杀个回马枪？"陈明似乎心里还有点担心。

"不会。"

虽然我博士还没毕业，可我读博士的这一年，就已经参加过多次古代墓葬的鉴定工作，对盗墓贼如何打洞实在是太清楚了。

中国的泥土，主要可以分为五类，东北地区是黑土，这种土腐殖质含量很高，比较松散，打洞很容易，但也容易坍塌，所以在打好洞之后，必须有支架；江南地区则是水稻土，土质疏松多孔，虽然没黑土那么容易坍塌，却因为含水量大，基本不适合打洞；整个中国南方地区，红壤和砖红壤居多，这种土，湿的时候像堆烂泥，民间称为"鸭屎泥"，干的时候硬得要命，洞不大可能长时间保留；华北地区则是棕壤和黄壤的混合物，这种土，打洞容易，也容易直立。如果是在华北地区，我倒要防着对方；可是这里是黄土，黄土的特点是比较坚硬，打洞比较难，可是一旦打好了，却能长时间保留。

另外，由于历史沉积的原因，再加上土壤在一定的物理和化学条件下也会发生变化，所以表土和底土往往不尽相同。像长江三角洲附近，表土是清一色的水稻土，但底土就各不相同，上海附近的底土是沙质土，但是太湖以西，底土就通常是黄土，在浙江的钱塘江以南地区，沿海的底土是沙质土，过了绍兴就成了石质土，就是还没完全风化的那种小石头。

表土和底土不一致，即使是很老练的盗墓贼也难把握，坍塌事故也就在所难免。我以前在墓葬考古发掘现场，常常会发现古代盗墓贼的骸骨，死亡原因很简单：因盗洞坍塌而窒息，或者干脆被活埋。至于机关、陷阱等，虽然被愚夫愚妇说得神乎其神，我倒几乎没见过。

所以每个考古者在考古之前，首先要到地质部门或自己单位，去查一下当地表土和底土的情况。等发掘时，如果发现土层有被人为扰动的情况，那就等于考古现场勘址工作已经完成了一半。

我来甘肃之前，已经调出了要考察地区的土层图，并仔细地研究过。临夏地区黄土层很厚，深度有好几百米，表土和底土相当一致。

"黄土比较硬，挖起来很费劲。这个洞是新洞，刚开挖不久，他们根本挖不了那么长距离。"我说。

"怎么知道是新洞呢？"陈明充满疑惑地说。

"旧洞边缘很圆滑，这个洞却很粗糙，"我笑着说，"所以，我们只要等就是了。"

说这段话的时候，我的声音并不小，因为毕竟对手很硬，陈明和孙卫红是我朋友单位的，如果对手不知道我们的底牌，拼死冲出来，虽然我们肯定会赢，可万一"杀敌一千，自损八百"的话，我根本没法向朋友交代，也没法向这两个人的家属交代。

所以，我要让对方知难而退。

夜，很长很长，我们一直全身紧张，在等待对手可能发起的雷霆一击。

可是，直到星辰西斜，天色渐渐亮起来，对手始终没有出现。不过我们仍然保持着高度紧张，因为越是接近黎明，对手就越可能出现。

我永远忘不了那一晚的等待，不过我知道，至少有两人也在等待，而且他们比我们更困，因为我们至少还在下午睡了一觉，他们却没有。

如果他们在外面，他们是不敢离开的，因为他们深信我是知道秘密的那个人；如果他们在里面，那他们更不敢睡，因为我们随时可能冲进去。毕竟，他们在昨天晚上就吃了个亏，被我们杀了个回马枪。

选择，是一个人甚至是人类历史上永恒的话题。所谓"一着不慎，满盘皆输"就是这个道理。我们都在静静地等待，直到对方难以忍受，终于犯了错误。

犯错的代价极其昂贵，那就是丢掉生命。

我们至少还有两张牌：一个是被我们塞在草堆里的那个人，还有镇上的人们，毕竟我们没有犯案，而他们却几乎可以肯定是杀了人的。虽然整整一个晚上没有睡觉，头脑有点昏，我却充满了自信，这次我们赢定了。

夜消失一分，我们的胜算就增加一分。

可以看出，对手也是极其老练的人，他们肯定知道自己的劣势，但他们也能沉得住气，他们也在等待机会。

机会就是我们犯错，所以我们绝不能犯错。陈明和孙卫红显然也知道这一点，所以他们一直睁大眼睛，丝毫不敢懈怠，毕竟对手杀人往往是在一两秒钟之内。

镇上响起了第一声鸡叫，然后是两声、三声。

对我们来说，这是福音；对对方来说，这却是哀鸣。

"博士，你离这个洞远一点。"陈明低声说道，并用手指了指离洞六七米的地方。显然，他的头脑十分清醒，准备做一件让我们更处于有利地位的事，把那个在草堆里的把风人带到旅馆。

整整一个晚上，为了自身的安全，我们必须始终待在一起；但是现在，我们的同盟军——镇里的人们已经半醒。

只要我和孙卫红不在同一处，他们就不可能把我们俩一起干掉。万一孙卫红被干掉了，我只要提高嗓音，大喊："杀人啦！"半分钟不到，整个大街都会是拿着锄头、钉耙的镇里人。

一声鸡叫，意味着实力的变化，我们已经能腾出一个人了。

尽管如此，陈明离开的时候，我仍然十分紧张：对方究竟是不是那种按常理出牌的人呢？这必须建立在一个基础上：如果对手在外面的话，他们是不是坚信有那么一个巨大的宝藏库。

陈明一旦被干掉，我们就会处于严重劣势。这时我们唯一的选择，就是大喊大叫，把这秘密公布于众。这伙人显然经过多年谋划，那他们的努力就会毁于一旦。所以，在对手在外面的情况下，陈明如果安全了，宝藏就是真的；反之，就可能是假的。

等听到陈明粗重的脚步声时，我知道了两个答案：如果对手在外面，那宝藏就十有八九是真的；如果对手在里面，那就麻烦了，因为对手算计的精明程度，确实十分精准，我们以后要步步小心。

在我的想象中，成为如此高智商犯罪团伙的一员，应该是那种相当精明、年龄较大的人物。可是，我见到的把风人却是一个只有十八九岁、脸上还带着稚气的大男孩。

这小伙子纯粹是个典型的西北乡下男孩，他的两只手十分粗糙，开裂得像老松树皮，显然是一直在干农活儿；穿着也十分土，是一件破得有了小洞的中山装；脸上，是常年被风吹出的暗红色；肩头有一大片血迹，那是昨天陈明的杰作。他眼睛里，既有困倦，也有恐惧，忽闪忽闪地，一直盯着我们。

"和你们在一起的人，现在会在哪里？"

我以为他会什么也不说，可是他说了。

小伙子低下头，低声说道："在洞里。"我心里一阵狂喜，这么大的孩子，不太可能说谎。从他的声音我也听出，他是那天掏出 3 元钱的"小李"，只是他的相貌完全和当时不一样，终于证明陈明的判断是正确的了。

"里面的洞有多深？"孙卫红问。这是个假问题，我们都在洞边蹲了一夜了，当然不知道这洞有多深了，不过却可以判断他前面回答的真实性。

"你问直的还是横的？"

"废话，直的！"

"两个人高。"这口洞有大约三米，确实是两个人高的样子。

"那么，昨天他们是怎么事先知道我们冲过来的？你们是怎么联络的？"孙卫红继续逼问。小伙子胆怯地瞄了一眼那口大缸。

我心里一惊，起初我还以为这口大缸仅仅是为了遮住洞口，没想到它还有另一个作用：贴地听音。其实，这种方法在中国古代流传已久，古代甚至有将大瓮倒扣埋入地下，通过回声扩大声音以了解敌人动向，或者监听是否有敌军在挖地道攻城的做法。正是"礼失而求诸野"啊！

只是我们冲进的速度实在太快了，这口大缸才没来得及合上；第一次来这里的时候，因为陈明对这里不熟悉，多耽搁了几秒钟，所以大缸就合上了。

剩下的，我甚至不想再问了。根据我以往从事考古鉴定的经验，按照两个人一天挖 10 小时来算，他们直的这个洞，挖下来只要半天时间，因为洞是直的，可以用长柄工具。开挖横洞的时候，就很难了，因为空间有限，他们掘进速度不会很快，这几天工夫，他们掘的横洞最多长六到七米。

和三个尸体待在一个狭小的空间内，还要忍受恶臭，加上上面还有强敌在侧，对手的忍耐力真不是一般人所能想象的。唉，这是何苦呢？就算是宝藏，也是生不带来、死不带去的。我甚至可怜起这伙人来了。

大概陈明和孙卫红也估计到了，两人居然喜洋洋地在离洞口五米左右的地方劈起柴来。呵呵，这两个前特种兵，大概准备生活做饭，搞长期抗战了吧！

奇怪的是，两人把柴火劈成了一小块一小块的，然后在院子里的一个盆子里生起火来。我瞄了他们一眼，很是奇怪。不会吧，这俩小子准备在这里烧烤？

可是，这两人又不像是在烧烤，等到盆子里的木块化成了一块块通红的火炭，陈明端起盆子，突然往洞里一倒。这时，孙卫红已经从旅馆的厨房间抱出一大堆麦草，也往洞里倒。

这时我才明白，这俩小子玩的是更黑的一手：火攻。西北地区本来就很干，麦草一遇到炭火，立即噼噼啪啪地着了起来。整整一个晚上，我们一直在担心对手会从洞里跳出来。这下，他们想跳也跳不出来了。

没想到，最黑的还在后头，两人居然又端出两大勺水，直接就浇在开始烧起来的麦草上。水一下去，原来蓝的轻烟一下子变得又白又浓，十分呛人。这时，洞里传来一阵微弱的咳嗽声。

看到浓烟，那个"小李"脸色变得煞白，嘴唇发抖。陈明和孙卫红两人一不做二不休，干脆把大缸移了过来，正好盖住洞口，烟一点也出不来，全往洞里灌了。

我紧张地看着这口缸。

孙卫红拍拍我的肩膀："博士，没事的，只会熏昏人，不会死人。这我俩有经验。"陈明也笑嘻嘻地说："要是把他们熏死了，宝藏我们问谁去呀？"

难道这两人也在琢磨宝藏的事？我心里咯噔一响。

孙卫红看出了我的心思，连忙说："我们不贪心，找到宝藏后，拿走够生活的，其余的——"他拍拍胸脯，"交国家！"

"我们这些工人可怜啊，孙连长他们还两人住一宿舍呢，和嫂子干那事，也就用一帘子隔着，连喘口粗气都不敢。我也没办法，做事情只能到公园草坪上，一身土，都没地方洗。"

他们的这种想法我理解，我默默地点了点头。

我们这个社会，对好人要求太严格，对坏人要求太松。像陈明和孙卫红他们，在老山前线舍生忘死，很多人葬身荒山，只得到一个黄土堆。幸运的，回到家乡，干的还是那些最低微的活儿，为生计发愁，为柴米油盐担心。

一个人如果要做好人，实在太难，因为社会要他们丝毫不讲回报，认为这是应该的，好人似乎就应该高高在上，不食人间烟火。如果一个人是坏人，社会却会百般关照，为的就是让他们痛哭流涕，说一声"我错了"，然后被大肆鼓吹，认为是社会昌盛，居然能感化这些浪子。

陈明和孙卫红他们想过得好一点，有什么错呢？在昨天一天，他们难道不是兢兢业业地保护我？他们舍生忘死，起先不也是不求回报吗？我是他们什么人？前天我们根本还不认识，可是他们对我，难道不是和亲兄弟一样可亲吗？

他们是好人，所以他们应该得到回报。想到这里，我甚至为我起先的小心眼感到惭愧。

看到我点头，孙卫红和陈明也很开心。两人虽然一夜没睡，却争着淘小米，在厨房刷锅，生火做饭，然后，饥肠辘辘的我们大吃了一顿。

这段时间，洞里面的人丝毫没有动静，他们该被熏昏了吧？我想。虽然心里大概也这么想，陈明和孙卫红却丝毫不敢大意，他们一人手持一个三节手电筒，这东西既可以照明，在狭小的黑洞里也可防身。

孙卫红先跳了下去，陈明在后。我则准备看两人如何把洞里昏迷过去的人抬出来。洞里突然传出一声惊叫："洞里没人！"

陈明和孙卫红从洞里跳了出来，对准"小李"就是一顿拳打脚踢："快说，他们去哪里了？""小李"脸上被捶得高高隆起，嘴角也渗出了血。

从陈明的口中我才知道，他们跳下去之后，发现果然如我预料的那样，横洞只有六七米长，在洞穴的末端，横躺着三具尸体，大概就是之前想杀我的旅馆老板和两个服务员。这一切都如我们之前所料，但是里面没有被烟熏倒的人，陈、孙二人摸了一遍洞穴的壁，也没有发现任何异常。

虽然挨打，"小李"始终低着头，一声不吭，显得很是倔犟，这更激怒了陈、孙二人。我不忍，上前拦住他们："小兄弟，我们也不想害你，你就告诉我们吧！"

"小李"的脸上突然露出了古怪的神色，似笑非笑，眼里闪烁着异样的光芒。突然他"哇"地大哭起来。

哭了好长时间，他才抽抽搭搭地说："他们……他们进去啦！"

从"小李"的嘴中我们才知道，原来他们是一伙盗墓贼，都是甘肃平凉人，这伙人总共有三人，领头的姓张，名叫张拱，其他两个一个叫陈卫，"小李"的真名是刘强。

大约半个月之前，他们转悠到了西来庄，发现这家旅馆比较古怪，店老板和服务员都是神神秘秘的，于是他们就盯上了这家旅馆。他说："按常理说，开在这么荒僻小镇的旅馆，第一，用不着这多的服务员；第二，为了赚钱生活，肯定会热情拉客。可是这家旅馆却并不这样，服务员不热情招待，老板一点责备的语气都没有。"

刘强顿了顿，继续说道："七天前，下起了蒙蒙细雨，路过这店的时候，我们突然发现这店门口的泥土很湿润，而周围的土却依然干燥。我们挖了多年的墓，这点经验还是有的，就琢磨着，这底下肯定有古墓，水渗不下去，才会这样。于是从那天起，每天晚上我们就悄悄地爬进店里，想看个究竟。

"连续好几天，我们一点动静也看不出来，老板和服务员都早早睡觉，然后第二天开门。唯一和普通店不同的地方，就是老板从来不数数每天赚了多少钱，"说到这里，刘强看了看我，"后来你就来了，当天晚上，我们进店的时候，店老板和两个服务员在找斧头和砍刀。老板对一个服务员说：'这么多年等下来，终于等到这最后一个啦。'听到这话，我们心中一喜，只听见老板又说：'等找到宝藏，大家到兰州城里好好地乐上几个月，然后想出国就出国，想住大城市就住大城市。'

"说完这话，三个人都低声呵呵地笑起来了。这时，其中一个服务员对老板说：'老大，我一直不明白，我们的三张宝穴图已经凑齐了，这宝藏又明显在这旅店下，为什么我们两年来一直不去挖，非要等到这小子来？'老板摇摇头，说：'这你就不懂了，俗话说："兵不厌诈。"这么大的宝藏哪是那么好找的？说不定古代的人故弄玄虚，骗骗我们呢，否则，陈步云那老家伙怎么会弄出个方位图呢——'

听到这里，我跳了起来："陈步云？"这个宝藏和陈步云教授的失踪之间，难道有什么关系？我的祖父和这个宝藏，难道也有关系？难道我祖父画的那张图，是陈步云给的？……当然，还有一种可能，这个陈步云和失踪的陈步云教授根本不是一个人。

我觉得一个潜藏在我心中的巨大谜团，似乎就要被揭开，却又似乎还离我很远，远远没有到被揭开的程度。我一把抓住刘强，连珠炮般喷泄而出："他们还谈到陈步云什么事？这个陈步云是什么人？是不是那个北 X 大学教授？"

刘强的回答却使我失望："他们在谈话中只谈到这个名字一次，剩下的就是讨论怎么处置你。又有一个服务员说道：'万一这小子不是我们要等的人，那怎么办？'老板说：'这小子在登记的时候，我看了他的学生证，是江苏吴江人。我们这个小镇，平时不要说沿海地区的人，就是兰州人，都不大容易见得到，更何况这里姓李的人虽多，却没他长得这么秀气的，他的脸型在这里很少见，在江浙地区，却很常见。我估计，十有八九就是我们想要找的人。

"在这之后，又沉默了半晌，有一个服务员问：'万一这小子不肯说，那怎么办？'这老板叹了一口气，说：'那也只能把他做掉了，反正这四家人都到这里，其实就等于说明了方位图，地址就在我们脚底下，这是千真万确的。本来我还想再等等，毕竟这么大的宝藏，肯定有古怪，慎重些好。可是，现在等不及啦！'其他两人忙问为什么，老板叹了口气，说道：'本来，这个秘密也就我们三人知道，别的行内人也不大会来抢，可现在时间却赶得很啊！'老板沉默了好长时间，又说：'这几天，镇里来了三个外地人，我一看，就知道这三个家伙是同行。'一个服务员忙问为什么，老板答道：'三天前，他们三个人在我们店门口转悠了起码两小时，这三人要说来走亲戚，可这里他们不认识人；要说来找事做，他们看起来又不着急；看来只能是同行啦。这个秘密包不住啦，和那些'大疙瘩'比，我们只是小蚂蚁啦，到时候被人活剁了都不知道！'

"后来的事情，你大概已经知道了。我们不想杀你，可又怕你跑了，为了尽快把宝贝找出来，就把你给捂晕了，然后没日没夜地干。没想到，你突然跑出来，我们在大街上不敢把你怎么样，只好假装你只睡了一个晚上的样子，还找钱给你，就是想拖一下时间。我们万没想到的是，你们来得太快了，我们刚刚把洞挖好，宝贝还没来得及去取。"刘强叹了一口气，继续说："可是哪有那么简单？方位一步不差，我们也挖到了石头。按照道理说，古墓的这个位置是乾位，是墓穴的生门，可是却怎么也找不到入口。更没想到的是，你们来得这么快。"

听到这里，我心里一阵喜悦，既然这个古墓是按照"生门"、"死门"的构造来做的，也就意味着只有这个出口，别的门都是假的，根本出不去。

到这时，我终于明白刘强那句"他们进去了"的意思，说实在的，他们花了这么长时间，还杀了三个人，却总参不透一个秘密，没想到被一把火一烧，这个秘密却被发现了，能不感慨万千吗？他们可能更失望的是，秘密发现了，不料却螳螂捕蝉，黄雀在后，连自己的命能不能保住都很难说，能不郁闷吗？

"我们技艺不精，到了这步，也没别的要求，就是希望你们找到宝贝后，能饶我们一条命。"刘强叹息道。

看来，刘强确实是个纯朴的西北小伙子，做事情丝毫没有隐瞒，甚至连谎话都不会说。这让我心安了不少。陈、孙二人也大大地松了一口气，看样子，他们先前已经准备好把如何对付越南"舌头"的那套原样照搬给刘强。

这个洞的工程量正好和我们的预测一致，刘强说得又相吻合，我们觉得，这下子是高枕无忧了。不用我说，陈、孙二人也知道该怎么去做。这个古墓，是刘强的同伙实在没有办法才钻进去的，应该可以肯定里面没有水，也没有粮食。

现代医学实验已经证明，人在不吃饭、不喝水的情况下，最多能坚持五天；只吃饭，不喝水，能坚持一到二周；而不吃饭，只喝水，却可以坚持更长时间。既然如此，我们现在要做的还是等，不过不必等到对手濒临死亡。我们只要等上个两到三天，在古墓里的对手恐怕饿得连走都走不动了。

"到时候，我们只要进去把他们抬出来就行了。"我想。没想到，刘强这时也凑上来说："博士，你们两天半之后再进去，要省不少事。"

他奶奶的，没想到刘强这小子反水这么快，才被我们抓住十二小时不到，就学会替我们出谋划策了，我心里想。

我盯着刘强的眼看了好一会儿。从那里面，我看到的是对生的渴望。虽然觉得有点突兀，但仔细想想，刘强的这种反应也是很正常的，因为这时候，还有什么比尽量讨好敌人，保住自己的命更重要的呢？

我的内心是这么想的。不过我觉得，这绝对不能表现在脸上。对刘强的这个建议，我只是回答了一个字："哼！"

剩下的时间，我们完全在养精蓄锐：孙卫红跑到荒山附近，把卡车开到了旅馆门口停下；刘强也被捆在窗口；再用那口大缸盖住洞口，里面放上好几百斤的石头。剩下的时间，我们就是轮流睡觉，做饭，吃饭。

我和孙卫红是第一批睡觉的，这么多天劳累，实在是太辛苦了。我一觉睡到了下午四点多，当然孙卫红要醒得早一点，他和陈明已经完成交班，各睡了一觉。

能在长期的疲劳之后睡上一觉，实在是太幸福了。我走到院子里，伸了个懒腰，意犹未尽地打了个哈欠。

"啊唷，啊唷。"背后传来了轻轻的呻吟声，这是刘强发出的。我上前一看，只见这小伙子满脸通红，嘴唇煞白。我手向他额头一搭，烫得要命。

"博士，给我碗水，好不好？"刘强呻吟着，眼巴巴地看着我。

"妈的，别装死。"孙卫红飞起一脚。

"我很难受。"刘强低低地说。

我端了一碗水，喂刘强喝下，心里对他充满了同情。唉，这孩子，不在家好好待着，偏偏要出来盗什么墓，这是何苦呢！

刘强的肩头上，那根铁钉还插着，大半截已经进去。肩头流出的血已经变成了黑色，衣服上一大片全是。我觉得，人都被我们捆住了，这根铁钉实在没什么用，只会徒然增加他的痛苦，就伸手把它拔了出来。

"哇！"刘强痛苦地大叫一声，一股黑血从他肩头射了出来。撕开他衣服一看，只见他受伤处很红肿，高高隆起，原来已经发炎了。

孙卫红看了一眼："呀，伤得这么重！"

这时，陈明正好也打着哈欠，从里屋走出来。他"呵呵"地笑了两声，在院子里抄起一把砍刀，离我们四五米处站着说："解开吧，让这小子活动活动，别绑残喽！"

昨天打的结很结实，我们俩费了好大的劲儿，才把绳子解开。刘强喜不自胜，高兴地活动着自己的左手，然后是右手。

"咦？"刘强突然一声惊呼，"我……我……我的右手没感觉了！"我上前摸了摸，发现，这只手虽然温热，可把手臂拉起，手就软软地垂下来。

我站在现场，直发呆：天啊，这么年轻的小伙子，如果真是被我们弄坏了一只手，那真是造孽啊。将来他怎么生活呢？

陈、孙二人面无表情，似乎对此毫不在意。

天渐渐黑了下来，刘强虽然在发烧，一只手不能动，还是抢着做这个，做那个，显然他还在为自己的生命奋斗。

忙乎来忙乎去，直到我们吃饱了，他才挪着身子，用左手盛了一碗小米饭。他悄没声息地穿过我们三人，大概想蹲到门槛边去吃。他刚一转身，陈明目露凶光，一把搭在他的肩膀上。刘强一惊，碗"哐"的一声，在地上砸个粉碎。

这时，孙卫红突然拿起已烧得通红的火钳，使劲往刘强的右手一按，一股焦味腾起。刘强的右手没有任何反应，任由火钳烫着，人也呆呆的，一动也不敢动。

"哼，再去盛一碗！"陈明的脸，照样冷若冰霜。

刘强脸上丝毫痛苦的神色也没有，转身又到灶台前，又盛了一碗，低头穿过陈明，蹲在门槛边，碗放在两只膝盖上，埋头大吃起来。

这天的夜里，月光明亮。孙、陈二人还要轮番值夜，上半夜是孙卫红，我和陈明和衣躺在一张床上。

白天睡得太多了，这一晚我睡得不深，睡着睡着，突然觉得有人走进屋里。我一跳而起，月光下，只见孙卫红走进屋来。

"太困了，我也要睡了。"孙卫红很响地打了个哈欠，却没上床，而是悄悄地躲在窗户前，盯着在窗户上捆刘强的那条绳子。这小子，鬼精鬼精的，还是对刘强不放心！

第二天，等我醒来时，天光已经大亮。孙卫红在我身边，睡得鼾声大作。陈明却早已站在院子里。刘强虽然被捆着，却睡得很死。

"这小子的手看来真残了，"陈明进了屋，悄悄地说，"他要是假装的，昨天晚上肯定会忍不住解绳子。"

既然这么肯定，我们对刘强就没那么在意了。等刘强醒来，我们就解开了他的绳子，任由他在院子里走来走去。

这一天，刘强很是积极，虽然只有一只手，却始终抢着打水、烧饭，一刻都不停息，弄得我们三个人都觉得有点不好意思。

剩下的时间，就是孙、陈二人轮番值班、睡觉。我一天大部分时间在床上度过，我甚至暗自想，在北 X 大学的时候，从来没这么轻松过，要是这种饭来张口的日子多过几天，倒也逍遥自在。

孙、陈二人对刘强显然也放松了警惕，孙卫红有时还要对刘强盯一下，陈明根本对刘强不闻不问。

8 月 28 日的晚上，没有异常情况发生。8 月 29 日早上，墓里的人已经被困了整整三天，估计现在已经完全失去了抵抗能力，我们准备把里面的人抬出来。

经过这么多天，这个洞里已经是臭气冲天，令人作呕。下到洞里的时候，我双手虽然死死地掩着鼻子，仍然觉得想吐得要命。刘强照样左手被捆着，也被带到洞里。不过陈明和孙卫红还是站在他的前后，正好把他和我隔开。

洞的一边是黄土，一边是厚石壁，显然这就是墓的边。根据刘强的说法，就在这个石壁上，有个进墓的门。可是这个石壁严丝合缝，我们花了整整一个小时，上上下下摸了个遍，也没找到一处可以使劲的地方。陈明认为，古怪也许在脚下的土里。我们又把脚下的土全摸了一遍，却什么也没发现。

"这个墓看来进不去了。"陈明觉得毫无希望，索性一屁股坐在洞里，背靠着石壁。没想到这轻轻一靠，忽听得喀喇喇一声响，石壁向两旁分开，露出黑黝黝的一个方洞来，洞中一股寒气冲出。陈明"啊"了一声，忙不迭地滚到一边。我与孙卫红闻声走近，齐向洞里看去。

这次下洞，我们三人各带了一只三节手电筒。孙卫红忙打开手电筒，借着光往内瞧去，里面既无人影，又无声息，黑糊糊一片，似乎空间很大。陈明从地上捡起一粒小石子，从洞口抛了进去，只听嗒的一声，然后里面传来悠长的回声。我从这声音听出，那墓里应该还有很长的甬道。陈明迫不及待，抢先钻进。孙卫红则推着刘强，随后入内，我走在最后。

直到进了古墓，才看得真切，原来是一个长方形的大室，里面空空荡荡，什么也没有。我们先前遇到的石壁，原来是一条甬道的边墙，这条甬道又长又直，左右两边均伸向远处，不知有多深。

走进大室才发现，室的另一侧，也有一条同样的甬道，和我们进洞时遇到的这条甬道平行，延伸至黑暗中。整个墓，均是用极厚极硬的巨石垒成，气势雄伟，不知用了多少块巨石，看来墓主应该非帝王将相莫属。

洞门横轴处，是个圆圆的大钢球，经历了不知多长岁月，却依旧闪光发亮，似乎并未受岁月影响。再一细看，只见钢球上有数道刻痕。我看了一眼，笑着说："这就是了，推这洞门需要技巧，既不能力大，也不能力小，幸亏陈明无意中一靠，否则我们不知要乱敲乱打到什么时候。"

唯一不便的地方，就是这两条甬道均是通向两方，实在不知道是该向左边搜寻，还是向右边。陈明想了一会儿，突然挠了挠头皮："我真是傻了，三天没吃没喝的人，只剩一口气了，怎么可能爬得上3米高的洞呢？"

"阳陵也不过东西长166米，南北宽155米，这墓再大，也不可能超过西安的帝王陵。"既然向左向右都无所谓，我们就决定先向左搜去。

这条甬道高度大约有 1 米 6，宽度大约 1 米，在里面行走，只要微微低着头，也不是很累。洞内石壁坚厚，很是平坦，如果不是远处传来的回声，倒是一点也不会让人有害怕的感觉。

这个墓很是奇怪，只要我们走大约 10 多分钟，就会遇到一个类似的大室，如果不是有那个让我们进洞的石门，我们简直分不清身在何处。更让人吃惊的是这个墓的大，原本我们的打算是沿着这条甬道一直走到头，然后再搜寻另一条甬道。我们万万没想到的是，这条甬道竟是如此长，我们总共遇到了 14 个大室，前面的甬道依旧延伸至远方，似乎无穷无尽。

"天啊，这个墓有多大啊！皇帝陵都没法和它比！"陈明感叹道。我粗粗一算，平时成年人步行每秒钟大约 1 米，我们在这甬道里，速度要慢一点，大约是每秒 60 厘米，照这样算来，每个大室之间距离为 360 米左右，我们已经整整走了将近 5000 米！

前方依旧无穷无尽，真不知道要走到什么时候，规模甚至可能比秦始皇墓还要大。别的不说，光发现这个墓，就能使我在考古史上留名，更不用说随后的研究成果了。我一边惊叹，一边暗自想。

转眼间，又过了一个大室。"天啊，光造这个墓，就要消耗多少人力，"陈明咂咂嘴，乐呵呵地说道，"我们真要发财了，这里面肯定到处是金银财宝。"再走一段，遇到了第 16 个大室，前面和后面，依旧是无穷无尽的甬道。一直不吭声的孙卫红也感叹起来："看来，历史书上说得没错，地主阶级真是敲骨吸髓地剥削农民阶级啊。"

再走了大约 30 秒，突然前面出现了一丝亮光。"莫非我们猜错了？"陈明惊叫起来。我也心里一惊。孙卫红毕竟老练，看情况有变，忙把刘强推至最前，我们三人随后。

再走了 20 多秒，终于看清了这个光亮处，原来这竟是个和我们进来时一模一样的洞，光线正是从这洞里透出来的。

蓦地，刘强突然发足狂奔。事出突然，孙卫红一把没抓住他，也紧随其后，苦追不已。眨眼间，刘强就奔至洞口，但是他毕竟受了伤，逃跑速度比孙卫红要稍逊一筹。

就在刘强将要蹿出洞口之时，孙卫红已经一把抓住刘强的右手。万没想到，刘强突然扬声大笑，右手用力一挥，孙卫红措手不及，加之身体略有失衡，居然被刘强挥倒在地。就这么一顿，洞门已经合了一半。

这时，陈明已经冲至洞口，洞外突然一柄亮闪闪的刀劈了进来，陈明用手电筒去格，身体一个驴打滚。这刀虽然被格了一下，力道不减，竟把石门砍得火花四溅。然后只听得砰的一声巨响，洞门合上，就此一片漆黑。甬道里，尘土扬起，落得我们满头满脸。

陈明定了定神，只听孙卫红大骂："他妈的，刘强这小子装得好像！"我们三人同时伸手摸去，只叫得一声苦，原来这石门内壁也是严丝合缝，一点着力之处也没有，只不过石壁因为刚才被砍了一刀，一小片石块掉了下来，所以略有破损。

只听得刘强的声音隐隐从石后传来："小子们，你们再奸猾，也中了我的计了。你们力气再大，能推得开这石门吗？"而后，就是一连串畅快之极的大笑。

"真够狠的，连被老子火烧，居然都装得没事一样。你个王八蛋……"孙卫红一向沉默寡言，这时却一反常态，滔滔不绝地痛骂刘强。

我也惊呆了，这个世界上居然有这样的人，竟然有如此的忍耐力。前天孙卫红突然用火钳烫他右手时，当时肯定痛彻心扉，可他竟然能装得若无其事。可见这人年龄虽小，心机却是深不可测。

等孙卫红骂完，我们慢悠悠地继续往回赶，这时，我们已经失去了再寻找的勇气，开始觉得越早离开这个让人心惊的古墓越好。这段路，我们弯着腰一路小跑。跑过 16 个大室之后，气喘吁吁的我们却发现，这边的洞门也关上了。

"完了，我们出不去了。"陈明绝望地抱头坐在地上。

变故来得实在太突然，使我有措手不及之感。不过我知道，在这种关键时刻，人最重要的是冷静。在中国盗墓史上，突然被困墓中的盗墓贼可以说比比皆是，聪明的人往往能通过研究墓穴结构的缺陷，逃出生天；不聪明的盗墓贼，往往会惊慌失措，错失良机，成为古墓中的一堆白骨。

从事过多年的考古鉴定，我已对各种类型的古代墓葬了如指掌。虽然孙卫红和陈明两人一下子失去了冷静，在黑暗的甬道里痛骂不已，我却在一旁细细思考。

经过这几十分钟，我基本已经可以肯定，这个墓十分大，远远超过我的想象；但是通常来说，墓越大，它的缺陷也就越大。至少，任何一个墓葬，都会有"生门"和"死门"。

方士们往往会把墓葬和某种神秘的哲学联系起来，其实对于内行人来说，所谓的"生门"很简单，就是里面的造墓人的最后撤退途径。秦始皇墓之所以难以被攻破，就在于胡亥把造墓人骗进墓里去之后，突然关上大门，使"生门"异常坚固；"生门"和"死门"相对应，"生门"是墓地建造结束之地，"死门"则是墓地建造开始之处。并不是墓葬的设计者不想造出没有"生门"的墓，而是实在没办法回避这个问题。

虽然大墓在安装时，设计者会尽量使墓的整个结构无懈可击，但是墓毕竟是人造出来的，这虽然被神秘化，其实和工程力学有很大关系，而八卦方位，只不过是描述这些墓葬最简单的办法。

前面已经说过，很多有经验的盗墓贼在盗墓时，常常会因为不知道底层土的性质，出现被活埋的事，这种事情即使是技艺再高的盗墓贼，也难以避免，因为这根本无法预料，难以体现水平。在被困时，如何在生命极限允许的时间内找到"生门"，这才是水平高低的表现。

当然，墓穴的设计者在这种情况下，采取的办法是尽量用种种办法掩盖住"生门"，让盗墓贼在漫无目的的敲敲打打和试探中浪费时间，葬身墓穴。

在我的心中，已经排列好了该做的事情次序：第一步，计算好我们的剩余时间；第二步，勘察整个古墓；第三步，进行分析，找出"生门"。

在这个黑黢黢的古墓中，光特别重要，我们用的是三节"白象"电池，这种电池能支持手电筒工作四到五个小时，也就是说，我们还有十二到十五个小时的照明时间，这段时间如果找不到"生门"，那葬身古墓的可能性就会很大；第二个时间，是我们生命的极限，按照目前没水没粮食的情况，我们大约最多能有三天时间，剩下的时间我们只有等死的力气了，不过，一旦手电筒熄灭，我们生还的希望就很小了。

虽然甬道似乎无穷无尽，不过我觉得，它会有一个尽头。毕竟做大，是需要人力成本的。想到这里，我觉得眼前一亮：只要我们继续走下去，不要太长时间，肯定能走到尽头。就在我思考的这段时间里，孙、陈二人边骂，边四周找寻机关，东敲西打，茫无头绪，实是焦急万状。

"不要敲了，这里不是'生门'。"

"为什么？"孙、陈二人停下手，异口同声地问。

我苦笑一声："刘强是个心机很深沉的人，怎么会轻易把我们关进'生门'？这肯定是'死门'，也就是进得去出不来的那种门。"

"接下来怎么办？"

"先把古墓勘察一遍，我估计，这个甬道不会很长的，毕竟这种荒僻的地方，即使存在一个国家，即使墓主是国王，现在这种规模，已使它到了耗尽国力、人民纷纷起义的地步了。"

刚才在甬道的这段时间，我已经粗略计算，别的不说，就这个甬道，每米大约要3块石头，这些石头基本上是花岗岩，花岗岩比较轻，比重是每立方厘米3克上下，这些石头大约是1立方米左右，也就是说，铺每米的甬道，花的石头重达9吨。我们大约走过5000米，这段路就要用起码4.5万吨花岗岩，对面也有类似的甬道，加上大室，我们见过的这段路就花了起码12万吨花岗岩。

说实话，花岗岩的开采并不难，用扦插法，也就是先将一根根铁条打进岩石，然后再用铁杠去撬，一个人大约一天能采出2块这样的石头，换而言之，我们见识的这段，总共花了大约2万个古人1天的劳动量。

但是，古代运输条件很差，这么一块石头，如果用滚石法，也就是用原木垫在石下作为轮子，进行运输，15个人一天只能走5公里。西来庄附近全是土山，最近的石山也起码在30公里之外，也就是每运输这么一块石头，要15个人走6天以上，运送石头耗费的劳力，是开采石头的180倍。

考虑到一年大约三分之一时间不适合运输，光运送，就要消耗1万个古人1年4个月以上的时间。建造和安装耗费的劳力又大约是运输的一半，所以建造这样一座古墓，就要1.5万名古人工作1年4个月。

古代的粮食产量并不高，要供应1.5万人，起码要20万左右的人口。再加上国家有其他的工程，要建造古墓的这一段时间，这个国家最起码要有150万以上的人口。如果算上其他的部分，这个国家的人口起码在400万左右。根据我的记忆，历史上，在这个区域，从来没有一个政权有过这么多人口，即使有过，也不会超过400万太多。

听完了我的分析，孙、陈二人脸上露出了笑容。于是，我们继续沿着甬道向前走去。

出乎我们意料的是，这个古墓之大远远要超出我的预料，在我们前进的路上，总共出现了 300 多个大室！即便这样，整个甬道还是无穷无尽，前面仍然看不到头，后面看不到尾巴。

陈明的手电筒渐渐暗了下来，到了最后，甚至连前面的路都照不清。又走了一分钟不到，手电筒彻底熄灭。

"三分之一的时间，就这么浪费掉了。"黑暗里，陈明吃力地从嘴里蹦出这么一句话，让我的心受到了重击。就这一句话，几乎使我的自信心全面崩溃。这个国家，难道人口会超过 3000 万？这是个什么国家，怎么历史上从来没人提过？

我们三人坐在黑暗中，个个垂头丧气，几乎没有再走下去的勇气。这简直不是一个古墓，而是一个庞大无比的迷宫。

这时，我特别想念陈紫青，她个子不高，人也不漂亮，甚至连嗲都不会发，她的好处是从来不说谎。在我谈起那些她不感兴趣的理想时，她会静静地不做声，直到我说完了，她才说："刚才我没听。"

在北京时，我甚至有点愤恨她的这种态度。最近几天经历了这么多事，我才知道，一个诚实的人是多么重要，尽管他会让你一时生气，却永远不会真正地伤害你。

我的眼泪一滴一滴掉在古墓的地上。虽然甬道根本是漆黑一团，我却能完整地看到紫青的样子，她的长发在我面前飘逸，她朝我轻轻地笑，露出了闪着光的白牙，突然她又似乎生气了，甚至眼珠子还白了我一眼。

"紫青，我不该来这里。"我的脑海中，传来一声沉重的叹息。晚了，我会很快成为一堆白骨，而她却至死都不知道我躺在这个漆黑的古墓中。

我的心情如此，陈明和孙卫红肯定也好不到哪里去。黑暗里，只听得"哐啷"一声响，然后是玻璃破碎的声音。"这个没用的手电筒，滚你娘的。"陈明突然发出一声怒吼，孙卫红却在黑暗里一声不响。

往事一幕幕在我眼前闪现：家门口的拱背小桥，妈妈的笑容，爷爷的手，阁楼上的地图，北 X 大学的西门、红楼，导师的脸……"永别了。"我喃喃地说。

"不能等死！"黑暗里，孙卫红突然发出一声怒吼，"陈明、博士，是男子汉，你们他妈的站起来！我不相信，就走不到底！"带着重重的粗气，孙卫红在黑暗里，大步向前走。

人，不能在关键时刻失去信心！为了节省电，我们没再开手电筒，不过我们继续向前走，我们的脚步声，在甬道踩出了沉闷的回声。

进了黑暗，人的时间观念全部消失。我们三人默不作声，一个劲地向前走。走了不知多长时间，突然间，我脚踩到了一个圆滚滚的东西，"咚"的一声后脑勺着地，摔得眼前直冒金星。

孙卫红打开手电筒，突然他的人僵住了；陈明上前一看，人也僵住了：原来，我踩到的不是别的东西，就是陈明之前扔出的手电筒！这手电筒明明在我们身后，怎么会跑到我们前面来了呢？

"有鬼！"陈明惊呼。

我从不相信世上有鬼。可我分明记得，我们走的是直道。我们身前身后，什么感觉也没有，这个把手电筒从我们身后弄到身前去的，究竟是人是鬼，这时我也禁不住怀疑起来。

"不管是人是鬼，我们不管，继续向前走。"孙卫红到底当过连长，这时，他说了这么一句话，极具威严，不由得人不听。

奇怪的是，几乎过了相同的时间，这个手电筒又再次出现在我们前方。我们照样不理，再过一段时间，这个手电筒又出现了。"怪了，这到底是怎么一回事。"看着这只不断超越我们的手电筒，我们三人都皱起了眉头。

这时，我突然想到一个流传很久的故事：一个人在沙漠里迷了路，突然他发现前方有一行足迹，狂喜，于是沿着这行足迹走了下去，而后见到了两个人的足迹，在沙漠里走过的人越来越多，他却始终找不到怎么走出沙漠的路，最后他渴死在了沙漠中，原来，他看到的足迹，就是他自己留下的。

莫非，我们也在这个古墓里不断地绕圈子？我暗自想。当然也不排斥有人在故意作弄我们，这人捡起一个手电筒很容易，可是要捡起很多东西却会很难。

想到这里，我突然觉得在这团团迷雾中，突然有了一丝亮光。

如果是真的，验证起来很容易。我们把自己身上带着的东西全部掏了出来，然后挨个地抛在甬道里：在过前方第一个大室的时候，我把手表放在地上；第二个大室时，我放下了钢笔；然后依次是孙卫红的手表、钢笔，陈明的手表、钢笔，我的上衣，接下来，孙卫红也脱下了他的上衣。

到了第九个大室，当陈明准备脱下自己的上衣时，他呆住了，突然蹲下身子，眼泪哗哗地流了出来。在我们前方，是我的手表！然后，我们依次遇到我的钢笔、孙卫红的手表、钢笔，陈明的手表、钢笔，我的上衣，孙卫红的上衣。

"我们确实一直在转圈圈！"甬道里，响起了一阵欢呼。现在我们终于搞清楚，这个古墓的甬道其实只有 2.5 公里长，总共也只有 8 个大室，只是因为每一段有 300 多米，角度实在太小，我们没法感觉得到，加上手电筒只能照几十米，所以一直没发现。

"终于明白了，我们进来的确实是'死门'，它虽然开着，却会迷惑人一直走下去，直到死为止。"我对孙、陈二人说道。

"博士，好样的！"陈明咧开嘴巴，笑着冲我竖起了大拇指。

现在，我终于明白了，建造我所遇到的古墓部分，如果前提因素都不变的话，只要有 7.5 万人口。尽管如此，在这个地区的历史上，这也是了不得的数字。我暗自想，这么一个大墓，要动用这么多的人力，墓主只有一个可能：政权最高领导人，而且这个地区在历史上只存在过一个能动用这么多人力的政权——吐蕃。

但是，如果说这个古墓是吐蕃王陵的话，也存在很大问题。历史上，吐蕃人口最盛时，也不过 200 多万人，即使这个陵墓用三年时间建成，也需要 30 多万人来支持。虽说从理论上这种可能性是存在的，可是在实际中却不大可能：吐蕃王陵基本上都在拉萨附近，从没听说过在甘肃境内；这里是历史上唐朝和吐蕃一直争夺的地方，即使考古工作有错误，作为一个正常的君主，也不会在这种烽烟四起的地方修王陵。

当然，这些问题只是在我脑海中一闪而过。虽然，我已经搞清楚了刘强的阴谋：骗我们进"死门"，然后使我们一直在甬道里打圈圈，直到最后倒地身亡。

知道了"死门"的秘密后，我终于明白我们进古墓之后刘强方面的动作：刘强的同伙确实进了古墓，但是刘强却巧妙地利用我们容易心软的弱点，在我们向前走的时候，刘强的同伙在我们后面悄悄地钻出了洞。

现在可以肯定，这个古墓里除了我们，再没有别的人了。想到这里，我脑海突然又浮现起一个疑问：显而易见，刘强跑出去的时候，险些砍伤陈明的是刘强同伙，为什么不吃不喝三天，刘强的同伙还能把刀挥得这么有力？

这两者结合起来，我终于得出一个结论：刘强他们事先已经进过这个古墓，并且对它了如指掌，所以才能设下陷阱，转输为赢，反而一举把我们困在古墓里。他们来了没多长时间，对古墓的了解显然来自宝穴方位图，这时，我突然后悔起在旅馆里，竟然没有询问过刘强关于宝穴方位图的情况，这确实是个重大的失策。

所以，我得出最后的结论：刘强他们事先已经有过非常严密的推算，并且制订好了种种应对措施，我们突袭这伙人，虽然在最初时似乎占尽优势：把刘强击伤擒获，还把两人逼入洞里，却始终按着他们的计划在走。

能设计好这么一套计划的人，智商不是一般的高。我越来越觉得，和这个人对垒，实在是太恐怖了，因为什么都在他的预料之中。

不过这个人也有他的弱点，那就是他善于孤注一掷。我暗想，这个人虽然高明，整个计划的实现却并非完美：假如我们和他们一样心狠手辣，在突袭时把刘强弄死，那他们就没有人来骗我们进这个"死门"；假如刘强死了，那他们的整个计划就缺了一环，假如陈明不是无意中一靠露出这个洞口的话，我们根本就不会进这个古墓，那他们岂不是要被活活困死在古墓里？

这个人再聪明，毕竟计划还是有漏洞的。我又想了一下，有两种办法可以使这个方案更成熟：在刘强被击毙、我们又没找到古墓"死门"的情况下，估计我们不久会离开，这时，只要在外面再放一个始终不出现的人，那困在古墓里的人的生命就能得到完全保障。还有一个办法，就是在墓里存贮足够的粮食和水，直到我们发现"死门"，进来为止。

这两种方案都有一个前提：洞里必须储存足够的粮食和水。想到这里，我终于明白这柄刀为什么会如此有力，那是因为他们事先在古墓里放了为数不少的粮食和水，困在古墓里的两个人，根本就不是三天三夜没吃没喝！

想到这里，我眼前一亮。既然他们在这古墓里准备了粮食和水，我们现在最缺的恰恰是粮食和水，那么接下来，我们要做的事情就是找到它们！

我们已经对古墓有了初步了解，储存这批粮食和水的地方，很可能就是和我们所走过的甬道平行的那条甬道里；如果不是，那么这个古墓肯定还有我们所不知道的密室，水和粮食就存在那里面。

我把这个判断对还沉浸在喜悦中的陈、孙二人说了，两人大声称妙。我们赶紧走到另一条甬道，找寻起来。

显然，尽管古墓比我们想象的要小得多，但和一般的古墓相比，它仍然大得惊人。别的不说，就目前我们所探寻到的部分，就已经有上万块巨石。这些粮食和水究竟藏在什么地方，对于我们来说，找到它们也仅仅比大海捞针简单一点。

不过，这个古墓是石头垒成的，对我们找寻也有一点方便：石头比较沉重，放粮食和水的地方虽然表面上看来和整个石室一般无二，但石板肯定比较薄，否则，人根本抬不起，毕竟设计者不会考虑盗墓贼的饮食问题。

在这种情况之下，最好的找寻办法应该是敲击听音。根据我的经验，石板比较厚的部分，发出的声音通常会沉闷；石板比较薄的地方，声音就要高一点。既然如此，那就方便了不少，我们只要对这些石头敲击一万次左右，就可以发现粮食和水的位置。

"这个办法很好，呵呵，刘强要知道我们博士这么聪明，肯定气死了。"听完了我的分析，陈明高兴地大叫起来。他的声音实在太大了，甚至甬道里都传来一阵"嗡嗡"回声。

相比起陈明的兴奋，孙卫红就显得稳重许多，他一言不发，举起手电筒，敲了起来，陈明自是不甘落后。古墓黑沉沉的甬道里，一时之间，处处响起了"噗噗噗"的敲击之声。

其实，想起一万块石头，很多人也许会觉得比较犯难，不过真正敲起来，速度倒不慢，我们才花了十分钟，就敲遍了第一条甬道的八分之一。当然，我们并没有发现粮食和水。

于是继续，第二个，没发现；接下来是第三个，也没发现。"我们不着急，我们有时间！"陈明拖长腔调自言自语，这小子，刚才还沮丧得要命，现在居然哼着小曲，乐呵呵的，真像一个没心没肝的人。

"噗噗噗"，陈明在第四个大室敲起第一块石头。孙卫红也举起手电筒，准备敲下去，突然他停住了，一把拉住准备敲第二块石头的陈明："停！"

陈明回转头，不解地问："什么？"

"你听到什么声音没有？"

陈明和我侧耳倾听了好一阵，古墓里，静悄悄的，什么声音也没有。

"有没有听到洞门开的'吱呀'声?"

我们俩竖长了耳朵,又听了一阵。果然,甬道里确实有一阵"吱呀"声,只是离我们实在太远了,听得不是很清楚。

"难道我们敲开了机关,把洞门敲开了?"陈明自言自语。

这不是没有可能的事,那我们要赶紧过去看看,否则一旦刘强那伙人发现,肯定会把洞门再关起来。

我们赶到洞门处,只见洞门紧闭,和原先一样。"可能我听错了。"孙卫红抱歉地说。

"那我们继续敲。"我说。

"咦?不对啊。"我转头时,手电筒朝四周扫了一遍,走在我后面的陈明突然疑惑地说了一句。我一转头,突然发现,洞门附近,不知什么时候多了一张纸。

这张纸上,用钢笔画着一张图,形状类似一连串的灯笼叠成圆环:每两道弧形之间,夹着一个长方形;最左边的弧形上,有一个小圆点,上面标注着"乾位",这圆点的正对面,标注着"坤位"。边上,还有几行字:"轻敲坤位石头三下,会有一个密室,里面有可供你们食用 10 天的炒面和清水。"

这字遒劲有力,书写者肯定在练字上花了很长时间。我细数了一下,这上面总共画了 8 个长方形,正好和古墓相吻合。看起来,这张图竟然是甬道这部分的构造图。

"这说不定又是刘强的诡计。"陈明还是心直口快。

这并不是没有理由,现在洞口肯定在刘强这伙人的严密监视下,如果要送有利于我们的纸条,就先要干掉最起码是控制住刘强这伙人。如果控制刘强和他同伙的这批人对我们心存善意,为什么不干脆打开洞门,放我们出来,非要我们去找什么清水和炒面?这个理由完全说不通。

在我们现在的判断中,这个甬道与大室这部分的结构图应该有所不同:它不应该是如同连串的灯笼叠成圆环形,而是一个大圆环套着一个小圆环。

不过这个问题很好解决,我们之前已经绕着第一个甬道走了一遍,大约需要时间是 8 分钟,那么我们只要再绕着第二个甬道走一遍,就知道是不是如图所画的那样了:如果我们判断是正确的,走第二个甬道肯定比第一个甬道花费的时间要少许多。

8 分钟后，我们终于知道：我们之前的判断是错误的。这个甬道其实是 8 个大圆相交而成，但是甬道的设计者极其巧妙地把圆相交之处改成了大室。

　　"当时，设计墓道的人为什么要这么设计呢？"沉闷了很长时间的孙卫红突然问道。

　　这个问题难不倒我，其实这个大室之所以存在，是为了掩饰甬道是弧形的，因为如果不设计这个大室，那么圆相交之处，必然会有一个交角，甬道就根本起不了迷惑人的作用。

　　第一个问题解决了，那么剩下的问题就是是不是轻敲坤位石头三下，就会有一个密室呢？当然，我们不会因为这张纸解决了一个对我们来说并不重要的疑问，就完全相信它。

　　从坤位洞的朝向来看，它指向的是这个墓的深处。按照常理，入墓处都这么惊险，那么指向墓深处的路上，肯定会有更多的困难。而在其中，说不定就有机关。

　　当然，鉴于古墓的构造，这种机关基本上不会是突然射出的利箭之类，而应该是突然滚下的巨石。如果这种设想是真的，一旦坤位的石头被敲击，触发了机关，按照这个墓的构造，站在坤位石头前的敲石者必然避无可避，被压成肉饼。

　　这时候，要特别小心。我左右环视了一下，觉得如果真存在这种机关的话，那么石头的来源应该是从甬道两边、大室三个方向同时袭来，敲击坤位石头的人才百分之百会被压住。

　　"我们要选出一个人。"孙卫红涩着嗓子说。我知道，他肯定也想到了这一点，能说出这句话极不容易：他毕竟有家有口。这句话一出，陈明也想到了。他沉默了好长时间，低声说："好。"

　　"我和你猜拳，剪刀石头布。"孙卫红说。

　　我大吃一惊："连长，为什么？"

　　孙卫红握住我的手："博士，你对墓了解，不能没有你。"说到这里，他哽咽了，眼泪汪汪："如果我们哪个人遇到不幸的话，麻烦剩下的人照顾一下他的家属。"

　　陈明默默地点点头，看着我："博士，我相信你。"

　　我知道，在这种时候，客气是没有用的。

第三章　石制古墓

　　我正想叫止，陈、孙二人早就跳到石棺附近，用力推起来。棺盖虽然极厚，一阵石头相磨的声音之后，缓缓打开。陈明一声欢呼，忙把手电筒朝棺材里照去，只见棺材里除了薄薄一层灰外，什么也没有。

陈明和孙卫红这两个人，如果他们没有遇到我，没有来到这个小镇，没有进这个古墓，这种事情就永远不会发生。但是，他们遇到了，却从不埋怨，而是默默地寻找生路。他们两个人，即使和古代的荆轲、专诸相比，也完全不逊色。

虽然他们在单位里，可能只是平庸之辈，如果不是遇到危难，人们甚至根本不知道他们的真实品质。但是，既然遇到了，他们就敢于面对，决不后退。

我点点头。其实即使他们一句话不说，我也肯定会照顾他们的家人一辈子，因为能和这两位勇士被困古墓中，这是我毕生的荣幸。

第一次，两人出的都是布；第二次，陈明出了剪刀，孙卫红出了石头。看到这两人出拳，我猜出了他们的心思：都不想死，都想赢对方。

猜剪刀石头布其实是个很复杂的心理游戏，不过也简单。相比之下，孙卫红显然心思更灵敏一点，他明白陈明是直性子，在紧急情况之下，第一次他们都出了布，第二次陈明会下意识地出剪刀，而他正好出石头。

陈明显然也知道孙卫红的算计，他一声不吭，做出了一个示意我们走开的动作，孙卫红毫不客气，和我转身走进甬道，步入附近一个大室。

记得西方有个法律学家说过："民主的前提，是应该比恐惧死亡更恐惧不遵守行为规则。"在路上，这一句话在我心里不断出现。真没想到，这两个文化不高，对书本知识也不大了解的人居然能够这么遵守这一规则。如果人人如此，我们的国家大有希望。我想。

远处，传来了一声敲击；接下来，是第二声；然后，是第三声。这时，我发现，自己已经是泪眼模糊。

没有预想中的轰隆声，古墓里一片寂静。接下来，好长时间，还是一片寂静。这时，远处传来微弱的欢呼声，那是陈明的声音！

我们奔了过去，看到陈明完好无损，他面前，是一个黑洞！

我和孙卫红欢呼起来，泪水哗哗直流。我们又向成功靠近了一步！

狂喜之下，陈明举足就要进去。我拦住他，用手电筒朝里照了良久，只见一片漆黑，什么也看不见，洞里除了一股更凛冽的寒气之外，也丝毫没有任何异常的气味。

孙卫红将一节废电池从洞口抛了进去，只听嗒的一声，然后是持续不断的骨碌碌滚动声，良久不息，原来这个洞相当深。陈明按捺不住，抢先钻进。我和孙卫红随后入内，只见洞宽度和先前的甬道差不多，只是高了许多。

我们发现，这与其说是个洞，倒不如说是和先前一样的甬道。只是这洞倾斜而下，和先前完全不同。这倒很方便，很容易辨别出我们是不是在绕圈子。当然，我们害怕洞里有什么古怪发生，步步落脚都很轻。

奇怪的是，大约每过一段，就会出现一个平台，走上五六米，然后再倾斜而下。总共走了这么五个平台之后，我们的面前出现了一个五六十平方米的石室。石室中央，一口巨大的石棺很是醒目。

如果没有这口石棺，根本看不出这石室是墓穴，真怀疑进入了一户古代普通人家的居室：左侧摆着一张桌子，下面是整齐的四只圆凳；右侧角落，一口大缸。缸旁，则放满了日常家用瓷器：一叠碗、几张盏、一摞碟。

"宝贝肯定在棺材里，"陈明笑着说，"这人是财迷。人都死了，还要死命搂住金银珠宝不放。"听了这话，孙卫红也极为难得地呵呵笑起来。

我正想叫止，陈、孙二人早就跳到石棺附近，用力推起来。棺盖虽然极厚，一阵石头相磨的声音之后，缓缓打开。陈明一声欢呼，忙把手电筒朝棺材里照去，只见棺材里除了薄薄一层灰外，什么也没有。

陈明不死心，也顾不得了，伸手摸去。几分钟后把手收了回来，叹道："唉，这人真是小气，就摸到一个东西。"等把手电筒凑上去一细看，陈明"呸"了一声，把这东西扔回棺中。原来这竟是一块朽骨。

陈明显然有点失望，他边用衣服擦手边拖长腔调说："啊呀，我们来晚喽，宝贝被人搬空喽。"孙卫红照样不做声，只是歪歪眼，沮丧地吐了口气。

陈明毕竟不是十分贪财的人，他呆了半响，豁达地一挥手："算了，既然这里没有宝贝，那这里该让我坐一下吧！"谁知他刚刚触及，凳子就无声无息地变成一堆尘土，反而让他吃了一跌。在坐之前，这凳子的表面还油光发亮。陈明跳起来，大叫："这凳子有古怪！"

看到他这副狼狈样，孙卫红和我都哈哈大笑起来。陈明看着我们，依旧大叫："就是有古怪，不然好好的凳子，怎么会成一堆土？"

这种事我见多了。我笑着说："既然你说有古怪，那我也给你变个戏法看看。"我轻轻一点另一张凳子，它也如先前那张一样，无声无息地变成了一堆土。"这凳子早就朽了，我怎么没想到呢？"陈明明白过来，挠挠头皮，也自嘲地笑了。

这时，孙卫红突然说道："博士，你看，那边墙上，似乎有些字。"我一细看，果然在墙上刻有一大篇文字，只是手电筒光扫来扫去，一直没正面扫到。我走到文字下，只见第一行写着"唐故河渭郡王尚公墓志铭并序"，第二行则是"朝议郎权知尚书兵部郎中上柱国裴熙撰"。

"这啥意思？"陈明指着这些字问。

"墓志铭，"我回答道，细一想他可能听不懂，又接着说，"是介绍墓主人一生经历的文字。"

"那他是谁？"

"官很大，是个王爷。"

没想到，陈明突然恼火起来："我呸，这个王爷也太小气到家了，这么大的墓都建了，也不顺便放几样宝贝！"

我笑笑，不理他，一边在思索唐朝是否有人被封为河渭郡王。在唐朝的历史上，有郡王称号的人实在是太多了，总数加起来有好几百人，想来想去，实在想不起这个"河渭郡王尚公"究竟是何许人。

于是，我接着看下去："尚始于姒姓。厥初启族，同官命氏，望高诸首，禄厚群僚。公仕于吐蕃，粲分国史，流祚百世。"这段话虽然都是马屁，不过我终于知道，这个墓主并不是汉族人，他是吐蕃人。

然后接下来全是吹捧这位墓主的话，像他年轻时"以博识著称"啦，什么小时候就与众不同，"幼而廉慎，长而刚毅。伟其貌而孝于家，睦乎宗而洁诸己。"

这个写墓志铭的人似乎很啰唆，整整写了一千多字，却始终没有提到这个"河渭郡王尚公"是个什么人，除了不断的吹捧，没有任何的实际内容。最后的铭也很抽象，上面写道："汉水澄漪，贯银河而引派；昆仑引众，似长河而归海。唯盛德之不朽，与斯铭而可久。"

在我看时，陈明和孙卫红一直没做声。直到我看完，孙卫红才紧张地问："上面说了什么？"

"不知道，只知道他是个吐蕃人，生前当过唐朝的王爷。"其实，在我内心，一直有个怀疑：毕竟姓尚又投降唐朝的在历史书上并不多，最著名的是两个人：尚婢婢和尚延心。

我这次到西来庄来，就是为了解决一个疑惑：为何尚婢婢要死守河州，也就是现在的临夏，承受住一次又一次的攻击？如果这墓主人是尚婢婢，那现在这个古墓说不定能提供答案。

这时，我们进洞已经有十分钟。那张纸条上说，这洞里藏着粮食和水，可到目前，我们还没有看到任何踪迹。手电筒的光，在石室内实在是太微弱了，只能照住一片，我们上下搜索，却始终没发现。

其实，从看到那张纸条后，我心里就一直有个疑问：写这张纸条的人到底是什么人？他究竟是有敌意，还是有好意？不过，随着此后一步步地都被他说中，我对他的好感也加重了不少。

不过，我们最需要的是粮食和水。屈指算来，我们进这个古墓已经有了6个小时，正值吃午饭的时间，肚子也渐渐饿了起来。

"我们再找找。"孙卫红说。我们又四处搜寻了一遍，却什么也没有。

难道这个人是有意把我们引到这个墓室里来？我暗想。如果真的是这样，那么我们必须防止墓门被突然关闭。

想到这里，我和陈、孙二人打了个招呼，回头走到坤位的洞门，我们大吃一惊，这坤位的门竟然已经关闭，先前的"死门"还有一丝缝隙可摸到，这个洞门关得竟然更加紧密，连缝隙都没有。

"他妈的，我们又上刘强的当了！"陈明咬牙切齿地说。

虽然在这个古墓里，我只度过了短短6个小时，我却觉得这段时间的长度，甚至不亚于我之前27年的生涯。在这个黑漆漆的墓里，我们遇到了一次次的圈套，碰到了前所未有的困难。不过我们通过自己的努力，一点点把它解决了。

现在我们刚刚恢复了一点自信，却没想到，又陷入了一个新的圈套里。想到这里，我觉得身心俱疲，一点精神也提不起来。显然，陈、孙二人也从刚刚发现墓穴的兴奋中回味过来，有种心力交瘁的感觉。

苍天啊，给我一个答案吧。这时候，我甚至想向冥冥之中、不知所在的神明求助。当然我知道，这毫无用处。

我们无精打采地回到墓穴，三个人关了手电筒，默默地对着巨大石棺发呆。

这时，我突然想到了西苑早市。

所谓的西苑早市，其实是北京海淀区西苑附近的一个农贸市场。只要在北 X 大学上过学的人，没有不知道西苑早市的。因为这个早市的水果最新鲜，价格最便宜。

只要从北 X 大学西门出发，向北走，穿过哨子营、挂甲屯，拐过十字路口，到了圆明园西站，再穿过一条长长的小街和连片的小破房子后，就会突然看到一块大开阔地，这片地里，几行歪歪扭扭的铁栏杆围着一群棚子。

还没进早市门口，就闻到烤羊肉串的孜然味和糖炒栗子的甜味，往里再走几步，就是卖水果的摊位。这里的苹果，外面带着霜，粉红粉红的，嫩得就像小姑娘的面孔，多少钱一斤，只要一毛多！樱桃，一个个红灿灿的，水大又饱满，只要两毛！橘子、西红柿、哈密瓜，简直就和不要钱似的，更不用提。这里还有叫"新疆无籽蜜"的西瓜，黄灿灿、香喷喷的芒果，酸甜、饱满、多汁的圣女果，小香瓜脆脆的，口感像苹果，但更香甜。

每次去西苑早市，我都是满载而归。包里一定装到沉得背不动为止，甚至还要加上几个塑料袋子。回来的路上，骑着车，上午的太阳正好闪闪发亮，也不顾左边是圆明园，右边是颐和园。只顾着冲回宿舍，把苹果、橘子、鸭梨、香蕉放在阴凉的地方；葡萄洗干净，一粒粒地放在碗里。然后，剩下的时间，就是大吃水果，甚至能饱到一两天不吃饭。

我舔着干巴巴的嘴唇，越想西苑早市的水果，就越觉得渴，越觉得饿。"唉，只要有一碗拉面，只要一碗，甚至连牛肉片小一点、薄一点，我都会很满足。"黑暗里，陈明突然叹息道，说完了还吧唧吧唧地咂嘴，似乎正在吃牛肉面。

累了，实在是累了。又累又饿，再加上墓穴里冷得要命，我哆哆嗦嗦地在黑暗中睡着了。

不知睡了多长时间，我突然闻到一股香味。这不是一般的香，而是那种透彻人心的香。我迅速睁开眼，发现陈明和孙卫红站在大缸边，正在翻着什么东西。我走上前，愣住了：大缸里，是几塑料桶清水，还有很大一包炒面。

那张纸条没骗我们，这洞里确实有粮食和清水！

我们太大意了，光想着宝贝，甚至没想到去缸里查一查。我们三人欢呼起来，这不仅是为找到了粮食和清水，更是为我们并不是孤军奋战。在墓外，我们还有同盟军，他正在暗中帮助我们，当然他现在不放我们出去，也许因为时机不成熟，也许因为其他原因。但是，他毕竟是要帮我们的，想到这里，我突然之间似乎又看到了光明。

大吃大喝之后，一阵倦意上来，我们相互搂着，满足地睡着了。

越睡越觉得冷，墓穴的石板，就像一大块冰似的，冻得我瑟瑟发抖；再过一阵，更是抵受不住，觉得整个身子都要发僵似的。虽然人很疲倦，却始终再也睡不着。

到底是特种兵出身，陈孙二人依旧在呼呼大睡。甚至，我都能听到陈明的肚子在汩汩作响。这小子，大概喝多了水，只怕要闹肚子吧。

又过了好一阵子，陈明突然开口了："博士，你太贪嘴了，闹得我睡不好。"

"我贪嘴？你才贪嘴呢！肚子都在汩汩地流水。"我反击道。

"我肚子没响，是你的在响。"

"我明明听到是你的肚子在响。"

"呵呵，要不，你来听听？"

陈明的肚子，确实没有在响。当然，我的也不响。呵呵，我知道了，是孙卫红吃多了！

没想到，孙卫红的肚子也没响，那么，这汩汩的声音是从哪里传来的呢？

"莫非，外面下雨啦？"孙卫红突然说道，半秒钟不到，他又否定了自己的回答，"嗨，我真傻，在这么深的墓里，怎么会听到雨声呢？"

黑黑的墓穴里，似乎藏着什么古怪。我们四处寻找了一番，却什么也没发现。

大约几小时后，汩汩的声音渐渐地消失了，再也听不见。这时，洞里也似乎没有以前那么寒冷。

我想，这大概是我适应了洞里空气的原因。会不会长久在黑暗中，我们集体出现了幻觉？我想。

墓穴出不去，这样我们剩下的时间，就是在古墓里吃了睡，睡了吃。渐渐地我们觉得，这个古墓里，除了没有光线，另外特别冷之外，一切都还是好的。

在古墓里，一切时间统统失效。我们计算时间的办法，只剩下统计自己吃几顿。在吃了4顿之后，也不知地上是上午、中午还是下午，突然，从地底下传来巨大的"轰隆隆"声。

"打雷了？"陈明惊讶地说道，话音刚落，古墓剧烈地颤动起来。墓穴里，尘土嗖嗖地向下掉。"是地震！"孙卫红用尽全身力气喊道。

这个古墓所处的位置，正好是青藏高原和黄土高原交界处，是地震多发区。历史上，甘肃南部、四川北部一带，多次发生过地震。地震发生时，声音比震波传播得要快，所以，我们先听到了声音，然后才感受到震波。

一阵摇晃，和我们一阵心惊胆战之后，古墓居然丝毫无损，甚至连石头都和原来一模一样，用手电筒扫射一圈之后，我发现地震唯一的影响——棺材被震歪了，它的下面，露出了一条一指宽的黑色小缝。

陈、孙二人大喜，顺着棺材倾斜处，同时猛吸口气，全力推去。不想这棺材看似沉重，却不用过多费力，一触即移，棺材之下有个方形大洞。大洞内，黑洞洞，不知有多深，寒气更是逼人，隐隐约约传出我们已经很熟悉的汩汩声响。

手电筒朝洞口左右一晃，我们更是喜上眉梢：原来，这棺材并非架在墓穴石板上，而是和一根圆型巨柱相连，石柱之侧，一条石梯盘旋向下，直到暗不可见的深处。孙卫红翻身，沿着石梯爬下。我们脸凑在洞口，屏气等待。

突然，黑暗中，传来孙卫红一声大叫。

我们匆匆爬下，只见孙卫红站在一条小河中，正在发呆。

原来方洞之下，竟然是条暗河，河面离墓穴底的石板，足足有七八米距离。孙卫红刚才一脚踏下，原以为会踏到实地，没想到一脚踩了个空，整个人跌入河中。黑暗之中，加上之前屡受惊吓，精神高度紧张，忍不住便惊呼起来。有了孙卫红先前的经验，我们就不像他那么狼狈，轻轻巧巧地踩在了暗河边的干地上。

在云南、贵州等南方一带，地下有暗河并不奇怪，可我万万没想到，这干燥的黄土高原和青藏高原交界处，竟然也有暗河存在。更奇怪的还在后头，用手电筒四处扫了一圈后我发现，这个暗河和以前见过的完全不同。

照理说，这里离地面并不算远，可是暗河的四周并不是黄土，而是纯石壁。这石壁又和西南地区的完全不一样，它黑色坚硬、边缘圆滑，不但没有石笋、石钟乳之类的尖锐突起状物，壁内还有层层叠起的褶皱纹。我觉得，这与其说是条暗河，还不如说是条大水管更合适。

我并未踏入水中，却已能感受到从河水里发出的逼人寒气，不由得打了好几个寒战，浑身湿透的孙卫红已经是喷嚏不断。直到看到这条暗河我才知道，为什么我们刚进"死门"时，就感到墓内有股寒气，而进了墓穴之后，更是寒气逼人，原来全是这条暗河带来的。

再一细想，却又觉得不对，通常而言，暗河的水因为和地面多少有点隔绝，温度和一般地表河流相比，温度要恒定得多，通常维持在摄氏 17 度左右，而这条暗河的水，我估计也就是摄氏 2 到 3 度左右，相差甚远。

不过在当时，我没顾得上多想，忙着查看四周。当手电筒扫到石柱时，我惊呆了。

只见大石柱中间，套着个比石柱直径起码大一倍的钢盘，钢盘边缘，又和一条长钢片形成的链条相卡。这链条的一端，又套着一根只有直径半米的钢棒，和大石柱类似，它中间虽有一个凹槽，也和链条相卡。

暗河的水很是清澈，我可以清楚地看到，在钢棒下端水里的部位，又有很多半米见方的钢叶片，流动的水推动着叶片，钢棒也随之转动，显然也在带动着石柱转动，只是两者直径相差太大，用人眼很难观察出石柱的转动。

对这种机械结构，我很熟悉，说穿了，它的原理和直到解放前很多农民还在用的水车传动装置完全一样。不过，这个石柱的上端，却有一长段斜斜地凹了进去，里面还布满了深浅不一的小凹槽，这个凹槽起什么作用，我一时就说不上来了。

孙卫红也奇怪地看着这些凹槽，看来，他也感到很疑惑。

陈明看了一眼，神秘一笑，突然问我："博士，你是知识分子，我想考考你，那些凹槽是怎么来的？"

我一听，有意思，一路上陈明这小子打打杀杀还可以，没想到他会来考我这个现在还是高难度的问题。我不是那种爱耍小聪明的人，回答当然是老老实实："我不知道，你知道？"

陈明一听，得意了，他居然摆起谱："这实在太简单了，到我老家去，随便拉一个农民，他都能回答出来。"

"那倒要请教一下，它是做什么用的？"

一听说请教，陈明更得意了，一边咂着嘴，一边摇头晃脑："啊呀，我做梦都没想到啊。一个堂堂的大博士，会对像我这样初中勉强毕业的人说请教，你这一声请教，我祖宗坟上都冒青烟啦。"

一旁听着的孙卫红忍不住了："有话就说，有屁就放，啰唆什么！"孙卫红到底当过陈明的顶头上司，这一厉喝后，陈明果然老实了不少。

"博士，你看好了那根钢棒，看出什么不对的地方没有？"

这个钢棒的位置确实有点古怪，离石柱有三米多，如果它起的作用仅仅是传动给石柱的话，确实没必要设置得那么远。经陈明这么一提醒，我还真看出它设置得确实有问题。

"不只这一点，还有一个问题。"听我说完，陈明提醒说。

我又看了好长时间，虽然左看右看得很仔细，却什么问题也没看出来。

看到我实在答不上来，陈明忍不住提醒："钢棒正好竖在河的正中，你不觉得有点怪吗？"

"我还真没看出究竟怪在哪里。"

这时，陈明才老实起来："我看到这钢棒的时候，就觉得有点怪，可怪在什么地方呢？一时也说不上来。可之后你正好用手电筒一照，我一看到这个凹槽就明白了，它是用来提重家伙的。说穿了，就是个起重机。"

我还是没明白，孙卫红也没明白。

陈明只好再次解释："博士，你难道是城里人，一直喝自来水，没从井里打过水，没用过辘轳？"我回答道，我是农村人，不过我家乡不像北方和西北地区，地下水位很浅，只要用吊桶，也就是桶上拴根两三米的绳子，就能把水从井里提上来，所以从没用过辘轳。

"难怪！"陈明拖长声音说，"我说呢，要是你用过辘轳，肯定一眼就看得出。博士，我跟你说，其实这根石柱就是个横着的辘轳，摇把呢，就是这个钢棒，水带着钢棒转，钢棒带着石柱转，石柱上缠绳子，绳子再拉东西。这不是个起重机吗？"

"哎，有道理啊，"孙卫红惊讶地说，朝陈明肩窝砸了一拳，"我们搭伙搭了七八年，没想到，你小子还藏着这一手！"

不过，我还有疑问："那这里的叶片也太小，拉不动多重的东西，你这个起重机用处也不大呀。"

"嘿！"陈明露出孺子不可教也的表情，"你还不明白！它最初是这么设计的：钢棒放正中，就能吃住更多的水力；距离远一点，是为了能用上大叶片。这样力道就大了不少，就成了起重机了。起重机用完后，钢棒不动，把大叶片拆了，改成小叶片，就是现在这样子。"

听完陈明的解释，我终于明白了。原来，这个传动装置在设计时，就被设计成起两层作用：先装上大叶片，但为防止叶片打上石柱，所以放得远，这是利用水力来搬重东西的；然后装上小叶片，是因为这个地区地震多发，震后，墓穴就容易露出来，这时，这个传动装置的作用是用水力慢慢把震开的洞合上，防止盗墓者从暗河进入墓穴。

终于明白了这个传动结构的原理，我又想起在甬道里转圈时想到的问题：这个墓主人的身份。别的不算，光从造墓所需要用的人力来看，采石用的人力最少，如果算 1 的话，那么运输石头起码是 360，建造这个墓要用的人力大约是 180。既然墓地上有了"水力起重机"，那么建造墓所用的人力，起码可以减少 100。

我的手电筒在暗河里四处照射，心里感叹万千：想不到古人如此聪明，居然会使用水力来建造墓地，构思之巧，实在令人叹为观止。

这一四处照射，我又发现了新的东西：钢棒之外，有数十块巨石，乱七八糟地沉在水底，有的露出尖尖角，有的是整块沉没，甚至还有已经是破损不堪。而在暗河的两岸，各有一条凿得整整齐齐、半米多宽的小径，一直伸向远方。

如果石头用滚木法运来，根本没必要修这条小径。我暗想。刚想及此，内心一阵狂喜突然涌来。

这是因为，想到这个问题之后，我随即想到：如果这个暗河不仅仅提供动力，还是一条运输通道的话，那不是更节省人力？再一细看那些沉没在水里的石头，我更坚定了这种想法：如果这些石头是千辛万苦地从远处运来，即使沉没了，也要设法捞上来，毕竟有"起重机"在，不用费太大人力的。之所以没用，是因为石头来得太方便了。

所以我确定，这条暗河应该是运输通道，3 吨重的石块从暗河上游运来后，被"水力起重机"吊起，但因为操作不当，一些石头落在水中，当时的工程建造者觉得太费力，甚至都没想过去打捞。

既然这条暗河是运输通道，那么这个暗河肯定有一个出口，这个出口一定不会离采石场太远。对我们来说，这个出口正好是让我们逃出生天的唯一通道。想到这里，我终于明白：原来这个古墓的"生门"不在别处，就在棺材底下。

长久以来，在民间传说中，古墓里似乎很神秘，里面有机关、水银、暗箭、毒气、僵尸、妖怪，等等，而且说得神乎其神：如果不是懂得神秘哲学，或者是能呼风唤雨的人，那基本上是逃避不了的。这些民间传说，其实纯粹是无中生有，要么是把人当猴耍，要么是为了故弄玄虚，骗碗饭吃。

几年的考古经验使我了解到，古墓里确实可能会有机关，但绝对不会是暗箭，原因很简单，真的有暗箭的话，那总要有弓提供动力吧，可是制作再精良的弓，恐怕不用几十年就朽坏了，而在几十年内，墓主的家人还在，守墓者还在，盗墓者根本没机会下手。

古墓，除了皇帝陵，也不大可能用水银蒸汽来伤人，原因也很简单：水银太贵，如果用于防盗墓贼的话，花费实在太大；更何况，水银是会挥发的，即使墓主用了水银，估计一百多年也就挥发得干干净净，对百年之后的盗墓者毫无作用。

毒气比水银更容易挥发，几年工夫就会消散掉。至于僵尸、妖怪，更是无稽之谈，古墓里根本不可能有这类东西。

当然古墓并非没有防备的手段，这种手段往往是机关，但不玄乎，通常是运用当时的机械手段。总的来说，也就五六种而已：故意把墓修得无比坚固，盗墓者只能进某个区域，可一进去，就破坏了古墓的平衡，上面石头纷纷落下，把盗墓者砸死在墓内，这叫"飞石墓"。

造墓地时，先挖十几米深或者更深、面积达几十甚至几百平方米的地下空间，定好棺椁的朝向、方位后，回填的不是挖出去的泥土，而是烘干后的细沙。这种沙子流动性很强，盗墓者没法挖掘盗洞，这边挖那边满，即使挖成了，也很可能被细沙掩埋，并造成上层塌方，把盗墓者闷死在墓地中，这被称为"流沙墓"。

还有的，则是在必经之道上摆一块类似跷跷板的板子，底下是个陷阱，里面放着滚钉板，钉子几乎和宝剑一样长，盗墓者踩上跷跷板，就会掉下去，浑身被穿上无数个透明窟窿，这种墓叫做"陷阱墓"。此外，还有"滚石墓"、"碎石墓"等。

不过，这些墓的机关设置并不是没有破解的办法，只要盗墓者对建筑力学有一定了解，破解机关也并不太难。这源于一个基本的理论：即使墓再坚固，总要有一条通道让还在里面造墓的工匠出来，因此这个通道必须是不受力的，有没有都无所谓，这个道理和现在造大楼时门窗总是不受力一个道理，无非是大楼有多个门窗，而古墓往往只有一个而已。

所以，不论是考古者还是盗墓者，只要发现这个工匠们撤出的通道，就等于打开了墓的安全通道。这也就是人们所称的"生门"。"生门"不是故意留下，而是实在没办法才留下的。

当然，也有秦始皇这种极其变态和残酷的墓主，居然完全不考虑工匠，把他们全封死在墓里。这也就是秦始皇墓始终打不开的原因。

这个大墓的特点，就在于只要推开棺材，在里面的人就能撤出。撤出后，却因为机械力的原因，再也没法转动棺材，就把墓给封死了。这个墓设计更精巧之处，还在于它能用机械力抵御地震，防止棺材被震开。想到这里，我不仅倾倒于古人的智慧，对这位墓主也更为好奇。

要知道墓主是谁，最好的办法是算一下能动用多少人力来修这个大墓。按照之前的算法，我再算了一下，不禁失望起来：这个大墓虽然规模宏大，但巧妙地利用了暗河和水力，修建的人数居然只要上千人工作一年，为他们提供食物的人也不过三四万人而已！

这种人，在这个地区的历史上，数量众多，甚至有很多人根本没被记录下来。可以说，从墓的工程量来推断墓主是谁，希望十分渺茫。

比推断墓主人更为重要的是，那个在关键时刻递给我们纸条的人是谁？

显然，这个人应该是朋友，是他告诉了我们粮食和水的位置，如果没有他，我们现在可能已经在墓穴里奄奄一息了；也正是他把我们引入了墓穴之中，不但破解了大墓的建造之谜，还找到了大墓的出口。

然而，这个人也刻意装得十分神秘，他从不直截了当地告诉我们下一步该怎么做，他的提醒总是要我们费上好大一番周折才能明白。这个人到底是谁，他想干什么？虽然一个个困难被解决，但我仍然如堕九重迷雾中。

"博士，洞门已经合了一半了！"看我陷入沉思，孙卫红忍不住提醒我。这个"水力起重机"果然还在起作用，洞门已经半掩。我们冲进墓室，从大缸里取出剩下的炒面，下到暗河里，朝着暗河的上游走去。

这个暗河十分长，在途中，我们整整吃了三顿饭，除了吃饭之外，我们一直在不停地走着。幸好它不像西南地区的地下暗河，没有任何岔口，只有一条道，我们手电筒里的电用完之后，靠着摸索，居然也能一直向前进。

越往前走，暗河洞里的空气越是冰冷。渐渐地，空气突然又转暖起来，这样走了几十米后，我们摸到了一个拐角，转过拐角，眼前出现了一个小亮点，越往前走，亮点越大，原来这是一个洞，暗河就从这个洞流入。

我们再走几十米，光线越来越强，只见暗河之中竟然有着大块浮冰，原来洞中之所以这么冷，竟然是被暗河的水冷却所致。

再走一段，突然之间，阳光耀眼。长时间不见强光，我们甚至有点眩晕，闭眼，定定神后，等我们再睁开眼来，只见在我们面前的竟然是个繁花盛开的山谷，远远看去，一眼望不到边，远处则是皑皑雪山。

此时，暗河已经变成了明河，只是这谷中虽然温暖，但是河面上，却浮着半米见方的冰块，相互撞击，噼啪作响。河面上，浮动着股股雾气，若隐若现，河岸十多米内，几乎寸草不生，和谷内的鲜花美景极不相同。

我生于江南，这次到甘肃来，一路上见惯了童山秃岭，风沙满面，真想不到在西北地区，还有这种碧水横流、鲜花满地的地方。我们举目四眺，只见远处薄烟霭霭，不知何处是尽头。如果有哪个画家，在这副景色上添点杨柳、巷陌，然后再抹去远处的皑皑雪山的话，那就和江南几乎没有差别了。

虽然我们只是在又黑又冷的墓穴里关了没几天，却似过了若干个世纪一般，三人都异常高兴：陈明大呼小叫，孙卫红也难得地在脸上堆满了笑容，我则是在呵呵傻笑。

"这是什么地方？"好长时间之后，我们的兴奋才渐渐消退，陈明突然问道。

孙卫红当过司机，他也回答不上来："地图上没这个地方呀。"挠头皮挠了半晌，他又说："我估计应该过了积石山了吧。"

我一听到"积石山"，顿时跳了起来："西来庄在积石山附近？"孙卫红一呆，答道："你知道积石山？它现在是临夏的一个县，不出名的。"

"怎么不出名？它在历史上可是大有名气。"我感到有点激动。

虽然逃出生天，陈、孙二人很是高兴，可没在墓穴里找到宝贝，两人多少还是有点遗憾。看见我这么激动，陈明眼珠子直发亮："在它里面，肯定藏着很多金银财宝，是不是？"

这话让我啼笑皆非：这哪儿跟哪儿呀！积石山之所以有名，和金银财宝全无关系，而与神话、历史有关。

在神话传说中，积石山的由来和女娲补天有关。据说，当时女娲就在现在甘肃临夏和青海循化的交界处，炼石补天。没想到，女娲弄来的原料实在是太多了，补好天后，还剩下一大堆石头，就变成了一座又高又大的石山，人们就叫这座大山为"积石山"。

积石山之所以有名，和唐朝两次重大战役有关：第一次，李靖率领大军越过积石山，大破吐谷浑军，一直追击吐谷浑王到现在新疆塔克拉玛干沙漠，最后俘虏了他，全军唱凯而归；第二次，是几十年后，吐蕃吞并了吐谷浑，唐朝震怒，派薛仁贵率军二十万，翻越积石山，吐蕃把全国军队集中起来，出动了四十万兵力，在大非川和唐军决战，唐军几乎全军覆没，从此积石山一带归了吐蕃。

听完了我的讲述，陈明摇摇头，表示不信："你这说的哪儿跟哪儿呀！李靖是哪吒的爸爸，他是商朝人。薛仁贵倒是唐朝人。两人怎么会相隔几十年呢？"

"你从哪里知道李靖是商朝人？"

陈明瞪着眼，拍着胸脯，自信满满地说："《封神榜》！"

不想，这时孙卫红竟然也插了一句："这我也知道，李靖就是托塔李天王，陈明讲得没错，哪吒是托塔李天王的三儿子，他们确实是商朝人。"

妈的，这两个文盲！我心里暗骂道，不过这时脸上只有苦笑的份儿。不过，在这山谷中，这两个人胡说八道，总比在古墓里担惊受怕、冷得浑身发抖要好得多。

说话间，我们很随意地看着四周的景色，倒也赏心悦目，心情舒畅。不过这山谷也有不同之处，处处均是悬崖，而且笔直。不过，因为我事先解释了，他们也明白得很：这些都是古代采石留下的痕迹。

根据我以往的考古经验，其实这个山谷之类的采石场，还不算什么，很多地方的景点，甚至都是这种古代的采石场。

1991年暑假，我曾跟着旅行社到绍兴柯岩去游览，到了那里，只见一个云骨从平地上直插云霄，高30余米，形体曲折，而且上大下小，耸立如锥，周围是个深潭。这一奇景，让游客啧啧称奇，加上导游说得神乎其神，传说和神话一个接一个，让不明真相的游客听得津津有味。

但是我却知道，柯岩其实不过是古代的采石场，无非是古人下面多采了些，怕上面石头塌下来，不敢再采而已，至于深潭，不过是古人贪婪，采光了地面，看到地面之下还有整石块，接着采下去而已。

这种怪石奇洞，像绍兴的吼山、龙游的石窟，说穿了，其实不过是古代的矿洞，这不过是现在流行的厂矿旅游的变种。

正说话间，突然头顶上传来轰隆隆的声音，抬头一看，只见雪山之上缠绕着云雾。稍一迟疑，只见大片的积雪和碎冰迎头砸下，眼前白茫茫一片，什么也看不清，大家掩住口鼻，急忙躲避。

这时，已经迟了。幸好，这次雪崩并不很大，只埋了我们下半身。我被一块冰砸中脑袋，嗡嗡了好久；陈明更是狼狈，头上顶着个硕大的雪帽子；孙卫红一点事也没有，只是站在冰雪堆中发呆。我们费了好大劲儿，才把自己拔了出来，从此再不敢靠近山崖，只敢远远地看着。

这个山谷很是巨大，我们边逛边找出口，一直走到晚上8点太阳落山时，还没找到出口，所到之处，均是采石留下的痕迹：悬崖峭壁，高耸入云，不知上面有多高。

这谷中土壤很是肥沃，加上处处细流潺潺，大概是雪山上雪水融化而成，水源充足，自然植物茂盛。到天快黑时，我们发现了一处细草坡，这里的草长得又细又长，半人多高，很是茂密。于是，我们决定在此睡上一宿。

当天吃的还是炒面，不过我们随途采了不少不知名的浆果，又酸又甜，就着炒面吃下去，倒也别有风味。陈明和孙卫红用身上带的军用水壶，到小溪里灌了些清水，这顿晚饭虽然并不丰盛，却也如意。

虽然睡的是草地，却柔然如棉，很是舒服，再加上山谷被雪山环抱，谷内温度不低。这一晚，我们三人睡得很香，大有乐不思蜀之感。

第二天一大早，天空蒙蒙亮，我们就被一阵"咯咯"的声音吵醒，起来一看，竟是一大群鸡在觅食。这群鸡，足足有数百只，有芦花鸡、红色大公鸡，甚至还有跟在母鸡后成群的黄色小鸡。

这群鸡似乎并不怕人，看到我们，也只是让开，丝毫没有逃之夭夭的表现，和一般农村养的鸡很不一样。在我醒来之前，甚至已经有一只母鸡站在我的肚皮上，啄食我衣服上的纽扣。

说来也怪，我们前一天在山谷中搜寻，几乎没见到任何动物，野兔、山羊固然没有见过，甚至连青蛙、飞鸟也不见一只。这群鸡是我们在山谷中第一次见到的禽类。

陈明、孙卫红大喜，一跃而起，一伸手，各捉住一只大公鸡，微一用力，就把它们的脖子扭断。这群鸡倒也奇怪，只是吓得"咯咯咯"一阵乱窜，到了离我们十几米处，就停了下来，好奇地歪头看着我们。

陈孙二人也不再管这群鸡，跑到悬崖边，找到几片黑色石片，在石壁上磨开了刃，把这两只公鸡拔去毛，开膛破肚，然后脱下军用水壶下端的饭盒，倒上水，搜集了些枯枝败草，开始架锅煮鸡。

这顿早餐已经可以算得上丰盛，这鸡肉很鲜美，我们三人就着炒面，你争我夺，不一会儿，就把两只鸡吃得只剩下骨架。

早餐完毕，我们继续前行，不久之后，我们便遇到了一大片麦田，这时候麦子已经灌浆，麦芒的尖端也微微发黄，估计再过十多天，就能开镰收割。虽然麦子不能吃，我们心里却乐开了花：有鸡有麦田，这说明山谷不是死谷，很可能和外面相通。

早饭吃得太多，有些犯困，加上我们看到麦田后，心情更是放松。麦田不远处有片小树林，于是我们决定到小树林里去休息片刻。

我斜倚着一棵粗树，微微闭眼。正在朦朦胧胧间，突然陈明推了我一把："看，麦田边来了个怪东西！"果不其然，麦田边来了臃肿却又五彩斑斓的怪物，和成年人差不多高度。只见它摇摇晃晃地走到田边，蹲下身，似乎在看麦子的成熟程度。

这时，我倒好奇起来：莫非这麦子不是人种的，是这个怪物种的？难道前面见的那群鸡也是这个怪物养的？和我一样，陈孙二人也盯着那个怪物，眼一眨不眨。只见那怪物在麦田间摸索了好长一段时间，又站起身，摇摇晃晃地走了。

孙卫红打了个手势，我们三人连大气也不敢喘一下，悄悄地伏在草间，蹑手蹑脚地跟在那怪物之后。

　　跟着这怪物走了大约半小时，越来越逼近这里的悬崖，只见一条瀑布从天而降，恰似一条白色巨龙，下落到一个深潭内，这怪物便消失在瀑布后。瀑布前后，草已经很少了，我们伏在深草间，不知该不该进这瀑布内去看一看。

　　正犹豫间，只见这怪物又从瀑布内走出，正朝着我们方向，摇摇晃晃地走来。我们低下头，把身子深深地埋入草间。这怪物浑然不觉草中有人，径直从我们身边穿过。

　　等它走远，我们才敢抬起头来。只见它一路走过，草丛中便散落下一些羽毛，有白有红，也有橙色。孙卫红捏着其中一片，悄悄说："难道它不是野兽，是只大鸟？"

　　看着怪物渐渐走远，陈明突发兴致，说："这瀑布后肯定有个洞，想必是这怪物的家，我乘它不在，进去看看怎么样？"孙卫红连声说好。

　　直到这怪物消失在视线中，我们才蹑手蹑脚地从草间爬出，来到瀑布前，果然瀑布之后，确实有个方形小洞，似乎是这怪物开凿的，再走进去，只见又是一个方形门，不过门上挂了一道草帘。

　　陈明悄悄上前，掀开草帘，这时，我和孙卫红紧张到了极点。陈明只往里看了一眼，便挥手叫我们出洞。待我们重新伏于草间，陈明才说："不止一只，里面还躺着另一只！"

　　原来，刚才陈明挑开帘子一看，只见里面是个大洞，洞里有锅有灶，和一般人家没什么差别，只是另有一个怪物，同样身材臃肿，正躺在一大堆草中，面朝石壁躺着，大概是睡着了。

　　既然会生火做饭，那想必不是大鸟，应该是人。我心里直犯嘀咕，只听说湖北一带有野人，难道在这甘肃和青海交界处的山谷里，也有野人住着？

　　再过一段时间，只见刚才出去的那怪物又摇摇晃晃回来，不过，这次手里提着一只鸡。这怪物如此三番五次进进出出，我们一直伏在草间，只怕被这怪物发现，不敢稍有动弹。

　　大约在草间伏了一个多小时，突然陈明低呼："另一个怪物也出来了！"我微微抬头，果然只见另一个怪物也摇摇晃晃地从洞里出来，只是这只怪物走起路来，更是缓慢，简直是一步三停。我们屏住气，默默地等着，直至最后这另一只怪物消失在一片草丛中。

我们再次悄悄地摸进了洞，这次里面寂静无人。陈明和孙卫红在里面搜索了一遍，只见这洞里除了草堆之外，还有一些制作极其粗劣的铁器，灶台也是歪歪扭扭，上面放着一口凹凸不平、做得很难看的锅，锅边还有一把同样粗制滥造的锅铲。我从这些判断出，这两个怪物的文明程度还不低，至少人家已经进入了铁器时代。

正当我们在洞内搜寻时，突然洞外响起了脚步声。

这个洞里没有任何隐蔽物，孙卫红和陈明互相使了个眼色，两人冲到灶后，各拾起一根粗大的枯枝，这是刚才那怪物在外捡的。这脚步声很是奇怪，响了两声，此后我们听到一阵类似人类的喘息声，然后再响起一阵脚步声，倒让我们感到心惊肉跳。

终于，这怪物掀起帘子，陈明和孙卫红大吼一声，跳到帘子前，对准这怪物的头部，就要打下去。突然两人棍子停在半空中，再也打不下去。没想到进来的，居然不是怪物，竟然是个人！只是这人很是奇怪，全身上下，披着一件大概用什么植物纤维连着的羽毛衣，刚才我们远远看去，还以为这是个怪物。

这人已经是白发苍苍，头发凌乱，几乎垂到腰际，脸上布满皱纹，胡子一大把，连眉毛也已大半白了，原来是位老人。他看着我们，怔了一怔，然后很平静地说："等了二十六年，你们终于发现了。"

接下来，他说了句让我大吃一惊的话："我——就——是——陈——步——云。"他似乎已经有很长时间没有说过话了，说起话来很吃力，声音听起来也很刺耳。

陈步云！听到这个熟悉的名字，我顿时有数不清的话想和他说。虽然我并没有见过他，但是看了他的日记后，我觉得自己和他进行过心灵上的交流。

在此之前，我曾经设想过很多种和他见面的方式：一种是我在大街上，四处询问时，突然走来了一个白须飘飘的老人，他轻轻地拍拍我的肩膀，低沉地说道："我是陈步云。"还有一种是我被带到一个精致的房间中，一位面相清癯的老人正在等着我……没想到，我会在这个山谷里遇到他，而他竟穿得像个怪物，浑身都是毛！

"当啷"，陈孙二人手中的棍子也掉在了地上，他们已经听我讲过我怎么发现陈步云日记的故事。陈明结结巴巴："你……你……你就是北X大学的陈步云教授？"

"是的，我是陈步云，"老人看着我们，神色黯然，叹息道，"我原以为能逃过，想不到最终还是逃不过，你们要杀就杀吧！"我们三人连忙解释道："不不不……"

陈步云打断我们的话，厉声喝道："你们不要痴心妄想，那个秘密当年我不会说，现在人都快埋到土里了，更不会说的。"他是在情急之下，所以这段话说得还算流利，不过大概是他很久没有说话，一口气说了这么多的话，竟然连声咳嗽起来。

"对！我——也不——会说。"适才遇到的第一个"怪物"也掀开帘子，他说话虽然流利一点，却还是有点拖沓。这人走了进来，沉着脸站在我们面前。这人和陈步云一样，头发、胡子都是长长的，只是看上去要年轻二三十岁，他的头发和胡子只是斑白，也同样是一脸皱纹，显得很苍老。

听了这话，我们才恍然大悟，原来陈步云他们两位大概知道了什么秘密，这二十多年来，一直被人逼迫，大概后来又逃了出来，难怪一看到我们，就露出一副视死如归的样子。我们再次连连摆手："不不不……"

"那你们怎么知道这地方？又是来干什么的？"陈步云问道。"唉，这就说来话长了……"我们三人原原本本把我到旅馆之后的经历向陈步云讲了一遍。

当陈步云听说我是北X大学的之后，他眼皮一跳；当听到我导师李成先教授的名字时，突然"哎呀"了一声。我当时赶紧停下来，问陈步云："陈教授，你认识我导师？"陈步云摆摆手，示意我继续说下去。等我讲完之后，这两人将信将疑，相互交换了一下眼色，沉默了好长时间。

良久陈步云看着我们，说："这山谷实际上是个死火山口，后来有人进来采石建墓，为防止盗墓贼进来，故意把整个山谷全采成了悬崖，我们这二十多年来，试过各种办法，一直出不去。"说这话时，他的语调已经变得正常，显然已经调整过来。

一说到死火山口，我突然想到我们进这个山谷时候遇到的那条暗河，于是我说道："这么说，那条暗河就应该是岩浆喷出口之一了，是不是？"陈步云点点头："是啊，火山死了之后，虽然历经多次地壳运动，这口却一直没封上，这山谷里积的水都流到这口去了，慢慢地，也就成了暗河。"

说到这里，我终于明白这暗河为什么只有一条，而且石壁还是褶皱的了，那是远古时期凝结的岩浆。陈明还是不死心，插话说："难道真的没办法出去吗？"陈步云看着他，再次摇摇头。

这句话一出，我们倒是吓了一跳：难道刚出墓穴，又被困山谷？

本来我们出这个古墓时，还是满心欢喜，等到看到麦田时，更是高兴。陈步云的这番话，让我们心中的喜悦就像这山谷中落下的冰雪，顿时化成水，一滴一滴地淌个精光。我们三人的心情顿时变得沉重起来。

这时候，已经将近吃午饭时间。第一个"怪物"回来时，带来了一只鸡，加上前面他找来的几个鸡蛋，只够陈步云他们两人吃的，我们又加上些炒面。陈明、孙卫红两人手脚麻利，帮着那个"怪物"收拾起来。

不一会儿，鸡熟了。那"怪物"把鸡盛在一只黑糊糊的大铁盘里，大家用手撮着炒面，就着清水，吃了起来。

既然陈步云不愿意提及那个秘密，我们就不好再问，当然也不好问他为什么被困山谷中。可是大家在一起吃饭，却不说话，也是很尴尬的事情。陈明这人话比较多，他忍不住问道："陈教授，你们进这个洞时，难道带了很多铁进来？"确实，陈步云两人几乎什么都没有，铁倒是不缺，难怪会让陈明觉得奇怪。

只要不说那个秘密，陈步云倒是有问必答："这要感谢毛主席。"

这和毛主席有什么关系？我们一愣。陈步云看出我们的疑惑，指指那个正在啃着鸡爪的"怪物"："他是我的学生，名叫季慎。在当我研究生之前，曾经参加过大炼钢铁运动。这山谷的北面，有一些铁矿石，我们刚来的时候什么都没有，他采了些铁矿，又烧了些木炭，自己用手建了个土高炉，炼了些铁。"

听到这里，陈明连声称赞："陈教授，你这个徒弟收得好，在这山谷里，陪了你这么多年，一句怨言都没有，真是不容易。"

陈步云脸上露出了笑容，可这笑容却转瞬即逝，他嘶哑着嗓子道："也有坏学生，如果不是他，我们俩怎么会在这山谷中一待二十多年，生不如死？"听到这里，季慎低下头，偷偷地擦起了眼泪。

草草吃完了饭，我们各人有各人的心事，不再多说。

最近这几天，渐渐地，人越来越觉得累，浑身也没有力气，特别是觉得越来越嗜睡。照理说，上午我们还在小树林里休息了片刻，不应该这样。大概是这几天精神太紧张的原因吧！我想，不由自主地打了个哈欠。

没想到，这哈欠似乎有传染性，石室里的其余四个人也不约而同地打起了哈欠。"他妈的，这几天真是瞌睡，还浑身痛，没力气。"陈明一边张大嘴巴打哈欠，一边含糊不清地说。

陈步云和季慎的神情更是委靡，不过看到我们打哈欠的时候，两人眉心一跳。隔了几分钟，季慎吞吞吐吐地说："看来，你们也得病了。"

"得病？"我们三人大吃一惊。陈明故意左右上下把自己看了一遍，哈哈大笑道："我们没病，就是这两天人太累了，有点困。"

"那就是得病了。"陈步云突然缓慢、阴郁地回了一句。

听了这话，我们三人更是心惊，睁大眼睛，一眨不眨，盯着这两个委靡不振的人。

陈步云脸上没有一丝表情，眼睛也暗淡无光，只顾喃喃地继续下去："我们进这个山谷的时候，开始时也和你们一样，每天只要睡八九个小时，就觉得体力充沛，后来也不知道这谷里到底有什么病菌，渐渐地，睡觉时间越来越长，人身体也越来越没力气。现在，我们每天只能醒四个小时，其余时间都在睡觉。"

我们三人的心怦怦直跳，只顾看着陈步云。

陈步云接下去说道："后来，浑身越来越痛，走路也越来越费力，每天我们只能挣扎着弄点吃的，有时候还会出现幻觉。"他顿了顿，看着我们继续道："你们在这个谷里待长了，也会和我们一样，生不如死。"

他说到这里，我终于明白了，为什么季慎和陈步云走路时动作那么缓慢，而且还摇摇晃晃的，原来他们是被这谷里某种奇怪的病所害的！

陈步云接下去说："不单单是我们，连山谷里的鸡也是呆头呆脑的，动作很缓慢，和外面的鸡也不一样。这种病，不但传染人，连鸡也传染。"

说完了这段话，他闭上了眼睛，深深地打了个大哈欠，摇摇晃晃地走向那堆草，呼呼地睡了起来。季慎则在他旁边躺下，也睡起觉来。

我们三人倒没有这么困，听了这段话，呆了好长时间，个个心惊肉跳，不知该怎么办。整个洞里，除了外面哗哗的水声，一片沉默。

过了好长时间，陈明才低声说："我们年轻，身体好，不会得病的。"然后我们一起打起了瞌睡。

事情并不像陈明所预料的那样，到了傍晚时，我们三人都觉得自己肌肉越来越没有力气，虽然睡了好长时间，起来时，我们仍然觉得全无精神。

晚饭还是老样子：陈明出去捉了两只鸡，收拾干净后煮了，再加上我们还有的一些炒面。想到这里的怪病，我们三人全无胃口。

陈明这小子，还不想让陈、季二人看出他已经心事重重，还故意充英雄，说道："今天实在没胃口。哎，陈教授，你们就不会在煮鸡时放点盐？这么淡不拉唧的。一顿两顿吃了没问题，三四顿就倒胃口啦！"

陈步云奇怪地看着他，沉声说："这谷里没盐，我们已经二十多年没吃过盐啦！"陈明本就是故意挑衅一下，听了之后，也没回嘴，只是笑了笑。

听了这话后，我突然脑子里"咯噔"一下，再一细想，终于明白了陈、季二人的病因：这不是因为谷里有什么病菌，而是因为他们得了缺钠症！

我记得在读小学时，讲到红军故事时，老师说红军被困在井冈山上，没有盐吃，很多红军战士浑身无力，可是山下的盐又运不上来，万般无奈之下，当时红军只能把老灶捣碎了，用灶土熬硝盐。硝盐没有盐味，吃下去又苦又涩。但却可以让人有力气起来。

没有力气、浑身发痛……陈步云他们所遇到的，不正是和缺钠症一样吗？如果在谷外，要知道他们是不是得了缺钠症，只要给他们的饭里加点盐就行了，可是在这和外界完全隔绝的山谷里，从哪儿去找盐呢？

我想来想去，觉得很是绝望：万一我们一直被困在这里，始终没盐吃，那我们即使不被山谷里古怪的病菌传染，也会因为缺钠而患上同样的病。这怎么办呢？

一种办法就是学红军，把灶土捣碎，然后用水浸泡，再炼出硝盐。可是陈步云他们所谓的灶台，其实就是三根棍子支个锅，根本就没有土灶，又从哪里来的灶土呢？还有一种办法，那就是大量食用动物血液。

众所周知，动物血液含有它们体内最大数量的钠，这也就是我们流血时，会觉得血有咸味的原因。不过幸好动物有自我调节功能，一旦摄入钠数量明显不足，动物就会对钠进行第二次吸收，每天排出的钠只会有很少数量。这也就是陈、季师徒俩能活到现在的原因。

一个成年人体内，血液中含有大约 60 克钠，大量的钠每天随着尿液和汗液排出，为了补充失去的钠，人每天吃 5 到 10 克盐。

这里的鸡也缺钠，不过它们也有动物的本能，所以它们的血液中虽然钠含量比一般鸡低，却还有不少。要从鸡血中获取 5 到 10 克盐，在目前的情况下，绝对是奢望。不过，我们可以少获得一点，我仔细计算一下，每天我们至少要喝十只鸡的血，才能保持一定的体力。

之所以能得出这个数据，是因为我姑妈是个医生。在听完老师讲的红军故事后，我十分不解，向她询问，她才告诉我这些的。据她说，人体血液中钠的含量大约是血液重量的千分之九，一只鸡的血液大约只有 100 克重，这里的鸡血液中钠的含量有多少，我不清楚，不过估计是百分之四、五的样子。那么我们至少要喝进一公斤，也就是十只鸡的血，才能使我们变正常。

第二天，我们就开始行动，取鸡血。这里，我甚至不忍心写下当时我们取鸡血的场面，因为这太过残忍，太过血腥。

本来我们可以取了一点鸡血，然后把它们放掉，不过我们知道，本来它们就缺钠，我们取了它的钠后，它根本活不了。所以我们就硬着心肠，杀了一只又一只鸡，等到我们凑完五大碗血时，死鸡已经堆了一大堆。

陈明、孙卫红都是经过战场血战的勇士，杀的人也无数。但是我看到，他们在杀鸡时，眼里全含满了泪水：如果不是为了活下去，我们根本不会对这群鸡痛下杀手！

在杀鸡时，我也眼含着热泪，悄悄地念叨着："对不起啦，我们要活下去，我们要走出这山谷！"生存，有时候就是这么残酷！

连续喝了三天的鸡血后，陈步云、季慎和我们三人的体力渐渐恢复，睡觉时间也减少了许多。甚至，连原先老态龙钟的陈步云也变得脚步矫健。

就这么一段经历，让陈、季二人对我们的猜疑消失了。第三天晚上，当我们正要躺下睡觉时，突然陈步云悄悄地推了我一下，含笑对我说："谢谢啦！"然后，甚至没经过我们的要求，他就开始讲起了他到这个山谷的原因。

现在回想起来，我至今仍记得听陈步云讲故事的那一幕：这时，太阳已经西落，余晖斜照在石室外的瀑布上，把水花照得五彩缤纷，映在我们的脸上。陈步云就在这么一片光怪陆离的色彩下，给我们讲起了他以往的经历。

他的开场白是："今年我已经 72 岁啦，想起往事，真是一幕幕在眼前：前面的 40 多年，一路顺水顺风，后面的 26 年，真是苦不堪言。"说完了这几句话，陈步云叹息了好长时间。

然后，他又接着说："我是江苏吴江人，出生在盛泽的一个商人家庭。从小就家境殷实，读了小学、中学，就到美国康奈尔大学去留学了。到了 25 岁那年，我就获得了历史学博士学位，回国之后，就在北 X 大学教书，三年之后，就成了教授。那时候，真是神采飞扬，觉得世界上的事情实在是太容易了。"

听到这里，我"啊"的一声："陈教授，我们是同乡。"

陈步云朝我点点头，淡淡地笑了笑，继续说道："我记得很清楚，我进北 X 大学的时候，是 1946 年，那时候已经战火又起，国共双方打得难解难分，兵荒马乱，到处是流离失所的人们。不过，那时候的北 X 大学，虽然暗流涌动，表面上却是一片平静，我们很多教授就在这乱世中，安静地做着自己的研究。那时候，我们的想法很简单，觉得这个国家再怎么打，也是中国人当权，总是要懂得自己的历史，懂得自己的文化，国家么，乱了一阵总是会平静下来的，所以也不大关心政治，只想一心一意把学问做好。"

第四章　失踪的陈教授

　　杀鸡取血这件事，我已经学会干了，加上鸡都是呆乎乎的，一会儿工夫，我们就杀了一大堆，几只大碗里还装满了鸡血；拔毛其实比杀鸡要累一点，不过幸亏季慎很有经验，我上手倒也快，不久就学会了；我们在织鸡毛衣的同时，还在地上架起了锅，熬起鸡油来。

"说实话，三四十年代，虽然是乱世，却是历史学发展的黄金时期，那时候不知道出了多少成果。我所做的研究，在历史学中是个偏门，主要是历史文化交流这一块。说起文化交流，很多人不把它当回事，其实这是对文化交流的误解。"陈步云说这段话时，前半段露出一种对往昔的憧憬，后半段却带着一丝恨意。

接下去，陈步云变得很生气："于是，就有很多人认为这根本没用。其实历史文化交流怎么没用呢？就举个例子说吧，三国时，曹操、孙权和刘备出兵的时候，当兵的吃什么？小米饭；用的菜是什么？大豆酱，最多有点小酒；热了，渴了，怎么办？也就喝点冷水，他们身份再高贵，也没有西瓜吃。"

听到这里，陈明也"啊"了一声，奇怪地问道："那为什么？"

陈步云说："那是因为，当时中国还没有西瓜，西瓜出现要在几百年后！"说完这些，他吐了口气，把岔开的话题拉了回来："其实，在历史学中，一直有两种观点，一种认为，要古为今用，一切都要根据现实来转；另外一种意见认为，我们只要做研究，把真实的历史搞出来就行了。"

听到这里，孙卫红不以为然地撇撇嘴："你们这些知识分子真麻烦，这有什么关系？各人搞各人的不就行了？"我却很明白这段话的辛酸之处。

陈步云苦笑道："要是当时大家的心眼都像你这么开阔，那不就行了？可是没有啊，就为了这个观点之争，大家吵得你死我活，从解放前一直吵到解放后，国内的战争打完了，可是我们这场仗却刚刚开始。加上那时候，不论哪一派，都会有人使出阴招，故意耍花枪，这本来一句话就可以说清楚的东西就变得越来越复杂。"

"那时候，我只知道研究，什么也不懂，领了薪水，就放在家里，要用的时候拿出来去用，家里也不指望我养家，就这么着。他们吵架归吵架，我还是做我的研究，倒也能落个清净。"说到这里，陈步云抬头看着石室顶部，幽幽地说："可是，没想到，我最终还是被卷了进来。"

这时，夕阳余晖在陈步云的脸上闪烁，他却神色黯然："探究起缘由，还要从解放前说起，那时历史界开始了对古墓的挖掘，这些工作改变了我们对中国的认识。"

陈明挠了挠头皮："教授，我觉得你说得很玄乎啊，对中国的认识？对中国还要有什么认识吗？"陈步云看着陈明，问他："你心目中的中国是什么样？"

陈明想了很长时间，然后吞吞吐吐地说："说实话，我也不知道中国是什么，它是什么呢？是国家，可以这么说；是个民族，也可以这么说……嗯，教授，我真的说不上来。"这也难怪陈明，因为在这世界上，最难解释的莫过于人最熟悉的东西了。

陈步云说："这就对了。其实，在很多人心目中，中国应该是这样的：它生来就是个民族，生来就先进，因为它先进，所以无数的民族冲了进来，变成了中国人，是不是？"这段话对陈明来说，实在是太深奥了。他摸着头皮，"嗯啊嗯啊"了好半天。

"其实，中国不是这样的。"陈步云沉声说道。

说到这里，孙卫红忍不住了，说："陈教授，我现在还没有搞清楚，你说的这个东西和你被关在这里有什么关系？"

"不，有关系，在这背后，不仅仅是对历史学知识的更新，而且还牵涉到一个巨大的秘密——价值上百亿的宝藏！"听到这里，我们大吃一惊：难道真的有这么一个宝藏？

听到宝藏，陈明来劲儿了，他抢着说："陈教授，你前面说的我不感兴趣，不过宝藏我感兴趣。你说下去。"

陈步云说："我们国家从商、周到秦汉、三国，两三千年的时间里，宫殿之内，积累了无数的宝物。可是到了现在，这些宝物人们却看不到了，看到的只是一些从地下挖掘出来的文物，这是为什么？"我一想，对呀，照理说，这么多朝代，确实应该积累很多的宝物，可这些宝物确实是看不到了。

"别的不说，就说国家最重要的象征——九鼎。夏禹治水时，命令进贡金属，铸造了九只鼎，这九只鼎是在历史上真真实实地存在着的，因为春秋的时候，楚王出兵中原的时候，这九只鼎还在。当时楚王还问过九只鼎的重量，留下了'问鼎中原'的成语，说明这时候这九只鼎还在洛阳。后来，《史记》里说得清清楚楚，秦昭王五十二年，秦国从洛阳抢了这九只鼎到秦国。现在，这九只鼎却再也没出现过。"

陈明又开始咂嘴了，他感叹了好长时间："天啊，这九只鼎可是不得了的宝贝啊。要是被发现，这要值多少钱啊！"陈步云说："可是，我却发现了这九只鼎的下落。很多人以为这九只鼎在汉代就消失了，其实不是，它真正消失要在西晋末年。"

我心里一惊，如果这九只鼎重见天日，那真是惊天动地的大发现，可是这并没有相关的证据，陈步云为什么说得这么肯定呢？

陈步云陷入了回忆之中，他抬起头，整个人似乎回到了过去："我开始时，也以为这九只鼎消失了，可是在1947年的一次考古发掘，却让我放弃了这种想法。

"那一年，我和你们现在差不多大。当时传来消息，在河北徐水县发现了一个古怪的墓葬，因为这墓主的鼻梁比较高，有可能是古代进入中国的胡人墓地。我们到了现场，只见墓葬里的陪葬品已经被抢掠一空，剩下的只有两块石板，石板上刻着一些古里古怪的文字，又沉又不值钱，所以才剩下。我到现场一看，从来没见过这文字。这是什么文字呢？当时我就用纸把这些文字拓了下来，带回北京。

"回到北X大学之后，我四处求教，想知道这些文字究竟是什么意思，可惜始终没人知道。直到有一天，一个比我大十年岁的学者无意之间来拜访我，这人似乎姓季，他从德国一所知名大学毕业，学的是一些消失的语言，比如梵文啦吐火罗文之类的。听说有这么一种文字，他一再要求我拿出这个拓片。

"看了拓片之后，他抄了下来。过了两天，他找到我，对我说：'这是一个古代间谍的报告！'然后，他掏出一卷纸，上面写满了石板的译文，我越听越是心惊，原来这是一个古波斯派来的间谍，他以经商为掩护，实际肩负着探听经济、政治等各类情报的任务。在这份间谍文书中，他谈到了在西晋皇宫里的种种宝物，其中就有关于九鼎的记录：'这里的人们说，在皇宫里有着九只巨大的锅，在里面却从来没有煮过东西，因为这里的人们相信，这些锅和整个国家的命运有关系。这九只锅，和我们所想的锅很不一样，首先，它是方形的，有大半个人高，上面刻着精美的花纹，还有两只耳朵，便于人们扛起它，这里要说一句，我个人认为这毫无必要，因为没有任何一个人能够抬得起它。它其实是一个象征，因为国王如果没有它，那就失去了他的权力来自神授的可信度。'

"当时，我看到这里，终于明白了，这个古波斯间谍所说的九只锅，其实就是我们中国古代所说的九鼎！"听到这里，陈明突然插了一句："这个波斯人可真奇怪，他为什么不写在纸上，偏偏要刻在石板上，还要埋在墓里，这不是故意让人找不到吗？"

陈步云看了他一眼，然后说："古时候交通很不发达，究竟为什么会把这石板放在墓葬里，我不是很清楚，不过我想，这可能是他和什么人有约定，万一他死了，只要后来人来掘墓，就能找到；也许是因为他觉得自己接受了任务，可是没法回去报告，良心不安，就把石板埋在墓里，这就证明他是完成了任务，只是没办法送回去而已。"

陈步云接着说："当然，我不能就凭着这个石板，就断定九鼎在西晋时还存在，因为历史学上有个原则，那就是'孤证不是证据'，也就是说如果要证明这个说法是真实存在的，那我还要再找一个证据来证明这个证据是真的。所以，以后的几年之内，我到处翻各种资料，随着此后古墓发掘越来越多，我收集到了足够的证据。

"原来这些历朝历代积累了几千年的宝物，是在西晋末年五胡乱华的时候消失的！"

听到这句话，我跳了起来："这么说，这批宝物并没有在战乱中被销毁，而是被集中保管起来了？"

陈步云点点头："是的。我当时把可能得到这批宝物的对象划分了一下，结果，发现只有一股势力有可能得到这批宝物，那就是张氏建立的前凉王朝！"

"前凉王朝是怎么一回事？"陈步云朝我点了一下头。我明白，这是叫我作一下解释的意思。

"西晋是司马氏建立的，之前灭掉了蜀国，建立后又灭掉了吴国，统一了中国。不过因为长时间的战乱，很多少数民族乘机进入了中国，势力很大。当时的皇帝大臣大多数觉得自己很强大，所以忙着内讧，你争我夺。"

陈明点点头，说："我知道了，然后这批少数民族就造反了，是不是？"

我说："对！不过，这一造反，肯定是天下大乱。可是在少数民族造反之前，有一个人觉得情况不妙，于是就谋划着逃出当时最可能打仗的中原地区。这个人叫张轨，历史书上说，他花钱贿赂了当时的朝中掌权大臣，得到了凉州刺史、护羌校尉的官职。"

太阳终于西沉，石室昏暗了下来。我继续说道："张轨这人，可谓文韬武略，才能不凡。那时候，凉州，也就是现在甘肃一带，少数民族造反比中原地区还厉害，可是张轨却硬是把他们镇压了下来。之后，中原的少数民族造反的力量越来越强大，攻陷了当时的首都洛阳，俘虏了一个皇帝，然后大臣们又在现在的西安再立了一个新皇帝，也被攻破了，这样甘肃就和全国其他地方被少数民族隔开了。张氏家族也就统治了凉州好几代，虽然大部分人甚至不称王，还认为自己是晋朝的一部分，不过历史学家都认为他是个独立的国家，所以给他起了个称号，叫做前凉。"

这时，陈步云接下去道："对了，在这个节点上，我终于从历史资料中找到了种种蛛丝马迹。在这种兵荒马乱的时候，张轨不停地派兵派人，帮助朝廷打仗，这显然是个忠臣，可表现又很奇怪，他派人的时候，总是在不大打仗的时候，在打仗的时候，他就会把部队撤回凉州，你说这奇怪不奇怪？"

我怔了一下，在读这段历史的时候，我也觉得很奇怪。陈步云接下去说："我就分析，如果普通大臣有这种表现，估计朝廷要给他点苦头吃了，可是对张轨却不这样，每次进军撤军，张轨都能升官。第一次进军撤军后，他被封为'镇西将军，都督陇右诸军事，封霸城侯，进车骑将军、开府仪同三司'，等于凉州官员他可以委派了；之后，在洛阳失守皇帝被俘后，他又派了七万大军到长安，结果被封为'骠骑大将军，仪同三司'；再一次之后，又成为'司空'，位列三公；最后在长安被攻占之前，又被晋封为'侍中、太尉、凉州牧、西平公'。更奇怪的是，在危急关头，皇帝还专门封他儿子做副凉州刺史，之前从来没有这个职位，等于皇帝承认了他的儿子可以继承凉州。

"于是，我就猜想，这个张轨和皇帝之间肯定有某种密约。就这么进军撤军之后，待到长安城被攻占后，皇宫里居然什么宝贝也没有，成了一座空城，你们说，这古怪不古怪？"

陈明一拍大腿说："我知道这密约的内容了，这皇帝对张轨说，你派人来，把我的宝贝运走，藏好。只有这样，每次进军撤军，皇帝才不会怪他，反而要奖他。教授，是不是这样？"

陈步云说："我也是这么想的，可是，我们做学问的，不能靠乱猜。于是我在解放后，就经常到甘肃来转转，只要听说甘肃出土了这时候的墓，我就来看看，想知道会有什么线索。转了这么多年之后，我终于知道了，这批宝藏就埋在酒泉附近！"

听到这里，我们固然大吃一惊，也不无疑惑，这和中国到底怎么样、陈教授被放逐有什么关系？陈步云看出了我的疑惑，接下去说："你们不知道，据我推测，这批宝藏中不但有金银财宝，更重要的是，还有秦代留下的大批先秦资料，如果谁找到其中一份资料，恐怕普通人都会成专家！"

陈明哈哈笑着，指着自己鼻子说："我初中毕业，只要找到一份资料，就能成专家？"陈步云点点头："对。"陈明突然遐想起来："哎呀，要是我找到这批宝藏，又有钱又有头衔，那真是太好了。"

孙卫红虎着脸，对准这正在臭美的小子就是一巴掌："别裤裆里拉胡琴，听陈教授说！"陈步云难得地笑着，两眼盯着陈明："好处确实不少，不过也有坏处，而且是大大的坏处。"

陈明奇怪地说："这是好事啊，有什么坏处？"

陈步云收敛了笑容，脸上露出伤痛的表情："最起码有几万人想杀你！"陈明更奇了，问道："为什么啊？我和他们无怨无仇，他们为什么要杀我？"

陈步云说："你没从事过学术这一行，不懂这一行的规矩。学术这一行，什么领域的研究最吃香？最含糊、你可以乱说的领域研究最吃香，你只要想出一个和人家不一样的解释，那么名誉、利益啊什么的，全都来了。可是这批资料要是一出现，那么岂不是要让好多所谓的专家、学者被人看穿？他们自己混饭吃都难，他们的徒子徒孙怎么混饭吃？更何况，还有很多编历史教科书的、历史教师，他们怎么混饭吃？这批人加起来，说有几万人还是太少了。世界上最让人恨的，就是夺人家饭碗，你这资料一出现，那几万人恨不得杀了你、把那些资料全烧毁才开心呢！

"当时，我研究出来这个成果之后，心里也知道这件事很重大，于是只是悄悄地给高层写信，并不敢声张。可是世界上纸哪能包住火？很快就被别人知道了。这时候，主张古为今用的那一批人认为我是为纯学术的人说话；主张纯学术的人也认为我是替另一派人说话，这样我等于树了两派敌人。我的日子渐渐难过起来。

"在我的同事中，就有两个人是反对得最厉害的，一个叫莫德生，是个很老牌的教授，但是在那时候，他几乎不在学校里出现，几乎过个大半年才出现一次。不过他一见到我，就劝我说，这个秘密还是不要碰为好，说来也怪，这人几乎不在学校出现，但是这人的影响力却很大，每次他和我一说完，马上系领导、校领导就找我谈话，叫我不要去搞；还有一个人名叫崔子城，这人当时还是个讲师，不过这人社交面很广，很多人也熟悉他，他也一直反对我，每次见到莫德生，总能见到他。"

陈步云叹息道："这时候，我又从古籍上发现了个线索，认为在河北满城一带有个巨大的秘密存在。就在这时，校领导突然找到我，语气和以往劝告式的完全不同，这次绝对是命令式的，而且还上纲上线，联系到了阶级敌人的破坏。在当时，这往往意味着政治打击的开始，我家的周围，也时常有些人在探头探脑。我觉得情况不妙，心里想，如果我继续在北京的话，恐怕自身难保，我应该逃离北京，免得让人给害了。正好，我几次到甘肃考察，也认识了一些人，这时候，积石山的县委书记突然来信，说希望我到他那里去工作。我当然很高兴，因为这地方虽然偏远，却可以躲过一劫，于是就回信去说愿意去积石山。他听说我要来，当然很高兴，马上说愿意接收，还安排我到县史志办当主任。

"当时，我正好带了三个研究生，一个已经三年级，名叫金刀鑫；一个是二年级，名叫张春唐；还有一个就是季慎。听说我要到积石山来，他们三个也坚决要求和我一起来，于是我们四个人就来到了积石山。

"没想到，'文化大革命'很快就开始了。我刚刚落脚没几个月，支持我的县委书记被打倒，北京也传来话：说我是反动学术权威，要批倒批臭。于是史志办主任当不成了，被派到西来庄锻炼改造，接受贫下中农再教育。

"刚开始时，金刀鑫和张春唐还是老样子，对我客客气气的，和在北京的时候没有两样。时间长了，他们人就渐渐变了。"

似乎很少讲话的季慎插嘴说："当时，虽然外面的形势很不好，可这里的老百姓对陈教授还是很好的。表面上斗个十几分钟，喊一下口号，就基本上不再管我们了。这时候，陈教授天天还是有时间来搞研究，金刀鑫表面上也是规规矩矩的，可是张春唐就不一样了，他天天在外面晃来晃去，有时候回来很晚，甚至喝得醉醺醺的。"

"开始时，张春唐还不敢对陈教授怎么样，后来态度越来越差，有一次，陈教授忘记了给他的绿菊花浇水，他大发脾气，甚至骂起了'老狗'。"季慎说道。绿菊花！我一下子想起店老板端着的那三盆人骨粉养着的绿菊花。

陈步云看着我，没做声，只是点了点头。于是，我明白了，最初在旅店里遇到的店老板，就是陈步云的学生——张春唐！

季慎接下去道："其实，我们一听你之前讲到绿菊花时，就知道这人是谁了。他最喜欢菊花，常常对我们说：'菊花中的精品是绿菊花，一定要设法培养出来。'开始的时候，他培养的还只是有点点发绿的菊花，没想到后来他终于培养成了。嘿嘿，更想不到的是，他竟然这么有毅力，在外面守了我们二十多年！"

我插嘴道："难道他们不知道这古墓的秘密？"

季慎说："陈教授对他们两人是什么都不隐瞒，甚至对价值上百亿宝藏的事情也毫不隐瞒，可是这两人总是奇怪得很，最出格的就是这个张春唐。你知道他干什么去了？他竟然和一群西来庄的地痞称兄道弟起来，我们当时觉得，你爱这样就这样吧！哪知道，他是早有预谋的！

"在1966年冬季的一天，张春唐突然带着几个人冲进来，冲着陈教授大吼：'老不死的，快点说，那些宝藏在什么地方！'金刀鑫当时还站出来，说：'你们不要这样，有事好商量。'这群人中，有个叫陈牛的跳了出来，对准金刀鑫就是一顿打，陈教授不忍心，出面阻拦。这时候，张春唐阴森森地一笑：'老不死的，你看这小子，到现在还在装。'他从中山装里拿出一大叠信，扔给陈教授：'你自己看看，这小子写了这么多信，究竟是写给谁的！'我们一看，原来这些信件竟然都是告密信，是写给北X大学一个教授的，几乎每周一封，详细地说了陈教授每天的活动。

"陈教授气得浑身发抖，指着金刀鑫说：'你说，这些信是怎么一回事！'金刀鑫一言不发，脸色阴冷地看着我们。这时，张春唐冷笑着说：'我来说吧，这小子到这里来之前，就愁表功，主动向人家说要监视你，嘿嘿，那天你们在未名湖边悄悄谈话，可被我听见了，是不是？你那天怎么说的？要不要我学学？'张春唐捏起嗓子：'王教授，我会用自己的行动，向您表示我的忠心！'

"金刀鑫脸色发灰，还是一言不发，这时，张春唐几个人棍棒屡下，把他打得血肉模糊。这时，陈教授不忍，对他们说：'好了，别再打了，再打就要出人命了。'没想到，张春唐凶狠得连眉毛都竖起来了：'嘿嘿，今天别说他，就是你这个老东西，今天不说出这个秘密，一样打死！'话刚说完，陈牛挥起棍子，对准金刀鑫的脑门一棍打了下去，只见他倒在地上，血一团团地从脑门上涌出，显然被他一棍打死了。

"张春唐沉声说："把这小子拖出去，扔远一点，别被人看见！'就有两个人立即抬起尸体走了。这时，他逼问我们："你们不说，那好，我有耐心！'就把我们关在屋子里。没想到，他们忘记了一件事。"

陈明问道："什么事？"

陈步云沉声说道："我当时经过研究，觉得这里很古怪。于是，我就骗他们说："其实宝藏就在这地下。'"

季慎继续说道："当时，一听这个，张春唐大为高兴，赶紧要我们说下去。当时陈教授已经知道这地下肯定有个古墓，当然张春唐也懂这一行，知道这地下有古怪，却没想到竟然会在这里。于是他们一伙人，就开始挖起来，挖啊挖啊，终于挖出了石板，张春唐跟陈教授这么多年也不是白学的，石板一开，他就知道这机关在什么地方，很快我们就进了里面。他没想到的是，就在他们努力挖的时候，陈教授已经从挖掘的过程判断出了这个古墓的设置，并草草画了一张图纸，然后塞在他多年的日记中，再用一张《人民日报》把日记本包起来，扔到了墙外，上面写了"危在旦夕，望好心人帮助，北 X 大学教授陈步云'。"

我高兴地跳了起来，问道："陈教授，在这张纸上是不是画了八个圆圈，上面标了八个毛笔大字"乾、坤、坎、离、震、艮、巽、兑'，然后，里面是五个圆圈，标着"金刚墙壹，金刚墙贰、叁、肆、伍'？"

陈步云说："对，这张图就是前面你经历过的整个墓室的结构图。"我笑着说："您还不知道的是，我在您的日记本里又发现了这张图。"

"是啊，我大前天听你说发现了我的日记，我觉得不可能，因为这日记本是扔到墙外去的。照理说，人们看到这本日记本之后，肯定会来找我，可是我被关了好几天，都没有任何动静。要是这本日记本没被人发现，它又怎么会回到北 X 大学呢？所以，当时，我怀疑你是张春唐派来的人。"

陈明关心的，其实不是陈步云他们的遭遇，而是宝藏。听到这里，他插话说："那么，在那个墓穴里，你们找到什么宝贝没有？"陈步云点点头："有！我们在里面发现了一枚金印，上面刻着"唐河渭郡王之印'，此外就没有什么别的东西了。但是，这个金印被张春唐他们拿去了。"

季慎接着说："之后，因为张春唐他们想得到的东西实在太多，得到了金印之后，反而更不满足，于是他们就把我们关在墓室内。只给我们留下几个生鸡蛋，还有一些粮食和水。幸运的是，当天晚上就发生了地震，接下来，我们的经历就和你们经历过的一样了。"

陈步云来这里的原因，我们已经一清二楚。但是，在我们心中的谜团反而更大了：从陈步云的讲述来看，他一直被关在山谷里，不可能知道我们被困古墓，当然也不会给我传纸条；可是知道有这个古墓存在的，只有陈步云、季慎、张春唐和他的狐朋狗友、金刀鑫、我们三人，甚至还有某几个教授。

金刀鑫、张春唐已经死去，陈步云、季慎被关山谷中，教授们不大可能及时出现，那么这究竟是谁给我们传纸条呢？这个人无疑知道古墓的秘密，这人是我们其中的一人，还是有另外一拨人发现了这个秘密，却一直不现身？如果是这样的话，那么这拨人又抱着什么目的呢？……我思来想去，一直没有找出答案，虽然事情似乎一点点清楚起来，却似乎是"剪不断，理还乱"。

这时，我突然想到了一件事：在旅馆的第一天晚上，张春唐曾经对我说过，他知道我是江苏吴江人，还知道我爷爷的名字叫李瓒宜，而且从"老不死"的这一称谓来看，似乎陈步云和我爷爷以及其他三人很熟悉，而且还给过他们几张图。难道，陈步云认识我爷爷？

"陈教授，你是江苏吴江人，我也是江苏吴江人，不知道你认识不认识我爷爷？"我问这话时，心里还抱着陈步云因为年纪大、忘记了一些事的希望。

"你爷爷叫什么名字？"

"他叫李瓒宜。"

陈步云的回答非常令人失望："我不认识他，也从没听说过这个名字。"

"但是，张春唐说，有人把宝穴结构图分成三张，给了杨、方、刘三家，把方位图给我爷爷。从他对你的称呼'老不死'来看，似乎应该是你。"

季慎接口道："这不可能，当时他们看得很紧，陈教授连画个图都要偷偷摸摸，怎么会有机会传出什么宝穴结构图和方位图呢？"

陈步云接口说："更何况，我只是研究出宝藏在酒泉一带，这酒泉的范围有二十万平方公里，中间有沙漠、戈壁、绿洲和高山，我怎么知道在哪个地点？怎么会画出宝穴结构图和方位图呢？"

一直张大嘴巴听我们讲话的陈明，这时突然闭上嘴巴，失望地说："原来酒泉这么大，要是这样的话，只怕我们一辈子也找不到宝藏了！"沉默了好久的孙卫红也连连摇头。

听完了陈步云的话，大家沉默了好久。

不久天色渐渐黑了下来，月亮、星星开始显现，整个山谷披上了一层薄纱。我觉得自己的心情就好像这个山谷，明明似乎看到前面有棵树，却偏偏不知道它具体在什么地方。显然，这一切的背后，一定有个真实的东西存在，可是我们怎么才能找到这个真实呢？

这一天夜里，大家心事重重：究竟该怎么办，怎样才能找到真相？

石室外，瀑布的水还在哗哗作响，这是一个真实；我们在这山谷中，这也是一个真实。但身处这么多谜团中，我甚至怀疑连这些也是虚幻的。

这个世界，实在是太复杂！

第二天，也就是我们在山谷度过的第四天，天刚蒙蒙亮，我就醒来了。我一起来，几乎所有的人都起来了，原来他们也和我一样，心里想法很多。胡乱吃了点炒面，大家又沉默地围坐在一起。我把很多事情想了又想，想理出个头绪来，可是一系列事情千头万绪，实在理不出来。

太阳渐渐升起来了，洞里渐渐地充满了阳光，还有瀑布映射出的五彩光芒，映在各人紧皱的眉头上。"大家不要想了，先设法出去再说！"孙卫红突然大声地说。

"出去，谈何容易啊。"季慎叹息道。

陈步云苦笑着说："当年，造墓人为防止盗墓，在开采石头时，故意把整个山谷都采成了悬崖绝壁，高达上百米，根本就没法出去。"

孙卫红突然问道："那么，这山谷里的鸡从哪里来的？"

季慎说："我们孵出来的。"听了这话，陈明哈哈大笑。季慎瞪眼看着他，有点愠怒地问："你笑什么？"

"我笑，你学问虽高，却连假话都不会说！"陈明说，"人能孵出小鸡？鬼才信呢！我小时候常常没事干就把鸡蛋揣在怀里，怎么就从来没孵出过小鸡？"

陈步云突然说道："你还别说，这小鸡真是我们孵出来的。前面说过，张春唐当时为了胁迫我们，故意给我们几枚生鸡蛋，想让我们尝尝吃生食的苦头。我们到了这个山谷之后，也把这个鸡蛋揣在怀里好几十天，就是不见小鸡出来，还孵坏了两只。后来我们就猜，可能是我们的体温不够。

"季慎突然想到，农村人孵鸡蛋时，手伸进母鸡身下，温度比我们体温要高一点。我就想到了一个办法，农村以前经常积绿肥时，草发酵时的温度很高，我们就收集了一些绿草，堆了个草堆，再用干草做了个窝，把鸡蛋放进去，每晚每隔一小时，我们都要伸手进去摸摸温度，就这样，过了21天，4只小鸡就出世了。之后，它们自己找食吃，渐渐地，整个山谷里有了好几千只鸡，分了10多个群。"

知道这些鸡的来历后，陈明觉得很抱歉："两位，不好意思，想不到这鸡来得这么不容易，杀了这么多鸡，喝了这么多鸡血，实在对不住了。"

鸡的来历搞清楚了，我们就接下去再讨论怎么逃出山谷的问题。

这时，我的脑海里突然掠过一个想法：当年进入这个谷中的采石人为数不少，他们进来时，可能比较方便，出去时却未必如此方便！既然如此，这个山谷肯定为采石人留了个出口，既然他们能出去，我们肯定也能出去！

我把这个想法对大家说了。陈明、孙卫红拍手叫好，季慎却连连摇头："我们也知道这个道理，而且也找到了出口……"他话还没说完，就被陈明大叫着打断了："那为什么不从这个出口走，偏偏要被困几十年？"

陈步云接下去说："出口我们发现了，可是出不去。"

我奇怪了，问道："为什么？"

陈步云沉声说："他们撤走时，用了曹操一夜筑城的办法。"

即使是陈明、孙卫红，这段典故他们也知道。《三国演义》说，曹操和马超对阵时，战败了好几次，连营盘都丢了，这时候正好是冬天，曹操灵机一动，叫人搬运沙土，再在上面浇水，天很冷，随浇随冻，一夜之间，曹操就筑好了一座城。

于是，我就知道了，造墓人撤出的时候，也用这种办法，在长年温度低于零度的地方，筑了一座墙，这墙一定比较高大厚实，所以难怪陈步云、季慎这种对考古相当有研究的人也出不去。

孙卫红问道："既然你们有铁器，为什么不在墙上凿个洞，钻出去？"

季慎补充道："他们的墙筑得很古怪，不但有沙土，中间还夹着大石块，我们也钻过，刚钻了一点，大石块就会砸下。第二天风雪一来，这钻过的地方又被风雪抹平了。除非用炸药，否则根本没办法毁了这个墙。"

听到"炸药"二字，陈明不禁眉开眼笑，冲着孙卫红做了个鬼脸："呵呵，这是我们的专长啊！连长，我们就重操一次旧业，怎么样？"

孙卫红迟疑道："这里没硝没硫的……"

陈明不等他说完："这我知道，用在老山时的土办法！"

"用土办法？"孙卫红显然很犹豫，想了好一阵，才说，"做的时候，太危险了。难道我们不能想想其他办法？"

"咳！我早想过了，要有别的办法，我还会说用老办法？"陈明把拳头朝空中一挥，咬着牙地说，"不管了，就算炸死，也比在这个山谷困到老死要强！"

我和陈步云、季慎听得云里雾里，不知他们在说些什么。

孙卫红到底当过连长，带过兵，平时看他蔫乎乎的，这时却毫不含糊，转过头来，看着我们："各位，我们准备做炸药，炸开冰墙。这里有几句话向大家交代一下。第一，这事情要靠我们一起努力。第二，制作过程很危险，容易发生爆炸，所以大家尽量离开。李博士，你和季老师两个人负责做三件事：杀鸡取血，把杀掉的鸡熬出油来，再织几件鸡毛衣；陈教授，请你暂时离开石室，在外面割点草，搭个棚子，大家好住在里面；陈明，你去采些细草，编个筛子；我呢，先去打铁，造个工具。"

这几句话，简明扼要，而且语气中带着几分威严，让我们不由得不听。我内心大为赞叹，没想到孙卫红这小子还不错，毕竟人家当过一连之长，还是有点领导才能的。

杀鸡取血这件事，我已经学会干了，加上鸡都是呆乎乎的，一会儿工夫，我们就杀了一大堆，几只大碗里装满了鸡血；拔毛其实比杀鸡要累一点，不过幸亏季慎很有经验，我上手倒也快，不久就学会了；我们织鸡毛衣的同时，还在地上架起了锅，熬起鸡油来。

别看只有三件事，做起来，我们却累得要命。陈步云虽然年龄较大，但身体已经变得硬朗起来，他一个人割草，搭窝棚倒比我们轻松得多。

远远望去，陈明这小子，做事情似乎要磨蹭得多，他东张西望，四处找什么东西，一旦找到什么东西，就一点点小心地把它收集起来。

我上前一看，嗬，原来是那种几乎和头发丝一样细，而且特别韧的草，难怪这小子收集起来这么费劲。边收集，一边还听到陈明在唉声叹气，自言自语："没想到，这里的草，这么不牢。这个筛子，看来是做不成了。"

到了下午时分，陈明的叹气声越来越大。正好这时，我得了个空，走过去问他："怎么啦？这里的草有问题吗？"陈明沮丧着脸，只见采集到的细草经他一搓，就断成数截，他摇摇头，说："这里的草太脆了，怎么能做成筛子呢？"

我笑了："你这人真是的，做筛子不是很简单吗？你把经线和纬线编起来，不就行了？"陈明苦笑了一下，对我说："这个筛子要求很高，一毫米的宽度，要能安上四根草，才勉强能用。"

这时，太阳正好照在头顶，已经是下午一两点钟的样子，大家开始围坐起来吃午饭，饭其实就是锅里煮着的鸡。我们三人心情还好，就是孙卫红和陈明两人闷闷不乐。

"锉子做得怎么样？"陈明问道。孙卫红苦笑一下，伸出手来，只见满手都是烫出的水泡和血痕："到底没有工具，只有以前速度的十分之一，质量还不如以前，看来，要到明天中午才能开工了。你呢？"

陈明叹着气，回答道："我也不行，你看这草……"他掏出草，又轻轻搓断了一根草。孙卫红摇摇头。

两人正在发愁时，陈步云突然问："一定要用草做的筛子吗？"陈明答道："只要又细长又韧的东西就行了。"陈步云脱下头上的鸡毛帽，露出了一头飘逸、长达半米的白发，问道："你看，我这头发行不行？"

陈明一看，脸上露出了笑容，大声说："行！"他撸起袖子，就上前去拔白头发。孙卫红皱着眉头，一声不吭地咬着鸡块，吃完饭，起身去干活儿时，才从嘴里冒出一声："陈明，你编好了筛子，过来帮忙啊！"

虽然几分钟之后，陈明手里就有了足够的头发，可是他编得很慢，整个编筛子的过程，与其说是在编，还不如说是绣花。只见他粗大的手指一点一点地编着，直至到了傍晚，一只直径二十多厘米的筛子才编好。

又到了吃晚饭的时间，却迟迟不见孙卫红回来。这些年来，离瀑布不远处的一个大石室内，季慎设了个炼铁点。我和陈明到那里去喊他吃饭，走进去，只见孙卫红正拿着两块铁片，细细地磨着，在刻着一只锉子，一块铁片正在渐渐变成锉子，不过才完成了一半左右。他的身上，布满了灰，手上也有了更多的水泡和血痕。

第二天，孙卫红给我们布置的任务是：把昨天炼出来的油继续煎一下，要求里面完全没有任何水分；他和陈明两人则到炼铁处，继续磨锉子。

中午时分，他们两人回来了，笑容满面，陈明得意洋洋地给我们展示一只细锉，虽然外表有些粗糙，但是一条条线纹路清楚，连锉上的颗粒也被磨得很均匀。真难想象，在手工条件下，他们竟然能磨出这么精致的工具。

虽然他们确实很高兴，但这高兴只是转瞬间的事，两人吃饭时，比昨天还要闷闷不乐。吃完饭后，孙卫红站了起来，脸色凝重地对我们说："从现在开始，大家无论如何不能进入石室内，也不能在室门口5米处。"

接下来，孙卫红和陈明两个人显得更加谨慎。我们远远地看到，孙卫红走进了石室内，陈明则割起了草，再把草晾晒起来。大约过了一小时后，孙卫红出来了，只见他头上缠着外套，把全身包了起来，他朝陈明挥挥手，陈明就走了进去，等出来时，他也是和孙卫红一样的装束。

我们除了煎油之外，几乎没有别的事情可做，只能默默地等着、看着这两位前特种兵。直到吃饭时，这两位才解开外套，他们的脸上和身上似乎有一点点的金属在闪光，脸也变得有点发灰。

就这样，两人持续搞了大约两天，终于完工了。孙卫红和陈明走了出来，满脸笑容，举着一包被阔草叶子包着的东西，朝我们扬了扬："弄好了，这东西，肯定能把那个冰墙炸开！"我们三人想一睹为快，可陈明很快把它收了起来："别看，这东西很容易炸！"

根据陈步云的描述，那堵冰墙在笔直向西，离我们所在的石室大约20里左右。第二天一大早，我们就起了床，向雪山深处挺进。

这次，我们带了不少东西：这几天割了晒干的草、煎好的鸡油、几件鸡毛衣，当然还有陈明和孙卫红做的那包很神秘的东西。

本来我们所处的山谷，还是繁花似锦，芳草如茵。向上走了一段，山坡上就出现了一大片黑压压的森林，林子里不时能听到一阵阵鸟"呱呱"的瘆人叫声。在林木之间，一条条小溪顺着山坡泻下，撞到岩石上，激起一片片的白色浪花，森林内常常能见到枯树和烂掉的木头，在烂木之上，常常能见到大朵大朵的蘑菇。

这片森林，不知存在了几千几万年，到现在终于再一次有了人迹。现在回想起来，这段路，与其说是逃亡，不如说是山野漫游更为合适。

渐渐地，空气变得越来越冷，森林也渐渐稀疏起来。在我们面前，出现了一大片清水漫溢的草地，这里的草虽然仍然茂密，却没有谷里的草那么娇嫩，全身都透出一股深绿色，似乎是饱经风霜的样子。天气也不再像山谷里那么阳光灿烂，而是一阵晴一阵阴，天空上还偶尔飘下几滴雨。

脚下的土很是泥泞，这段路走起来，一点也没有刚才走森林那么轻松和愉悦。更让人觉得难受的是，一颗心老是在怦怦直跳，而且越跳越厉害，人也有这种要呕吐的感觉，整个额头似乎被紧紧箍了一道钢条，开始渐渐痛起来。

走出了草地，天气变得更加阴沉，冷冷的细雨开始下了起来，时而夹着细小的雪粒，风也变得凛冽起来，刮得人耳朵生疼。这时，脚下走的，已经不再是草地，而是一片寸草不生的乱石堆，只是在石缝之间偶尔能见到一株株顽强生长的矮草，时不时还能看到未化尽的残雪。

这时候，我们每一步都很艰难，每个人都在呼呼地喘气，就这样胸口里也仿佛压着一个大石头，闷闷的透不过气来。心脏在狂乱地跳着，似乎要蹦出胸膛，头上的钢条似乎越勒越紧，一阵阵的锐痛直刺进大脑深处。早上吃进去的鸡肉几次三番地涌到喉咙口，却又被我强压下去。

我知道，我们身上的高原反应已经很强烈了。季慎和陈步云因为年纪比较大，高原反应更是强烈，早就是一步一拖，幸好陈明、孙卫红身体比较好，边呼呼喘气边搀扶着他们俩。

这片荒山之上，并非没有美景。我一扭头，只见脚下横亘着两条边缘很清楚的色带——那是我们刚刚穿过的森林和草地，在此之下，一缕缕阳光透过阴暗的云彩射了下来，照在一片嫩绿的小圆圈内，这就是我们被困的山谷；远处，则是一个个土黄色的馒头包，我知道这是我们之前在路上遇到的一座座高大的土山；更远处，则是一条在蓝底色下泛着淡紫色光的弧线——那是地平线。

现在回想起来，当时我应该停下脚步，去欣赏下"一览众山小"的景色。可是，我当时却毫无心情，一心一意地只顾步履蹒跚地向上爬。

突然，远处出现了一丝绿色。我们走上前，只见两块石头之间冒出一株大叶子草，这草长得很是奇怪，直径约 20 厘米，很像农村种的还没结芯的大白菜，浅绿色的叶子中央包着白色、似叶又似花的一层叶片，中间是将近6 厘米的黑色芯，不过对外张着，从外面能看见里面。

"这草……真……是奇怪，在这么高的山……上也能长这么……大。"陈明喘着粗气，一边还要忍不住说话。这时，陈步云脸色已经变得苍白，一边喘气，一边剧烈咳嗽，他气喘吁吁地回答道："这……这……是雪……雪莲!"

陈明这小子真是爱财，在体力将要耗尽的情况下，他居然还要俯下身去，费力地把雪莲挖了出来，背在身上："宝、宝贝啊，发、发财啦!"

越往上走，雪莲越多，我们总共遇到了十多株，都被陈明和孙卫红挖了出来，带在身上，远远望去，这两人身上挂满了绿绿的叶片，简直像个"植物人"。

说实话，在遇到雪莲之前，我心里对这种植物充满了幻想：以为它是生长在一片茫茫雪海中，独自傲霜斗雪，没想到它的老家竟然是在一片乱石堆里。我还以为这种植物长得一定是非常美丽，至少很精致，就像睡莲一样，不料它却长得像棵还没长好的白菜，形状和美一点也不搭边，锯齿形的边上还带着毛，真是大失所望。

以前，我看过很多书，里面把雪莲描写得神乎其神。没想到，到现场一见，也就是那么一回事，根本毫无稀奇之处。所谓百闻不如一见，大概和我当时的心情差不多。

不管怎么失望，这些雪莲的出现，给我们很大的信心，因为我们已经在雪线附近，而据陈步云的说法，我们要炸开的雪墙，就在雪线以上一点点。

这时，我们的周围，已经是阴云笼罩，天上一阵阵地，一会儿下稀稀落落的雪粒，一会儿又下起了小拇指大小的冰雹，一会儿则是蒙蒙细雨夹着点雪。山上的风更是大，空中飘着的云被它吹得东来西去。向脚下看去，只见一片雾茫茫，什么也看不见，全然没有之前所见的美景，我们已经走得太高了。

转过一个山坡，在我们面前展开的是一个大平台，里面已经没有乱石，而是从雪山顶部延伸出来的巨大冰舌，上面覆盖着一层厚厚的雪，脚底下，融化的雪水潺潺流出。

"到……了，就、就这地方！"季慎说。他这句话一出，我们五人再也支持不住，全部坐倒在雪地里。

这是个不大的山谷，四周的山均是如同斧劈，高达数十米，上面布满了滑溜的冰雪，就算是只猴子，也无法攀援上去，这也是当年造墓人的杰作。在这雪谷的尽头，却有一段只有五六米高的缺口。

"那……那就……是他们造的雪墙。"季慎说道，还举起软软的手，斜着指了指。休息了片刻，我们身体里又多了点力气，于是爬起来，相互搀扶着，走到雪墙边上。

"我们……干活儿！"孙卫红吆喝着。

陈明也抖擞起精神，取出一把又长又粗糙的铲子，开始在雪墙上挖洞。这雪墙很是牢固，加上中间又有石头，陈、孙二人喘着粗气接连试了十多处，才在雪墙上凿开了一条深达两米多、直径约二十厘米的小通道。这一凿，总共耗费了大约两小时，两人累得不行，在雪地里又喘息了好长时间。

我们三人，虽然早已精神委靡，却也好奇地看着他们。只见孙卫红把之前晒干的细草一点一点地铺开，摊在洞底，直至最末端，然后再取出事先准备的阔草叶子，放在这些干细草之上。尽管气喘不已，他却做得一丝不苟。

陈明掏出之前他们一直神秘兮兮地藏着的包包，再把它摊开，原来里面竟然是一堆银灰色的细粉，然后他把这些粉末一点一点均匀地撒在阔草叶子上，并连成一条线。

"这……这些粉是什么东西？"我喘着粗气，问道。

又冷又累，加上严重的高原反应，陈明脸色也已变得灰暗，他喘着粗气说："一会儿……一会儿再说。"

接下来的事情，就更奇怪了，孙卫红和陈明各从雪地里拿起一把雪，捧在手中，还用嘴在上面哈气，融化了的雪水一滴一滴地从他们指缝里漏出。等雪水融化了，两人竟然急急地往银色粉末上泼水！

尽管铺在洞里一些，陈明和孙卫红所割的干草只不过用了一小部分，他们把剩下的草堆起来，从身上贴肉处取出一个铁皮杯，将里面还没凝固的鸡油泼在草堆上，再从草堆里拉出一大把草，把它和铺在洞里的草连起来。

做完了这些，孙卫红对我们说："你们……你们快走，离这里越远越好！"

我们相互搀扶着，走出了四十多米，远远地看着。这时陈明取出打火机，点着了草堆，草堆一点着，他和孙卫红两人就拼命向我们狂奔而来。

远远望去，火借着油势，噼噼啪啪地燃烧了起来。虽然筋疲力尽，陈、孙二人跑的速度仍然很快。大约过了半分钟，火焰已经完全笼罩着草堆。

可是，我们并没有听到预料中的巨响。陈、孙二人也充满疑惑地看着即将烧尽的草堆。"难道……没……点上？"陈明疑惑地说。

话音还没落，雪墙内突然传出轰隆一声巨响，地面剧烈地震动起来，我们的耳膜被震得生疼，好长时间嗡嗡作响，一股白色蘑菇云在这雪谷中冉冉升起，那些附在悬崖之上的冰块也啪啦啪啦直往下掉。

看到这场景，我们五个人，包括七十多岁的陈步云都大叫起来。"成功啦！"陈明和孙卫红两人激动得相互抱在一起。

等烟雾散去，我们看到，雪墙已经被炸一个大洞，但是，却依然屹立着！"看来……分量……还是不够。"孙卫红的兴奋劲儿一下子下来不少，他失望地一屁股坐在地上。

本来我们都兴奋地高举着双手，没想到突然看到这似乎依旧原样的雪墙，失望之心使我们突然之间仿佛被雪冻住了一样，僵立在这雪原中。远处不断传来的"轰隆隆"回响声，更是增添了我们的失望。

就在我们垂头丧气的时候，雪墙却慢慢地向下坍塌。"它在塌……"陈明大叫道。这个"塌"字还卡在陈明喉咙口，整个雪墙却发出了"轰"的一声，向外坍去。

只隔了几秒钟，轰隆隆的声音已经变得震耳欲聋。这时我们才感到害怕，而且这声音越来越大，原来这雪墙崩塌后，从高峰上一路滚下去，沿途带着大量积雪，加上雪墙本身就有不少岩石和冰块，这些东西裂成数十块，分头而下，声势越来越大，简直是天空突然响起无数个雷，真是地动山摇，其声响之大，令人不寒而栗。

雪谷里，虽然离崩塌之处很远，却也激起大片雪尘，弥漫在整个山谷中，久久不息。虽然眼前均是一片白茫茫，我们五人心中却是说不出的欢喜，大家拥抱在一起，热泪盈眶。

兴奋了好长时间，我突然想起，这陈、孙二人究竟用了什么妙法，居然能在几乎什么都缺的山谷中造出了威力如此巨大的炸药？

陈明笑呵呵地回答了我这个问题："铝……粉！"

平时我们烧水都用铝锅、铝水壶，一向很安全，怎么会突然猛烈地爆炸起来呢？孙卫红解释道："只要在铝粉上淋上水，在加热时，铝粉就会和水发生化学反应，瞬间产生大量的氢气，和空气混在一起后，遇到明火，会发生相当猛烈的爆炸。"

我还是搞不明白，这些铝粉究竟从哪里来。孙卫红笑着说："你没注意到，我们两人带的军用水壶都不见了么？我们做锉子，造筛子，就是为了把纯铝的军用水壶锉成铝粉。"

陈明插嘴道："我们用的都是78式军用水壶，水壶本身，加上底下套着的饭盒，重量近一斤，两只就是一公斤，一公斤铝粉，炸毁这雪墙，绰绰有余。"

"既然如此，为什么要拔下陈教授的头发，去做一个筛子呢？"

看到我这个博士研究生问了这么多，孙卫红显然很得意，他索性一口气解释完："铝粉要和水发生剧烈反应，要求很高，直径要在一毫米的十分之一。我们要做个筛子，目的就是筛出合格铝粉。可是，在锉铝粉和筛铝粉时，是最危险的，很容易产生大量的铝粉粉尘，一旦遇到明火，那就是剧烈爆炸。所以我们坚决不让你们进石室内。"

想不到孙卫红这小子不过是初中毕业，化学居然这么精通，让人不由得刮目相看。我对他伸出了大拇指："看不出，你们俩水平这么高，真牛！"

不料，孙、陈二人眼中的兴奋突然消失了，两人低下头，叹息了好长时间。孙卫红说："其实，这不是我们发明出来的……"他抬起头，我看到在他眼中，泪光在闪烁："这是我一位战友发明的，他念过中专，学过化学。可惜……"说到这里，他一阵哽咽。

原来，陈明和孙卫红在老山前线当特种兵时，有一个名叫王承坤的战友，他从浙江一所很普通的中专毕业，当时学的是精细化工。后来部队征兵时，他就参了军。

现在人说起中专，会觉得这种学校很普通，甚至不入流。其实在上世纪90年代初，中专生简直算个小知识分子。当时的中专有两种，一种叫小中专，初中毕业就可以考，可以迁户口，也分配工作，那时是农家子弟跳出农门的一条捷径，所以竞争极其激烈，考进去的，往往是初中的学习尖子；另一种叫大中专，要高中生毕业之后考，学制通常两年，学生虽然不一定是学校的学习尖子，可是在那种时候，高中升学率极低，常常只有百分之十左右，能考上大中专也是同学中的佼佼者了。

王承坤念的是小中专，毕业之后分配到金华的一家国有化工厂当技术员，后来报名参了军，学历比当时基本上初中毕业的战士要高，所以直接安排当了副排长，是陈明的搭档。

一说起王承坤，陈明眼睛就直发亮："嘿，还是你们知识分子有用，要不是他，我们这个连不知要多死多少人呢！

"别小看越南人，他们其实也很厉害，人一到前线，一两天内，就能把山上挖得坑坑洼洼，到处都是洞，还很结实，我们炮火对准他们阵地轰了半小时，也毁不了多少个；我们炮火一停，他们就跳出来到表面阵地上，来阻击我们部队进攻。一旦表面阵地失陷，他们就学乌龟，躲进洞里，那时候火焰喷射器很少，我们攻不进洞里去，一进去，人就成了活靶子，基本没有活的出来。扔手雷也不见效，因为他们的洞是曲曲折折的，手雷杀不了他们。

"这个王承坤啊，就是牛。吃了几次亏之后，下山休整回来，他就会背上一大包东西。进攻前，他就开始组装，把东西发给每个战士，你知道那是什么？很简单，一个个酒瓶子，装满了汽油，汽油里再混上铝粉，那是他从油漆店里买来的，还有镁粉，这不知道他从什么地方搞来的。反正就这么一混，看到越南人躲的洞，插上个棉芯，点上火，朝洞里一扔，立马就是大爆炸。这爆炸和一般的爆炸还不一样，手雷炸了，越南人在洞里没事；这东西爆炸了，我们再乘着他们不敢出来，抬块石头把洞门一堵，边上抹上湿泥，不让它透气。过半小时人进去一看，呵呵，你知道怎么样，里面的敌人全给闷死了！

"王承坤说，手雷之类的普通炸药，里面带着氧化剂，自己供给氧，所以不消耗洞里的氧气，这个汽油瓶爆炸就不一样，它是铝粉、镁粉先燃烧，产生热量，把汽油蒸发成气体，和空气混合，然后再二次爆炸，活生生地把洞里的氧气耗光，我们再把洞门一堵，里面的人一个也活不了。后来啊，这种办法就在老山前线流行起来了，王承坤就是这种办法的发明者。"

在这雪山之上，听着陈明讲在南国血战的故事，倒也别有风味，只是陈步云和季慎眨着眼睛，一头雾水，不知道为什么中国突然会和当年的"同志加兄弟"打起来。我倒是有疑问，王承坤发明的这种办法，和他们在山顶上用的办法并不一样呀！

孙卫红看出了我的疑惑，道："那时候物资紧缺，汽油、铝粉、镁粉不大容易搞到，我们在阵地上要待好长时间，怎么办呢？王承坤就教我们战士，用水壶做铝粉，做好了后，看见敌人的洞，先扔颗手雷，然后再乘着越南人不敢出来，再撒它斤把铝粉，撒完后，再扔颗手雷，这样的效果和原先的也差不多。"

此时的山顶，寒风呼呼，白雪皑皑，阴云密布。但听了陈明的话，我觉得浑身热血沸腾。我们的国家之所以有今天，不是靠什么伟人圣人，而是靠一个个默默无闻、在平日里不起眼、老老实实的人一点点的努力。

听到这里，我倒对王承坤有心驰神往的想法："他现在在哪里？"

这时，孙卫红脸色变得阴郁，陈明双眼发红，声音低了好多："后来，越南鬼子也学精了，他们把洞挖得连了起来，就像一个个大耗子洞，他的这种办法就不见效了。一次，也是这么一搞完，王承坤冲进洞去，被敌人一梭子打倒……"说到这里，陈明的眼睛里，泪光闪烁。

陈明再也说不下去，蹲在雪地里抽泣起来；孙卫红也哽咽了好半天，然后说："我们……对不住他，连……尸体也没抢回来。我们转业时，全连的人都发誓，将来……只要有人混出个样子，就一定要好好帮助他的老婆孩子。"说到这里，他也哭了起来："可……是，我们……现在连自己……也顾不了，怎么……去帮他的老婆……孩……子呢？"

我现在终于明白，为什么这两人一听说有个大宝藏，就激动得要命。原来，这两人心里想的，不光光是为自己，还有他们对死去的战友许下的承诺。人世间的感情，不会再有什么比这种在同生共死中结下的感情更深厚的了。

想到这里，我原先对他们还存有的一点嘲笑之意已经消失殆尽，剩下的只有深深的敬意，在这世界上，只要能和这样铁骨铮铮、重感情的人成为朋友，还求什么呢！

我们走到原来的雪墙壁处一看，只见缺口之外，虽然仍怪石嶙峋，坡度却只有 60 度左右。原本这里还覆有大片雪，应该难以攀爬下去，不料雪墙坍出去的冰块和石块在这坡上一滚，竟然将雪滚得干干净净，虽然我们爬的时候，脚底下还有些滑，但较之原先，已经是天差地别了。

这段陡坡也不很长，大约400米，再向下走，又仿佛走进来路：先是见到一些冰川残留物，化出的雪水随坡潺潺而下，接下来又是一大堆乱石坡，然后进入了泥泞的草地，再走入一片茂密的云杉林中。

此时，周围已是一片温暖，头也渐渐不痛了，我们五人都有一种大病初愈的感觉。脚力虽弱，这段森林之路我们走得却是很轻松，只听得脚下枯枝败叶咯咯作响，只见到浓荫覆地，光影浮动，加上想到自己已经从鬼门关走了个来回，却终于能全身而退，重返人间，心中之喜悦，实在不是用言语能形容的。

"王维诗中说：'寒山转苍翠，秋水日潺湲。'寥寥十字，写出了季节从夏到秋的变化。不料我们竟能一天之内，从初秋到冬，再从冬到初秋，这段经历，也真是人生难得了。"走着走着，陈步云突然感叹道。

这位老者，本来前程似锦，不料却先遇冷落，此后再遭弟子背叛，被困山谷二十多年，茹毛饮血，每日里昏睡不醒，生不如死。没想到刚脱险境，他就有如此闲情逸致，这倒真是难得。不过这一路走来，陈步云身上的"鸡毛服"已经掉去了大半，腿的前后，手臂前后，加上胸前的毛几乎掉光，从一个白发垂达腰际、胡须飘至胸前、衣不遮体的老人嘴里吐出这样雅致的诗词，如果不知情的人看到，一定会觉得很古怪。

季慎这时也叹道："'蝉鸣空桑林，八月萧关道。出塞复入塞，处处黄芦草。'二十多年，真不知道是我在梦中，还是蝴蝶梦见我，世间变化实在太大，这次出谷，物是人非。教授，说实话，我真有一种南柯人的感觉，现在心里不知是喜，还是忧。"

陈步云微微一笑："不论是喜是忧，这些都是身外的事。只要我们内心中有信念在，即使山中方一日，世上已千年，我们又有什么可喜，又有什么可忧的地方呢？"

这番话，孙卫红听不懂，也就算了；陈明却吵吵起来："你们两位，刚刚一出山谷，就掉起书包来了。我看，还不如先找个地方吃点东西实在，我都快饿死了。"

我赶紧纠正："不是'掉书包'，是掉书袋，你说错了。"

陈明不管："管他掉书包，还是掉书袋，我现在饿得只想吃东西。"他解开包裹掏出我们预先准备好的鸡就要啃。

孙卫红急忙拦住："这里不同山谷，说不定有野兽，万一有的话，鸡的气味把它引来，那就麻烦了。森林中看不清，太危险了，你先忍一忍，到了森林之外，找片旷野地，然后再吃。"

出了森林，只见一片苍翠的山谷，简直与我们之前被困的无异，同样碧草青青，矮树低掩。只是山谷之中，多了数个翠绿的大湖，远远望去，就像嵌在绿色草地中的一面面镜子，在阳光下闪闪发光，很是美丽。

陈明突然大叫一声："啊，好香！"

循着香味走去，只见有三人正围坐在小树下，用火烤着一只羊。走近一看，只见这三人身披大袍，头戴一前部突出的金花毡帽，只穿左袖，右袖从后面拉到胸前搭在左肩上。嘴里叽里咕噜，说的话我们一句也听不懂。原来这三人是藏族牧民，身边的草地上，还放着一壶酒。

第五章 西王母石室

于是我到了左侧，也就是属于八卦中"兑"位的部分，左右一数，发现这一段的石块也正好是335块，不禁心中大喜，于是找准了中间的一块，举起手电筒，准备向墙壁敲去。就在手电筒将近墙壁时，拿手电筒的手突然被人一把抓住。我回头一看，是季慎，他神情严肃："不要莽撞！这个地方很复杂。"

这时，羊身已被烤得褐黄，身上的油吱吱作响，大滴大滴跌入火中，燃起一阵又一阵的蓝火，香气四溢。这么多天只有鸡吃，这只羊，直让陈明看得垂涎欲滴，喉咙里咕咚直响。

这三个藏民很是好客，看到有人，立即迎我们入座，招呼我们一起吃这只烤羊。只是可惜两个年纪大一点的听不懂普通话，只有个年轻一点的大概读过几年书，倒能听懂我们说的话。

羊要全熟，还要一段时间，借着这段时间，我们和这个藏族小伙子聊了起来。"这里是什么地方？""你说山，还是湖？"藏族小伙子问道。

"既问山，也问湖。"

"这山叫达力加，这湖叫达力加雍措。"接下来，这小伙子又解释了一下，原来，在藏语里，"雍"是"翠"，"措"是"湖"的意思，"达力加雍措"的意思就是"达力加山里的绿湖"。

陈明称赞道："这湖水清得很，真漂亮！"

听到陈明的话，这小伙子露出了笑容："那是，人们都说，以前，这是索日格的花园！"

索日格这个名词，我们以前没听说过。这小伙子解释道，这是高原上的女神之一，藏语里的意思是"大家的母亲"，据说这位女神对藏族人特别好，所以被人世世代代纪念。

"索日格？"陈步云本来一直没做声，听到这个名词时，他突然低声地重复了一句。

看到陈步云对索日格这个女神很感兴趣，这小伙子又说："索日格在成女神之前，是这里的女王。听说很早很早以前，你们汉族有个皇帝，听说了索日格的伟大名声和慈祥，骑马跑了好几千里，专门来拜访她。就在达力加雍措边上，索日格举办了很大的宴会，请他吃烤羊，还有她种的各种珍贵水果。"

"关于索日格，还有什么传说？"陈步云继续问道。小伙子挠了挠头皮，表示不清楚，他转过头去，用藏语和另外两个藏民交谈了几句。

"哦，这只是个传说，我们知道的也不多，不过倒是有一首歌，是赞美索日格的。"小伙子说。

陈步云说："我们倒想听一听。"

听说想听他们唱歌，这两个年纪大一点的藏民就站了起来，一边唱，一边跳起舞来。

这小伙子在边上，一边听，一边做起了翻译："索日格，高山上的女神，你的仁慈照顾着我们；伟大的母亲，你时刻保佑着我们……你的功绩，子孙们永远不会忘记；你的石头宫殿，建在地下，从不让人高高仰视……"

听到"你的石头宫殿，建在地下，从不让人高高仰视"时，陈步云脸上突然涌起一股激动之色，季慎整个人也和僵住了一样，神情又是激动，又是喜悦。

听完了藏民的歌唱，陈步云突然问道："索日格的湖泊在这里，那她的宫殿在哪里？有没有传说？"

小伙子笑着说："在传说里，说她的宫殿就在这湖边上，可我们只知道湖，不知道宫殿在什么地方。"

这时，烤羊已经大香。藏民们坐下来，拔开酒壶塞子，倒出青稞酒，给我们每人倒了一碗，又用刀一片片地切下羊肉，递给我们。

我们这一整天，除了早饭，几乎没吃东西，这时已经饿得厉害，看到这油光发亮、喷喷香的羊肉，恨不得直接把整只羊都放进肚里。更让人高兴的是，藏民们准备好的调料里面居然有盐，已经好久没吃盐的我们，狠狠地把羊肉在盐上翻滚着，吃下去时，觉得特别鲜美。

这藏民烤的羊实在不错，羊表面又脆又酥，里面的肉又香又嫩。这顿大餐，直吃得我们嘴角全是油，满口生津，恨不得把沾了羊油和盐的手指头都吃下去。藏民本来就好客，看见我们吃得如此狼吞虎咽，也很高兴，不断地递羊肉给我们。

这一只羊，烤下来也有二十多斤重，可我们已经饿得太狠了，加上长久没盐吃，八个人居然能把这只羊吃得干干净净，只剩下一堆骨头。

吃完了羊肉，我们五个人连脚都抬不起来，索性就躺在草地上消食，不想藏民们居然又拿出一个水壶，在湖边舀了水，又拿出一个黑糊糊的方块，切下小半块，扔进水壶里煮。过了一会儿，水开了，茶香四溢，我这才明白过来，这黑糊糊的东西就是很著名的茶砖。

这茶煮的时间很长，等壶里的水熬去一半，藏民们又取出了一个小罐，将里面的奶倒入水壶内，再加盐。继续煮了一会儿，小伙子取出一个皮袋，将壶里的茶和奶倒入皮袋内，开始狠命地用木棍敲打起来。

"你们要做什么？""酥油茶。"小伙子说。这一敲，又是大约半个小时，这时候，小伙子才把皮袋内的酥油茶倒入水壶中，送来给我们喝。奇怪的是，在倒茶之前，小伙子总要把水壶摇晃几下再倒。

这酥油茶名气虽大，第一口却并不好喝，直到第二口才感觉出它的香来，以后就是越喝觉得越香。陈明消化得很快，一边喝一边大呼称好。

第二天，等我们告别时，这些牧民又送给陈步云和季慎两件藏袍，这让我们十分感激。我从口袋里掏出 50 元，想要送给他们，他们却死活不要，只是眼睛盯着陈明和孙卫红身上带着的雪莲，给他们每人送了一朵雪莲后，大家依依告别。

出得达力加雍措所在的山谷，我们急急地去西来庄，因为陈明和孙卫红算了一下，我们已经在这里花费了 12 天时间，他们单位规定收羊毛的时间最多只能是 15 天。另外卡车停在旅馆门外，究竟会不会被人开走，也是个问题。

出得山谷，只见这湖被劈开一道，一条白花花的河流向西北方向流去，顺着这河走了不久，就见到一条公路。我们拦了一辆去西来庄的卡车，两小时后，终于来到了旅馆门口。幸好，卡车还在，我们心也放下了。

我们冲进旅馆，却发现这个店内，和我们最初来时一样，已经是人去楼空，挪开大缸，我们发现，甚至连在洞穴内的张春唐三人的尸体也早已不知去向。

"我们还想进这个墓穴，查看一下。"陈步云说。

"不行，我们收货时间有限制，我们还是下次再来。"陈明和孙卫红两人把头摇得像泼浪鼓一样。

"那我们留下，你们去收货。"

陈明和孙卫红也是死活不同意，理由很简单：有他们俩在，还能保护我们，万一上次那伙人藏在镇里的什么隐秘处，那根本是我们无法对付的。最后我们说定：先陪陈明和孙卫红去收羊毛，回兰州之后，我再找朋友通融，让他设法再把陈明和孙卫红派来，陪我们一起再探西来庄。

剩下的几天时间，陈明和孙卫红几乎连觉也不睡，发疯一样地四处找代销点，把他们收集起来的羊毛装上卡车，终于在 9 月 13 日把羊毛收集齐，回到了兰州。陈步云和季慎两人也跟着我们来到了兰州。

这时，我家里人给我汇的 3000 元钱也已到来，我给陈步云和季慎买了新衣服、鞋子，等等。我朋友很会办事，不知他用了什么办法，让他们单位领导给陈明和孙卫红批了两个月的出差时间，理由是市场考察。

9 月 15 日早上，一大早，陈明和孙卫红就冲进了我们住的甘肃省文化厅宾馆。

"快起床，快起床！"一进门，陈明还是不改老脾气，冲我们大声嚷嚷。

这些天，我们和陈明、孙卫红生死与同好几次，已经结下了深厚的感情，他这么冲我们吵吵，我们反而觉得很亲切。

说实话，第三次赴西来庄不是我的本意，因为我已经很想家，不过既然陈步云和季慎坚持要去，我也只得陪同，至于他们去的用意，我也不清楚。这几天，我已经问了他们好几次，他们却总是神秘地笑笑，说："现在还不能说，到时候会告诉你的。"

到了西来庄附近，下了车，陈步云脸色变得严肃起来，问我："你知道西来庄在古代叫什么名字吗？"这个问题，我倒是没考究过。

看我答不出，陈步云接下去说道："它在古代很有名，叫枹罕！"

听到"枹罕"这个名字，一连串的历史记载朝我涌来：秦朝时，在这里设置枹罕县，属陇西郡；西汉初，枹罕县仍属陇西郡，昭帝时，改属金城郡；东汉，枹罕县又改属陇西郡；西晋时，枹罕县属晋兴郡。

从十六国张骏起，这个地方成为兵家必争之地，张轨的孙子张骏分凉州地置河州，河州的治所就在枹罕。前凉时，乘着张骏病逝，张重华继位，前赵派兵 8 万围攻枹罕，后来增兵至 10 多万，却被前凉名将谢艾击败。此后的大战还有前秦派前将军杨安、建威将军王抚率骑兵 2 万，会同王猛等军，援救枹罕，于枹罕东大败前凉军，俘斩 1.7 万人。此后，后凉、西秦等割据小国均围绕枹罕展开激战。到了唐朝，又和吐蕃在这里进行数次大战，其中李靖攻吐蕃之战，双方投入兵力达 60 万人。吐蕃的尚婢婢和论恐热也在此发生过投入总兵力近 30 万人的大战。

这个静谧的小镇，现在它黄土满地，白杨成行。真是想不到，它在历史上竟然这么这么有名。真有一种"今逢四海为家日，故垒萧萧芦荻秋"的感觉。

正当我对历史悠然神往，想象这里曾经发生过的杀声震天、铁蹄铮铮、无数将士血洒疆场的场景时，陈步云突然又问我："你有没有想过，这地方为什么会有这么多政权来争夺它？"

我一愣，当时我只是为了考察尚婢婢和论恐热之战才到这个古战场来，当时这地方名字不叫枹罕，只是觉得这两人为了一块毫无价值的地方大打出手，实在说不清楚，所以才来。这时，听陈步云一提醒，觉得这其中大有问题：如果从战略意义的角度来看，这个城市确实不值得战争双方投入这么多兵力，这里既不是通往河西走廊的要道，也不是什么农业丰饶之处，只不过是通往青海的一条普通通道而已，为什么这么多国家、这么多枭雄宁可不顾身死国灭的危险，也要倾尽全力，来争夺这个城市？

"难道你说的那个价值百亿的宝藏，就藏在这个小镇的某个角落里？"我脱口而出。

这时，我看到陈步云微笑着点点头："有很大可能！"

我摇头说："陈教授，有个问题你有没有考虑过？如果真的存在这批宝藏的话，那数量非常多，占据的空间也会很大，那么必须盖很大的房子来存放这些宝物，对一个国家来说，这将是非常大的一个负担。另外，即使这批宝藏存在的话，那只要经过一次攻占这个城市的战役，宝藏就会落入敌手，后来人就完全没有必要一而再、再而三地发动战争。所以据此推断，你的这种观点是很难说得通的。"

"那假如这批宝藏被藏在某个很隐秘的地方，屡次战争之后，胜利者却总是找不到这批宝藏呢？"陈步云饶有兴趣地看着我。

"那可能性也不大，因为宝藏中有很多文物典籍，即使它们是被藏了起来，为了保存好它们，必须建一些空间很大的建筑物。对国家来说，这是个很大的消耗，而且建造的人也不可能不吐露这个秘密。"

"那么，你认为这么多战争发生在一个军事和经济价值不大的城市，每次都是当权者判断失误造成的了？"

"陈教授，我认为这固然是个谜，不过不应该用那个宝藏来解释。这个需要进一步去研究，当下还不能贸然下结论。"

"呵呵。"陈步云和季慎赞许地笑了好一阵子。然后，陈步云说："那好，我们用不了多久，就能证明究竟是你的判断正确，还是我的判断正确。"

说这话的工夫，我们已经进了旅馆，来到院子里。"这个镇这么大，怎么在很短时间内证明？"我问道。

陈步云指指那口还扣在院子里的大缸，说："就在这里！"我发现，说这话时，他的脸上，充满了自信。

"古墓？"我笑着摇摇头，这墓我已经弄得很清楚，里面实在没什么花样。

这时，季慎把嘴贴过来，在我耳边轻轻地说："万一它原先不是古墓呢？"

"不是古墓？"我跳了起来，"这怎么可能！我亲眼见到墓穴里面有棺材的！"

"对，古墓里的确有棺材，"陈步云侧着头，像考自己的学生一样问，"你难道不觉得那个墓主人的封号很奇怪吗？"

这个问题一下子敲到我心坎里，的确，这确实有问题。唐朝时，封大臣做郡王时，称号前的那个郡是历史上曾经有过的地名。例如唐朝中兴名将郭子仪，封为汾阳郡王，李光弼被封为临淮郡王，历史上就确实存在过汾阳郡和临淮郡。

然而，在墓穴里的那个墓主，自称"河渭郡王"，这就很值得玩味了，因为这个名称至少牵扯到两个地名："河州"和"渭州"。在历史上，在隋唐以前，州一直是个高于郡的行政区划，在前凉时，河州下辖晋兴、金城、武始、南安、永晋、大夏、武成、湟中等郡，即使这人功劳再大，皇帝也最多封他个"晋兴郡王"、"陇西郡王"什么的，却无论如何不会封他做"河州郡王"；"渭州"就是现在的平凉，即使这人是被封在平凉，那他也最多是"平凉郡王"，或者按北周的行政区划，封为"长城郡王"。更加不可能把两块地都封给他。

"这里我就说不清了：这个封号，明显违背了唐朝封王的惯例；可它又刻在墓穴的石壁上，不大可能造假。实在说不清楚。"

"你想没想过，古人有时候也会吹牛，牛皮大的，甚至会把牛皮吹到阴间去。"

"照这种说法，'河渭郡王'这个称号是墓主人自封的？"

"对!"陈步云点头道,"只能这么解释。"

那么这个人会是谁呢?我翻来覆去地把历史上人物想了一遍,觉得墓主还是只有我先前所认为的那两个:尚婢婢和尚延心。

这时,陈明插嘴道:"陈教授,你就别卖关子了,干脆说清楚你的怀疑好了。"

听了这句话,陈步云点点头,说道:"之前我之所以没说,是因为心里一直有个怀疑,既然是怀疑,就不能乱说。不过,现在到了这里,也不得不说了。"

然后,他继续问我:"你对吐蕃后期历史的掌握度如何?"

说实话,由于汉文古代典籍对这段历史的记载往往一笔带过,藏文的典籍很多又没有翻译成汉文,所以我的了解也相当粗浅。于是,我摇了摇头,表示自己并不了解这段历史。

"吐蕃?"陈明一听就来了兴趣,"是不是文成公主嫁过去的那个国家?"陈步云点点头。陈明一听,更是大感兴趣,对陈步云说:"一会儿再下去也不迟,你先给我们讲讲这段历史故事吧!"

"现在人们说到吐蕃,只会想到松赞干布和文成公主,剩下的就什么也不知道了。我知道的那段历史,是吐蕃走向强盛的历史,它怎么走向衰落,历史书上却不大写了。古人有句话说得好,分久必合,合久必分。吐蕃在强盛了两百年后,终于走到了末路,热巴巾、达玛两代赞普被大臣杀死,皇后那囊氏把她哥哥的儿子抱来,冒称达玛的后代,立为赞普,大臣不服,纷纷起兵,终于导致吐蕃国内大乱。

"在这些起兵的人中,有一个人实力很强,他是吐蕃的洛门川讨击使论恐热,汉文书籍里是这么叫的,他其实叫末农力,反正下面我们就叫他论恐热好了,在吐蕃语中,这个'论'字可不是随便叫的,名字只要有这个字,就说明他不是一般出身,而是来自王族。这个论恐热野心很大,纠结了一帮人,占据了河州、渭州,也就是现在甘肃南部一带,准备向吐蕃首都逻些,也就是现在的拉萨进攻。

"论恐热一起兵,那囊氏觉得大事不妙,赶紧派大相,也就是吐蕃的宰相尚思罗阻击论恐热,召集了苏毗、吐谷浑、羊同等部落,组成了八万余人的大军,在洮河沿岸扎营,还烧毁了桥梁。可是,没想到,论恐热用了心理战术，他对着河对岸的大军喊道："现在奸臣当道，上天派我来讨伐叛逆，你们怎么能帮助叛逆呢？现在，我已经身为宰相，国内的兵马都必须听从我的调遣，你们如果不听，我就消灭你们的部落！'这一番话，让尚思罗的军队起了疑心，论恐热乘机架起浮桥，开始进攻，尚思罗大军崩溃，最后被杀。阻挡论恐热进军逻些的最后一道防线被撕破。

"可是，在这时候，论恐热却没有沿着最好走的川藏边界继续进攻，反而一头扎进甘南和青海来了，先打下了河州。这时候，统治河州到青海乐都县——当时叫鄯州——这一带的吐蕃节度使名叫尚婢婢，于是两人结了冤仇，开始厮杀起来。"

听到这里，向来不多说话的孙卫红突然插了句嘴："兵贵神速，既然吐蕃朝廷的主力已被摧毁，论恐热应该火速进军，先夺取拉萨，他进攻尚婢婢，实在是犯了兵家大忌。"

陈步云微微颔首："对啊，这个论恐热带兵多年，这种简单的道理，他应该懂得。可是，历史书上记载到这里，突然变得奇怪起来，这个富有军事经验的论恐热偏偏纠缠在河州，也就是现在这个位置，共十多年。你说，这奇怪不奇怪？"

"这真是奇怪，除非这人疯了。"陈明说。

"是啊，我详细研究过，论恐热每次进攻的中心点都是河州，第一次，尚婢婢还没准备好，被论恐热占领了河州，还进军到了鄯州，尚婢婢于是就给了论恐热大量的金银财宝，还猛拍论恐热的马屁，论恐热大喜，回师，安安心心地在河州住了下来。不想，尚婢婢对河州被夺痛恨在心，三个月后，他派大将统兵五万，攻打论恐热，论恐热中了尚婢婢的埋伏大败，又赶上天降大雨，黄河水大涨，不计其数的士兵被河水冲走，论恐热只身一人逃回，尚婢婢夺回了河州。

"可是这时候，奇怪了，照理说，尚婢婢应该乘敌人大败之势，全力追击，以免敌人死灰复燃。结果他没有，居然停了下来，不知为什么，他的部队在河州整整停了一年。乘着这一年的工夫，论恐热又纠集了数万大军，击败了尚婢婢，夺回河州，进而进军鄯州，尚婢婢五路尽出，截断了水源，论恐热军大败，尚婢婢再次夺回河州。就这样，两人就像小孩子玩跷跷板一样，为了这个河州你争我夺，先后打了七次大仗。每次死伤都在好几万人，现在这片地方，人口还是很稀少，当时这是个惊人的数字。"

陈明大奇，说："陈教授，你分析得很对，这确实很奇怪。他们不是傻子，这河州肯定有什么重大秘密，否则他们不会争来争去。"

陈步云说："我在做研究时，当时看到这段历史，觉得十分奇怪。这论恐热是一代人杰，尚婢婢也不傻，可怎么就在这个小阴沟里一而再、再而三地翻船呢？这论恐热的动机很值得怀疑，他如果要夺取赞普的宝座，应该乘着拉萨一带空虚，不管尚婢婢怎么样，直接杀入。他如果要夺取金银财宝，那时候唐朝已经很衰落，却又很富，他应该向东进攻，攻打唐朝。为什么要死盯住一个没什么财富，又对他夺取赞普宝座毫无意义的河州，不断去碰尚婢婢这个大钉子呢？

"后来的情况，就更奇怪了，一次，论恐热又集结起一支比以前要弱得多的军队，向尚婢婢发起进攻。照理说，尚婢婢已经很有经验，兵来将挡、水来土掩就行了，这次他却丢下苦守了很长时间的河州和鄯州，带着几千兵跑到河西走廊的甘州，也就是现在张掖一带，从此不知所踪。

"接下来，论恐热的表现越来越奇怪，他居然派兵在河西鄯、廓等八州四处搜索，史书上说他'杀其丁壮，劓刖其羸老及妇人，以槊贯婴儿为戏，焚其室庐，五千里间，赤地殆尽'。在自己已经占领的地方乱杀，历史上再残暴的统治者也没这么做过，但他却做了。

"所以，我怀疑，在论恐热战胜尚思罗之后，他知道了某个秘密，这比当赞普要有吸引力得多，而这个秘密在河州，不想他遇到个扎手的对手。尚婢婢原先并不知道这个秘密，在第一次打败论恐热后，他大概从俘虏的嘴里知道了这个秘密，于是大家为了争夺河州，就玩起跷跷板游戏，一会儿你杀来，一会儿你杀去。到最后一次论恐热进军的时候，尚婢婢已经找到了这个秘密的所在地，发现没有预想的东西，这么多年是白忙。他可能发现这个秘密的所在地在张掖一带，于是干脆放弃守了多年的老根据地鄯州，到张掖一带去寻找。再次占据了河州之后，论恐热也发现自己多年的追求是一场空，他很失望，在愤怒之下，干出了大杀八州老百姓的事情来。这才应该是对整个历史事件的合理解释。"

"那么，陈教授，你认为这个秘密会是什么呢？"这种解释确实有很大的说服力，于是我问道。

"一个巨大的宝藏！"

"这个宝藏，是不是你说过的那个起码现在价值上百亿的宝藏？"陈明赶紧问道，孙卫红也目光炯炯。

"对！这是河州成为兵家必争之地的真实原因。你再想想，在论恐热和尚婢婢大战之后，这个地区有没有再次发生过此类大规模的战争？"

我仔细想了一下，说："没有。"

陈步云接下去说："这就是了，因为尚婢婢最终发现了宝藏在河州的传说是虚幻的，大家也就不来争夺了，仗也就打得少了。"

"那么，在传说中，这个宝藏会藏在什么地方呢？"

"就在我们脚下。"陈步云指着地面，和地面以下的墓穴。

"那么，这个墓主人又会是谁，是那个已经消失了的尚婢婢，还是后来投降唐朝的吐蕃将领尚延心？"我追问道。

"我的推断是，他是论恐热！"

"论恐热！不可能吧！"我惊叫起来，因为我现在还清楚地记得，那墓穴的墙壁上分明写着"唐故河渭郡王尚公墓志铭并序"，说明墓主姓尚，不姓论啊！

"这怎么不可能，历史书上对论恐热的称呼有两个，《新唐书》和《旧唐书》里都把他写成尚恐热，只是后来《资治通鉴》里把他称为论恐热，大家才叫他论恐热的。《新唐书》和《旧唐书》的成书年代，离这段历史事件才不过200年时间，自然他们说得更准确了，总比300年之后的司马光说得要准确。何况，这名字本来就是翻译过来的，论恐热本来叫末农力，和无论尚恐热还是论恐热都不大搭边，称他为尚公又有什么关系？"

"我记得，在历史上，他根本没受过唐朝的封赏，为什么要自称唐朝的河渭郡王呢？"

"这和当时人的思想有关。历史记载，论恐热是个佛教信徒，他自然相信有阿鼻地狱，生前是吐蕃叛徒，又做了那么多恶事，当然怕报应，显然不敢自称吐蕃人；可是他又不甘心伪装成一个普通汉人，来草草被安葬，人死了，还要给自己贴金，胡编乱造一个'河渭郡王'。这也就是我说的他死后还要吹牛的意思。"

"陈教授，你的说法，太富于想象，主观成分过多，不符合学术研究的基本规则，这需要找到证据来证明的！"我承认，这种说法有一定道理，不过多年的学术研究训练，还是不能让我苟同陈步云的观点。

陈步云的脸上露出了微笑："你的想法，很符合胡适先生说的'大胆假设，小心求证'，那好，接下来我们来找证据。不过在找墓主人是论恐热的证据之前，我们先要来小心求证另一个大胆的假设。"

"什么假设？"

这时，一直在旁倾听的季慎说："就是证明这原先并不是个古墓，而是后来被论恐热的下属改成了墓。"

"怎么证明？"

"把这个洞再向下挖一到两米。"

"挖一到两米，就能证明是不是古墓？"我很疑惑。

"对！"陈步云又是神秘地笑笑，季慎也是同样的表情。

"那还等什么？"陈明和孙卫红各找了一把铁锹，爬进洞里，用力地挖了起来。

洞很小，容不下很多人挖掘，我们只好在上面等。

过了半小时，陈明和孙卫红跳了上来，说这个石壁很深，已经向下挖了一米多，还没挖到石根，估计这石壁的石头起码高三米。大约又挖了半小时，陈明又跳了上来，说终于挖到了石壁的底部，下面是一大堆碎石，再也挖不下去了。这我很清楚，这堆碎石是这个石壁的地基。

这时，这两人已经很累，于是我和季慎换了他们俩上来，找到地基的边缘，继续向下挖，这一挖，又是大约半小时。原来，这堆碎石的厚度有一米多，再往下挖，挖出的就是黄土了。

这时候，陈明和孙卫红缓过劲儿来，又换成他们挖，不过这次陈步云吩咐他们沿着这堆碎石的底部向前挖，深洞里施展不开，两人只能用铲子一点一点刨土。进度很快就慢了下来，两个多小时，他们俩才刨了三十多厘米。

就这样，我们轮番换班，直到第二天中午，我才搞明白：这个古墓的构造十分奇怪，它的地基居然分成两部分，竖着的石壁部分，地基很深；横着的石板部分，地基却很浅，这种构建办法费时费功，而且在建筑过程中没有明显实际效用。这批古人，运石头的办法那么精妙，怎么会用这么笨拙的建造办法？我心里暗想。

直到这时，陈步云才下到洞里，仔细察看这个古墓的建造方法。看了好长时间，他一直沉默不语，直到上得地面之后。他和季慎两人蹲在一起，用一块尖石画着，在地上做起了数学题。

他们算了好长时间，我和陈、孙二人一直在边上等着，不敢发出一声。过了半小时，陈步云站起身来，一把紧抱着季慎，两人突然哈哈大笑起来，这笑声很是畅快和喜悦，笑着笑着，突然又变成了呜咽。

看到这两个上了年纪的人一会儿笑，一会儿哭的，我们三人在一旁，手足无措，不知是该去劝，还是该去安慰。

哭完了，两人又终于停了下来。陈步云嘶哑着嗓子，似乎想高声呼喊，却又喊不出似的呀呀了半天，终于出声说道："这果然是西王母石室！"虽然这声音不大，却似在我头顶炸响了一个响雷，一股狂喜从脚底升起，直冲我脑顶，我身体摇摇晃晃，一时失去了重心。

在中国历史上，有名的千古之谜其实也就几个：九鼎之谜是一个，剩下的还有哪里是昆仑山、西王母究竟有无其人、传国玉玺在何处、《兰亭序》是不是在唐太宗墓里、建文帝身落何处。

"西王母"这个名词，其实很多古代书籍中都有记载。成书大约在《山海经》里说，西王母的形状像人，却长着豹子尾巴和老虎牙齿，很善于长呼短啸，头发蓬松，顶戴盔甲，她住在一座叫做"昆仑之丘"的山上，有三只叫做"青鸟"的巨型猛禽，每天为她叼来食物和用品；《竹书纪年》里说，周穆王十七年，他西征"昆仑丘"，见到了西王母，这一年西王母来朝拜，周穆王为她在一个叫昭宫的地方举行了宾礼。

不过，当时的人们都认为这是一种传说而已，没想到司马迁又在《史记》中力证周穆王见过西王母。接下来，班固又在《汉书》里说，在新朝时，王莽为了向全国人民显示他夺取政权得到了上天的保佑，派人带了重金，到临羌以西去招诱羌人，让他们献出土地，还有西王母石室。

到了西晋，这段传说渐渐平息下来，不想一个叫不准的盗墓者挖开了战国时期魏襄王的墓穴，结果在里面弄出了一大堆竹简，拼起来，居然是一本书，后来被称为《穆天子传》，上面对西王母的描写更为详细。

这本书里说，周穆王驾着八匹骏马拉着的马车，西征到了西王母国，见到西王母。她在瑶池边上宴请周穆王，临别的时候，还唱了一首歌："白云在天，山陵自出，道里悠远，山川间之，将子无死，尚能复来。"面对西王母，周穆王唱道："予归东土，和治诸夏，万民平均，吾顾见汝，比及三年，将复而野。"在这书里，还描写了西王母石室是建在地下的，这倒和这古墓有几分相似。

此后，在民间传说中，西王母就渐渐变成了半神，她和东王公成了伴侣，然后又成了不知道是玉皇大帝的母亲还是妻子的角色，总之，她成了天庭中最高的女神。人们渐渐忘记，历史上曾经真实地存在过这么一个人，而且她是一个消失了的古国的女王。

对于我们学历史的人来说，这些千古之谜如果能解开一个，将是一个不得了的成就。因为如果这个石室能确定为西王母石室，那么达力加山就一定是古人所说的昆仑山，而达力加雍措就是瑶池。

如果我们能一举揭开三个谜团：九鼎下落、昆仑山和西王母之谜，作为一个学者，这将是多么荣耀的事情啊！

不过，我始终忘不了胡适的那句话："大胆假设，小心求证。"这么一个重大的结论陈步云是如何得出的呢？有没有确凿有力的证据？另外，这墓穴高度实在太低，虽然规模庞大，却并不适合做一个古代女王的宫殿。

陈步云看出，我心中并不完全信服他的推论，笑着说："好了，大胆假设到此结束，我们接下来，就要到墓穴里去一探究竟，去小心求证一下。"

这次，陈明和孙卫红两人还是在上面守卫，我、陈步云和季慎三人就下到这个石室，进行一场特别的考古之旅。

对这个我那时不知道是石室还是古墓的建筑物，陈步云到底比我要老练多了，他手一掀，就露出我们先前被刘强骗进去的那个洞。

上次因为急急忙忙冲进去，没有注意查看这个门。这次一看，原来这道石门上面有个活扣装置，根据我对机械学知识的了解，一眼就看出，这道门本来可以里外打开，而且原先也有一人多高；只不过因为外面堆了厚厚一层土，门就只能朝内打开，朝外就打不开了，这就暗合了古代墓葬中"死门"的设置。

刚一进这个建筑物，陈步云就给我出了个难题："我想考考你，从考古的角度来看，古墓和石室的区别在什么地方？"

这点难不倒我，于是我侃侃而谈："从古墓形制的角度来看，考古界一向有'事死如事生'之说，也就是说，墓穴的构造往往模仿死者生前的住所。例如，春秋时期，当地居民住房的结构为'前朝后寝'，于是死者的墓室结构也通常照这样来安排。不过，毕竟这是墓室，要考虑到防盗的作用，所以和住所的结构也有点不一样，那就是，往往只有一个主要墓穴，边上再带两个陪葬坑，换言之，就是如果墓穴和房屋大小相同，那么可用的空间会小很多。"

陈步云点点头，笑着说："看来，李成先教得还不错。"

说到这里，我蓦然想起，在山谷里我对陈步云谈起我导师时，陈步云露出了显然知道他的神情。可是据我了解，我导师是在1980年才到了北京，上了硕士研究生，他的人生经历和陈步云并没有交叉点，这是怎么回事呢？

季慎拍拍我的肩膀，神色很慈祥："你导师在1966年时，就已经考上了陈教授的研究生，如果不是后来发生那些事，他会成为我的师弟，也就是陈教授带的第四个研究生。陈教授见过他几次面，对他印象不错。"

"呵！"我吃了一惊，原来如此，这倒让我想起在学校时，导师对我的谆谆教诲，我当时还觉得他过于世故，原来他的前车之鉴竟然是陈步云教授！

"如果不出这么多事情，那我就应该是陈教授您的徒孙了。"我说道，我是江南人，在吴方言中，没有普通话中的"您"这个字，为此在北京时，好多人觉得我这人很傲慢，吃一些暗亏。不过因为对陈步云的敬意，我有生以来第一次用上了普通话的"您"字。

"唉，世事难料啊，没想到，这么多年一晃而过，想起以前，真是恍若隔世啊！"陈步云叹息道。

要验证这个建筑物原来曾经是个建在地下的房子，就要找到房间，而房间所拥有的一大特点是它具有私密性，也就是说，它最多只能有一面朝外，剩下的三面应该具有密封性。如果按照这个标准来看，显然，在两条甬道之间的大石室是不符合这个标准的。目前据我们所知，这个石室内，只有那个放棺材的室符合房间的标准。因此，要证明这个建筑物是房子，就必须找出更多的房间，至少要在三个以上。

这时，我又想到了陈步云之前画的那张纸，在这纸上，有八个环环相扣的圆圈，上面标注着八个毛笔大字：乾、坤、坎、离、震、艮、巽、兑。

这时，我灵机一动，如果我们进这个建筑物时的方位是"乾"的话，根据八卦的学说，乾为天，坤为地，震为雷，巽为风，艮为山，兑为泽，坎为水，离为火。乾的对应点是坤，震的对应点是巽，艮的对应点是兑，坎的对应点是离。上次我们进那个放棺材的墓穴，如果假定为"坤"位的话，那我们只要找出坎、离、震、艮、巽、兑各个位置，然后如法炮制，如果里面有房间的话，那轻敲三下，说不定就能打开。

我沿着甬道，轻声数了一下，只见从前面一个石室算起，"乾"位的门所对的位置，正好是第167块石头，向左数去，也正好是第167块。然后我再到"坤"位的石室前一数，数字虽然少了很多，它却仍在中央，左右均为112块。

我大喜，觉得自己已经找到了路径。因为按照这样算来，我只要到下一个石室，从端点数起，数到第167块，再敲击，不就行了？

于是，我到了左侧，也就是属于八卦中"兑"位的部分，左右一数，发现这一段的石块也正好是335块，心中大喜，找准了中间的一块，举起手电筒，准备向墙壁敲去。

就在手电筒将近墙壁时，拿手电筒的手突然被人一把抓住。我回头一看，是季慎，他神情严肃："不要莽撞！这个地方很复杂。"

我跟着季慎，转到陈步云身边，只见他正好在"巽"位，弯着腰，嘴里念念有词，一边用手电筒详细察看着位于正中的那块石头。看到我们进来，他挥了挥手，叫我们过来："你们快过来看，这块石头和旁边一块石头之间有什么不同？"

我用手电筒一照，就发现了这块石头和另外一块石头的不同之处。正中的这块石头，虽然历经沧桑，却仍保持着光滑，但是右边这块石头，却好几处地方凹了进去，显然是经过成年累月的敲击而成。

陈步云脸朝天想了一下，冲我说："你知道先天八卦和后天八卦之间的区别吗？"说实话，八卦这东西，我们本来就没学习过，只是因为有很多古墓是按照八卦的方位设计的，在考古鉴定工作中，我出于实际需要，也只是稍微学习了一下。对八卦分"先天"和"后天"，这还是第一次听说。

季慎对我解释道："所谓'先天八卦'，是指乾一、兑二、离三、震四、巽五、坎六、艮七、坤八，你刚才想敲的，就是按照这先天八卦的方位。可是，有时候构造建筑物，也会按照'后天八卦'的方位来布局，这'后天八卦’就成了‘坎一、坤二、震三、巽四、五为中宫，乾六、兑七、艮八、离九’，敲击的部位就会比以前多出一块或者几块石头，如果这个建筑物是按照后天八卦来布置，通常会故意设个陷阱，进入者如果对八卦不够了解的话，那就会被困住或者被滚石杀死。”

“你们不是说，这是西王母宫吗？八卦好像是中原地区才流行的，在这个古代少数民族的地方，又是在那么早的时间，建造建筑物时，怎么会把八卦运用得这么纯熟呢？”我反驳道。

季慎叹息了一声，问我：“你知道八卦的发明者伏羲是什么地方人？”伏羲这个名字我当然很熟悉，至于说他什么地方人，我倒一时答不上来：“这人是传说中的人物，传说中的人物应该没有家乡。”

“这你就错了，八卦虽然古代在中原很流行，但伏羲并不是中原地区的人，而是就在这个地方土生土长的人。”陈步云回头对我说道。

伏羲是靠近藏区一带的人，这怎么可能呢？我觉得，如果现在伏羲活生生地站到我的面前，他穿着长袖宽襟的古服，我还能接受；要是他穿的是半露肩膀的藏袍，我实在难以接受。

“现在的考证结果，证明伏羲是甘肃天水陇南一带的人，”季慎说道，“其实，你仔细想一下八卦，就会明白。这八卦是什么意思，天、地、雷、风、山、泽、水、火这八种自然景象，是在华北 X 大学平原上能看到的吗？这种对世界的解释和体验，只能在甘肃南部一带被侵蚀的黄土高原上才能有切身体会。”

季慎的这段话很有道理，不过还不能让我信服，我又想到一个问题：“伏羲和西王母，恐怕在时间上要相隔几千年吧！在这个石室建造时，这里的人们还会这么相信八卦，以至于把它的原理运用到建筑物上？”

本来还在仔细推敲那块石头奥秘的陈步云回转头，轻轻敲了敲我的头：“好个小家伙，看不出，你还真有几分‘虽千万人，吾往矣’的风格。很好，这个性格我很喜欢。要是早二十多年遇到你，我也会把你收下当研究生。”他接着说：“不过呢，你有个地方没搞清楚，刚刚你问的问题，估计是大错特错了。”

我有个地方没搞明白？我翻来覆去地想，觉得自己对西王母的知识了解得比较全面，实在搞不清楚陈步云所说的“大错特错”是什么意思。

"你觉得，在历史上，只存在过一个西王母？"陈步云看我沉吟不语，于是便提醒我道。这番话很是奇怪，因为所有的历史记载，指向的均是周穆王在瑶池边上见到的那个神秘女人。

我结结巴巴起来："这个……我也不大清楚。"说实话，因为历史书籍上这么记载，我从来没有想过，历史上会存在多个西王母。

陈步云接着说道："你还记得西王母见周穆王时唱的那首歌吗？"

"记得，'白云在天，山陵自出，道里悠远，山川间之，将子无死，尚能复来。'"

"那么，这首歌是什么意思呢？"

虽然从现代人的角度来看，这首歌似乎文辞深奥，其实它在古代，属于很简朴的口语。于是我答道："白白的云彩在天上飘着，高高的大山从云中涌出，我和你被无数山河隔开，要是你不死的话，不知道你还能不能再来？"

"你认为，西王母只有一个，是不是从这首诗中得出的？"陈步云问道。我点点头。

陈步云叹息道："看来，你是把《穆天子传》当成真实的历史记载来看了。难怪你会认为西王母只有一个。"

"那它难道不是真实的历史记载？"我反问道。

"它一部分是历史记载，一部分却并不是。"陈步云答道。什么？一部分是历史记载，一部分不是？这种回答让我觉得很奇怪。

陈步云接着说道："确切地说，它是一本带着真实历史的古代吹牛书！"

这就更莫名其妙了，吹牛书？是谁在吹牛？周穆王，还是作者？我看过《穆天子传》这本书好多遍，只觉得这本书很是古朴，文字也相对难懂，应该是战国时人写的，最多算一本文学作品，却从未想过这本书有吹牛之嫌。

陈步云问道："你有没有注意，这本书里，反复提到一个名词：'河宗氏'？"确实，在这本书里，多次提到了'河宗氏'，他们陪着周穆王西征，回来之后，还升了官，于是我点点头。

"吹牛的人，就是这个叫'河宗氏'的古代少数民族，他们的祖先因为陪着周穆王西征，获得了官衔，这让后代子孙非常引以为荣，所以就写了这本书，目的是吹嘘他祖先的伟大和光荣。"

"哦，难怪！这本书里，很多人名和事迹都是其他书可以印证的，有些话又是荒诞不经的。难怪有人觉得它是历史书，有人觉得它是小说！"陈步云解释到这里，我终于恍然大悟。没想到，这个历史学界的大难题，陈步云居然几句话，就轻轻解决。

"既然这样，那么，你自己解释一下，在见周穆王时，西王母另外还唱的一首歌曲吧！"陈步云像对待自己弟子一样亲切地说。

这首几千年前的人唱的歌，渐渐地回到我的记忆中。恍惚之间，似乎看到一个白衣女子，面对着自己心仪的男人，想随他去，却又没有办法放下自己肩上承担的责任，于是她凄凉地唱道："徂彼西土，爰居其野。虎豹为群，于鹊与处。嘉命不迁，我惟帝女。彼何世民，又将去予。吹笙鼓簧，中心翱翔。世民之子，惟天之望。"

我于是一句句翻译出来："在这西方宽广的土地上，我住在这青青的原野中，周围是虎豹成群，旁边是鸟鹊的住所。上天的旨意使我不能离开这里，因为我是天帝的女儿。这个男人，他想着他治下的老百姓，又要离开我啊。吹起笙来，鼓起簧来，让我的心像鸟儿一样翱翔，时刻和他相伴。可是我们相隔相离，这是上天安排的，又有什么办法呢？"

翻完之后，我觉得心有疑惑："这段歌词，我没看出什么吹牛之处啊！"

陈步云笑着说："吹牛的最佳境界，就在于吹得让人看不出是吹牛。"他顿了顿，解释道："你想想看，这个河宗氏的祖先干了什么事情？陪着周穆王西征和北征，征了不说，还陪着周穆王去见情妇，更厉害的是，这个情妇居然还是天帝的女儿。俗话说，'一人得道，鸡犬升天'，这个牛皮吹得不可谓不大了吧！"

"呵呵。"听了陈步云的解释，我笑了起来，这个河宗氏确实很擅长吹牛。可惜他们一吹不要紧，却苦坏了我们这些几千年以后的历史学者，直到现在，我们还在为这本书是写真事还是写小说打笔仗呢！

陈步云接下来，又很诡秘地说："不过，这种最高明的吹牛，对我们历史学者来说，也有一点好处。那就是，它吹牛的成分，通常只是在某个紧要点，而在其他地方，说的可都是真的。"在这黑暗的石室内，听着一个学富五车的老人谈吹牛学，这倒是另有一番味道。

"那么，这个歌吹牛的成分在哪里呢？"

陈步云笑道："其实吹牛的地方，也就一句话：'我惟帝女。'而且吹的这个牛，也很有趣，它故意说得很含糊，即使周穆王看到了，也不能指责河宗氏说谎。可以说，这个歌达到了古代劳动人民吹牛的最高境界。"

"'我惟帝女'含糊在什么地方呢？"

"关键点，就在'帝女'两个字。这个'帝'可以指上帝，那就是神仙；也可以指中国古代'五帝'的'帝'，如果是这个意思，那就是人。在《穆天子传》全书中，对西王母的描写是最详细的，也是河宗氏吹牛的着力点，所以从这里可以看出，在当时的世人眼中，西王母的身份是似神非神；她的说话口气又很像一个国王。所以，我推断她是历史上曾经出现过的圣女国王。"

"圣女国王？"

"对，在人类历史上，曾经有过一种政权形态：它的统治者是一个女性，被人们视为身上有巨大的魔力，她终身不能结婚，也不能和男人有性关系。如果她死了，她治下的人民就会再找出一个女性，作为她的转世者，继续加以尊敬。可惜这种政权形态中原地区的人们不了解，只看到这个国家不断有西王母出现，却不知道内情，还以为历史上只存在过一个西王母，自然要认为她是神仙了。"

"这么说，你认为历史上存在过无数的西王母？"我问道。陈步云点点头。

季慎插嘴说："我们认为，历史上确实存在过一西王母古国，而且存在时间可能长达上千年之久，起码有数十位女性曾经是这个国家的统治者。汉族叫她'西王母'，藏族叫她'索日格'。"

"索日格？"这时我才想起，陈步云在听那三个藏民唱歌跳舞时，听到"索日格"这三个字时惊讶的表情。再仔细回味一下，我越来越觉得，"索日格"和"西王母"是同一个人：在藏语中，"索日格"是"大家的母亲"，"西王母"的称号中也有一个"母"字；索日格曾经接待过汉族帝王，可是在中国历史中，只有周穆王曾经出巡过。

于是，我终于明白，"索日格"就是中国历史中所称的"西王母"，她们并没有像我们所想的那么神奇，只是一个个可怜却又权力很大的女人，她们苦苦守卫着自己的家园和子民，连爱情也享受不到，子孙也没有，却被国民们称为"大家的母亲"。

"那么，我还有一个问题，如果这就是'西王母石室'，那么它和这么多稀奇古怪的大规模战争有什么关系呢？"我问道。

季慎回答道："这就是陈教授在'文革'之前的最大研究成果了，因为前凉运出的宝藏，就藏在'西王母石室'之内！"

跟着陈步云，我的眼界不断开阔，尽管如此，听到这个结论时，我还是禁不住浑身发颤，这个结论实在太大胆了。然而仔细一想，这种可能性非常大，根据历史记载，西王母石室是"穴处"，也就是建在地面以下，隐蔽性很强，再加上历史上西王母国相当强大，估计科技水平也不低，从这个石室建造时所用的精巧技术来看，也相当符合。

不过，如果说这是一位君主住的宫殿，那也太不符合了。因为这个石室实在是太低了，高度才一米六，只要不是太矮的成年人，在这个石室内，都要低下头。

听了我的疑惑之后，季慎说起了我们之前挖土的缘由："我们之前之所以要挖土，就是为了解决这个问题。你也发现目前的地基已经不是一个整体，这就证明了这个石室被废弃后，竖石板所对的地面因为比较吃重，下沉速度比较快，而横石板由于面积大，下沉速度比较慢，所以石室高度越来越低，以至于我们一进来时，都把它当成了古墓。"

"接下来，我们只要证明这个石室内，有着很多隐藏着的房间，那就能断定这是西王母石室了，"陈步云露出了得意的笑容说，"还要加一句，这是众多的西王母石室之一，因为上千年的古国，国王不可能只住一个地方。"

现在回想起来，接下来发生的事只能用一个词来形容——"瞠目结舌"。陈步云敲了三下，那个伤痕累累的石壁"哐"的一声打开，里面露出了一个黑洞。

还没进洞，我们三人就哈哈大笑，笑得眼泪直流。

手电筒朝里一照，只见洞里似乎有着一大堆的石凳、石椅之类，上面布满了灰尘，不过还是能看出上面雕着花鸟虫鱼，有的镂空，有的虽然不镂空，却也雕得很精细。一个石凳前，还摆着一个超大的铜镜，显然，这是个女性的梳妆台。

我走过去的时候，脚下忽然一紧，顺手摸去，居然是个雕了花的铜簪子，花朵儿很大，形象逼真，栩栩如生。当时中原地区的簪子通常雕几何图文，和这簪子风格迥异。

我们呆呆地站着，一边感叹在如此久远年代，居然有这么精美的饰物，有构造如此精妙的石室，真是叫人惊煞；一边又为日月运转、世间沧桑而暗自伤神。

在这个石室内，曾经住过一个绝代美女，她脸白得像玉石一样纯净，牙齿晶亮，身材婀娜。我甚至能想象出，她笑意盈盈，随手拿起在我手里的铜簪子，插在乌亮的头发上，朝我们刚打开的洞走去，因为在外面，有个情郎在等着她。

我似乎看到，这个房间内装饰着高高的红色丝绸，蜡烛浅浅地烧着，洞外和甬道相同的室内，一大群婢女静静地站立着，等这个美丽的女子走出，就齐齐地向她鞠躬。

可是，她在世人眼中，是天上的神，是人间的国王。她必须独守终身，不能嫁人，不能和自己的情郎厮守终生。后来岁月流转，她渐渐地老了，她的情郎也早已去世，而且在千里之外。她临死之时，不知道是否呼唤她情郎的名字？

蜡烛渐渐地暗了，一个又一个这样的美丽女子在这个石室内住过，一个又一个变老，最后这个石室被废弃，最终掩埋在黄土之中，上面长满了野草，还有，为寻找它而厮杀的战士白骨。

一个时代结束了这些美女的生活，她们的名字早已湮没无闻。除了偶尔发现的一两片残破的竹简上还会载有她们的名字，只有我们这些学历史的人，才会在无意中发现她们的踪影。尽管如此，她们还是像幽灵一样，时而浮现在我们眼前，时而又从我们眼前消失。

现在这个石室内，当年的温馨早已不见，只剩下灰尘满地，甚至连铜镜上渐渐布满的蛛丝也早已化为尘土。黑暗永远地笼罩着这个曾经辉煌的宫殿，而我们手电筒闪烁的微光，只不过是这个宫殿的一声绝响而已。

人的一生，是如此短暂；历史，却是如此漫长。总有一天，我们也会步入历史，化为尘埃。百年之后，又有谁会记得我们，曾经在这么一个石室内，暗自凭吊数千年以前的一个个美女呢？想到这里，我感慨万千。

过了好长好长时间，陈步云才发出一声轻轻的喟叹。我知道，他的心情也和我一样，同样也感叹历史的无情和人类的渺小。

出这个石门时，我紧紧地握住这个铜簪子，不是为别的，而是为了一段早已湮没在尘埃中的历史和一个个美艳的故事。我要记住这段历史，还有这段辉煌。

用同样的办法，石室内，一个又一个的房间被打开，一段又一段的历史记忆被复原。此后的时间内，我们三人一直在历史和现实之间穿梭，一股永恒的力量在我们心头涌起。

"现在，可以确定，这就是历史书上所说的西王母石室了。"陈步云最终下了定论。

到此，这段历史，我们终于搞清楚了：在远古的时候，就在甘肃和青海一带，曾经有过一个强大的国家，存在了上千年，它的国王全是女的，全是单身到死。为了这些女王，整个国家建造了一个又一个精美的石室，直到最后，由于一个未知的原因，这个王国消失了。

再过了上千年，一个没落的王朝受到了蛮族的进攻，一个忠勇的大臣率领他的士兵，全力以赴地搬运着王朝的全部遗宝，他们把这批宝物藏在石室内。王朝不久被攻灭，皇帝被俘虏，但是这个大臣的管辖区域还在，为了这批宝藏，他的士兵并肩和前来进犯的蛮族军队进行过殊死的战斗。

再后来，这个大臣，或许是他的后代，觉得这个石室太靠近前线，又一次对这批宝藏来了个大搬家，从此这批宝藏消失了，不知藏在何处。而在其中，最重要的就是这个国家的象征——九鼎。

西北的九月，寒风将至，已有萧瑟之感；江南的九月，依旧是细雨绵绵，暑气未退。我们刚还在西王母石室，现在已在江南。

我和陈步云是江南人，自然对江南的景色毫不稀奇，只不过在见到微微泛黄的稻浪时，胸中会涌出一股游子回家的温情；陈明、孙卫红和季慎，一向见惯了风沙扑面、黄土满地，却怎么也不会想到，竟然有一处地方会有平湖秋月，柳荫如织，他们蓦然到了这么一个花花绿绿的地方，难免觉得惊奇。

我这次回家，完全在计划外。

出了西王母石室后，我们顿时失去了方向。传说中的西王母石室所在地确有不少，陈步云觉得千头万绪，他虽然此前研究得出宝藏就藏在酒泉附近，但酒泉之大，不亚于一个欧洲国家，也无从找起。

之所以回到江南，是因为他想起我说的旅店那夜，张春唐所说的我爷爷发现了宝藏的方位图，所以想来看看我爷爷留下的东西。

数十年不回家乡，陈步云的心情变得越来越开朗，一路上谈笑风生，和我们在甘肃初遇时的那种愤懑、在古墓内的那种谨慎判若两人。尽管如此，他的心情还是沉重的，毕竟我们面前还有很多谜团。在我的内心中，也一直存在着一个疑问：究竟是谁在我们在石室内面临绝境时，给我们一张纸条，告知我们那个墓穴的所在？

我的家乡在江苏吴江同里镇，离苏州并不远。"近乡情更怯"，特别在经历了这么多艰难困苦之后，我对回家乡，已经变得越来越渴望。

同里镇，这个地名听起来极其普通，似乎平淡无奇，但凭着一片水乡风光，到了就能让人难忘。这个小镇可谓人杰地灵，光费孝通、严复两人就足以让镇里人自豪，更兼上千年的历史，看不完的小桥流水、古宅深巷，加上不远处太湖的粼粼波光，更是让人乐而忘返。

到苏州，下了火车，搭上汽车，我们很快就到了同里。下了车，在镇里一家店里，我们买了"袜底酥"。陈明拿着这形如袜底的酥饼，看着薄如蝉翼的油层，居然一时舍不得下嘴，看了半晌，才斯文地轻轻咬了一小块，满嘴的清香松脆、甜中有咸，让他大声叫好。

在同里，最著名的建筑物是"退思园"。这是清代兵备道任兰生被革职回乡后，请本镇画家袁龙设计而成的，花费了10万两白银，历时两年才修建成。这个花园的取名来自《左传》中的两句名言："进思尽忠，退思补过。"整个园林简朴无华，素静淡雅，亭台楼阁、廊坊桥榭、厅堂房轩一应俱全，还有一个大水池，池边凉风习习，真所谓"咫尺之间，再造乾坤"。

我的老家就在退思园附近。从大门向右拐，再转进一个巷子里，那巷子里的一栋老式楼房便是我爷爷居住过的地方。现在那里已经是游人如织，可是在1992年时，这个地方还是门庭冷落，游客极少。

我父亲当时因为办厂，手里有些钱，所以在吴江县城买了房子，全家都搬到那里去住了，这个老宅也就荒废了下来。

到了我老宅时，已近中午，于是我们便去同里的百年老店益隆酱园，品尝了一些同里的小吃，因为陈步云是多年未回家乡，陈明、孙卫红和季慎是从未来过，这顿午饭，我特意多点了一些同里小吃。百果蜜糕、茨宝糕、闵饼、鸡米头、酒酿饼、麦芽塌饼、小熏鱼……这一样样上来，吃得陈明大呼过瘾，孙卫红直拍肚皮，季慎笑意盈盈，只有陈步云暗自神伤。

回家的路上，我们吹着暖风，浑身懒洋洋的，大有不知今夕何夕之感。走到进老宅的巷口时，一个熟悉的身影突然在我们面前一闪，瞬间便消失。陈明见机追了出去，这人却早已跑得不见踪影。

"刚才那人的背影很像刘强。"他嘀咕道。我们正在兴头上，听了他的话，顿时哄笑起来："你吃过刘强的苦头，太神经过敏了吧！甘肃离这里好几千里，刘强不会在这里出现的。"

听了我们的话，陈明不好意思地摸了摸头，嘿嘿憨笑起来。

进了老宅，我搬出几把椅子，请陈步云他们坐下，又泡了点吴县东山出的碧螺春，大家坐在院子里，听着断断续续的蝉鸣声，大有醺然欲醉的感觉。回想起在古墓里的寒冷和惊恐，山谷内的绝望与悲惨，内中感觉，实在是一个天，一个地。

休息了片刻，陈步云起身，便要去我家阁楼里查看我爷爷留下的遗物。陈明和孙卫红绷紧了的神经也放松了下来，在院子里闲扯起老山的往事，季慎则拍着我家院子里的一棵桂花树，似乎嫌弃它怎么这么扫兴，居然还不赶紧开花。

我家的这个老宅，虽说是两层，其实不过是下层住人，上层堆杂物，上下层之间，则是一张吱嘎作响的木楼梯，爬楼梯时，会"通通"地发出响声。刚进楼梯下的房间，只听得阁楼上突然"嗖"的一声，此后便寂静无声，似乎有老鼠刚刚窜过。

爬楼梯时，陈步云先行，我紧随其后，正要走到阁楼口时，只见一条身影从阁楼内蹿出，掀开上面朝北的窗户，纵身跳了下去。我从陈步云侧畔走，上了阁楼一看，只见爷爷的遗物一摊一摊，已被人翻得乱七八糟，推开窗户，只见这人早已消失。

短短几十分钟内，遭到两次惊吓。我立刻意识到这件事情还没完，说不定我们在西来庄遇到的那批盗墓贼已经跟踪而至。

陈明、孙卫红听到里屋里有动静，也急急忙忙冲来。"奶奶的，这帮小子，看来死不撒手啊！"陈明听了我们的经历之后，嚷道。

不过，最关键的问题是，爷爷的遗物里到底藏着什么秘密，是不是有什么东西被他们拿走了？我们急忙翻看起来，只见爷爷留下的东西数量众多，其中既有《史记》、《汉书》、《晋书》等古代正史，也有家谱、日记等，甚至还有一大堆书信，但是让我记忆深刻的那张中国地图却不见了。

"你说过，这张地图上有几个圆圈，还记不记得这些圆圈到底标在地图的什么位置?"陈步云问道。

这已经是十多年前的往事了，当时我只不过是十三四岁的初中生，这么多年过去了，我已经不大记得地图的详情了。我闭上眼睛，左思右想，那些圆圈却似乎老在地图上飘来移去，摸不准确切方位。现在唯一能明确的，就是标在临夏附近的那个圆圈。

"咳，你怎么不记得了呢！再想想，再想想！"陈明焦急地催促着。可是无论怎么想，这些圆圈始终在我脑海中漂移着。剩下的事情，我们只能一点一点、认真地翻检着剩下的遗物。

第六章　九里村

这声惨叫传来，在大门口的两人转身想逃，不想孙卫红大吼一声，冲了出去。连踩了两次滚钉板的那家伙大吃一惊，脚一缩，又踩到了一块滚钉板。这次，他的惨叫声更大。我、季慎都冲了出去，甚至连还在床上躺着的陈明也跳着一条腿，啊啊地冲进去。这进屋的两人更是慌张，惨叫连连，不知踩中了多少块钉板。

陈明等人把《史记》、《汉书》、《晋书》一页页翻过，却没有见到这些书页上有任何的特别标记。这个我知道，爷爷生前是个很爱书的人，如果要标记的话，他也会在另外的本子上记载下来，并标上页码。

然而，我们找遍遗物，却不见这本应该存在在遗物中的手记。在爷爷去世后，当时处理事情非常杂乱无章，我甚至回忆不出来，这本手记是不是被扔掉了。接下来，只能在家谱中找线索，这伙跟踪我们来的盗墓贼似乎并没有把这本家谱当回事，它被孤零零地扔在了一边。

我打开这本家谱的外封盖，只见上面写着"陇西堂李氏家谱"。这本家谱看来和普通人家的家谱没有什么两样，这"陇西"指的是李姓的郡望——陇西郡，这也很普遍，几乎所有姓李的家族都会用此来作为家谱的封面。

翻开第一页，主要介绍了李姓的渊源：这一姓氏出自嬴姓，是颛顼帝高阳氏的后裔。尧时，伯益的子孙连续三代世袭大理的职务，于是后代就以官为氏，称理氏。在商纣时，皋陶后裔理徵，在朝为官，因直谏得罪了商纣王而被处死，其妻契和氏带着儿子利贞逃难时，因食李子充饥，才得以活命，便改姓李氏。

接下来的内容，便是李姓的源流，从李姓的始祖利贞公、李耳公、李崇公开始，我的祖先最初在甘肃陇西，而后子孙播迁，先到湖北襄樊，再到江西鄱阳，之后又到了江苏丹阳。到了我曾祖父这一辈，因为做生意的缘故，我们这一支又迁移到了吴江，在吴江定居。

这本家谱毫无稀奇之处，对于我来说，确实能解释"我是谁"的问题，但是对解决这个谜团毫无用处。

就在我翻家谱的同时，陈步云正在翻着一封封我爷爷的书信。突然，他声音急促起来："你们快来看！"

我们过去一看，只见一张边缘已经发黄的信纸上，这么写着：

"李瓒宜同志：

你的来信，我已收到，非常感谢你对我们先秦史研究的支持。

但是，对于你在信中所谈及的一个大宝藏的问题，我们觉得这并不符合马克思主义历史观，而且也没有足够的史料给予佐证。

你在书信中提到了陈步云，此人一向反动，始终坚持其资产阶级学术观点，而且死不悔改，已被证实为反动学术权威。目前，此人已在甘肃某地失踪，据推断，应该是他自知罪恶滔天，为了逃避革命小将的惩罚，所以逃往国外。

希望你能迷途知返，不要被类似陈步云之类的资产阶级历史学家的鬼话所欺骗，要坚决地站到革命群众一边来。有什么关于陈步云的新动向，你要及时向我们报告。

致革命的敬礼！

……"

这封信因为保存不当已经很残破，已经无法看清楚写信人和落款的时间。

"看来，你爷爷曾经把他的研究成果告诉了某个人，这人却泼了他一盆冷水，甚至还怀疑他和陈教授有什么联系，还要他及时报告陈教授的动态。"季慎说。

这封信件只能证明我爷爷曾经和北 X 大学某个人联系过，但是对这个宝藏究竟在何处却毫无帮助。既然信件涉及了宝藏的内容，于是我们就集中力量翻开这些信件，可是剩下的信件却平淡无奇，谈的全是家长里短，根本没有一句话涉及这个宝藏。

唯一的希望，只能寄托在爷爷的日记里。

没想到，爷爷的日记虽然一直没有间断，却很简洁，通常是"1965 年 4 月 13 日，雨。今天事情不多，上午学校组织学习，下午上了历史课"；"1968 年 11 月 3 日，晴。今天学校展开了批判反动学术权威的大会，会上大家呼了几声口号，之后就结束了"……从中看不出任何端倪。

大家只好下楼，坐在院子里，个个都感觉有心事，闷闷不乐。就在我们一头雾水，不知该怎么办时，突然，在外面一阵敲门声传来。

在平时，这本来很正常，但这时我们绷得很紧的神经发挥了作用：陈明、孙卫红立即掩到门的背后，陈步云、季慎也高度紧张，季慎的手甚至紧握住椅背。

陈明努了努嘴，示意我去看门。我胆战心惊地开了门，只见门口站着的是毛大奶奶。毛大奶奶的真名叫什么，我们并不知道，只是从小一直叫她毛大奶奶。她是我爷爷学校的同事，不过没教过书，一直搞行政，就住在我们家隔壁，和我爷爷很熟悉，为人也很好。

她一进门，突然看到我们一脸紧张，吃了一惊，用手直拍心口："啊唷，吓死我了。你怎么回来啦？也不露个面。这几天晚上，天天看到你家阁楼上手电筒光闪来闪去，害得我还以为你们来了贼骨头，只好天天来敲敲门，吓吓他们……"

毛大奶奶虽然啰啰唆唆地讲了一大通，我却听清楚了，这伙盗墓贼比我们先来了几天，大概他们也找不到想找的东西，所以一直把爷爷的遗物翻来翻去，只是没想到，我居然也赶回来了，只好逃之夭夭。

毛大奶奶还在絮絮叨叨："你这个孩子，读了博士，怎么还是一点路数也不懂，晚上在自己家里，不开灯，弄什么手电筒。这几天啊，吓死我了，这里住的人不多，我们年纪怎么大，还以为贼骨头来了……"

我打断她的话："毛大奶奶，我们刚到，说不定真是来贼了，你说我们家阁楼上手电筒光闪来闪去，到底有几天这样啦？"

毛大奶奶说："也就两三天，哎哟，吓死我了。我就一个人住在家里，你伯伯和小军都在县城里住着……"接下来，还是老套，那就是翻来覆去、颠三倒四地说她这几天经受过的惊吓。

这时我突然灵机一动，在"文革"的时候，毛大奶奶是学校的图书管理员，还负责给学校教师外出开介绍信，不知道从她嘴里，能不能得出些我爷爷当时的有关情况。

毛大奶奶回答说："我也帮了你爷爷不少忙。他是个好人，全学校都知道，人也很老实，就是有一点不好，老是要找我开介绍信，每次都是去丹阳，问问他吧，他总是说自己老家有亲戚在那里，要去看看。哎呀呀，你说他真是的，这么多年来，只见他去丹阳，丹阳从来没来过一个人，这种亲戚，连走动啊都不走动了，你说去看他干什么？我当时，本来也可以不给他开，想想他这么老实的人，能做出什么坏事？所以每次都给他开了介绍信。"

接下来，她又说："我是外人，本来不好说你们家丹阳的亲戚，他们这家住这里，那家住那里，家族看来很大，人也很多，丹阳离同里也不远，怎么从来就没有一个人来同里看看？这种亲戚，一点也不懂礼节，干脆就不要去了……"

听到这里，我吃了一惊。我曾祖父时，虽然是从丹阳搬过来的。但是，从我曾祖父的父亲起，我们家就一直是单传，按理说，我爷爷在丹阳没有任何亲属，怎么毛大奶奶说，我们家在丹阳的亲属会这边也有，那边也有，而且"家族很大"呢？

毛大奶奶还在絮絮叨叨，一会儿叫我要赶紧娶亲；一会儿又抹起眼泪来，说我爷爷看不到我会念了博士，福气不好；一会儿又说我变瘦变黑了，要注意身体……这个老太太，儿子和孙子已经搬到县城去了，没人和她说话，早就憋了一肚子话。看到我，这下刚好，一肚皮的垃圾全倒在我身上。

大概十五分钟之后，毛大奶奶终于说完了，这时她已经换上了一脸的神清气爽。我根本插不上话，只能白睁着两只眼，直到她转身时，我才意识到她已经说完了。

"你说的那些介绍信，在学校里还有没有存根？"我赶紧问道。

"几年前还有的，现在不清楚了。"这段话，毛大奶奶终于说得言简意赅。

听了毛大奶奶的话，我们五人都觉得，我爷爷长时间去丹阳，这是非常奇怪的一件事。这时，我们不约而同地想到，他如此频繁而神秘地去丹阳，说不定会和他写出的那封信有关。

"还有一点更奇怪，丹阳离吴江并不远，照理说，亲属之间往来，即使在'文革'时，也根本不需要开介绍信。"陈步云说，他是过来人，自然对当时的情况很清楚。

我爷爷生前是同里中学的历史学教师，这个学校离我们家很近。这一天，陈步云、季慎和孙卫红留下，我带着陈明匆匆地来到学校，找到管档案的老陈。

老陈是学校的老员工了，他在毛大奶奶退休后，就接替了她的位置，每天坐在图书馆里，除了擅长眼睛越过老花镜看人外，还有一个超级热心的好心肠。

我当然不会和他扯上很多，只是对他说，我是来找爷爷生前签的介绍信的，然后问他这些介绍信的存根还有没有。老陈一边说"有有"，一边把我们带到一间库房内。这间库房，很类似我发现陈步云教授日记本的那个红楼1148室，不同的是，里面堆着十多个蛇皮袋，袋子上用黑漆写着编号。

照理说，要从这么多蛇皮袋中找到爷爷签的介绍信存根，那简直是大海捞针，可是老陈毕竟在学校工作了多年，对学校情况很熟悉，他摸索了一阵，然后指着一个编号"11"的蛇皮袋，对我说："应该就在这里了，你找找吧。"

然后，他又说："我要'洪湖水呀浪打浪'去了。"这句话是我们当地很多干机关工作人员的一句趣话，他们通常早上一到办公室，就拿起一张报纸看着，然后再喝起茶。有个人编了两句话，来形容他们的生活："一张报纸一根烟，洪湖水呀浪打浪。"

老陈的记忆一点没问题，爷爷签的介绍信就在蛇皮袋里。同里中学开的介绍信，是一年一大本这么编的，我查了一下，发现爷爷从1958年起，就第一次到了丹阳，他第一次去的地方是丹阳县行宫乡九里村。此后次数越来越频繁，他先后去过陵口乡五次，在1960年之后，他就密集地去一个叫"荒里湾"的村子，持续时间长达八年，先后去了四十多次。

他开出的单位介绍信也很有意思，统统都是"九里大队"、"荒里湾大队"之类的。小时候听爷爷说过，我曾祖父是从丹阳县城搬过来的，他去九里、荒里湾这些地方去干什么呢？莫非这几个地方和宝藏有关系？我暗自想着，蓦然间，觉得在茫茫黑暗中，似乎出现了一丝光明。

我和陈明刚进了老宅外的那个小巷子，突然一个人没头没脑地冲了过来，我还算好，在后面没撞着，走在前面的陈明一时大意，被撞了个正着。

"走路小心点！"陈明怒吼道。这人这时正好一抬头，我一看，"踏破铁鞋无觅处，得来全不费功夫"，他正是我们一直想找的刘强。

刘强看到我们，也大吃了一惊，掉头就跑。就在这时，从后面"哇呀呀"地冲来了一个人，居然是孙卫红，只见他衣服上一大片血，伤得不知有多重。两人一堵，顿时把刘强堵在了巷子中间。

刘强伸手就往口袋里去摸，孙卫红大呼："当心，他……"还没说完，只见刘强掏出一把明晃晃的飞刀，就朝陈明射去。陈明身手敏捷，头一低，立即躲开。这把飞刀劲道十足，激飞出去，深深插入巷子的墙缝里。

这个巷子中的墙壁，因为年久失修，有些砖块已经松动，陈明"嘿嘿"一声笑，从墙壁上扒下一块青砖，握在手里。

两边一夹住，刘强已经没有退路。但是，他似乎并不惧怕，嘴里发出低低的号叫声，身子贴在墙边，两只手都伸入口袋，只要陈、孙二人一接近，他就要射飞刀。看到这架势，陈、孙两人倒一时不敢接近，只是远远地站着，目不转睛地盯着刘强。

"嘿嘿，好你个小子，看你往哪里跑！"陈明咬牙切齿地说，一边用砖头"啪啪"地敲着手。就在他说话时，突然巷子口里又蹿出一人，这人相貌看上去，居然和刘强很像！

第二个刘强手里提着一根大木棍，没头没脑地朝陈明头上砸去，陈明挥砖一挡，被棍子敲中手指，痛得他龇牙咧嘴。这人一不做二不休，一棍子又朝陈明的腰部挥去，陈明没闪过，结结实实地正中大腿，一只脚顿时瘸了。

这人手好狠，乘着陈明吃了两下重击，第三棍直朝陈明的额头正中打去，这一次，陈明倒是闪过了。这人正要挥第四棍时，不料陈明手中的砖头飞了出来，两人距离很近，正好被砸中面门。

这人再也挺不住，棍子"哐啷"一声掉地，人也摇摇晃晃。这根棍子反而被陈明乘机捡起。回头一看，这时，孙卫红和先前看到的那个刘强也打得火热，只见这个刘强手里捏着两把明晃晃的飞刀，朝孙卫红划来划去，孙卫红一直在躲躲闪闪。

棍子在手，陈明再不留情，"呼"地朝这人肩膀上打去，这人被砸中面部之后，已经是满脸鲜血，一直摇摇晃晃，这次再也躲不开，肩膀被重重地击中。陈明得势不饶人，大吼一声，又是一棍朝这人腰部击去。

眼看着这人就要被击中，不想巷子口又蹿出一个人，这人长相居然和前两人也很像，简直是活脱脱的另一个刘强。这人手里也拿着一根棍子，正好挡住了陈明几乎是致命的一棍。于是两条棍子对打了起来。

这江南地方，人口稠密，和西来庄这种人口稀少的地方不一样，巷子里动静一大，没多长时间，住在巷子里的家家户户都伸出头来。按理说，陈明已经大腿受了伤，行动有些迟滞，根本不是这人的对手，可是第三个刘强看到这么多人围观，大概有些心慌，连吃了陈明几棍子。

在另一边，孙卫红的形势却不妙，他身上连被第一个刘强划了好几刀，虽然因为刀不长，刀口很浅，毕竟受了伤，他吼声连连，却挡不住老是在面前划来划去的刀。

又打了一会儿，看热闹的人越来越多，刘强们更是慌张。突然有个人大叫一声："走！"和孙卫红打斗的那个刘强朝他脸上一晃，孙卫红赶紧躲开，这个人乘机狂奔而出。第二个刘强被砸中后，一直迷迷糊糊，第三个刘强拉起他就跑，陈明追上，却被第三个刘强一棍击中面门，血从鼻子里、嘴上哗哗直流。就这么一缓，这三个刘强一下子跑得无影无踪。

这场打斗，虽然陈、孙两人逼走了刘强们，其实我们这一边吃的亏比对方要大：陈明的腿受了重击，走起路来相当费劲，孙卫红身上也挨了好几刀，幸亏脸上没事。

回到家中一问才知道，原来我们出去时，孙卫红和陈步云、季慎正坐在院子里聊天，没想到突然半空中飞来一把飞刀，正中孙卫红胸前，幸好插入不深。孙卫红吃痛，赶紧追了出去，正好看到第一个刘强在巷子里，没想到差不多同时，陈明和我正好回来，也在巷子口。

回来的时候，陈明把还插在墙缝里的飞刀拔了下来，才发现这把飞刀原来是一根粗钉子打成：钉身被捶扁，然后磨出锋利的刃来，再钳去钉子头，尾部绑上几根尼龙丝做成。虽然原料一般，但这做飞刀的人很有经验，这刀子扔出去时，又稳又准。

"妈的，这伙人越来越嚣张了，连大白天也敢欺负上门来，下次再来，老子饶不了你们！"给陈、孙二人做了简单的伤口处理，换了血衣后，陈明怒气冲冲。

孙卫红却沉默不语，过了好一阵子才说："我们还不一定是他们对手。我中的这一刀，是第一个刘强拉着伸出院外的桂花枝，借力跳起时射的，这人肯定练过，否则的话，这么短的时间之内，不可能射得这么准，力道也不可能这么大。"

陈明低头想了好一会儿，忧愁地说："这怎么办呢？这帮人手很硬，白天这里人多，他们还有顾忌；万一到了晚上，天黑了，他们什么顾忌也没有，万一摸黑上来，那我们防不住啊！""要是在对付越南人，我们还能用地雷，现在什么都没有。这飞刀，可不是一般人能射出来的。"孙卫红叹息道，他也发起愁来。

两人默默地相对，一直不说话。我和陈步云、季慎从来没有处理这种事情的经验，在一旁束手无策，也只好在一旁发愣。

其实，别看孙卫红身上血迹斑斑，其实他伤得比陈明要轻，还能四处走动。陈明中了一棍后，短时间内还能坚持打斗，等到回来把裤子脱下一看，整条大腿都已经变成黑紫色，伤得很重，紧张一放松，他就只能躺在床上歇息。

坐在椅子上想了半天，孙卫红突然说道："今天晚上，他们肯定会摸上来。"

躺在床上的陈明问道："为什么？"

孙卫红说："你想想看，这批人在甘肃和我们斗时，他们其实实力和我们差不多，有没有蛮打蛮冲？"我回想了在西来庄旅馆的那一夜，果然如此，对方如果要硬冲出来，还不知鹿死谁手，可是对方硬是忍住了，没有冲出来，对利害关系拿捏得很准，应该不是那种只知逞强的匹夫。

孙卫红接着说道："对方这次之所以大白天逼上门来，是因为他们已经很急了，所以才敢冒这个险。"确实如此，我们回到老宅，不过是两三小时，对方这么急吼吼地冲上来，按照上次他们的表现，如果不是急了，还真不会这样。

陈明这时完全平静下来，听了之后，点点头："是啊，对方估算很老到，既然大白天敢上门来，说明他们早就知道我们不是对手。"这一动，牵动了大腿的筋，他"啊哟啊哟"地喊了好几声痛。

大家都很沉默，特别是我和孙、陈二人想起被刘强骗进西王母石室的那一段，觉得这人心肠狠毒，做事严密，能忍得住，加上武艺也不错，我们中实在没人可以和他相比。

正在发愁间，我一抬头，突然想起小时候差点闯下的一个大祸：我在十二岁时，把一个老鼠夹子夹在门边上，这时正好有个邻居来推我家门，这个老鼠夹子里的钢筋条立马射出，幸亏这人推门力气不大，手也缩得快，只是手指头上穿了个小洞，流点血而已，结果被父母知道了，我结结实实地挨了一顿打。

我脑袋里，突然灵光一闪：这些人乘黑摸上来，是为了找到我们，他们肯定要进屋。我们老宅里，能进人的地方只有两处，一处是阁楼后的窗户，我们刚来时，对方一个人就从这个窗户里跳出，说明对方对这里很熟悉；另外一处就是家里的大门，但估计对方不大熟悉，即使在夜里冲进来，也不会这么大摇大摆。

好！我叫你们尝尝老鼠夹的厉害！我暗想。再一想，这老鼠夹最多把对方手指给夹伤，起不了什么大作用，万一激怒了对方，说不定对方进屋之后，会痛下杀手，那就得不偿失了。

孙卫红看我时而眉头舒展，时而又眉头紧皱，便问道："你想出什么办法没有？"我就把自己的想法说了。他听了之后，倒没有立即做声，而是缓缓地绕着我家的老宅转了一圈。

看完之后，他的心情似乎轻松了好多，脸上也多了点微笑。看到他这副样子，我们也松了一口气。孙卫红走过来，对我说："博士，这种老鼠夹现在还有处买吗？"我点点头，去年我回来时，在出我家这个小巷子的杂货铺里，还见过这种老鼠夹。

"那好，我们就让他们尝尝苦头。"孙卫红拉着我出了门。这次，我们很自信，因为对方被逼跑之后，一时半会儿，估计不敢再来挑衅。

这种老鼠夹用两条粗钢筋弯曲而成，中间绊着一根很粗的弹簧，用东西碰上，夹子就会合上，从里面再快速地伸出一根顶端磨得很尖的钢筋，刺中被夹住的东西。因为威力实在太大，镇上的老百姓都担心孩子会不小心碰到，已经不大买这种老鼠夹了。

出了我们家那条巷子，有一家叫"小明五金"的杂货店，我们在那里，居然买到了二十多只这种老鼠夹，本来担心卖不出去的店老板又是高兴，又是惊讶，不知道我们究竟想干什么。陈明还从店里买了四米多长的钢丝网，这是夏天镇上的老百姓做防蝇网用的，钢丝又牢又结实。

除了这个之外，孙卫红还买了五斤铁钉，二十多块木搓衣板，一米多的粗铁丝。这弄得店老板一头雾水，既高兴平白无故多了这么大一笔生意，又不知道我们买这么多东西干什么用。

回来之后，孙卫红干起活儿来：先剪下一段段铁丝，把钢丝网扎成筒状，然后牢牢地固定在阁楼的窗户口，一直垂到木楼梯下，网的底部，也用粗铁丝扎了好几道。然后他用锉刀把一根根铁钉锉尖，敲进木搓衣板，再在大门口、钢丝网附近放了密密的一圈这种滚钉板。

做这些事情很费时间，大约花了三个多小时，这时候，天渐渐也黑了下来。乘着天黑，孙卫红把老鼠夹一个个安在门上、窗户上。

做好了这些准备后，我们草草地吃了些晚饭，把家里的灯全熄了，就等着那惊心动魄的一刻到来。

在渐暗的光线下，我们五人都躲在房屋的最里间，每个人都不是赤手空拳：躺在床上的陈明手持两把大菜刀，孙卫红手里是一把长柄铁锹，我和陈步云、季慎手里各拿了一把镰刀。

江南的天气很是多变，天完全黑下来的时候，突然下起了毫无声息的细雨，这阵雨惊动了狗，犬吠声远远地从远处传到近处，再从近处传到远处。

"他们来了！"听了这阵犬吠声，陈明突然说道。我们的心一缩，大家都竖起耳朵，静静地听着宅子里的动静。好长时间，一点声响也没有，我们知道陈明也是紧张过度，这伙人还没来，于是长长地松了口气。

这口气刚刚放下，院子里又传来"窸窸窣窣"的声音。我的心又提到了嗓子口，不由自主地握紧了手里的镰刀柄。头轻轻地歪过门，看了好一阵，才发现原来是雨渐渐下大了，桂花树上有两片老叶子掉了下来，被雨打的声音。

我们又松了一口气，突然院子里传来"嘿嘿"一阵冷笑，然后再次无声无息了。过了没多长时间，院子外又传来"嗵嗵嗵"的声音，似乎有人穿高帮套鞋走过。

这时，天色已经全黑，我们在房间里甚至你看不见我、我看不见你。只听得雨渐渐大起来，我再次瞟了院子一眼，只见地面上，微微地闪着光。此后，却再次丝毫没有动静。

时间越走越远，我渐渐地开始犯困，慢慢地合上了眼睛，刚合上不久，眼皮却又猛地一跳，赶紧把眼睛张开。

耳边传来"呼哧呼哧"的声音，这是孙卫红发出的。"他们已经进来了。"他悄悄地说道。我歪过眼去，却什么也看不到。

"进了院子了。"孙卫红说。院子里，我照样看不到任何人，心怦怦直跳，一片一片的汗从头上泄了下来。

"嚓"、"嚓"，我们的大门板上似乎被射入了什么东西，嗡嗡地响了好长时间。院子里还是一点声音也没有，对方似乎仍然在犹豫，好长时间，没有进屋。只听得院子里，仍然是一片雨声。

突然，大门口传来了"啊"的一声惨叫。我的心大跳，忍不住便要冲出去，却被一只强有力的手拖住。这声惨叫后，又再次悄无声息。"这人在骗我们出去。"孙卫红悄悄说道。

这话还没完，大门突然被重重地推开，一条身影蹿了进来。"啊……"这人似乎一脚踩在滚钉板上，发出了一声低低的惨呼声，而后只听得这人跳到了院子里，开始"呼呼"地喘气。"沉住气，别动。"孙卫红在我耳边说道。

此后，在院子里再也没有任何动静，房子周围又是一片寂静。过了大约五分钟，又听得阁楼处传来了"哒"的脆响，然后屋后是"扑通"的一声闷响。我知道，这是对手想从阁楼里跳进来，却触发了老鼠夹，吃了钢筋一戳，一把没抓稳窗户框，掉了下去。

对手似乎恼了，他们再也没有顾忌，我只听到"咚咚"两声大响，似乎有两人跳进了院子。这两人走路也不再不发出声响，而是如同平常人走路一般。其中一人还没进门，就用一把什么东西朝地上一扫，一个滚钉板顿时被他扫飞。

另一个人大步地走了进来，这一脚又踩到了滚钉板。这人再不像以前那么强忍住，索性弯下腰，把脚从滚钉板里拔了下去，狠狠地扔到院子里。然后，这人又是一步踏入，不想又踩到一个滚钉板上。这下，他再也忍不住，"啊"地惨叫起来。

伴随着这声惨叫，后窗边同时传来了"啪啪啪"数声连响，这闯入后窗的人也是惨呼连连。惨呼未休，又听得楼梯上传出"轰"的一声大响，原来这人大约吃过亏后，这次下定了决心，硬挺着冲进，被更多的老鼠夹上的钢筋戳到后，还咬牙踏进阁楼内，不想一脚正好踩钢丝网内，这网又滑又软，这人一脚收不住，就"轰隆隆"地从楼梯顶一直摔到楼梯脚，被困在网内。

这声惨叫传来，在大门口的两人转身想逃，不想孙卫红大吼一声，冲了出去。连踩了两次滚钉板的那家伙大吃一惊，脚一缩，又踩到了一块滚钉板。这次，他的惨叫声更大。

我、季慎都冲了出去，甚至连还在床上躺着的陈明也跳着一条腿，啊啊地冲进去。这进屋的两人更是慌张，惨叫连连，不知踩中了多少块钉板。

我手一伸，拉亮了电灯，只见这进屋的两人，果然是我们在巷子口遇到的那些"刘强"。只是在这时，这两人已经变成了"鸭子"，脚底下各踩在两块滚钉板上，大约脚底很痛，两人摇摇晃晃，虽然手里都拿着一把把明晃晃的大刀，却已没法向我们进攻。孙卫红怒吼着，铁锹像暴雨般向这两人头上砸去，这两人手忙脚乱，只得胡乱遮挡着。

我们的镰刀、菜刀比较短，使不上力气，也纷纷捡起长凳、椅子，朝着这两人头上砸去。本来这两人的武艺还不错，如果在正常情况下，我们五个不一定是他俩的对手，可是他们已经连踩了几下滚钉板，再加上心慌意乱，顿时只有招架之功，没有还手之力，反而连连遭到我们长凳、椅子的重击。

孙卫红一锹向其中一人劈去，那人慌忙用刀一格，却因为脚底软，手上无力，手中的刀被一锹打飞。这时，陈明正好一长凳砸到，正中这人的后脑勺，这人一声闷哼，倒在地上，晕死过去。

另一人见势不妙，立即逃到院子里，不想两脚底下各有这么一块滚钉板，脚步不稳，"砰"地倒在地上，正好倒在被其中一人用大力甩出去的那块滚钉板上，钉子深深地嵌入了一只手臂内，鲜血直流，顿时站不起来了。

我们取出绳子，将这两人牢牢捆住。再到楼梯间，只见一人被困在网中，这网经不住他的猛力挣扎，已经从窗口脱了下来。这人立足不稳，大腿上、手臂上也已经钉上了好几块板子，动弹不得，正在呼呼喘气。这人也被我们手到擒来。

短短片刻，这三名从甘肃跟踪我们到吴江的盗墓贼一个也没逃掉，被我们全数擒住。

这场争斗，我们虽然力量较弱，但在孙卫红的指导下，用这些他想出来的办法，将进犯的敌人一网打尽。看到这三人被捆得像一个个大粽子，我们五人喜笑颜开，盘绕我们心头多日的担心一扫而光。

在我们捆绑这三人时，发现他们浑身上下血迹斑斑，可见受伤不轻，这次，我们不但赢得干净利落，更是觉得心中大慰。孙卫红和我们几人用力，将这三名俘虏抬至墙角边。

孙卫红叫我去提了一桶水，也不管他，朝晕着的那人迎头泼去。那人浑身一抖，醒了过来，只是头歪歪地搭在一边，显得有气无力。

"你们谁是刘强？"陈明喝问道。这三人面面相觑，一个个不吭声。

孙卫红恼了，把他们身体转过来，扳开他们的手，只见那个最后倒在院子里的人右手上有个鲜红的大疤，而且呈"Y"形，显然是被我们之前在西来庄旅馆烫伤的。

想起这人的阴险狡诈，我们心里的火就不打一处来。陈明也不顾脚上的伤痛，伸手就"噼噼啪啪"给了这小子十多个耳光，直到把他打得两颊通红，口鼻流血。

对这三个小子，我们有一大堆话想问：他们究竟是什么人？怎么知道我家的老宅在什么地方？从老宅里拿走了什么东西？还有没有其他同伙？……当然这些问题，要一个个来问。

不过，我们也不抱希望，自从上次被刘强耍了以后，我们知道，别看这三个小子看起来年龄不大，其实一个个都鬼得很，这次要不是孙卫红身经百战，我们差点又吃了他们的亏。不然，我们可能会生不如死呢！

果然，这天晚上，任凭我们怎么问，这三个小子就像木头人一样，就是不开口，气得陈明不顾自己还拐着一条腿，冲上去又给这三个小子一顿狠揍。后来闹了大半夜，看看实在问不出什么东西，孙卫红索性弄来一条绳子，把这仨小子吊了起来，让他们上不着天，下不着地，就算想逃，也使不上劲儿。

这天晚上，大家都睡得很浅，只要屋子里有一点声响，就赶紧起来看看，不过这一夜再也没有发生大事。第二天醒来一看，这三个小子还被高高地吊在堂前，和昨天相比，更加委靡不振。

到了早饭时分，我出去买了三十多笼蟹粉。这也是同里的小吃之一，其实就是极其小的小笼包子，每笼四只，香甜鲜美。街上店铺的人不错，还借了一个提屉，里面放上了六七碗热腾腾的小馄饨。陈步云不要吃蟹粉，他自己出门，去买了一大碗桂花小丸子，端回来时还是桂花香四溢。

这次，我们不再发善心，就当着这挂在梁上三人的面吃了起来。香气飘出去，我看到这三人喉结直动，想必是馋得要命。

看到这三人这副馋样，我更是童心大起，索性又上街去买了一大堆迎客茶。这同里的迎客茶和别的地方大不相同：第一道茶是糯米锅巴，冲泡的时候，要加土白糖，冲起来真是又香又甜，很好喝；第二道茶是熏豆子茶，用的青豆，这青豆不是甜的，而是咸咸的，刚吃完了第一道茶，嘴里还甜甜的，很难受，喝上这微微咸的茶，积蓄在胸前那股腻腻的感觉顿时消失殆尽，喝了微咸的水后，豆子已经被泡开，吃起来又韧又咸，很有味道；第三道茶，当然是碧螺春了，这茶盖一开，满屋子都是清香味。

本来，我们这里早饭喝了小馄饨汤，就不再喝茶了。不过，这三个小子肯定又饿又渴，不这样，他们将来还不一定会招。另外，陈明、孙卫红、季慎他们远道而来，让他们多尝尝我家乡的小吃，也是应该的。

老实说，这三人年龄不大，还真是个汉子。我们在下面故意喊好吃，他们鼻子里估计也灌满了食物的香味，应该是馋虫都快冲出来了，可这三人就是一声不吭，也不求饶。不过有一点，我还是看出来了，这三人从来不敢正眼看我们吃的东西。

既然这三人还是这么硬气，到了中午，我就更是去找了一堆美食来让他们难受。同里的正餐中，最著名的菜是这几样：状元蹄、太湖蟹、太湖白虾、鲃鱼二吃、银鱼炖蛋、丝鱼卷，还有在江南比较普遍的梅干菜扣肉。

要说这状元蹄，原料是普普通通的猪蹄，可是加入了十三种香料烧成，颜色红中带黑，入口即化，很是好吃；鲃鱼二吃，用的是太湖中的鲃鱼，沿着背脊一剖两半，一半红烧，一半清蒸，红烧的味道很浓，入肉三分，清蒸的肉质黏稠，很是鲜美；银鱼炖蛋本不稀奇，可是这银鱼本是太湖特产，宽不过半厘米，长不过三厘米，肉质鲜嫩，加上一点也不腥，炖进蛋里，吃了之后，更是叫人合不上嘴；而这丝鱼卷，则是选五六斤重的青鱼或草鱼，去肚当留皮，卷入火腿丝、鸡丝、香菇丝，并佐以黄酒、香葱，入笼蒸熟即成，别具风味。

中午时分，我们在下面大快朵颐，吃得陈明眉开眼笑，连声叫好。这三人起初还只是不看，我们吃了几下之后，再也受不了。

"你们这伙王八蛋，还不如杀了我们。"其中，那个自己钻进网内的人实在受不了，突然高骂起来，这一开口，其他两人也立刻骂了起来。

我们本就要他们如此，也不回骂，更不去打，只是在桌子上故意吃得吧唧吧唧响。陈明和孙卫红故意装出一副吃了王母娘娘蟠桃的样子，边吃边满足地大声赞叹。连陈步云也在吃螃蟹时，把蘸醋的手势表现得极其夸张，显得异常享受。

这三人骂了一阵，见我们毫不理会，声音也就低了下去。陈明啃着一只状元蹄，几乎全啃光的时候，他突然站了起来，举着这只蹄子，在其中一人鼻前晃来晃去。这一股股浓香不要说这人难以忍受，连在一旁的我都馋涎欲滴。

这人瞄准蹄上剩下的一点肉丝，突然张嘴，就要咬去。陈明早防着他这一招，立即缩回，这人咬了个空。"这么好吃的东西，怎么能让你吃呢？"陈明笑道，他当着这人巴巴的眼睛，慢慢地把这最后的一点肉丝啃进自己的嘴巴里。这时候，只听得这人喉咙里"咕咚"一声大响，显然吞进了一大口口水。

孙卫红更是鬼，他从厨房舀了一大勺水，挨个喂这三人。水不下肚还好，下去之后，这三人更是饿，原来还只听到吞咽口水的声音，这下连肚子也咕噜咕噜响起来。

"人是铁，饭是钢，一顿不吃饿得慌"，这话果然不假。这三人已经两顿没吃，早就被馋虫熬得受不了，又当面看到我们吃这么多美食。终于有个人舔了舔干枯的舌头，嘶哑着嗓子说道："你们要问什么，就尽管说吧！"

"咕咚"一声吞下又一大口口水后，这人又说："只是我们说了之后，你们桌上的东西，要让我们吃点。"

听了这话，我们大喜，原以为这三人真是铁打的金刚，想不到竟然这么脆弱，连看我们吃好东西都受不了。这时候，我们就不能再装样了，于是我说道："好的，只要你说实话，我可以再去买同样的菜，让你们吃个饱！"

没想到，这人居然不吭声，只是眼巴巴地看着桌子上的状元蹄。陈明明白了他的心思，用手捏起一块，先放到这人鼻前，让他闻了个够，然后说："香不香？"这人忙不迭地点头。

陈明"嘿嘿"笑了两声，然后说："我问一个问题，你回答完了，我觉得满意，就让你咬一口。"这人嘶哑着嗓子说："要是不满意呢？"

陈明板起脸，说："要是不满意呢，就要罚一口。"这人说："我一口都没有，怎么罚？"陈明笑道："如果你回答得不让我满意，那第二个问题即使你让我满意了，也吃不上，要等到再下一个问题你回答得让我满意了，才能吃上。你明白了吗？"这人点点头。

刘强大骂起来："老二，你个王——八——蛋！没想到，为了这一点吃的，你竟然会卖了大家！"那个曾被砸晕的人却一直不做声。

孙卫红站了起来，也不做声，绕着刘强转了一圈。刘强吓得打了个寒噤，看到他这副模样，孙卫红暗笑了一下，说道："你是英雄，不过在我手里，做英雄从来没好下场。"说完这句，他脸沉了下来，吼道："一会儿问完了，他们都有吃的，就你没有！"

接下来的事情，简直出乎我的预料。我从小就爱吃状元蹄，却从未料到它有这么大的魔力，就一只小小的猪蹄，居然让这人原原本本地把他们的来龙去脉讲了个清楚。

原来他们都是甘肃临夏人，而且还是三兄弟，老大叫刘勤，老二，也就是那个首先熬不住的人，叫刘勇，老三呢，确确实实叫刘强。这刘家的祖先就是盗墓的，盗着盗着，也就成了专家，他们发现西来庄有古怪之后，就杀了张春唐那拨人，找到了张春唐多年写下的笔记，知道这里居然藏着个大秘密，当时也是大出他们所料。在张春唐的笔记里，他们知道了还有几家人知道这个秘密，但是对他们来说，最重要的就是我爷爷的研究，因为只要见了藏宝地点，他们根本就不怕里面的布局了。

这时，他们根据祖上多年传下来的经验，判断出这并不是古墓，而是一个古代地下宫殿，他们估计这里应该没有宝藏，否则，张春唐也不会在那附近守候那么多年。他们花了好几天工夫，终于证实了他们原先的判断，正在考虑是不是该离开的那天晚上，却想不到被我们突袭了。

于是，他们利用对西王母石室的熟悉，故意设了个圈套，把我和陈、孙二人骗进了西王母石室。然后，他们就起身，乘火车来到我家老宅。在我家老宅里，他们看到了那张地图，可是这张地图的比例实在是太大，我爷爷画的一个圆圈，简直就盖了一个县，根本没办法去找，于是他们只好努力去翻我爷爷留下的遗物，正在找的时候，没想到我们竟然成功地逃了出来。为了这个宝藏不落到我们手中，他们只好硬着头皮，冲到我老宅里来。第一次，本来他们是两个人跟着陈明和我，另外一个则是准备先动手重伤了孙卫红，然后找陈步云和季慎来逼问，却不料孙卫红只是受了轻伤，我们及时赶到，他们反而吃了亏，于是就决定乘着天黑，第二次再来，没想到我们已早有准备，他们居然全数被擒。

说到他们被擒的时候，这人欷歔不已。

听他们说到这里，我突然想起那张纸条，赶紧问道："你们中间，是谁给我们塞了一张纸条？""纸条？"刘勇大感不解，"我们关了你们之后，就离开了那个旅馆，不知道你们说的纸条是怎么一回事。"这时候，刘强、刘勤都缓缓地摇了摇头，脸上都露出了惊讶的神色。

我们不知道真伪，盯了他们很长时间，只见他们脸上的惊讶确实并非假装，于是才放下心来。不过再仔细一想，觉得他们说的确实很合理：既然把我们关进了西王母石室，而且又知道这石室内没什么花头，自然不用再待下去，只管到吴江来就是了，确实没必要再管我们死活。

我看着陈步云，陈步云看着陈明……大家想了很长时间，也猜不透这中间到底有什么隐情。难道不是我们两拨人在斗，在这背后，还有第三拨人？这伙人是敌还是友？如果是友的话，他们为什么不现身？如果是敌的话，他们为什么要给我们纸条，使我们能逃出生天？

刚刚抓获这三人时，我们的内心还是充满喜悦，觉得万事大吉，现在听了这伙人说的话，我们隐隐觉得这件事还没完，仍然有一大堆事情没有解决。

对我们来说，现在既然找不出端倪，那就先要把我爷爷画的那张地图给取回来，虽然根据刘强他们的话，这张地图没什么大用，不过他们看不出来，我们却不一定看不出来。

刘勇交代，他们在离镇上有三里路的张行里租了一间农民房，爷爷画的那张地图就在房间里的床上，来来去去只要一个小时左右，倒也很快。

不过，我们心里还是有担心：陈明的腿还没好，经过昨天一战，伤势反而更加严重了；陈步云和季慎年龄已经大了，也不会打斗；我要去指路，孙卫红也受了伤。在这样的情况下，万一有另外一伙人来袭，无论留下谁，都很不安全。

可是，刘强他们伤得很重，浑身上下伤痕累累，血迹斑斑，我们如果带他们出去，必须绑住带走，这么在路上走，实在太显眼。另外，他们的身体状况看上去很不好，他们能不能坚持走到张行里，也是个大问题。可是留下他们呢？也不行，万一他们逃走了，也是个大麻烦。虽然知道地图就在张行里，我们却觉得太过棘手。

孙卫红和我商量了一阵，做了个决定，我们五个人去张行里，万一路上遇到什么敌人，也能相互有个照应，至于刘强他们兄弟三人，我们把他们捆牢，估计他们一时间也逃不掉。

我这个人很信守诺言，既然说要给刘勇和刘勤吃菜，那我就决不食言。于是我又喂他们吃了很多菜，这两人大概确实是饿了，虽然脑袋歪歪地搭在一边，却仍然吃得很起劲；至于表现得宁死不屈的刘强，那只好委屈他了，给他吃了一大碗白饭，什么菜也没有。

等他们一吃完，我们就用绳子把他们更加牢固地捆住，外面再用绳子牢牢地围上一大圈，把三人圈住，勒得他们痛苦得直喘气。然后把他们押入我们昨天晚上藏身的小房间，周围再摆上所有的滚钉板，如果他们想挣扎出去，那就要浑身被扎成无数个窟窿，吃昨天刘勤吃过的苦头。

"按照这种捆法，一个小时之内，他们再有本领，估计也逃不出。"做好这些事情后，孙卫红仔细地检查了一遍，满意地说道。

昨天晚上下的雨还不小，当时同里到张行里镇的道路还只是石子路，也就是在泥路上铺上一层石子，时间长了，这石子渐渐地陷了下去，虽然路面比普通的泥路好走，却照样满是积水。

陈明走路很是艰难，我和季慎扶着他，而孙卫红则扶着陈步云。本来，如果我们身上不带伤的话，到张行里，走路只要十多分钟，可是因为多了个陈明，我们走起路来，就只有平时速度的一半左右。幸好，在这一路上，我们除了遇到一些村民之外，什么别的人也没遇到。

那时候，汹涌的民工潮还没有出现，特别是在农村中，外地人还很少见。所以找刘强他们租住的农民房并不难，我们只是说昨天家里抓住了几个小偷，小偷供出家住在这里，村民看我一口吴江话，自然不会过多怀疑，在他们的指引下，我们果然找到了他们住的房子。

房间不大，进去一看，里面只剩下两床肮脏的被褥，还有几双破鞋子，那张地图却不见踪影，我突然觉得有点不对劲。

"这些人是什么时候租这房子的？"

"也就是一两天前。"听到这个时间，我的心突地一沉，刘强不是把我们关进西王母石室就走了么？按这个时间，他们应该已经来了六七天了，显然，这个时间对不上！

我心里还抱着一丝希望："一两天前？你再想想，是不是记错了？"

村民摇摇头："没有记错，我账目上很清楚，他们是前天下午过来租房子的，今天上午退押金，连头带尾，总共住了三天。"

"今天上午退押金？"我们五人几乎异口同声地喊出来。这怎么可能呢？刘强他们三人到现在还被我们关在老宅里呢！

这个村民觉得我们不相信，有点气愤："我骗你们干什么！今天早上，那个老头来退钱的!"我们心里又是一惊,老头?怎么我们从来不知道还有个老头!

我又多花了十多分钟时间才搞清楚,原来他们根本不是三人的团伙,而是四个人,其中有一个人是老头,而在他们被我们逼供时,根本没提起还有这么一个人。也就是说,他们再次说了谎了。

"不好!快到你家里去!"孙卫红突然想起一件事,大声叫道。我们五人于是拔腿就走,陈明也不顾自己的腿还伤着,照样很快地走着。

我们气喘吁吁,还没赶到老宅,就看到老宅门前围了一大圈人:几乎个个人手里都拿着塑料水桶,还有小孩在老宅附近跑来跑去,很是开心,边跑他们还边高兴地喊道:"好玩哦,着火喽!好玩哦,着火喽……"

我的心一沉,赶紧拨开人群,冲了进去。只见老宅正堂中,有一大堆未烧尽的纸,不过已经被邻居们泼灭,满屋子都是水,上面还漂着没烧完的黑纸炭。

孙卫红一个箭步,冲进关押刘强他们的房间,只见地上一大堆断了的绳子,滚钉板早就被扔到一边,哪里还有他们的影子!"嗨!"他懊悔地抱着自己的头。

这个世界变化得太快,我正在瞠目结舌,突然后面被人一拍,回头一看,原来是毛大奶奶。她再次拉住我,开始滔滔不绝地说了起来。

原来,在我们走后不久,就有四个人从我家里蹿了出来,领头的人没看清楚,不过身穿灰布衣服,像极了我们农村当地在"文革"时自己纺的土布,剩下的三人却浑身是血,最可气的是,这三个人中,还有一个人边跑手里边拿着一个猪蹄在吃!

这四人也就一闪,他们刚跑出人们视线,接着我家老宅就起火了。大家冲进来一看,只见我们家正堂堆着一大堆纸,烧得正旺,于是周围邻居全过来,把这火给救了。这火刚熄灭,我们就回来了。

别看毛大奶奶说话啰啰唆唆,她并不糊涂,最后一句话特别有力:"孩子啊,你别是在外面惹了什么人,这伙人到同里来找你报仇吧?做人可要规规矩矩哦!"

等到人散尽了,刚才一直憋住声的孙卫红才说出话来:"嗨,我们怎么这么天真呢!早就知道这伙人不是普通人,却还把他们当普通人来看!这次，我们犯大错了！"

这时，我也陷入了深深的自责：早知道这伙人不简单，为什么还以为用点好吃的东西来引诱他们，他们就会上当呢？

我心里又把这伙人的行踪回想了一遍，越想越是心惊：在西来庄时，这伙人分明预先就想好了把风的人万一被人擒获，他们就立即躲到洞里，再由刘强装模作样，把追击他们的人骗入西王母石室关住。那些炒面和水，也应该是他们事先就安排好的，防止万一他们自己被困，刘强被我们打死或者我们不相信他，也可以在西王母石室内多待好多天。

这时，我突然想到：在西来庄的时候，这第四个人也是在的。只不过，这人从来不现身，他要做的，就是我们如果找不到石洞，等我们一走，他就打开石洞，把困在里面的刘勤和刘勇给放出来。

至于这次，我们以为他们是倾巢而出，其实他们也留了后路，适才他们看到我们吃东西垂涎欲滴，想必也是事先商量好、设计好的，目的是为了让我们相信，实际上他们早已事先安排好那个人，等到我们一离开，这人就闯进，把他们救走。

我终于明白了，那个村民说有四个人租房子是完全正确的，因为每次刘强他们在行动时，这第四个人总是在现场附近，但是不会轻易出现，他起着最后保险的作用。由此可见，这伙人实在不简单，每次行动他们都计划得极其周密，要不是孙卫红和陈明两人比较能干，换了别人，还真对付不了他们。

不过，虽然我们已经清楚了对手的人数，那个疑问始终没有解决，到底是谁在我们面临绝境时，偷偷地往西王母石室内塞了一张纸条，使我们能够逃出生天的呢？我觉得情况越来越复杂，远远不是我们每次有进展时所想的那么简单。

就在我们大家都陷入沉思的时候。"他妈的，下次刘强他们要是再被我们抓住，我绝对饶不了他们，肯定先砍断他们的脚筋！"陈明两次受了刘强他们的骗，心里气鼓鼓的。

我和孙卫红暗自苦笑一下：这刘强他们如果说论武艺，应该在孙卫红和陈明之上；如果论智慧，也绝对不比我们差；他们所缺的，无非是一些经验，今后要是再遇到他们，恐怕我们被抓住的可能性更大。

"线索又断了，下一步该怎么走呢？"又过了好长时间，孙卫红突然皱着眉头说道。我们也知道，这次刘强他们吃了亏之后，再也不会犯险来了。而且更重要的是，我们根本搞不清楚他从我爷爷的遗物里拿走了什么东西，虽然这次他们身受重创，但是胜利的天平还是在他们一边的。

不过有一点可以肯定，他们目前也不清楚宝藏在什么地方，因此目前最重要的是，我们要赶到丹阳去，设法赶在他们之前，找出宝藏的秘密。

我把这个想法对陈步云他们讲了，陈步云皱着眉头说："丹阳？这个地方倒是有很多齐梁二代的皇帝陵，难道这个宝藏的秘密藏在哪个皇帝陵中？"我仔细回想了一下这段正史上的记载，实在想不出丹阳会和这个宝藏有什么关系。

丹阳，其实只是个江南小城。现在看来，这个城市平淡无奇，但在古代，却是大大有名。在唐代之前，现在江苏叫丹阳的这个地方，名字却叫曲阿。秦始皇南巡时，有个方士发现这个地方居然有天子气，秦始皇得知后赶紧命令士兵将这个地方的山脉截断，将原来的直山改为曲曲折折的山，古代称山为"阿"，于是在这里设置的县名就叫"曲阿"。

到了三国时，孙策战胜刘繇后，曾经一度以曲阿为首都，后来又迁到现在的湖北武昌，此后在现在的南京附近建了石头城，再迁到现在的南京。秦始皇截断曲阿山脉的这段历史被人忘记，水流冲刷之后，曲阿的山渐渐恢复了直山的模样，结果到了南北朝时，这个地方一连出了两朝皇帝，南朝齐高帝萧道成、梁武帝萧衍都是来自丹阳。当然这里要说一句，这虽然是两个朝代，其帝王但却来自一个大家族，是同宗。

这两代皇帝给丹阳留下了两个遗产：第一是十多处皇帝陵，现在整个丹阳大地上布满了皇帝陵前的石刻，别的地方不大容易见得到的麒麟、天禄，这里到处可见，只是有一点很奇怪，到现在为止，这些皇帝陵一个也找不到，历史上也没说它们被破坏；第二个遗产，就是从此之后，历朝历代皇帝都忘不了来破坏这个地方的风水，从隋唐开始直到清代，只要听说丹阳这个地方的山又开始变直了，皇帝就会赶紧派人来把这个地方的山再改成曲曲折折的，免得这个地方突然又出天子。于是，这也就成为信风水的人的谈资之一。

我们是在刘强他们跑了两天之后，才来到丹阳的，之所以没有及时赶到，最重要的原因还是陈明的腿。而且，我们也估算，刘强他们伤得更重，短时间之内，除了养伤，估计也不大可能这么快赶来。

到了丹阳的第二天，我们就决定去那个叫"行宫公社九里大队"的地方。

我们在车站一问这个地名，车站售票员马上呵呵地笑了起来："你们是不是学历史的？"这话一问，我们倒是大为吃惊。看到我们惊讶的神色，那个售票员给我们作了解释，原来，这个"行宫公社九里大队"附近，有一座祠堂，名叫季子庙，很是有名，它是所有吴姓人的祖祠！

对于我们学历史的人来说，"季子"这个名字倒是如雷贯耳。季札是春秋时吴王寿梦的第四个儿子，他的名字叫札，寿梦在世时就很喜欢他，想把王位传给他，可是他上面还有三个哥哥，这三个哥哥也觉得王位应该传给这个小弟弟，可是吴国的王位继承有个传统：要么传给大儿子，要么传给弟弟。于是这三个哥哥相互约定，他们死后王位不传给自己的儿子，而是相互传下去，一定要让小弟弟得到王位。于是大哥死了之后，二哥说不要王位，要让给季子，季子不肯要；二哥死了之后，又想传给季子，他还是不肯要，一连让了三次王位。此后为了免得啰嗦，他就搬到自己的封地延陵去住了，因此他也被称为"延陵季子"。

季札不仅品德高尚，而且是具有远见卓识的政治家和外交家。一次他途经徐国时，徐国的国君非常喜欢他的佩剑，但不好意思向他要，在当时，宝剑是很重要的外交物件，季札还要遍访列国，当时不好赠送。等到出使归来，再经徐国时，徐君已经死了，季札解下佩剑挂在徐君墓旁的松树上。侍从不解。他说："我内心早已答应把宝剑送给徐君，怎么能因为徐君死了，就可以违背内心的承诺呢？"

正因为这样，所以吴姓的人把季子当做自己的祖先，很多姓吴的人都自称祖先来自"延陵郡"，不过这实际上是个误会，因为在历史上，从来没有存在过一个叫"延陵"的郡。相形之下，其他姓氏的郡望倒是常常存在，比如姓黄的自称是"江夏郡"，姓李的自称来自"陇西郡"……这些郡在历史上都是存在过的。不过从中可以看到季子的巨大人格魅力。

因此，很多吴姓往往会自豪地声称自己来自"三让世家"，这也是对吴姓的另一种指称。此前，随李成先教授在浙江缙云鉴定一个古墓时，正好路过一个祠堂，上面写着"延陵王族，三让世家"，陪同的当地文物官员得意地问我们，知不知道这个村子里的人姓什么。我和李成先教授立即笑了，这个问题太简单了，不就是姓吴吗？光看"延陵王族"，我们就知道了，再加上个"三让世家"，这实在是太简单了。

本来听到"季子"这两个字，陈明还以为是"鸡子"，心里还在纳闷，"鸡子"怎么突然就和历史扯上边了，听了我这么一解释，他和孙卫红顿时恍然大悟，才知道季子是个人名，不是鸡蛋和鸭蛋之类的东西。

到了这时候，"行宫公社九里大队"早已不叫这个名字，而是叫做行宫乡九里村。这个村既不在公路边，也不在交通要道上，我们曲曲折折地走了好半天，才打听到这个村的位置，于是就赶了过去。

如果论环境，丹阳和吴江差不多，只是从地理学上来讲，这个县级市是长江三角洲的起点，地势和吴江相比，要高一些，因此水也相对少一些。行宫这个地方又是整个丹阳中地势比较高的地区，自然水比其他地方还要少一点。如果在广阔的田野之间再多加几条河，多添几个连片的水塘，行宫和吴江也就没什么区别了。

还没进九里村，就远远地看到在田野中，有一群农民正在耕种。在路边的一个老农民，手里端着一个样式很古怪的盛器，里面放着化肥，正在给田里施肥。走到跟前，我定睛一看：这个器具横截面是圆形的，下面有个很小的低托，上面开口很大，大约有二十五六厘米宽，再加一个窄沿，器具的边缘刻着很多古朴的几何花纹，一看就知道这是个战国时代的文物。

这个东西名叫"簋"，读起来音和"鬼"差不多，是古代人用来盛食物的器具。现在北京很著名的一条小吃街，名字就叫"簋街"，倒也是名副其实，只是很多人光听音，以为去的是"鬼街"，结果去了之后，只见满大街都是美食，全然没有那种毛骨悚然之感，不免在大快朵颐之后有点失望。

如此文物，竟然被人用来施肥，实在是太浪费了。我赶紧说道："哎，这个……这个……"那个老农抬起头来问道："什么？"

我接着说："这个……簋……"话还没说完，这个老农勃然大怒："你这人说话好不奇怪，大白天的，敢骂我是鬼！"

陈明赶紧接过去："对不起，我朋友结巴，他想问你老人家贵姓？"我赶紧点点头。这个老农听了之后，怒气顿消："问我姓干什么？"

别看陈明这小子知识知道得不多，人却很机灵，他看我盯了那个簋好几秒钟，再看那东西像个古玩，就知道这个东西大概值点钱。他说起谎来，一点也不脸红："我朋友想买个盆子栽花，找来找去不合适，和家里装修配不上，看看你这个陶盆倒是合适，大概他想买下来吧！"我赶紧点头。

老农倒是朴实，他呵呵大笑："这种东西田里到处都是，根本不值钱，你喜欢的话，一块钱拿去就是了！"我一听，脑袋简直有些眩晕：我参加考古鉴定那么多次，发掘出来完整的簋，也就见到那么四五次，没想到在这里，一个完整的簋，居然只要一块钱！

陈明看我有点发呆，赶紧从口袋掏出一块钱，把这个簋买下，此后就一直抱着怀里，说什么也不让别人看。

看着他把这东西当宝贝的样子，我暗自好笑：这小子连这个陶器什么名字都不知道，怎么会把这个东西抱得如此之牢？"你知道这东西叫什么吗？"我问道。

陈明摇摇头，于是我给他解释了一下：这簋原本是古代一种普通食器，后来成了礼器，按照制度，天子用九鼎八簋，诸侯七鼎六簋，大夫是五鼎四簋，士用三鼎两簋，老百姓就只能用陶鼎陶簋了。一听之后，陈明把簋抱得更紧，后来我听说就这只簋，他在2008年时卖了50万元的好价钱。

这个村子不大，还没进村，我们就见到在村口的地上，散布着片片土黄色的碎土陶片，显然这是古代的陶片。陈步云心痛地捡起一片，看了又看："这个地方的人，实在不懂文物，不知道多少文物被他们无意中毁了！"

季子庙就在九里村里，这个村大约是位置比较偏，在这时候，村民还普遍比较穷，整个村里的格局、道路结构基本还保持着明清时代的原貌。尽管村民们搞不清楚一些古代文物的来历，但是季子这个名人还是知道的，庙前倒是保护得还不错，至少没见他们把庙当成杂物间，去堆稻草之类的东西。走进庙里，却只见断壁残垣，庙宇颓塌，原来这个庙年久失修，已经废弃多时。当地村民估计也无力维修，于是成了一片废弃之地。我们走进去时，也没人来问。

我站在庙前，轻轻地吟唱起了萨都剌的《题季子庙》："公子不来青草绿，故宫禾黍亦离离。沸泉尚有千年井，古篆犹存十字碑。去国一身轻似叶，归田两鬓细如丝。李家兄弟染朝血，莫过延陵季子祠。"又想起了李白在这里写的诗："延陵有宝剑，价重千黄金。观风历上国，暗许故人深。归来挂坟松，万古知其心。懦夫感达节，壮士激青衿……"

第七章　荒塘河底

片刻之后，西南方向的一群人突然大喊起来，只见水面上泛起了白色水花，一大群人拼命地在拉什么东西，我们急忙赶过去，只见一条更大的黄色大鱼已经被拖了上来。

在一路上，我还在幻想，这个庙将是多么雄伟壮观，却没想到居然这副场景，倒是满心失望。这个地方，王羲之的后代王僧恕来过，李白来过，元朝的萨都剌来过……不想千百年后，这个庙却变得如此颓圮。我的心中充满了忧伤。

在这个庙中，还有一个废弃的凉亭保留着，亭子里歪歪地竖立着一块碑，我上前一看，这个碑上居然刻着古篆，一个字也不认识。陈步云上前，拭去上面的灰土，一个字一个字地念给我听："呜呼有吴延陵君子之墓。"

我暗数一下，不多不少正好十个字，果然如萨都剌所说的，是"古篆犹存十字碑"。这大概就是"十字碑"吧！陈步云看着这块碑，眼中含着热泪，浑身颤抖，他对我说："根据史料记载，这是孔子写的，我终于看到孔子在这世间仅存的手迹了！"

在庙前，还有大大小小上百块残碑，我们掘出一碑，只见它已经是残破不堪，碑上写道"……四井地穴，百沸天涌……"其他地方已经完全被磨去。陈步云点点头："这就是王僧恕写的《谒季子庙碑铭》了。"又掘开一碑，上面写着："延陵有宝剑，价……"这我也知道，这块碑文上刻的，就是李白写的诗，至于是不是李白的手迹，还难以断定。

这些碑文大大小小，有的是当地官员题的，有的是文人墨客题的，只是随着岁月流逝，可能还有人为原因，这些碑文都已经破损不堪。

说实话，我们之所以到这个九里村来，也并不知道在这里会发现什么，只是看到这里有很多碑文，出于学历史的人的本能，自然要来翻一翻。正在我们翻得起劲的时候，突然庙外匆匆走进一人，说着当地土话，冲着我们大嚷。

我和陈步云吓了一跳，赶紧站起来，这人还是唧唧呱呱地说着，幸好丹阳话和吴江话有点类似，初期的不适应之后，我大致听懂了他的意思：这里全是文物，不能随便乱翻，要我们赶紧离开。

我仔细一看，这人五十多岁，身上穿的也很土气：上身是一件蓝色的中山装，下身也是一条普通的蓝色裤子，只不过胸前别着的一支钢笔，还能证明这个人多少算个知识分子。

这人见我们似乎听不懂，改用了带着浓厚丹阳调的普通话："这里是季子庙，这些石头都很珍贵，你们别乱翻。"听到这人这么一说，我倒是感兴趣，在这个偏僻的小村庄里，居然还有这种爱好历史的人？

再一询问，才知道这人原来是村里小学的教师，这人原本在上课，课间时他听说有几个外地人正在翻季子庙的残碑，就急匆匆赶来。

我脑海中突然灵光一闪，照理说，一个小学教师，所知应该很有限，这个人似乎知道得很多，这是为什么呢？这人倒也老实，他告诉我们，他自己原本不知道，只是在二十多年前，当时他还是学校的代课教师时，突然来了一个外地教师，他陪着这人在季子庙里转了一圈，是这位外地教师告诉他的。

"这人是不是姓李，是吴江人？"我觉得这个外地教师说不定是我爷爷，赶紧问他。他说在印象中，好像是的。

听到这里，我们五人不禁大喜，原本我们在同里时，觉得这条线索断了，现在没想到遇到这个教师后，居然似乎又连了上来。于是赶紧向他细细询问我爷爷来时的情况。

这人回答道，当年我爷爷来时，也对残碑十分有兴趣，当时他陪着我爷爷在庙前转了一大圈，最后我爷爷在一块碑前站了很长时间，还用笔记本记下了碑文的内容。

"这块碑现在还在吗？"我问道。

"就在那边。"得知我是那个外地教师的孙子后，这个老师也客气了很多，不再是原来那副模样。

我来到老师所指的位置，只见一块显得颇为完整的石碑横躺在地面，已经被土覆盖，难怪在此之前，我们没有发现它。

我轻轻拨开上面的土，只见石碑的底部写着："感思君名，金紫光禄大夫、西平郡公……刊石立表，以示后昆。共享福祚，亿载万年。"这块石头巧不巧，正好立碑人的名字没了。

这个教师解释道："'文革'之前，还是有名字的，不过到了'文革'时，当时的红卫兵说不能给封建地主阶级留下名字，就把这个碑上所有的人名给凿去了。"

这块碑文平淡无奇，和前面我们见到的那些残碑相比，文采平平。我细想了一下，看来刻碑文的人虽然当时官做得很大，却是名气不大，实在想不出这个"西平郡公"会是谁。

陈步云见到"西平郡公"这个字样，呼吸却变得急促起来，他对我们说："再看看前面怎么写的?"我们于是赶紧擦去前面字上的泥土,只见前面的文字更是平淡无奇,只不过是这个"西平郡公"说,自己从小就仰慕季子的高风亮节,所以在离季子庙以东三十里外的某处建了田园,就是为了陪伴在这么一位高人身边,从中感受他精神的熏陶,等等。

在正史上,封为"西平郡公"的人并不多,但是正史常常有遗漏,所以光这个"西平郡公",并不能证明刻碑文的人是谁,于是我们怀着遗憾的心情,擦去碑文的最后一段,这一段文字磨灭更加严重,整整五行文字,我们只能辨出"隆安"两个字,这个应该是年号。

当时看到这些,我还没有看出什么端倪来,陈步云和季慎却是低声欢呼起来。我回头不解地看着他们。高兴之余,陈步云忍不住提醒我:"隆安是什么朝代的年号?"

我不假思索,回答道:"这是东晋安帝时的年号。"陈步云又接着问道:"那时候的西平郡公是谁?"我一怔,顿时恍然大悟:这个刻碑文的"西平郡公"不是别人,而是前凉末代君主张天锡!我们五人顿时精神为之一振。

张天锡是前凉的第九代君王,这个王朝和当时北方建立的其他王朝不一样,君主一直自称是东晋的凉州牧,有时候他们会自称"假凉王",对东晋一直朝贡不断。这个王朝在持续了七十多年之后,前秦皇帝苻坚以步骑十三万人大举进攻,张天锡连战连败,被迫出降,至此前凉灭亡。

没想到,几年之后,苻坚大举进攻东晋,在淝水之战中大败,随军出征的张天锡在阵前投奔晋军,回到了"祖国"的怀抱,东晋没有亏待他,封他为金紫光禄大夫,还恢复了他西平郡公的爵位。就这样,这个末代君王在失去国家之后,又辗转到了江南。

根据陈步云的研究,在西晋末年,当时的皇帝和张天锡的祖先张轨商量好,把九鼎等历代藏宝迁到现在的甘肃一带藏起来,不久之后,西晋王朝覆灭,皇帝被俘虏。前凉王朝的继承人就成了这些宝藏的保管人,而张天锡就是最后一个保管人。

在前面的探索中,我们已经知道,西来庄的西王母石室因为很大,又很隐蔽,所以被用来作为宝藏的最初放置地。估计不久这个秘密走漏了,西王母石室所在的枹罕城不断遭到大规模的攻击,前凉王朝后人觉得宝藏留在这个地方实在不安全,又不知道在什么时候把它们迁移出了这个石室。作为王朝宝藏的保管人，张天锡本人应该对这段历史很熟悉，也应该知道这个宝藏后来被藏的具体位置。

"在淝水之战时，张天锡在阵前投奔晋军，虽然为朝廷所赞许，但是从另一个方面来讲，他名义上毕竟是东晋的地方官，按照当时的法律，地方官守土有责，如果丢掉了自己管辖的土地，是要被判处死刑的。但是张天锡却不但没被东晋皇帝判处死刑，还被重用，恢复了西平郡公的爵位，这是一件很不可理解的事情。"出了季子庙，陈步云对我说道。

这确实是个谜团。一个国家，最重要的就是法律的执行，东晋朝廷为什么会对张天锡网开一面呢？我暗想，却找不出答案。

"我怀疑，张天锡利用他掌控着的宝藏的秘密，加上东晋朝廷掌权人急于知道这些秘密，和朝廷做了个交易。"陈步云说，至少有一点能肯定，知道有这批宝藏存在的人很少，估计也就两三个人知道。

显然，这种判断是正确的。但是，谁知道呢？我默默地回想了一下：张天锡投奔晋军时，东晋的皇帝是孝武帝，恢复张天锡爵位的也是他，当时的丞相是谢安，他当时对恢复张天锡西平郡公爵位这件事，没有提出反对意见，可以认定，他也是知道有这个宝藏存在的。

在孝武帝和谢安死后，这个秘密又传给了谁呢？我开始搜肠刮肚，突然想到了《世说新语》里的一个故事：张天锡到了东晋后，又得高官，又得赏赐，有人很嫉妒，就故意问他："北方什么东西最可贵？"张天锡回答说："桑葚又甜又香，鸱鸮吃了，会改变声音；醇酪怡情养性，人吃了，不会生嫉妒之心。"

表面上看来，张天锡这话说得很平淡，其实他是在骂人，因为按照古代传说，鸱鸮是一种恶鸟，这种鸟叫声很难听，吃了桑葚之后，叫声会变得好听。张天锡这话的意思是，江南没有那么好吃的桑葚，所以你们这群乌鸦嘴才会唧唧歪歪；江南没有那么好吃的醇酪，你们这群小人才会这么嫉妒。

在《世说新语》里，没说这个问话的人是谁，不过在《晋书》里，就写了这个人是谁，他是孝武帝的弟弟，名叫司马道子。孝武帝的大儿子是个傻子，后来当了皇帝，司马道子成了摄政王，有生杀大权，死在他手下的大臣很多，却对当众侮辱他的张天锡没怎么报复。大概司马道子也知道这个秘密。

在司马道子手里，张天锡很吃了些瘪，可是没多长时间，他简直成了香锊锊。司马道子的儿子司马元显掌权时，天天找他聊天，张天锡一说自己没钱，他立刻任命张天锡做庐州太守；后来桓玄篡位，又任命他为护羌校尉、凉州刺史，简直和他还有国家时一样。

当时，我读这段历史时，只觉得东晋王朝的掌权者简直疯了，拼命去讨好这个亡国之君，现在再结合陈步云的判断一推想，才知道，原来这些人并不疯，他们的目标只有一个，就是那个不知藏在什么地方的巨大宝藏！

想到这里，我的脸上露出了微笑，顿时觉得疑惑尽去，神清气爽。抬头看看天空，只见天色碧蓝，白云朵朵，四周是青青的田野，正是江南好时光！

陈明和孙卫红虽然不明白，但看到我们原本凝重的表情变得轻松起来，心里也大乐。特别是陈明，他白捡了个战国陶簋，心情自然更是兴奋。

这次，我们的目标已经非常明确，就是要去那个名叫"荒里湾大队"的地方。爷爷曾经去过那里几十次，而后他就给北 X 大学某个教授去写信，想必这个地方肯定存在什么足以让他得出结论的秘密。

我们出来时，已经是 11 点多，将近吃午饭的时间。我们到了公路边，搭上了一辆前往珥陵镇的中巴车，准备从这个镇再转车去荒里湾所在的折柳乡。

这时，这个地方的中巴车还很少，我们在路边等了大约二十分钟，才搭上车，到了珥陵镇，已经快 12 点了，于是我们找了一家小饭馆，胡乱点了几个菜，叫了饭，吃了起来。

正在吃时，突然外面来了十多号人，进了饭馆就大呼："老板，来十三碗牛肉面！"店老板赶紧上前，对这群人解释说，这个店只卖炒菜，没有牛肉面。为首的一个中年男子瞪着眼睛大喊："你这里是开饭馆的，怎么连牛肉面都没有呢？"

陈明一听声音，悄悄对我们说："你们听，他们是从甘肃来的。"我仔细一听，这批人讲话的口音果然和我们在兰州和西来庄听到的口音很相似。

既然这里没有牛肉面，这批人也不勉强，和我们一样胡乱点了几个炒菜，要了一些饭，就坐下胡乱吃了起来。

这批人一边吃，一边还在嘀咕，似乎要去对付什么人。只听得其中一人说："他在电话里有没有说清楚对手到底是什么人？那三兄弟都对付不了？"

只听得为首的一个中年人说道："老头子只说，他三个儿子都受伤了，对手很硬，叫我们赶紧到丹阳来和他们会合。"

先前那人又说道："老头子也真是死催，话也说不清楚，就叫我们十多号人千里迢迢地跑这么远。奶奶的，见面后，要跟他讲，我们每个人的辛苦费要多一倍！"

那个中年人敷衍着说："三狗啊，你这小子，别一屁股坐到钱眼里，拔都拔不出来。大家都是亲戚，该帮忙还得帮忙。再说了，得到了钱，照他们父子的脾气，还能亏待了我们？"

其他的人哄然称是，都在说"老头子"是多么多么为人不错。

这个叫"三狗"的人不服气："老头子人不错，我们刘家对他就薄了？当年要不是黑牛叔，老头子早就死在路边了，他欠我们刘家的情，就应该还情。找他多要点钱，那是看得起老头子！"

为首的这个中年人显然胸有成竹："我说三狗，你这人真是老虎眼塞不进狗眼——眶子太小了。你争什么哩？我不瞒你，这次要是事情搞好了——"说到这里，他低低地拖长了声音，"嘿嘿"了好几声，然后乐滋滋地说："只怕钱多得你们想象不到，几辈子都花不了！"

听他这么一说，好几个人赶紧问："二大伯，您老怎么还打埋伏哩？信不过我们小辈？"中年人叹了一口气，得意地说："不是我不信任大家，实在是老头子不叫说。这事情实在是太大了，大得可以盖过天，我不保密点，怎么行呢？"

边上又有人问："二大伯，这件是什么事？您现在给我们小辈透透风？"这个中年人又是"嘿嘿"一笑，正待说，突然看到我正在伸长脖子听他们说话，又把话咽进了肚子："你们别的不要问，只要一切行动听指挥，到时候当然少不了好处！"

还有几人想问，这个中年人却连声说："吃饭！吃饭！"再也不肯多透露一句。

听了这话，我们暗自心惊，按照这些人的说法，实在和刘强他们一伙对得上号。我掉转头，看了看陈明，只见他悄悄地把手指向外面，意思是快走。我们五人交换了一下眼色，赶紧大声叫来老板，付了钱就走。

还没出店门口，只听得这批人中有一人又低低地说道："老头子也真古怪，原来他家也穷得要死，怎么突然一下子变得这么有钱？"又听得一人说：

"老头子能干，他认识了个国外大老板，有的是钱，人家要用得着他，当然大把大把地给他钱了。"接下来，他们就不再说话，埋头大吃起来。

听了这话，我们更是心惊，觉得对方的大批援军可能到了，这个地方实在不是久留之地，而且看来，对方对我们刚刚发现的张天锡碑文也有所了解。前途如何，真是难以想象，在不久前发现碑文的喜悦顿时化为乌有。

出了店门，陈明一拉我的手，悄悄说："躲起来，看看这伙人去哪儿。"这珥陵镇出门有三条路，正南的通往金坛，也就是华罗庚的出生地，正北的通往丹阳县城，正东的路通往折柳，也就是荒里湾村所在的镇。

我们悄悄地躲在一个大房子的墙根处，过了一会儿，只见这群人摇摇晃晃地走了出来，每个人身上都带着一个长条布包。陈明咂嘴说道："天啊，这伙人赤手空拳的，我们就已经对付不了，没想到，他们还是带着家伙出来的。"

直到见这伙人上了去丹阳县城的中巴车，我们才长长地舒了一口气。"我们要抓紧行动，赶在他们到来之前，先找到这个秘密。"陈步云说道。陈明、孙卫红也点头称是。于是，我们上了去折柳乡的中巴车。

珥陵离折柳很近，路上只要十多分钟。到了折柳，我们四处打听荒里湾村，经过镇上的人一指点，我们才知道，这个村就离折柳乡所在地不过三里路。于是，我们赶紧沿着镇上人的指点，急急地赶去。

折柳这地方，和行宫的地貌已经有所差别，这里水渐渐多了起来。尤其是我们去的那个荒里湾村，水是特别多，我们只觉得路上经过一个又一个池塘，幸好只有一条路，虽然七转八转，却总算到了这个村子。

这个村子很大，远远就看到一大片树。进了这个村子，我们发现村里和我们之前见过的九里村一模一样，地上全是碎瓦片，显然这也是古代遗留下来的。唯一一点不同之处就是，村子地上的瓦片是灰黑色，而不是像九里村那样的土黄色，显然历史没有九里村悠久。

我们一打听，这个村子里的人全姓黄，没有一个姓张的。我们原以为，如果这个村的人姓张，那说不定就是张天锡的后代。这下子，线索又断了。

这时候，陈步云建议，要设法找到当年的大队书记，说不定他当年接待过我爷爷。幸好这个大队书记虽然年龄已经有七十多，倒还在世。这个大队书记也姓黄，长着一张长长的脸，加上花白的头发，虽然掩饰不住整天风吹雨淋带来的皱纹和沧桑，看上去倒也很慈祥。

刚一走进他家的屋里，客气几句，我们就问他我爷爷当年来过的事。他一听，倒是很疑惑："你爷爷有几个孙子？"

我一听，大为奇怪，我爷爷就我一个孙子，他怎么会这么问呢？这个老书记抱怨道："这几天已经来好几批人了，年龄和你都差不多，个个说是当年那个李老师的孙子。你们这家也真是奇怪，要问什么事情，别一个个来问，都是一家子，一起来或者派个代表来，那不是更好么？"

"我爷爷只有我一个孙子，那些人都是假冒的。"我赶紧表白。

"那我就搞不懂了，既然那些人都是假冒的，怎么他们都知道当年李老师来找过我呢？"老书记摇头表示不信。

这位老人，到底是当过村书记的人，人虽老，脑子一点也不糊涂。看来，不说出个让他信服的原因，他还真不会帮忙。可是对方大队人马马上就要杀到，一时半刻，根本没法证明我就是我爷爷的孙子。看来只有编瞎话了，不过，这难不倒我。

"唉，这话说起来，实在难为情。我爷爷生前，留下不少遗产，我们家又人丁不旺，这样一来呢，一些邻居和近亲都来抢，可是我们家只有我一个后代，这是铁板钉钉的事情，他们不知怎么回事，又从外地找了一批人过来，硬说是我爷爷在解放前的小老婆生的孩子。真是闹得没有办法。"我在说这瞎话的时候，语气恰到好处，弄得这老书记也半信半疑。

不过老书记毕竟是老书记，思维一点也不乱："那你们争遗产就争遗产吧，那找我来干什么呢？"

我早有准备，于是便接着往下说："我爷爷从来没有过小老婆，突然冒出这么大一群人来，你说，这不是诬陷他的声誉吗？要说这群人，也真是厉害，钻了我爷爷没有留下遗嘱的空子，专门等了十多年，突然跑来，这样一来，当年的老人都死光了，我们连个证人也找不到。当然他们也没有证人，后来呢，不知怎地，他们知道你曾经接待过他，和他比较熟悉，这不，这群人估计都跑来找你，大概是想和你拉拉关系，等到关系熟了，叫你再出个证明，说他们中哪个人是我爷爷的小老婆生的，再和我们打官司吧！"

老书记一听，相信了，勃然大怒："所以说，我一看这几批人，就不是好东西，所以我什么也没说。"说到这里，他突然一伸手："拿来！"

我一愣："什么？"

老书记说："你的证件，我不会随便和人说李老师的事情的，你说的，我虽然有点信，可也不全信，你说你是吴江人，你有没有证件？有没有当年的证明？"

这倒难不倒我，于是我拿出了自己的博士研究生证，递给他看。这个老书记一看，惊叫起来："哎哟，你是北 X 大学的博士生啊！李老师的后代果然不错，嗯，嗯，有出息！"边说他还边伸出大拇指。

在这张研究生证上，清清楚楚地写着我的籍贯是江苏吴江。这老书记自然是相信了八分，可是他把研究生证退还给我时，说："光这个研究生证，还不行，还要有别的证据。"

别的证据？这从哪儿找呢？这时候，陈步云提醒道："孩子，你把吴江中学开的那些介绍信存根给黄书记看看。"

介绍信存根，我倒是带着，于是赶紧从包里翻出来，递给老书记。老书记找出老花镜，仔仔细细地查看着，一边看一边念叨："对，就是这时候，李老师来过。对的，嗯，对的……"

他看完了之后，我一看老书记的眼神，他相信了！只听得他吐了一口气："总算来对了人。我也算对李老师有交代了。"

老书记告诉我们，从前天开始，就经常有陌生人来找他，第一次来的是两个说话带着广东腔的年轻人，头发染得黄黄的，他一看就觉得不是什么好东西，这两个年轻人见面就自称是我爷爷的孙子，然后就要老书记带他们去找宝贝，老书记觉得很奇怪，立马把他们轰走。才隔了半天，又来了三个人，这次更是热闹，两个人是金发碧眼的老外，还有一个是中国人，这个中国人也自称是我，老书记看着就觉得生疑，于是立马以周总理"外事无小事，事事要请示"的遗训把他们赶走了。

突然来了两批陌生人，连外国人都来了，老书记的疑心就大起来了。不想，今天早上，又来了一个中年人，穿着很讲究，也声称是我，老书记一问，年龄都四十多了，幸好老书记大致知道我父亲的岁数，觉得如果这人是我的话，那么我父亲起码要八九岁就生孩子，也立马把他给赶走了。

正在说话间，门外突然传来声音："老黄，老黄在吗？"

老书记还没回声，只见当地乡镇干部领着一个年轻人走进屋来，进门就朗声说道："嗨，老黄啊，真看不出你来，你看，台湾的大老板都在到处找你。"这个乡镇干部一把搂住老书记，把他拉到一边，悄声说道："好好接待，人家要在镇里投资几百万美元呢！"

一听这话，老书记心里有数了，斜眼看着这个年轻人："你不会是吴江李瓒宜老先生的孙子吧！"

"正是，正是，先祖在年轻时，和黄老先生您很是交好，解放前他去了台湾，海水茫茫，他心里还是忘不了老先生您，去世前叫我们李家子孙有机会，一定要来大陆看看老先生您。这次正好贵乡有个投资项目很不错，所以我乘此良机，特地前来拜会老先生。"这个年轻人说起谎话，同样彬彬有礼。

"嘿嘿嘿，"老书记冷笑几声，突然问道，"我和你爷爷什么时候认识的，你知道吗？"

这个年轻人愕然："按你们大陆人的说法，是在解放前啊！"

老书记说："我认识他，是在1960年左右，这时候，恐怕你爷爷已经去台湾10多年了吧！"

这个年轻人满脸通红，掉头就走。这个乡镇干部急得不知如何是好，直用手指点老书记："哎呀，你这个人啊，哎呀……"一边紧步跟上。

等这年轻人走了，老书记回头对我们说道："你们恐怕也是来找什么宝贝的吧？"我们摇摇头。老书记又问："那么你们来干什么的？"说这话时，他眼睛直盯着我们。

我于是把张天锡的故事交代了一遍，然后又把从季子庙到他们这里一路上的事情简略地说了一下，不过，我隐瞒了从甘肃到吴江这一段。老书记听了之后，连声说"难怪"。

不过，老书记又对我们讲了一句："按照国家政策，地下出土的文物，肯定是要归国家所有，所以你们发现了什么东西，不能带走，要留下给国家，这也是我们村里的财富。这个你们一定要答应，村里我会打招呼，给你们最大的方便。"

这个要求很合理，虽然陈明有些犹豫，我们最终还是答应了。

说完这段话之后，老书记出了一趟门，回来之后，他身边多了五六个当地的小伙子。我知道，这是老书记叫来监视我们的，另外也是因为冲着这个地方来的人实在太多，如果出什么事，他们也能保护我们。

然后，老书记就开始介绍说，我爷爷当年来的时候，主要去了一个名叫"荒塘"的地方，每次我爷爷在那里时，总是沉吟不语，专心致志地在那里东翻翻、西翻翻。

　　荒塘其实是个小湖，在这个村子的北部，面积大约六十多亩，在江南地区，这种池塘并不少见。按照江南的叫法，如果一个地名中带了"荒"字，那里肯定到处是荒草，污秽不堪，可是这个荒塘却并非如此，周边几乎寸草不生。

　　我们站在荒塘边上，远远望去，还能看到池塘中央有个绿色的小岛，面积不大，上面长满了芦苇和水草，衬着清清的塘水，很是漂亮。

　　绕着荒塘走了一圈，我发现了这个池塘的奇异之处：江南的村庄，一般环塘而建，取水方便，洗衣也方便，池塘边上往往景致不错，住在边上的人也有心旷神怡的感觉。可是这荒塘周围几百米之处，却没有一个人住着，这是怎么回事呢？

　　"池塘边上，不敢住人，不敢住人！"我一问这个问题，老书记就连连摇头，"这个池塘深得不见底，在这里面，不知淹死多少小孩了，家家户户都避开它，绝对不许孩子靠近它。"

　　旁边一个叫黄军的小伙子插嘴道："我们这里全是小粉土，土粒细腻得很，黄土要掘开三米才能见到。奇怪的是，这塘边上不知道怎么回事，全是黄土；更奇怪的是，别的黄土上，也能长草长树的，这池塘边的黄土，却连草都长不了。"

　　听了这话，陈步云、季慎和我都皱起了眉头，弯下腰去仔细查看这个地面。果然，如黄军所说，这个地面的黄土很是结实，甚至可以说有些坚硬，草根没法生进去，难怪树和草都活不了。

　　"难道这是夯土层？"在我以前经历过的考古鉴定中，遇到夯土层的情况不少，在夯土层周围，也是寸草不生的，不过夯土层通常在古代的城墙周围，这个池塘，从它的海拔来看，绝对不可能是古代城墙。

　　判断一个地方是不是夯土层，办法很简单：只要动手掘开就是了。老书记叫陪我们的另一个小伙子去村里拿了铁锹，我们便挖了起来，果不其然，几铁锹下去，就出现了另一个层面。

　　判断是不是夯土的办法，其实很简单，因为夯土往往是一层一层被夯实的，如果这夯土有纵切面，那么就要分析纵切面的层状结构；如果看不出来，那就要多掘开几层，造出一个纵切面出来，再进行分析。用的工具么，自然是洛阳铲最好了。

不过，既然我们已经很熟练，没有洛阳铲也没关系，只要我们很小心，把落土清理干净，不使土层混合，也能看得出来。几个土层一掘，我们就知道，荒塘边上，确实曾经被人夯筑过。

除了城墙外，常常可以见到夯土层的还有一种地方，那就是古墓。但是，如果说荒塘底下是古墓，说死了我也不相信，因为没人喜欢活着的时候被水浸泡，死者也不喜欢。我们之前也见过水下古墓，可全是因为自然界变化的原因，从来没有刻意为之的。

既然不是城墙，又不是古墓，当初那些人为什么要夯筑这些土呢？这么大的工程量，实在是让人难以理解，我们绕着荒塘走了一圈，心里始终难以明白。

这时，只见池塘水清清亮亮，在阳光下闪烁着光芒。可是谁能想到，这个池塘之中，究竟隐藏着什么秘密呢？我们皱着眉头，老书记和那几个当地小伙子看到我们皱着眉头，也皱起了眉头。

我爷爷当年究竟在这个荒塘中找到了什么东西呢？爷爷已经逝去多年，自然不会前来告诉我们，我们还是要从周围去寻找。

"李老师当年来的时候，开始也和你们一样，在池塘边挖了坑，也是绕着荒塘走了好长时间，不过他后来就到塘中央的那个岛上去了，去了十多次之后，他就不再来了。"老书记提醒我们说。

既然爷爷去过这个小岛，那么我们也应该去看看。在荒塘边上，没有任何的船只，老书记又叫那几个小伙子从另外一个池塘里抬出一艘小船出来，放在荒塘里。这艘小船只能坐三四个人，于是这船就来回两次，把我们摆渡到了小岛上。

这小岛上芦苇、白蓼还有水花生这类的水生植物长得很是茂密，再上去点，更是长着无数的低矮树丛，我们好不容易才挤了进去，是荒凉得不能再荒凉了。

江南地区在当时土地利用率很高，即使在池塘边上有点边边角角，也是要利用起来的，为什么这个小岛的面积有将近两亩地，却没有村民想到来开荒呢？

老书记是这么回答的："别看这个小岛现在很荒凉，当年我们的祖先逃荒来的时候，就是在这个荒岛上落脚的。周围的村子遭了兵灾，十多里范围内，人全被杀光了，周围成了一片白地，我们的祖先才从这个小岛上迁移出来，搬到外面来住的。"

"那为什么后来反而没人住这里，把这个小岛荒了呢？"陈步云问道。

"这个小岛根基不稳，在上面没法建房子，我听祖先说，只要在上面建了砖房，起初的时候看看还好，和别的地方没什么两样，可是过不了几天，墙壁就开始起缝，一两个月之内，房子就会塌掉。要是谁家想住这个岛上，只能搭窝棚。你说，哪一家还愿意这么艰苦？"

老书记抽出一支"红梅"香烟，点着了，深深吸了一口，然后说道："这个岛还有一桩古怪，就是人起初下水的时候，脚底下也很实在，走着走着，突然一脚就会踩个空，底下不知道有多深。不会水的人，特别是小孩，原先不防备，就往往会淹死在荒塘里。我的祖先，在这个岛上好多年，为什么人丁不兴旺？就是因为生下来的大部分孩子，都淹死在荒塘里了！那时候，周围的人都传说，这个荒塘里有水鬼；后来啊，我们姓黄的出了这个荒塘，孩子不淹死了，人丁就一下子兴旺起来了。"

听了这话，陈步云朝地上狠狠地踩了几脚，觉得脚下的土很结实，照理说，这个池塘既然会有一个小岛存在，那小岛底下的土往往会比别的地方还要结实，否则，小岛老早就坍到池塘里去了。我思来想后，总是觉得这个地方极其古怪。

突然，那个叫黄军的年轻人插嘴说："老书记还有一件事忘了说，在这个岛上，常常会白天见鬼！"

听了这句话，老书记狠狠地瞪了黄军一眼："别听他瞎说，我们都是讲唯物主义的，这个世界上，哪里有鬼？现在你们这些小伙子，一天不给你们教育，你们立马就唯心起来了。这种话，我们自己人说说就算了，李老师的孙子是个大博士，你给他讲鬼，不是让他笑话我们这里人无知吗？"

"没关系的，这说不定是个线索。白天见鬼？这是什么意思？"陈步云倒对这个感兴趣。

黄军怯生生地看了老书记一眼，然后结结巴巴地说："那个啦，就是，大风起的时候，人在这个岛上会一直头晕。村里人都说，都说，这个岛上有鬼，大风一起，它们就会出来迷人。"

"嗯，这倒是很奇怪。"陈步云轻轻地说道。我们又沿着这个小岛转了一圈，却没发现任何线索。我忍不住又问老书记："我爷爷来的时候，他在岛上做过什么事情？"

老书记摇摇头，说："李老师当时似乎拿了一把铁锹，在这里东挖挖，西挖挖，我当时也看不懂，大队的事情又多，送他上来后，就回去做事情了。"

"那么，你们以前在这个岛上挖过没有？"陈步云问道。

老书记答道："以前挖过，挖了十多米，就挖不下去了。"

陈步云问："为什么？"老书记深吸了一口烟，说道："因为下面全是石头。"

"石头？"

"在我曾祖父的爷爷那一辈，当时他们还没搬出来，曾经想在这个岛上挖口井，结果挖到了七八个人深，就再也挖不下去了，听说下面全是石头，这些石头硬得很，废了好几把铁锹，都卷了刃。"

老书记又猛吸了一口烟，然后继续说道："我曾祖父的爷爷是倔脾气，又找了把铁镐，在石头上狠狠地砸，砸了好几十下，砸出一个小洞，下面是空的，当时他把眼睛贴上去，却看不到里面有什么东西。没想到，第二天，他的眼睛就瞎了，大家都说，这个岛底下，直通着阎王的阴曹地府，他乱砸，把阎王殿的顶给砸破了，阎王爷惩罚他，把他眼睛给弄瞎了。"

"这倒是很有趣。这里是地下十多米处，应该全是土，怎么会有石头呢？"陈步云疑惑地说道。

我在上学时，为了考古需要，曾经学过地质。根据我的判断，荒里湾这个地方，应该属于太湖平原的西部。这里在历史上曾经是古太湖湖盆的一部分，后来长江携带着大量的泥沙沉积下来，这里才成为平原，应该说，这里的土层，不会薄于三十米，即使底下有岩石，也应该是沉积岩，这种岩比较软。但按老书记的说法，他的祖先遇到的岩石却是极其致密的，这和这里的地质情况完全不符，这是为什么呢？

老书记接着说道："后来，我祖先就赶紧把从井里挖出的土给回填了进去。没想到，这个岛从此之后，就渐渐变小。""这个岛会变小？"陈步云奇道。

"是啊，原来这个岛有四亩地的样子，我祖先在上面住了两百多年，一直是这么大，可自从挖了那口井后，这个岛就慢慢地开始缩小，现在最多只有两亩地了，两百年来，它缩小了一半。"听到这里，我们个个皱着眉头，实在想不透这是怎么回事。

正在说话间，风已经渐渐大起来了，这个池塘面积比较大，波浪也比较大，只见层层白色浪花直拍向岸边，稍过片刻，风浪越来越大，浪花足足有二十厘米高。

看到这风，黄军脸色变了，低低地说道："鬼要来了，鬼要来了……"话音刚落，我就觉得头一阵眩晕，而后这晕的感觉越来越强烈。

老书记和几个小伙子脸色大变，说："鬼真的来了，我们要赶紧离开这个岛。"我四周看看，只见东方已经阴云密布，这股风吹得岛上的树叶沙沙作响，似乎真有无数的厉鬼在岛上穿行。

过了一段时间，身体强壮的陈明和孙卫红也觉得头晕起来，这种场景我们之前从来没遇到过。这时候，又听得黄军低低地说："这个地方真的有鬼。你看这么大个池塘，以前每年我们村里都放几百斤鱼苗下去，可从来就不见捕到一条鱼。大家都说，这个池塘直通阎王殿，我们村里放下去的鱼苗，全部让鬼给吃了。"

听了之后，我们又再次皱起眉头来。照理说，这个池塘的水很深，应该是养鱼的好地方，为什么村民把鱼苗放下去，却从来收不到一条鱼呢？看来，这个地方真的有古怪。我暗想。

别看老书记起初时和我们大谈唯物主义，这时头晕起来，唯物主义也就抛之脑后了。他也说道："是啊，放鱼苗是我在当大队书记的时候，那时候，年年总是要放下两百多斤螺蛳青、白鲢、草鱼，个个有筷子那么长，到年底打鱼的时候，我们用篦网篦来篦去，除了偶尔篦出几条毛毛鱼外，什么也篦不出来。"

我从小长在水乡，知道这篦网的厉害，这种渔网格子只有半厘米大小，一网下去，几乎什么鱼都能一网打尽，怎么老书记说，放了那么多鱼苗下去，只能打出几条寸把长的毛毛鱼呢？

老书记又说："平时，我们在池塘边走的时候，常常能见到水里会突然冒出一道黄影，速度很快，一眨眼就消失了，要是不注意，简直会觉得自己眼花。村里见过这个影子的人还不少，大家都说，你看牛头马面又在捉鱼给阎王爷吃了。"

陈步云转头问黄军："你见过吗?"黄军点点头："村里所有人都见过，要说呢，我们也不大相信这个世界上有鬼。可是你也经历过了，好好的一个岛，底下也是石头，怎么阴风一来，人在上面就头晕呢?要说好好的一个深池塘，它怎么会里面没鱼呢?所以，这也由不得我们不信啊。"

我从小就生活在水边，没想到，到了荒里湾这个村子里，居然会遇到这么多奇怪的事情，这些事情简直不能用常理来解释。越听他们讲，我心里越觉得沉甸甸的，明知这其中必有可解释之处，可是却就实在没法解释。

事实上，在上个世纪 90 年代，人们对一些灵异现象也开始了研究。对这种现象，一些做出了解释，一些还有待研究。

其中很重要的一个案例是，在美国某条公路上，在下小雨天的深夜，常常会出现车祸。每次遇到车祸的司机都会声称，他们在这条公路的某个地段，总是会见到一个白衣少女从车前突然穿过，他们刹车不及，才会撞上去，可是事后检查，却发现车周围并没有任何人。

后来，有位心理学家也专门做了个试验，他带上了专门的摄像仪器，在小雨天深夜路过这个路段，结果他果然看到一个白衣少女突然穿过公路，但是他的摄像机里却并没有拍到这个人。后来经过反复试验他才知道，原来人的大脑皮层在受到某些刺激的情况下，会产生某种幻觉。于是他在实验室内，全真模拟了雨天这个路段的场景，结果他果然见到了白衣少女从他面前突然穿过，这个谜团才得以解决。

我反复把自己上岛以来的情形回想了一遍，突然想到：这会不会是类似的一种情况呢?这里荒树丛丛，本来就是容易产生幻觉的地方，自从黄军说起岛上有鬼的事情，我们就接受了这个心理暗示，我们的大脑皮层被这个暗示刺激，加上周围的环境，所以才出现头晕的迹象?

如果是心理暗示的话，那很好办，我只要闭上眼睛，深吸口气，尽量把自己和这些容易产生暗示的环境隔离开，那么只要再过一段时间，这种头晕的感觉就会消失。于是，我照做了，却没有任何效果，头依旧在晕。我看着远处层层涌来的浪花，更是觉得头晕得厉害。

陈明和孙卫红两人在岛上漫无目的地踅来踅去，却什么也没发现，这个岛确实是个很普通的小岛，岛上的植物同样也很普通。然而，在这个岛上，却似乎藏着无数的秘密。

过了一段时间，风渐渐小下来，我们的头渐渐不晕了。"鬼过去了。"黄军低低地舒了一口气。我听到，这时老书记和其他的小伙子也都长长地吐了一口气。我心底暗笑，这个老书记，虽然口口声声"唯物主义"，一旦遇到什么没法解释的事情，还是心里禁不住往鬼怪之类的东西去想，也真是奇人一个。

突然，一个小伙子指着水面："看！牛头马面又出来了！"我顺着他的手指，却看不到水中有什么东西。这个小伙子说道："这东西来得很快，一晃眼就不见了。"

我和陈明上了小船，一个小伙子划起了船桨，向岸边开来。划着划着，那个划船的小伙子突然又惊叫起来："牛头马面！"这次，我果然看见了：在水里，一道隐隐约约的黄影一闪而过。

这个影子也真奇怪，居然围着我们坐的小船晃来晃去。陈明身边正好有个小渔叉，他想也不想，举起这个渔叉就朝这个影子叉去。没想到，这一叉居然正中这道黄影，它大概吃了痛，带着渔叉就往水底里钻。

江南的小渔叉，是用七八根细一点的钢筋，用铁丝牢牢把尾部扎起来，再把顶端磨尖，打出倒钩，再把这些钢筋固定在一根箸竹的竹竿上做成的。在渔叉的尾部，还有五六米长的尼龙绳连着。

这黄影向深水里窜，陈明就开始放绳，没多长时间，这绳子就到了尾端，已经放无可放。陈明把绳子末端圈了个环，牢牢地系在手腕上，再也不松手。这黄影劲很大，拖着小船四处乱转，小船左倾右斜，剧烈地摇晃起来，激起一阵阵浪花。

小伙子和我都大喊："放手，放手，再不放手，这船要被它弄翻了。"陈明却不听我们的，咬紧牙关，嘴里含糊不清地骂骂咧咧，死活不放手。船晃得越来越厉害，好几次水都灌到船舱里来了。小伙子拼命地打着桨，努力地保持着船的平衡。

突然，陈明的手里一松，他正在用力时，哪里收得住脚？"轰"地跌入水中。我和小伙子忙把他捞上来。虽然落水，浑身湿透，陈明却哈哈大笑，他手里还牢牢地捏住那根尼龙绳。

我们正准备说他几句，却见在五米多远处，渔叉慢慢地浮出水面。陈明把渔叉收上来一看，只见渔叉的倒钩上，居然挂着一小条刚从那个黄影身上撕下来的肉丝。我和陈明闻了闻，只觉得这肉丝上有淡淡的腥味。

"这是鱼腥味吧？"陈明问道。那个撑船的小伙子也闻了闻，点点头说："像倒是像，不过要说是鱼，起码有上百斤，什么鱼能长这么大呢？"

我们到了岸边，抬头一看，不知什么时候，东边的天上已经升起了乌云，风又渐渐大起来了，没过多长时间，整个荒塘的水面开始变得灰暗。几个在塘边上看热闹的老太婆听说我们刚刚刺中了"牛头马面"，又见了这副场景，吓得连声念"阿弥陀佛"。撑船的小伙子本来没什么担心，突然见到大片的水面上阴云密布，突然也胆怯起来，过了好长时间，才肯下水划船。

过不了多长时间，老书记和其余的人都上了岸，他们听说陈明刺中了水里的那道黄影，反应也各不相同，陈步云和季慎仍然在沉思，其余的人则是又惊又怕，纷纷责备陈明过于大胆。陈明却是毫不在意，他采了个蒲草的果实，这东西长得类似男人生殖器，他好奇地把这个褐色的东西晃来晃去。

出了荒塘边，陈步云随手捡起一块灰黑色的瓦片，问老书记："这个瓦片从哪里来，是不是这里原先就有的？"

老书记点点头，说出了一件陈年往事：这个村子原来住的人家姓祁，也是后来迁移来的，他们进这块地方的时候，大概是明朝，当时这里是一片荒凉，还不时能见到残垣断壁，蛇草丛生，所以村子就叫"荒里湾"，祁家人扒出一些还算完整的砖头，建了房子，在这里开了荒，住了下来。大概在一百三十年前，在"长毛造反"时，祁家人被杀光了，姓黄的才从岛上搬了出来。

老书记说道："等到我们姓黄的人住进来时，这个村子还是四面都围着水，住满了人家。我记得，小时候村里只有个吊桥通向外面，过年时，只要把吊桥一拉，连叫花子都进不来村子。"

老书记的描述和我一路见过的景色极不符合。我赶紧问道："我们一路过来时，并没有见过围着你们村子的水面，和你说的好像不太一样，这是怎么回事呢？"

老书记笑笑说道："那是在五六十年代，当时不是搞'三面红旗'吗？

我们就把村子周围的水面填平了一些，隔开成了池塘，才成了现在这模样。"

陈步云疑惑地说道："照你这个说法，荒里湾原来岂不是个古代的城市？"老书记一拍大腿："你说对了，好多人都这么说。我也觉得，这以前是个古代的城市。"

季慎接着问道："你们在这里有没有发现什么文物之类的东西？"老书记摇摇头，连声说没有，想了半晌，突然又说："有一样，不知道算不算？"

陈步云忙问："什么？"老书记说："当时，我们祖先出岛时，把祁家人留下的一些还算好的砖头又扒了出来，建了一个祠堂，其中有个砖头还是原来他们早年扒出来的，这些砖头和后来的砖头不一样，上面刻着字。"

一听说这砖头上刻着字，陈步云的兴趣一下子来了，忙说："带我们去看看！"陈明和孙卫红对刻着字的砖头不感兴趣，就留在荒塘边上看水景。

这个黄家的祠堂离荒塘不远，不过祠堂和一般江南人家的祠堂倒是没什么区别，只不过黑漆的大门一扇已经不见，剩下的一扇也是摇摇欲坠。进了门，只见一个上面斑斑驳驳，下面长满苔藓的照壁。过了这个照壁，就见到了一个院子，院子两边是走廊，两边的房子各被隔成一个面积只有十多平方米的厢房，再加上一个一百多平方米的大厅，再加一堵围墙。院子里长满了荒草，甚至还冒出了一两棵小树，显然已经废弃很长时间。

这个祠堂的墙壁上，原本糊着石灰，后来岁月流转，祠堂已经年久失修，所以大片大片的石灰脱落下来，露出了里面的泥面，有的甚至连砖头都露了出来。老书记用指甲轻轻划开砖头上的泥土，指给我们看："你看，这上面就刻着字。"

我轻轻擦去，果然见上面有字，只是字迹模模糊糊，看了好长时间，才发现上面写着的似乎是个"太"字，其余的字已经被磨得只能依稀看出笔画，剩下的砖是后来补上去的，什么字也没刻。

陈步云索性又扒开一大片石灰，擦去泥，在这片墙壁里，又见到了一块刻着字的砖头，这次能辨认出来的字更多，只见上面刻着"纯嘏"两个字，剩下的还能辨出"十九年"，其余的，一个字也辨不出。

《晋书》上记载了一件趣事：张天锡原来的字为公纯嘏，后来在淝水之战后，他回到"祖国"。在建康时，很多大臣嘲笑他的字居然是三字的，于是他去掉了一个字，改为纯嘏。

我一看这"纯嘏"两字，大喜道："这地方果然和张天锡有关。这砖头上想必刻着'太元十九年'，也就是公元394年。"陈步云却缓缓摇头："你研究的功力还不够。"

季慎摇头说："'纯嘏'两个字来自《诗经·小雅》，《宾之初筵》里有这么一句话：'锡尔纯嘏，子孙其湛。'在古代时，这是个常用词，意思是'大福'，出现这两个字，并不能证明这就和张天锡有关。"

再找了一会儿，我们终于找到一块有着较多字迹的砖头，只见上面刻的原来是"纯嘏堂……太……大清康熙十九年"。我一下子泄了气，说道："原来，那些是清砖！"这时，只见陈步云微微颔首，说道："学这行，不能急于求成，否则就会闹笑话。"

接下来，我们几乎把墙上的石灰扒光了，也没见到可以确定和张天锡有关的砖头。这个秘密究竟在何处，我站在祠堂里，望着已经乌云密布的天空，手轻轻地抚摸着院中的荒草，心中充满了忧郁。

突然，陈步云"咦"了一声。我一看，只见他盯着铺在地面的一块石头，我凑过去，只见上面刻着"西平郡公张，太元十四年"的字样，这字体极其清楚，只是刻痕被泥土填满了，祠堂内光线又比较暗，一时半会儿居然没发现。

历史上年号叫"太元"的并不多，孙权时的东吴用过，不过只用了两年，不可能有十四年；另一个是张天锡的前辈张骏用过，他的年号叫建兴，也作太元，总共有二十四年，不过这个年号不可能在江南出现；另外一个就是东晋孝武帝的年号，从公元376年到公元396年，总共有二十一年，那时候的"西平郡公"正好是张天锡！

"刻石的时间在公元389年，也就是淝水之战六年后，换句话说，张天锡回到东晋后，他开始刻这块石头。"陈步云断言道。至此，我们已经能断定这个地方确实和张天锡有关系，但是这个地方和他究竟有什么关系，我们却一点也不清楚。此后，我们在这个祠堂里转来转去，却再也找不出什么其他和张天锡有关的东西。

就在我们漫无头绪、东张西望时，突然一个拖着大串鼻涕的小孩冲进祠堂："爷爷，爷爷……抓住鬼了！"原来，这是老书记的孙子。再问之下，这小孩却结结巴巴，说不清楚，说来说去，就是"抓住鬼了"。

我们急忙赶到荒塘边，只见那里已经挤满了人。几十个村民，有老有少，围着一个什么东西指指点点，后面的人看不到，就跳着叫着，拼命想往前挤。陈明和孙卫红抱着双手，得意洋洋地站在一边。

我们费了很大劲儿，好不容易挤了进去，才发现在地上居然躺着一条三米多长、六十多厘米宽的大鱼，这鱼嘴巴尖尖的，有点像鲨鱼，牙齿也很锋利，显得很是凶猛。它身上大部分地方是黄色，只是肚皮上有些银灰色，难怪在水里能见到模模糊糊的黄影。

我们周围一片赞叹声："啧啧，从没见过这么大的鱼！""乖乖，这鱼起码有一百斤吧！""难怪，我们这么多年扔下去的鱼苗全不见了，原来是全被它给吃了！"一大群同样拖着鼻涕的小孩子更是兴奋，高兴地在这条鱼身上跳来跳去，一滑溜跌下去也不喊疼，爬起来再站在鱼身上，继续兴奋地跳着。

老书记惊讶了好长时间，一拍脑袋："哎呀！那鬼原来是条大鱼啊。真没想到！"然后转头对我们说："看看，我说要坚持唯物主义吧！这世界上本就没有鬼嘛！"

这条鱼背上有两个很深的洞，显然它是被很大的渔叉刺中，才被捉上来的。出了人群，我看见陈明和孙卫红还在那里得意洋洋的，于是上前捶了他们一拳："怎么回事，你们捉上来的？"

陈明得意了："那当然！"他告诉我们，他在小船中刺中黄影后，越想越觉得是条鱼，就和孙卫红到村民家中借了把最大的渔叉，这渔叉光长度就有二十多厘米，背后是一根小毛竹，长约四米，陈明和孙卫红还觉得不够，在毛竹背后又加了二十多米长的麻绳，就在湖边等着。

"等着，等着，突然看到水里这个鱼的影子出现了，我和孙卫红两人对准这鱼，一叉下去，正中鱼身。这鱼一吃痛，就在水里搅出大水花，哗啦哗啦的，声音很大，然后就拼命往深水里钻。我们两个人拼命地拉绳子，没想到，这鱼力气实在太大，我们两个都拖不住，险些被拖下水；正好有几个村里人路过，大家一起帮忙，刚好打个平手，"陈明呵呵大笑道，"后来，这鱼力气耗尽了，也就慢慢浮上来了，被我们拖上来了。"

"这池塘里不只一条，肯定还有！"这时，一群村民嘀嘀咕咕地走过，又抬了一柄系着很长绳子的大渔叉出来。这时我发现，在荒塘周围，已经聚集了十多群人，这些人大概也是在等候着叉这种黄色大鱼的。

片刻之后，西南方向的一群人突然大喊起来，只见水面上泛起了白色水花，一大群人拼命地在拉什么东西。我们急急赶过去，只见一条更大的黄色大鱼已经被拖了上来，这鱼显然还没死，嘴巴还在一张一合，这群人正在用渔叉猛戳这鱼的头部。

这鱼大约在这水里世世代代逍遥惯了，从没想到人会对它下手，这一个下午，陈明他们叉出来的除外，村民居然一连叉出了四条这种黄色大鱼。

老书记这下来劲儿了，一下子回到了还没分田到户之前，他神气活现地指挥村干部们杀鱼、分鱼。过不了多长时间，荒塘边上挤满了人，家家户户都带着脸盆来分鱼肉。

这个荒里湾村大概有一百多户人家，人口多的家庭，居然能分到二十多斤鱼，少的也有四五斤。没多长时间，家家户户炊烟升起，村里四处飘着鱼肉的香味，到处有大人小孩喊着"报到仇了"。

晚饭是在老书记家里吃的。老书记的老伴早就去世，几个儿子也分家单过，他只分到一小段鱼尾巴，因为陈明他们首先发现了这"牛头马面"的真面目，他们也得到一块"特别奖赏"。老书记亲自下厨，把鱼整整烧了一小锅。

这鱼肉很香，也很细腻，味道不错。老书记证明了唯物主义的真实性，心情也很不错，难得地拎出几瓶"封缸酒"，非要和我们对饮。今天，陈明和孙卫红无意间成了大英雄，他们刚才到老书记家中时，一路上都有人和他打招呼，当然心情大好，他们和老书记频频举碗，欢快畅饮。我们三人却闷闷不乐，只觉得找张天锡的踪迹实在太困难，真不知如何下嘴才好。

老书记的酒量其实并不好，喝了几小碗，他的眼睛就眯了起来，呼吸也变得急促："喝……喝……"他举着碗，黄色的液体直晃荡。

我和陈步云一直皱着眉头，默默地思考祠堂里遇到的那块石头。老书记觉察到了，问我们："你们是不是还在想那个什么张天锡啊？"我点点头。

"嘿嘿嘿……"老书记突然很诡秘地笑了起来，"别想了，你爷爷当年也一样，到了这里好多趟，每次都是愁眉苦脸的，后来我给他看了两样东西，他就笑呵呵了。待会儿，你也看看这东西，说不定也笑了。喝吧……喝吧！"

难道这老书记家中，真有什么能解开秘密的东西？我暗想，于是也拿起摆在面前的小碗，倒了一点在碗里，和老书记对饮起来。

听老书记这么一说，我的心情很急切，恨不得立即放下碗，去看看这究竟是什么东西。这老书记却并不急，他边慢条斯理地吃着鱼肉，边伸出大拇指，不断地夸奖陈明和孙卫红。他说着说着，又扯到唯物主义上来了："唯物主义就是对的，不搞唯物主义，搞唯心主义，这就要变资变修……所以唯心主义是不能搞的……"

好不容易，老书记终于吃完了，转身到里屋，给我们拿了两个大陶盘出来。这两个陶盘，直径起码超过三十厘米，是白色的，上面画着古怪的花纹。只见其中一个陶盘上，先是弯弯曲曲地画着一道类似护城河的东西，这条护城河又围着一个大圆圈，圆圈中央，则又是一个小圆圈；另一个瓷盘更是古怪，上面画着的更是含糊，远远看去，似乎是一圈一圈的，仔细一看，却发现这一圈圈的线条是断着的，中间留有缺口，这些线条错综复杂，看得人头晕目眩。

"你爷爷告诉过我，不要把这两样东西给别人看，否则，会有很多人来杀我。所以自从你爷爷走后，我就悄悄藏在床底下，从来不给别人看，"老书记说道，"这次，是你来了，你们这两个朋友又帮了我们村里的大忙，我想，给你看看也不打紧。"

这些盘子上画的究竟是些什么东西呢？是地图，那它画着的又是什么地方的地图？如果说这是一些暗号，又意味着什么？想来想去，我想不出来。

老书记虽然酒有点喝多了，人的思维却是不乱："你看不懂吧？我也只看懂一个！就是这个。"他手指指着第一个白陶盘说："这里画着的，就是我们的村子！"

经过老书记一解释，我明白了：这个村子经过历史的变迁，加上当年"三面红旗"时的改造，地形地貌已经和原先大不一样了，难怪我看不懂。这个护城河就是原来围在村子周围的那条河，大圆圈就是村子所在的位置，而中间的小圆圈则是荒塘。但是这个荒塘中央，明明有个小岛，为什么这里面偏偏把它遗漏了呢？

我决定，明天一大早，我还要到那个小岛上再去看看这中间到底有什么玄机。

当天夜里，我睡得很不安稳，老书记家里的墙外，老是传来"嚓嚓嚓"

的脚步声，似乎有人在外面走来走去。我起了好几次床，却又看不到人影，而且也听不见狗叫的声音。我越来越觉得这个荒村很古怪。直到大半夜，我才朦朦胧胧地睡着了。

陈步云年纪大了，也不大爱睡觉，第二天一大早，他就醒了。醒来之后，他也不做声，默默地一个人躺着，若有所思。他这一醒，连带着我也醒来，只听得陈明鼾声大作，睡得正香。

老书记是农村人，醒得更早，他在我们醒来之前，已经悄悄地起床，做好了早饭，还在外面晃荡了一圈。等到我们起床时，他正好从外面回来，见到我们时，他说道："昨天晚上很吵，你们睡得好不好？"然后，他又自言自语道："奇怪，我们这里晚上很静的，怎么会有这么多人走来走去呢？"

我们说话间，陈明他们也醒了，大家开始吃早饭。不知怎么回事，我老是觉得要有什么大事发生。饭刚刚吃完，碗还没洗，就听见外面有好多人说话的声音："你家小虎怎么样？"

"死了！"

"咦？怎么全村的狗都死了？"

"不得了，会不会我们昨天打的鱼真是鬼啊？"

陈明冲出门去，果然看到老书记邻居的那条狗直挺挺地躺在他们家门前的晒谷场上，大半个舌头伸出了嘴巴，用手一摸，浑身冷冰冰的，已经死了。再到每家每户去转了一圈，果然全村大大小小二十七条狗，在一夜之间，全部都死了。

世上的人心变化得可真是快，昨晚我们踏进老书记家门时，陈明和孙卫红还是英雄，几乎村里每个人都朝他们打招呼，没想到一觉醒来，他们却成了瘟神，什么人都不愿意和他们说话，甚至连看都不愿意看他们一眼。

突然发生这样的变故，我们去小岛的计划只能先搁一搁，陈明和孙卫红反复检查着狗的尸体。可是这狗身上毫无伤痕，也不大像被毒死，看来倒是被什么鬼怪之类的东西摄取了灵魂，突然死去。

"这倒奇怪了！"陈明喃喃地说道。就在他翻看狗的尸体时，一群老太太围着七嘴八舌地说着当地土话，言下之意，无非是不听老人言，吃亏在眼前，现在好了，杀了这么多的"鬼"，而且全村人还把它吃进肚子里去了，阎王爷肯定是要来报复的之类。

孙卫红翻着翻着，突然起身，跑到老书记家中取出一把剪刀，将狗头上的毛剪得精光，又拿出自己身上带的刮胡刀，将狗头刮得干干净净，这才发现，在狗的头上有个小红点；他们之后又一条狗一条狗地刮，结果发现，每条狗的身上都有着类似的小红点，无非是有的在心脏部位，有的在头部。

第八章　发射井?

　　我们一个个出了之前打开的那个洞，站到坑里。万万没
想到的是，原先在坑边无数旁观的人已经消失，甚至连那个
急切期待重大考古发现的王科长、老书记也不见了踪影。这
个小岛上，虽然还有不少人，穿着也和当地老百姓一般无二，
只是我一个也不认识，其中有些人，手里还端着半自动步枪，
我们一出来时，就有十多支枪对准我们。

"我们的老对手来了。"检查完之后,孙卫红站起身,沉着脸说道。这工夫,陈明已经从其中一只狗的脑袋上,取出了一枚粗衣针,和我在二十多天前在西来庄见到的那根针几乎一模一样。

见到针,差点又一次抛弃唯物主义的老书记终于明白过来,这是某些别有用心的人在故意搞破坏!他人虽老,权威却不老,当下发布命令,叫全村的青壮年做好准备,一旦发现行踪可疑的人,立刻向他报告。

这个村子顿时变得五步一岗、十步一哨,不过老书记还是不放心,悄悄把我们拉到一边问:"怎么你们来了,这么多古怪的事也跟着来了?你们必须立即给我说清楚,立即!"说这话时,他脸色阴沉,眼光闪烁不定。

到了这个地步,我们也只能实话实说了,告诉老书记,这个村子里存在着一个大秘密,所以估计有好多路人马,都在窥探着。这么多条狗的死亡,估计和这些人有关。听了我们的话,老书记直翻白眼,愣了好长时间,才明白这是个大事件。

"赶紧叫警察!"回过神来,老书记的第一反应,就是立即打电话报警。又报警又叫村民戒备,这两个事件不胫而走,顿时村里人心惶惶。这样一来,我们准备上小岛的事情也被无限期地搁置下来。

半小时后,两个民警迅速赶到,一个是姓蔡的中年人,看上去倒是慈眉善目;一个是姓张的年轻人,精瘦精瘦的。他们一见到我们,就充满怀疑,当场在老书记家开始对我们做笔录。

当时还没有身份证制度,他们问的,无非是我们从哪里来,准备到哪里去,为什么要到荒里湾来,在这里准备找些什么之类的东西。问了半天,不得要领,又翻来覆去地查看我的学生证,陈明、孙卫红的退伍证之类的东西。

在这种情况下,我们也只能老老实实地告诉警察,村里可能有个大秘密。这些民警到底对北 X 大学还存在敬畏之心,又翻看了我的证件,心里也相信了,对我们说话也客气了不少。

尽管如此,姓蔡的警察还是对我们说:"我们要向上级请示,得到上级的答复之前,你们不要离开荒里湾村,也不能进行任何形式的挖掘。"然后,他又打起了官腔:"希望你们能好好配合我们的工作,不要给我们制造任何麻烦。否则,一切后果,你们负责!"说最后几句话时,他脸色铁青,显得很是严厉。

到了下午，丹阳市文物局、乡文化站来了七八号人，领头的是个姓王的科长，年纪不大，穿着也很朴素，只是一张脸，摆得方方正正，一点表情都不露。见面之后，他先是热情地握手，然后咳嗽一声，来起了开场白："李博士，您来我县考察的事，我已经向局长作了汇报，局里很重视，特地派我来协助您的工作，现在请允许我简单地把丹阳向您作个介绍……"

然后，王科长就开始背课文："丹阳，是一个有着数千年文明历史的城市，有着'江南文物之邦'的美誉，春秋战国时称延陵，秦代设曲阿县，王莽时改称凤美……"眼看着这人要滔滔不绝地讲下去，我们赶紧摆摆手。这人倒也机灵，立即停止了背课文，尴尬地看着我。

本来，我们的意思是悄悄地来，悄悄地去，把东西搞到手就行了。早上这二十七条狗一死，闹出这么大的动静来，连人家市里、镇里的干部、警察都来了，这倒是我始料未及的。这王科长一开口，我就知道，他刚才之所以打官腔，倒不是有意为之，而是他没有处理这种事情的经验，迫不得已，只能模仿他们局领导接待上级领导或来客的语气，不过这倒是我们可以利用的机会。

在那时，别说一个县，连一个市里的官员，都很少见到博士研究生，也难怪他们觉得应该这么客气。想到这里，我觉得其中大有可操作之处。不管我熟悉不熟悉这套，现在也非得赶鸭子上架了。

于是，我也学他清清嗓子，然后慢慢地说道："王科长，非常感谢你们的热情，我这次来，主要是为了解决一个我祖父当年未能解决的历史之谜，事先没和你们打招呼，我觉得非常抱歉，不过我这么做，也是有原因的。"说到这里，我故意停顿了一下，只见王科长目不转睛地盯着我，然后我又说："主要是因为我们还没有确定的证据，又带有私事的性质，就这么麻烦你们地方政府，实在是不好意思。"

听到这里，王科长连声说："没关系，没关系，有什么事情，我们地方上配合一下，也是应该的。"我一听，心里乐开了花，心想，原来我们还担心这里的政府会阻止我们的行动，看样子，他们说不定还会给我们的行动提供帮助。

于是，我赶紧说道："不过，今天早上的事情，反而为我们的怀疑提供了有力的证据。我们认为，有一伙人试图给我们的行动添乱，至于这伙人的身份，我们还没有搞清楚。所以，我现在很想得到你们地方上的帮助。"

这个王科长大概心里也没底，听了我这话，只顾着点头："一定一定。"这话刚说完，一个人匆匆走进来，把王科长拉了出去，私下嘀咕了几句。我心里暗猜，大概是他们打电话到北 X 大学去，核实了我的身份，这个人就是来告诉王科长这件事的。

果然回来之后，王科长更是客气："你要做什么，我们全力协助。"然后，他一把搂住我，悄悄地对我说："昆山发现了赵陵山文化遗址，扬州、高邮也在对一些遗址做前期发掘工作。围着我们这一圈都有动静，就丹阳没什么大发现，我们局里力量又不足，现在各地都流行'文化搭台，经济唱戏'，市里领导也很着急，这次你既然来了，要好好给我们帮个忙。"

我也悄悄对他说："王科长，如果我的预测准确，这次一定会是一个不亚于他们的大发现。"王科长连连点头："好好。"他又把嘴凑到我耳边说："我原来是高中历史教师，对考古这行，实在是外行，这次要多多仰仗你了。"老书记听王科长这么一表态，立即叫了十多个摩拳擦掌的年轻人过来。

那时候，早已"经济至上"，要是在别的地方，要村民干活儿，首先要谈好价钱。可是在丹阳这地方，因为处处是文物，那些有文物的村子，虽然未必带来什么实际经济价值，但是村民对外人说起话来往往很自豪，使没有文物的村子觉得非要争口气。荒里湾村的年轻人平时被别的村子的人压制久了，一听说村子里有可能有文物，也不管干活儿给不给钱，就踊跃地要来帮忙。这种重视文化积累的民众心态，在别的地方倒还很少见。

我这人本来很不愿意和政府官员打交道，老是觉得他们官气重，做事情效率低。没想到这次小试牛刀，却发现政府的力量很大，实在是可以借用的一个力量。

我刚说了一声"走"，一大群拿着锄头、钉耙、铁锹的年轻人就乱哄哄地跟我走了，在他们后面，又是一大群看热闹的老太婆、流鼻涕的小孩子，整个队伍蔚为壮观。喜得陈明直拍我的肩膀，冲着我不断竖大拇指。

荒塘上大概从来没有这么热闹，消息一传来，周围村庄的人也都来看热闹，池塘边上可谓人山人海。小船把我们这群人一批批地摆渡到了小岛上，按着我从老书记那里看来的白陶盆上画的图形，指点好小岛正中位置之后，这十多个年轻人就奋力地挖掘起来。

到底是人多力量大，转眼间，一丛丛小树被挖出来，十几分钟，就清理出一块十多平方米的空地。然后大家齐力向深掘去，岛上土层很是深厚，大家挥汗如雨，这里的村民倒真是淳朴，一有人停下来休息，就立刻有人补上，接着往下掘，全然不用人去督工。

三个小时之后，就向下挖了十多米深，果然如老书记之前所说的那样。这时，整个挖掘面的人几乎同时遇到了坚硬的岩石，再也挖不下去。我爬下坑，仔细地查看起来，这石头确实和村里的传说一丝不差，非常致密，一点缝隙也没有，而且表面极其光滑，全不似普通的石头。

我原以为这可能是火山岩，可把表面的浮土擦去，却见这岩石表面泛青，光滑得像瓷器一般，和火山岩根本是两码事。王科长本来一直笑呵呵的，下到坑里，见到这岩石，也变得沉默起来。我原本以为，在这岛屿中间，可能如图所说，会出现一个管道形的东西，也选准了岛屿的正中下手，却没想到，这次挖掘遇到的竟然是岩石！

老书记下来后，看到我和王科长面面相觑的样子，也沉思起来。想了半天，他突然一拍脑袋："哎呀，忘了！这个岛沉了一半下去，原先的正中位置不在这里！按照老辈子的说法，它应该在这个坑的三米开外！"这话一出，大伙又乱哄哄地开挖起来。

这次，挖到十米深左右，我们再次和这岩石面相遇。不过，这次我们挖到的，却不再是光滑的岩石面，而是六十多厘米的圆形球，紧紧地和这岩石面相连，这球的中央，有一个圆形的大孔。看到这个构造，王科长和我都惊呆了：这个岩石面，根本不是天然的，而是人工所为！

老书记这人做事很果断，他立刻叫了十多个年轻人来，到村里搬来一棵刚刚被砍下、修剪整齐的大树，这棵树的树干刚好能塞进孔洞里，这些年轻人分成两组，每组六人，大伙一起用力，这个球开始缓缓地转动起来。这时，无数在坑边看热闹的人呼喊了起来，声势震天。

转到一定程度，我们才发现，这球其实很像瓶盖。再转几下，这盖子突然和这岩石面分离，露出了一个直径一米多的洞来，一股泛黄的臭气直冲出来，令人作呕，人们惊呼着四处逃避。

几乎在同时，整个小岛剧烈地颤动，简直像发生八级地震一样，在岛上的人们被震得七倒八歪，要扶住身边的小树才能勉强站稳。臭气渐渐在坑内聚集，谁也不敢在坑里多停留，纷纷逃离。

王科长惊恐不已："这是怎么回事？怎么回事？"

这种场景我见过不少，在河南北邙山上挖掘古墓时，我们就曾经遇到，这只不过是这个人工造成的洞内积累的大量有机物腐败之后，经过不知道多少年的化学反应形成的有毒气体。这种气体长年累月被密封在洞内，一旦被打开，要等很长时间才会消散。在盗墓界，地方不同，对它的称呼也不同，有的叫"开闷缸"，有的叫"翻坛子"。

我国在上世纪 50 年代时，各地考古机构因为人手紧缺，往往要吸收一些盗墓者进入，于是这些行内黑话也渐渐在考古界流传开来。我以前陪着导师参加鉴定时，也常常听到一些神情严肃的考古专家讲着这些"黑话"。

小岛渐渐不再颤动，岛上也恢复了平静。我知道，照这个形势，一时之间还下不到洞里去，非要等风渐渐把这股气吹散，氧气重新进入这个洞内，我们才能进去。

这时候，太阳已经落山，天色已经渐渐阴沉。我看了看手表，已经是下午快六点了。老书记虽然精力比较旺盛，但毕竟是七十多岁的人，这么折腾了一整天，他也有点累，打了个哈欠，从口袋里摸出"红梅"香烟和一盒火柴，伸手就要点。

我伸手想拦，却已经晚了，这火柴刚一擦着，只听得"嗡"的一声，站在坑边上的人们头发都被烧卷了起来，之后就看到洞口出现了若隐若现的蓝色火苗。坑边上的人们又是一阵惊呼。这种景象，我也见多了，甚至有一次，我在一个古墓前，还曾经亲眼见到一个民工刚点着香烟，就被气浪掀了好几米。

老书记虽然一直在看我们挖坑，后勤工作也没忘掉：村子里已经杀翻了一头猪，两大块猪肉已经送进小岛上来，一口大锅在岛上支了起来，村里的七八个妇女就在这个小岛上，煮肉的煮肉，炒菜的炒菜，准备起晚饭来。

当天晚上，我们和王科长就睡在岛上。好在这个地方承包鱼塘的人家很多，一到捉鱼时，承包鱼塘的人就会在鱼塘边上搭起个棚子，塑料布什么的一应俱全。老书记说了一声，就有几个人到自己家中拿来这些东西，再铺上稻草，放上被褥，一个简易的居处转眼间就搭成了。

睡觉的时候，我们抬头望着天上点点繁星，听着耳边传来汩汩水声，心中却是大乐，因为只要等第二天洞中秽气散尽，我们就能进入洞内，去探个究竟。越过水面远远望去，只见点点光在晃动，那是手电筒的光，我知道，这是村里安排年轻人在巡夜，防止昨天晚上的事情再度发生。

村里人很是积极，第二天早上，天刚蒙蒙亮，我们就被大声的喧闹惊醒了。原来，昨天见了这么一桩大事，村民们也睡不好，一大早就纷纷上岛，想要看我们下一步究竟如何行动。

老书记已经准备好了十多支手电筒，每个手电筒还多配了九节电池。我找了一根粗树枝，用布条牢牢缠一大圈，再在上面浇上菜油，点着了当火把，来到坑边，对准洞口，扔了下去。

只见这火把进洞后，盘旋着落下去，大约一两秒钟才触底，这个小火点还在洞中保持了一段时间。我点点头，知道这洞里氧气已经足够支持燃烧，下去已无大碍。于是再燃起另一个火把，和陈步云、季慎、陈明、孙卫红四人下到洞里去，别看村民似乎对这事十分热心，但真要他们下到洞里去，却没有一个人肯动。

这个洞很是奇怪，我们挥动火把一照，只见里面似乎有一条盘旋的楼梯状物直通底下，里面黑魆魆的，不知有多深。这楼梯表面似乎有点粗糙，站着不是很滑，倒方便了我们鱼贯而入。经过整整一晚的夜风吹袭，洞里的秽气几乎已经出尽，我们如果不细闻的话，已经感觉不出这洞里隐隐的臭味。

随着这楼梯，我们小心翼翼地向下爬了大约二十米，才脚踏实地，抬头望去，只见上面那个洞渐渐成了个小亮点。身边，我们刚刚扔下的火把还在一明一暗地燃着。"这是个墓，还是什么别的东西？"陈明悄声问道。

说实话，我也说不清楚，只能摇摇头，挥动着手中的火把，四处查看着。只见我们下楼梯处，是个巨大的厅堂，有好几百平方米，穹顶高高的，这种建筑，即使在现代，也非常了不起，想到这个建筑物居然在遥远的古代就已造成，真是令人惊叹。

正在走时，突然我头顶一凉，原来是一滴水滴下，我本能地把手电筒向上一照，只见这穹顶侧旁，离我们进来时的那个洞穴不远处，穹顶出现了一片裂痕。陈步云点头道："这就是村支书讲的他祖先敲打成的小孔了，幸好他及时收手，否则，会把这顶砸塌，人跌下来，他自己也没命了。"

令人觉得更奇的是这个建筑物的墙体，它非砖非石，却又相当致密厚实，表面光滑，真不知是什么制成的。陈步云细看了好长时间，才得出结论："这是烧制成的瓷器。"

我抬头一看，整个建筑物浑然一体，面积估计有好几千平方米，如果真的是烧制成的陶瓷的话，那这很可能是人类有史以来最大的瓷器了。一连串的疑问顿时出现在我脑海中：烧制这么大的瓷器，要多少人工，要用多大的烧制场地！这简直是难以想象的巨大工程，而且，这又是谁干的？为什么要烧制这么大的瓷器呢？

疑惑归疑惑，我们仍然四处走动，不断啧啧赞叹这前无古人、后无来者的杰作。只见厅堂之内，只有一些已经焦化了的木桌木椅之类的常用家什，空空荡荡，和这巨大的厅堂极不相称。"这是不是个古墓？"惊叹之余，陈明突然发问。我看了看陈步云，只见他毫无表情，于是我便知道，他对此也不确定。

厅堂一侧，有个小门，这门紧紧闭着，和墙壁结合得严丝合缝，在这巨大的建筑物映衬之下，显得极为渺小。我们搜寻一番，见到门的边缘之处有一个突起，和西王母石室里的结构很相似，伸手轻轻一按，这门就缓缓打开，只是声音很重，显得这门很是厚实。

这门密闭功能实在很好，刚一开，又闻见一股臭气冲来，弄得我们掩鼻避开。过了一段时间，才觉得臭气稍淡。我们走到小门前，只见这门又通着一个长长的甬道。甬道也不甚高大，只有二米多高，已经满是乌黑发臭的积水，大约没膝高的样子。我们蹚过的时候，直掩鼻子。幸好这水中倒没有什么古怪，我们蹚过时，也平平安安，没有任何异常发生。

甬道长大约二十米，末端出现了个台阶，大约有三四米高。我们沿着台阶向上走，发现这台阶的末端是个小门，只是我们的手电筒光照射范围实在有限，适才并未发现，随后又是一段甬道，然后出现了一段台阶，再是一段甬道，再是一段台阶，如此循环往复了八次，直到最后，终于出现了一个小小的石室。

这个石室其实并不小，面积大约三十平方米。但因为我们之前见到的厅堂实在是太大了，我们忍不住觉得这石室很小。石室的一侧，却奇怪地出现了一个小小的洞，大约有五十厘米大小，还透出丝丝光亮，传出隐隐的水声。原来，这里竟然不知什么时候被人凿开，只是隐藏在水草丛中，一直未有人发现，这个洞离水面很近，偶尔还有一星半点的水溅入。

我们打着手电筒，在这个小石室四处察看，只见墙壁之上，刻满了古怪的花纹，这里的石壁也是瓷的，这瓷器很是耐腐蚀，不知道经过了多少年的岁月沧桑，却依旧光滑得很，刻痕也十分清晰。只见这四面墙壁上，刻着的花纹各不相同，我们于是打开手电筒，从头细细看起。

只见在其中一面墙壁上，刻着的似乎是一面地图，上面有山脉、河流、沙漠、城池。陈步云仔细看了一下，然后说道："这似乎是甘肃的地图。"我细看一下，果然是甘肃的地图，只不过这地图画的比例和现在不是很对，河流画得比较宽，山脉却又画小了，城池又画得太大了，所以一时之间难以辨认。

蓦然间，在江南的一个瓷制的建筑物中，突然出现甘肃的地图，倒真是吓人一跳。更让人觉得奇怪的是，在这地图上，大约在酒泉附近的位置，出现了一个深陷的小点，按照方位应该是祁连山中。莫非，这就是所谓的藏宝方位图？我暗自想。既然想到这里，我赶紧掏出纸张，覆在墙上，把这个部位描了下来。

另一面墙壁上刻着的花纹更是古怪，只见层层叠叠，也是一圈圈的，和老书记给我看的陶盘颇有相似之处，不同的是，那个陶盘上有很多缺口，和这个瓷壁上画的东西却不相同，那个陶盘的缺口开向都是往左，而这个瓷壁上的开口却是往右。

再一细看，只见瓷壁之上，似乎还有些隐隐的花纹，和山脉一样。我和陈步云看了好长时间，实在搞不清楚这些花纹究竟是什么意思。当下也不管三七二十一，只顾掏出笔来，把这些花纹全描了下来。

看完了这面墙壁，又待去看另一面墙上的花纹时，突然脚下咯咯数声，似乎踩到什么。我用手电筒一照，我的脚下竟然踩着一个已经枯朽的骸骨，大半已经化为尘土，我踩中的正是其中剩下的半个头骨。

我俯下身去，仔细地看着这具骸骨，只见他身高一米七左右，在古代人中，应该算比较高的了，在这骸骨边上，还散落着几块玉佩、玉琅之类的饰物。既然这人身上有玉佩、玉琅之类的东西，想必不是普通人，为什么又不设棺椁，却由着他这么露身于外？这真是奇怪，我暗想。

进入这个室内，我们看完两面墙壁，把图描下来，已经花去了两个多小时，一直忙个不停，心里一直觉得大为奇怪。就在这时，突地听到洞外人声喧闹，不知出了什么事情，又听得传来汽艇马达的声音。这就更让我觉得怪了：这里除了小船之外，从来没见过汽艇之类的机动船只啊。

既然已经下到这里，于是我也不管外面如何喧哗，就和陈步云等人一起去看另外一面，这面却不再是图案，而是写着几行字："孤抛家弃国，虽阳消阴息，否剥成象，然政治之失，无可讳言，不设棺椁，不树墓碑，露骸于外，以彰吾过。后人来此，当哀家国之变，勿忘武、明、成、文诸祖，可依图而行，取我重宝，倘有一日，恢复家邦，可收吾残骸，葬于姑臧旧都之侧。"

看到这里，我顿时明白刚才脚踩到的那个骸骨，就是我们之前见了好几次的"西平郡公"，也就是前凉的末代君主张天锡。他大概是对失去故国心怀愧疚，所以故意不把自己的尸体装进棺椁里，以此来激励后人不要忘记恢复故国，所依仗的，大概是他埋下了什么宝贝。

"这'武'大概指的就是张轨了，'明'是张寔，那'成'、'文'就是张茂、张骏了。"陈步云叹道。

在前凉历史上，张轨谋身有术，在中原大乱中，能镇压叛乱，保持凉州一带的稳定；张寔遵循父亲的统治之术，在他治下，前凉变得更加强大；张茂看着侄子张骏年幼，强敌在侧，在众将推拥下张茂继承兄长的王位，却能效法古人，没把王位传给自己的子孙，反而传位给侄子，这种做法，和季子的高风亮节也有得一比，难怪张天锡要在季子庙刻石铭记；而在张骏手里，前凉的国力空前强大，曾经多次击败来袭的其他势力。张轨、张寔、张茂、张骏这四个前凉君主确实是有为之君，难怪张天锡会在死后要叫后人不要忘记他们的功绩。

陈明、孙卫红原先下来是给我们当"保镖"的，到了里面之后，却一直无所事事，又听得我们不知道在咕噜些什么，感到很是无趣，哈欠已经不知道打了多少个。

虽然种种证据可以证明地下这具骸骨就是张天锡，我心里仍然存在无数个疑问：如果这骸骨是张天锡，可是历史书上说得很清楚，张天锡因为"家贫"，找到了司马道子的儿子司马元显，司马元显为了能让他捞点外快，特意任命他做庐州太守。可是现在我们见到的这场面，却丝毫不能证明张天锡"家贫"，他用瓷器建造了这么大一座不知道算坟墓还是算什么别的建筑物，岂不是和历史书上的记载严重矛盾？

"'尽信书，则不如无书'，"陈步云猜出了我的心思，于是解释道，"你大概觉得《晋书》里记载张天锡很是贫困，你就相信了，是不是？"我点点头。陈步云又接着说道："既然如此，我问你，陶渊明为什么要辞官而去？"

这段历史人所尽知，于是我回答道："那还不是因为他不愿意为'五斗米折腰'？"陈步云微微一笑："五斗米相当于现在三十多斤米，你觉得这五斗米是月薪，还是日薪？"

在上世纪90年代初，学术界正好充满了对于"高薪是否能养廉"的讨论，其中一派历史学者认为，高薪确实能养廉。他们举的一个例子，就是陶渊明不为五斗米折腰的故事。在讲述完这个故事后，他们认为，陶渊明一个月收入才三十多斤米，实在是太少了，难怪他不愿意做官，难怪他要归田。由此他们得出结论：对官员必须高薪，否则，像陶渊明这种道德感比较强的人，会选择归农，而道德品质一般的官员，则会被逼得贪污腐败。

我当时对这个问题没有做过研究，也觉得陶渊明这个收入是月薪，被陈步云这么一问，倒是隐隐觉得五斗米就是陶渊明月薪的这种观点似乎有点问题。

"你记得，《晋书》里怎么记载县令的收入的？"陈步云问道。我想了一下，说："县令的年收入是400斛，古代斛和石是同一个意思，东晋的一石大约是32斤左右，也就是说，他的年收入要达到12800斤粮食。""这个收入不算低了，再加上他还有300亩官田，可以租给人家，一年收入又有上万斤粮食。估计一年他的收入要有24000多斤粮食。"陈步云说道。

听了陈步云的分析，陈明惊叫起来："天啊，比现在的县委书记收入都要多。"

陈步云说道："因此，张天锡虽然是亡国之君，他的收入其实是不低的。按照《晋书》的记载，他属于一品官员，日薪是160斤，是陶渊明的10倍，一年就要有57600多斤粮食。这还不算完，他春天、秋天还能拿到很多绸缎，按照规定，他可以拿到300匹，相当于现在4公里长的绸缎。更重要的是，他还有5000亩的职田、1000亩的菜田，如果把这些田租出去，一年一亩收 40 斤粮食作为租金的话，他每年收入就有 24 万斤粮食。"

听完了这些分析，陈明更是对地上这具骸骨羡慕得要命："老兄，没想到，你是这么有钱的人。"我想想，觉得陈明的羡慕很有道理：毕竟，谁能年收入近 30 万斤粮食、4 公里长的绸缎，而且还不时有皇帝的赏赐呢？更何况，他还当过庐江这个当时富裕地区的太守，谁敢保证他一定没有灰色收入呢？

这下子我明白了，张天锡几乎是孤身一人逃到东晋，但是官位还在，收入丰厚，加上也没什么家累，十多年下来，他积累了大量的财富，加上没有记载的无数的赏赐，才有这个实力造了这个瓷器，这么巨大的财富造这个瓷器，应该问题不是很大。他的"家贫"，只是相对于王、谢这种巨型家族而言，和一般官员、老百姓相比，他实在是个大富翁。

正在我们感叹间，突然听到头顶上传来"轰轰轰"的巨响，整个建筑物又开始剧烈地颤动起来。"不好，地震了！"陈明惊叫道，差不多在同时，只听得岛上又有大批人在叫喊。从洞口有大量的水灌了进来，稍后，建筑物又开始左右晃动起来。

从昨天到今天，我们在这个小岛上已经经历了好几次地震。据我所知，我们所处的江南地区，并不是地震的高发区域，这个小岛为什么会如此多震呢？我心里惊疑不定，不过既然到了这个建筑物内部，什么也不顾了，我们只管继续看剩下的那边墙壁就是了。

过了十多分钟，整个建筑物再次恢复了平静。只见剩下的那面墙壁上，只有几个大字："吴江李瓒宜寻古到此。"我终于明白了，大概我爷爷在小岛四处搜寻之后，终于发现这个小岛下面，有个纯粹是瓷器造的建筑物，然后他找到了这个建筑物的薄弱环节，凿开了瓷壁，进入了这个建筑物，见到了室内的东西，此后写信给北 X 大学，不想却遭到冷遇。而地图上的一些圆圈，大概也是他经过研究之后才得知的。

"爷爷在信件里，到底说了什么内容？"经过这么一推算，我恍然大悟，不过又开始好奇起来。我在这个室内，呆呆地站着，想起爷爷生前的音容笑貌，他是那么慈祥，那么随和。可是我万万没想到，这慈祥、随和的老人，却给我这个后辈留下这么多谜团。

在下洞之前，我有过很多幻想，曾经想到这洞里会有多复杂、多艰险，没想到，这洞里的建筑物竟然如此简单，而且丝毫没有像我们在西王母石室遇到的那么多古怪。这大出我的意料，不禁有点准备好了却一拳打个空的感觉。

不过，在这里面我们也获得了有价值的东西，至少我们知道，这个小岛底下，竟然是纯粹用瓷器制造了个宫殿样的东西，而且我们也知道了这个宝藏藏着的具体位置，甚至我们还知道这个建筑物其实就是张天锡为自己和这个秘密建造的隐藏之处。

我心底里，怀疑始终没有解除，如果说要保藏这个秘密，张天锡有很多种办法，比如他可以建造个很隐蔽的墓穴，他甚至可以给人们留下一些藏宝秘籍之类的东西，他偏偏不这么干，一定要建造这么一个墓穴不像墓穴、地下宫殿不像地下宫殿的地方，这是为什么呢？

如果说，张天锡建这个建筑物是为了保守秘密，那老书记家中的两个白陶瓷盘又是什么意思呢？为什么通过一个白陶盘，我们找到了他建造的这个建筑物；另一个白陶盘中，画的图形又和瓷壁上画的图形不一样呢？我觉得，这个地方不来还好，来了之后，疑惑更多，更无法理清楚，加上这两天的一些稀奇古怪的事，实在毫无头绪。既然在墓穴里找不出这些问题的答案，我们就出了这个建筑物。

此后一路顺利，再无稀奇，我们原路返回，除了那个甬道里的臭水之外，我们几乎没有遇到任何让我们觉得恶心的东西。

我们一个个出了之前打开的那个洞，站到坑里。万万没想到的是，原先在坑边无数旁观的人已经消失，甚至连那个急切期待重大考古发现的王科长、老书记也不见了踪影。

这个小岛上，虽然还有不少人，穿着也和当地老百姓一般无二，只是我一个也不认识，其中有些人，手里还端着半自动步枪，我们一出来时，就有十多支枪对准我们。"山中方一日，世上已千年"，我们做梦也没想到，刚刚下去才三个多小时，外面就发生了这么重大的变故。

这些拿枪的人站在坑边，示意我们爬上来。刚一爬上去，我发现，这个小岛几乎已经面目全非，原先密布的树木和草丛在短时间内，几乎全被砍光，上面竖起了无数条钢架，再系上巨大的缆绳，这些缆绳正在逐渐收紧，在荒塘的一边，似乎有几十台机器正在准备拉这个小岛。水面上，还有几十艘汽艇在穿梭往来，显得极是繁忙。

"这里已被列为军事禁区，请你们立即离开。"为首的一个拿枪的人对我们说道，语言很有礼貌，语气却很坚决。军事禁区？我们大吃一惊，三小时前，这儿还是一个幽静的江南小村，三个小时后，竟然成为军事禁区，而且还平添了无数轰鸣的机器，这是怎么回事？我们五人面面相觑，真不知如何说才好。

陈明到底是部队出身，他笑着和这个人搭讪："兄弟，你们是那支部队的？从哪里来的？"这个为首的人却默不作声，就像没听到他说话一般。我们见这人如此严肃，再也不敢和他多搭讪，只得也默默地站着。

为首的那人一挥手，立即有两个人端着枪一前一后地引着我们走向岛边上的一个临时码头，那里正好停着一艘汽艇，上面漆成绿色，一看就知道是部队的，和一般不同，这艇上没有印着任何部队的番号之类的东西。艇上坐着一个人，看到我们走进，将汽艇一拉，马达声立即响了起来。我们五人无奈，只好上了汽艇，那两个拿枪的人也上了，就坐在我们五人的身后。

就在这时，那个为首拿枪的人匆匆赶来，对其中一个拿枪的人说："小张，你把他们带到副总指挥那里去，他想见一见他们。"小张点点头，汽艇载着我们飞速向岸边驶去，不一会儿就到了岸边。

村里的景象已经和我们上小岛前完全不同：没有了拖鼻涕的小孩，也不见了看热闹的老太太，有的只是一群一群和小张类似的年轻人，他们一个个在紧张地忙碌着。然后，小张带着我们进了一间普通的民房，房门紧闭着，门口有一大群人正在忙着布置电话线路。

小张轻轻地敲了敲门，然后大声说道："报告！"这时，从房间传来一个声音："进来！"小张推开门，把我们放了进去，然后关上门。

房间里，已经布置好了办公桌等物品，办公桌的背后，坐着一个七十多岁的老年人，只见他身穿军装，长着一张清癯的脸，显得很是儒雅，和之前穿便衣的年轻人很不一样。在房间里，已经设置好了几个电视屏幕，他正在注视着这些屏幕里出现的人影。

看到我们，他站了起来，伸出双手向陈步云走去："步云，几十年没见，今天我们终于又见面了！"

和他的热情相比，陈步云却显得很是冷淡，不但没有伸出手去，反而把手缩了回去，冷冷地说道："莫德生，真没想到，竟然会在这里见到你。更没想到的是，你的官现在做得越来越大了。"他手指点了点周围："刚才我见到的那些人，大概都是你的手下吧！"

莫德生没有做声，只是轻轻喟叹道："几十年不见，你还是原来那个脾气。"

听了这句话，陈步云似乎一下子冒出火气来："我就是这样，天生就生着这个脾气，到死了还会让你莫大教授很恼火。"

莫德生苦笑了一下，轻轻说道："别这么说，其实，我和你是心意相通的。"

"心意相通？"陈步云冷笑道，"不敢，不敢。我从来没想到过，我和你这个热衷学术之外事务的莫大教授心意相通。"

我和陈明、孙卫红呆呆地看着，没想到这两个七十多岁的老年人一见面，就是这么唇枪舌剑，这倒大出我们预料。听了好长时间，我才明白：这莫德生原来也是北 X 大学教授，陈步云在北 X 大学吃尽苦头，甚至被限制学术研究的范围，主要就是他干的。后来陈步云被迫离开北 X 大学，到了临夏那个偏僻遥远的地方，其中也有莫德生的作用。这么多年的怨恨积累下来，难怪平时一向平静的陈步云会如此激动。

只听得陈步云说话声调越来越高，语气也越来越激动。这时莫德生说："步云，你听我多讲几句，行不行？"陈步云强压怒气，回答道："我洗耳恭听。"

只听得莫德生说："步云，你知道福建永定土楼吗？"陈步云摇摇头。

这我倒听说过，据说在上个世纪六七十年代，中国和苏联闹翻，苏联准备对中国进行大规模核打击。不料，就在这时，美国间谍卫星突然发现在福建山区某处，竟然有上千个类似洲际导弹发射井的建筑物，这一消息传来，美国认为中国核力量庞大，可以借此来牵制苏联。苏联此后大力扩军，以致最后崩溃，从源头上来说，也与此不无关系。

到了上世纪 80 年代，美国开始对华友好后，有关部门才揭开这个"导弹发射井"的真相，它们其实是客家人为了防御而修建的土楼，和导弹发射井毫无关系。这时，陈步云已被迫进入达力加山的那个山谷中，自然不知道这件事。

莫德生见陈步云对此毫无所知，便换了个话题："步云，你知道我们国家对外的军事威慑战略是什么吗？"陈步云回答道："不知道，这个和我们历史研究有什么关系？"

"不！"莫德生伸出个手指头，语气坚定地回答道，"不但有关系，而且关系很大。"

只听得莫德生说道："孙子说过，兵者，诡道也。老子说过，国之利器不可以示人。敌人不知道深浅，就不敢轻举妄动。我在北X大学时，就参加了一个绝密的行动计划，其主要目的，就是找出中国境内目前不为人知的一些卫星可以看得到的大型历史建筑物。在必要的时候，对它加以伪装，把它亮出来，让那些对中国怀有敌意的国家知难而退。"

陈步云仍然不明白："你说的这个绝密计划，和历史学研究难道有关系？"他大概已经隐隐约约觉得他的研究屡次被莫德生阻拦，并不仅仅是学术之争这么简单。

莫德生答道："对！我在50年代时，就发现你在寻找历代藏宝之谜，但是你研究领域实在过于广泛，随着我们对你的进一步深入了解，我们发现，你可能会妨碍我们这个计划的实施。"

说到这里，他顿了顿，拿起桌子上茶杯，喝了口水："其中，最重要的东西，就是在甘肃省内一些尚未被人发现的古代遗迹，这些建筑物有的很像现在的核反应堆，有的很像导弹发射井，但是国家的这个秘密计划，绝对不能让过多的人知道。于是，我只能采取种种办法来影响你的研究。可是，步云啊，你这人脾气很犟，九头牛都拉不回。这时候，我很着急，因为这些大型建筑物，即使现在还没有人发现，也必须留着，因为发现之后，总有一天，我们用得着。可是万一被你发现，又被公布出去之后，我们手里可以用来模糊威慑敌人的道具又少了一个。"

莫德生轻轻叹息道："作为学者，我很理解你急于有重大发现的心思。可是作为这个计划的参与人，我在这种时候，确实没办法，只好设法让你离开北X大学。就在你离开时，你写的一篇文章，还使河北满城县那个山洞失去了利用价值。"

听到了"河北满城县"这五个字，我想到了刘备的祖先——中山靖王刘胜，他墓穴的发现是在70年代，一支部队在"深挖洞"时，无意在爆破中发现的，在这个墓中，科研人员出土了金缕衣。怎么莫德生说在 60 年代他们就已经发现了这些墓穴呢？我看了陈步云一眼，只见他沉默不语，只是脸颊微微抽动。

莫德生的语气中，充满同情和遗憾："没办法，我们只好授意临夏地区的那个县委书记给你写信，表示欢迎你到临夏去。没想到，你还真去了。听说他们给你安排得还好，我也就放心了。"

说到这里，莫德生突然变得苦涩起来："在你去之前，你的学生金刀鑫突然跑来找我，说愿意做内线，把你在临夏的一举一动向我们报告。这个我本来想要提醒你的，可是再想一下，还是觉得不对你说好，因为毕竟我心里还在担心，万一你要是在临夏又有了什么发现，我们可以抢在前头防止你先把你的发现发表出去，于是我也就同意了。这是我对不起你的地方。"

莫德生说："此后，金刀鑫果然来了很多封信。不想在这时候，我们突然收到了好几封信，都是关于历朝历代宝贝下落的，写信的人中间都提到了你，来源各不相同，这让我们产生了疑虑，认为你和他们之间有着某种联系，而他们就是你的代言人，于是我把这些信件抄录下来，寄给了金刀鑫，并责问他为什么没有好好注意你的动向。此后，他再也没有回信，不久之后，我也被造反派给打倒了，自身难保，当然也没有办法顾及这些事了。十多年后，我得到平反，就赶紧到西来庄去了解你们的情况，可是只在一家小旅馆里见到了张春唐，他说，你们在'文革'中下落不明，这让我觉得十分遗憾。"

陈步云冷笑道："这一次，你来得很及时啊，你们又准备有所举动？"说这话时，虽然他的语气中仍然带有讥讽，语气却缓和了不少。

莫德生说："对，近两三年来，中国和某些国家的关系很紧张，苏联又不存在了，所以我们又要再次实施战略欺骗。"陈步云奇道："难道在这里？"

莫德生说："是的，就在这里。"他在房间里缓缓地踱着步，说："确切地说，就是在这个叫荒塘的地方！"荒塘、核设施……我有点吃惊，这些是怎么联系起来的呢？

我们五人相互之间谁也不愿意向莫德生提问，莫德生也不再做声，他领着我们穿过一条走廊，沿着一个梯子爬上楼房的阳台，因为附近的树木已经砍伐光，我们可以很清楚地看到荒塘里发生的动静。

就在我们谈话的这一段时间内，荒塘的样子变化更大了：岛上竖起了越来越多的钢铁架子，又有六七条缆绳被拉了起来，水面上的汽艇越来越多。而在村子外面，则是密密麻麻上百辆的卡车，上面装的，大概是建筑材料，几十台挖掘机、推土机也从另一条公路浩浩荡荡地开来，估计很快就会给整个村子铺上水泥路，建出新房子。

略过几分钟，在小岛上，出现了一些黑点。这时，莫德生拿出望远镜，递给陈步云。陈步云看完之后，递给我们。我一看，原来是一些人穿上了黑衣、背上了氧气瓶，他们似乎是潜水员，这些人手里还拿着不知什么东西。就在我用望远镜的时候，这些潜水员似乎得到什么号令，一起上了汽艇，到了离小岛十米左右的位置，又齐齐地翻身入水。

莫德生轻轻叹道："昨天，我人还在甘肃，听说这里的事情后，赶紧叫当地军队挑选特种兵，连夜在村子制造情况，把村子里的狗全部杀死，拖了你们半天。否则，差点又被你抢先了，这个地方又只好废了。"

"狗是你派人来弄死的？"听到这个话题，陈明感兴趣了。莫德生说道："是啊，直到大前天，我还在举棋不定，不知道究竟该选你们之前在西来庄发现的那个大型建筑物，还是选现在这个地方，得知你们很快就会到这个小岛上去考察时，我也只好下定决心，把战略欺骗的地址放在这里。"

"你们早就知道了甘肃那个地下建筑物的结构？"陈步云问道。莫德生笑了笑，神秘地说："你们发现了它的结构，我们当然也就知道了。"

"既然如此，你为什么会举棋不定？"陈步云接着问道。

"我们这次，准备伪装的是大型洲际导弹发射井，甘肃的那个地下建筑物，据我看来，具有很强的考古价值，如果要伪装的话，就要把它上面的石板全部掀掉，才能伪装出八个导弹发射井，这会毁坏建筑物的原貌，数量虽多，实在舍不得。但在这里，只要把水抽干，边缘处浇上水泥，却能在不毁坏原貌的基础上伪装出六个以上的发射井，只是数量少了点。所以，我们一直在斟酌。"

"那中间不是有个小岛吗？这难道不要大量的人力和物力？"我插嘴问道。莫德生惊诧地看着我："你爷爷给我的信里，把这个小岛的结构说得很清楚，难道他没给你留下什么材料？"

我摇摇头，莫德生说："在十多年前，你爷爷就把这个荒塘的结构考察得很清楚啦，它其实有两个作用：烧制大瓷器的工场；放水后又能使这个小岛浮起来，造成伪装。"听到这里，我大吃一惊，按照莫德生的说法，这个小岛难道是一个巨大的船只，被什么东西固定在池塘底部，千百年来却一直没人知道？

听到这里，陈步云恍然大悟："好个张天锡！他居然设计了这么一个妙局！"听到陈步云这么一说，我心里顿时如雪般明亮，对张天锡造墓的过程了解得清清楚楚。原来，他当年先找人挖了一个巨大的池塘，并叫人在池塘边上夯筑了厚厚一层黄土，这层黄土有两个作用：防止在做烧制瓷器的工场时，水渗透进来；此外则是防止池塘外土坍塌，造成池塘淤塞，暴露出小岛的秘密。等到瓷器烧制好后，他把水放了进来，把一切都淹没，在小岛上再培上厚厚的土壤，这样，这个小岛就不会再被人发现，直到千百年后，如果不是我爷爷发现了这个小岛实际上是个浮岛，这个秘密甚至可能永远被保留下去。

这么一想，我终于明白了，为什么我们在这个岛上时，一遇到风起，就会头晕，原来和人们晕船是同一个道理，张天锡的设计实在过于巧妙，长期以来，一直被不知道整个过程的村民误认为这个小岛上有着无数的鬼在作怪。老书记讲的他祖先挖井时，砸开了一个口子，之后小岛就慢慢沉了下去，是因为泥土里渗出的水通过这个小口子，滴入地下，日积月累，形成了甬道里的黑水，这完全是重量增加的结果。

想到这里，我心中的谜团终于解开了大半。不过，我心里还剩下一个谜团，为什么张天锡不建造一个普通的墓地，却要设计这么一个巧局呢？

只听见陈步云呆呆地站着，叹息道："东晋末年，海上有孙恩之乱，荆州一带，王恭、殷仲堪、桓玄屡次起兵，朝中司马道子、司马元显父子乱政，个个对这个秘密虎视眈眈。张天锡亡国之后，几个儿子均不知下落，淝水之战后，他只带几个亲兵到了东晋，之所以故设迷局，大概是为了更好地保护这个秘密，以便留下宝藏，方便他的后人复国吧！"

莫德生跟着叹道："前人的智慧，实在是可惊可叹。张天锡为了保护这个秘密，真不知费了多少心血，估计光是找民工，他就要一批批地招收，除了他自己外，估计也就几个人知道这其中的全部秘密，所以才能保存至今。现在我们做的，除了工程技术确实比前人先进外，在智慧方面，和前人相比，实在差得太远了。"

就在这时，那些刚刚才下水的潜水员突然齐齐地出现在水面上，爬上汽艇，飞速地开往岸边。这时，岸边数面红旗一挥，巨大的卷扬机发出轰鸣，拉着的缆绳开始渐渐收紧。缓缓地，这个小岛开始动了起来，激起层层波浪，打到岸边，只见水花四溅。

看到这一场景，我震惊了：如果不是亲眼看到这一幕，谁会想到我们祖先的智慧竟然是如此之高妙！这一刻，我突然想到，不知有多少历史秘密，在岁月的掩埋或者后来人无意的活动中被破坏了啊。

这时，只听得莫德生气愤地说道："现在有些美国学者，到了中国来，粗粗地调查一番，便说中国古代的建筑物都是土木结构，虽然方便建造，却不能存久。这种说法一出，国内一批学者们也轰然叫好，紧紧跟上，什么也不质疑，只顾着证明美国人的观点。这么大的建筑物存在了一千六百多年，还不叫久吗？现在的学风啊，真是急功近利，简直是乱了套了。"

听到莫德生的话，我默默地叹了口气，在当时，学术界确实极是虚热，大家没有兴趣去自己构建理论，去扎扎实实搞研究，只顾着赶紧出论文、出书，出完了后评职称，评完了后忙着四处讲学挣钱，风气确实不大好。

渐渐地，小岛慢慢向岸边靠了过来，说实话，我这一辈子从来没见过这么神奇的事情：前几天，还被我们认为是牢固无比的小岛，居然会像一艘船一样漂浮。这时巨大的浪花已经随之而来。

在小岛到来之前，在岸边的人们早就准备好了一个巨大的海绵垫，以防止小岛万一在巨大的压力下突然破裂。这一切都进行得井井有条，显然早有准备。我们和莫德生一言不发，一直在看着他们操作。

等到小岛被安全地拖进海绵垫里，并用巨大的钢绳固定好之后，莫德生才长长地舒了一口气："总算没有毁坏文物，也算对子孙后代有个交代了。"然后，他又顺着梯子下了楼，来到他的办公室。

在办公室里，他举起电话，对我们说："明天，这个小岛上空将有无数的卫星摄像头从这里扫过，无数的照片分析人员在注视着这个地方突然的巨大变化。"然后，他拨了电话，只简短地说了一句："现在，你们不用再缠着，可以让他们自由活动了。"

然后，莫德生笑着说："过不了多长时间，这个小村子里会到处是外面来的人，前几天他们得知消息后，来过这里，却什么也没发现。这次，我们要给他们一个惊喜，当然，他们见到的，将完全是个神秘的军事基地。"然后，他又伸出一个手指头说："只要一个晚上就建好，这种速度，将会让世界上所有的军事机关猜疑不定，觉得我们早就准备好了，当然我们也就达到自己的目的了。"

莫德生放下电话，接着说道："步云，为了这个国家，我希望你们这里每个人都承诺，保证在十五年内不把这个秘密说出去，只当自己从没来过荒里湾这个村子，只当从来不知道有和我交谈过这回事。因为，在十五年后，我们国家已经足够强大，肯定不再需要战略欺骗了。"

陈步云的脸色突然变得凝重起来："然后呢？把我们关上十五年后，再放出来？"

莫德生沉默了好一会儿，摇摇头，说道："不，过去或许会这么干，现在绝对不会了，因为社会毕竟在进步。我之所以告诉你这个秘密，是因为我们这辈子很可能再也不会见面了，而我再也没有解释的机会了。一会儿，你们就可以离开这里了。"

我掉转头，走了一步，突然想起那张纸条的事："我们被困在甘肃的那个建筑物内，出现了一张教我们怎么做的纸条，那是不是你放的？"

莫德生点点头，说："自从你到了兰州，向人诉说了你一天夜里的惊险遭遇后，我们的人觉得这很有价值，就盯上你了。你们动身时，他们两个就在你们到小镇之前，抢先到了，并且听到了你的对手们的应变计划，中间正好有这一条。纸条是他们中的一个人放的。"

他眨了眨眼睛，说道："另外，我还要告诉你们，从来没有一个单位会让保卫干事和驾驶员出外省漫无目的地考察市场两个月。据我所知，这两个小伙子的这种市场考察，在全国应该算是第一次，估计以后也不大可能会再有。"

我惊讶万分，想向莫德生说声谢谢。他似乎觉察出了我的心思，说道："一个博士研究生，在我们事先已经销毁了所有材料的情况下，能靠着自己学来的知识，找到了那么多埋藏了多年的秘密。就凭这一点，他也不该在一个黑魆魆的地方饿死。"

说完这话，莫德生对门外叫了一声："你们进来吧！"突然，一群便衣的士兵走了进来，他们每个人手里都拿着一个棒槌样的东西，上面红色指示灯在闪闪发光。

这时我才发现，鞋底、手表底甚至还有衬衣底，不知什么时候，早就被人塞入了一颗颗比米粒大不了多少的白色物体，难怪莫德生会对我们的情况了如指掌。身上的东西被全部拿出来后，莫德生向我们招招手："再见了!"

陈步云、季慎也伸出手来，向莫德生摇摇手，说道："再见!"看他们的神情，我知道，这是他们在和过去的恩怨说再见。

到了门外，只见带我们进来的小张还在那里等候，他不做声，只顾领着我们向村外走去。路上，我突然看到一个人的背影，极为眼熟，再仔细一看，这不是村里的老书记吗?

几乎在同时，老书记也发现了我们。"我们全村人要搬走啦!"这是老书记看到我的第一句话，接着他又说道，"至于去什么地方，我们现在还不清楚，刚才一位同志对我说，还要配合他们演一场戏。等这场戏演好后，我也要走啦!"

他向四周贪婪地环视了一圈，然后慢慢地说道："以后，不知道还有没有机会回到这里。"我心里感到很抱歉，想说些什么，却一句话也说不出来。只听得老书记说道："安排得还算不错，全村人都变成城市户口了，工作、房子也安排了，是好事，你别担心。"

告别了老书记，我长长地吁了一口气，觉得人生真是奇怪，有的时候，你会浑浑噩噩地过上好多年；有的时候，你在一天中的经历，甚至会超过好几十年。经历了这么半天，我甚至有种苍老、苍凉的感觉。

陈步云、季慎的表情却和以前很不相同，他们的脸上已经没有了那种潜藏在心底的无助，有的只是一种轻松的心境，这大概是他们明白了自己在这个世界中所处位置后的一种坦然吧。只有陈明和孙卫红似乎没心没肺地脸上笑嘻嘻的，估计这两人正在为可以回甘肃找到宝藏而暗自兴奋呢!

小张这人很是沉默，路上他一句话也不说，只是引着我们走着。在出村子的时候，我们突然见到了七八个被士兵押解着的人，从这些人的穿着来看，似乎是我们在珥陵镇饭馆里遇到的那批进店就大呼要吃牛肉面的人。在这群人中，那个领头的中年人也在，只是在枪口下，他一直垂头丧气地向前走。

"这些人是怎么回事?"我问道。没想到，小张和押解这批人的士兵都默不作声，一个只顾引着我们向前走，士兵们只顾着把这些人往里押。这时，我看到，那个中年人突然掉转头，狠狠地朝我们瞪了一眼。

我们出了村子，沿途只见一辆辆运着水泥钢筋的大卡车向着荒里湾的地方开着。这时，排干荒塘水的行动大概也开始了，只见和村子相连的沟沟渠渠里灌满了水，正在向外流淌着。估计在明天，这个村子就将彻底大变样，我们如果有机会再游故地的话，肯定不会再认出这个曾经很熟悉的村庄。

在我的心底里，一个声音变得越来越大：走，到甘肃去!

说实话，在上次进甘肃时，我从来没有对甘肃产生过什么感情，开始进入它的几小时，颇有到了大西北的兴奋感，时间长了，老是见到童山秃岭时，却会心生倦意。这次去甘肃，我的感觉不一样，对回到这个地方，心里满是激动和兴奋，颇有回到老家的感觉。

根据我们在丹阳张天锡墓中见到的宝藏方位图，我们要去的地方是在酒泉南边的祁连山里，虽然方位大致明确，我们的心里却很没底，这个地方究竟在何处，方位图上的标注还是不够明确。

更何况，一千六百多年过去了，现在的酒泉市是不是地图上标注的酒泉郡，也很值得怀疑。对我们来说，虽然这似乎是寻到宝藏前的最后一程，却并不是很轻松。

虽说上次我们到过兰州，其实酒泉离兰州距离还十分遥远，我沿着交通地图册细算了一边，两地的距离起码有八百公里，途中要经过永登、古浪、武威、永昌、山丹、张掖等地方。

还在西安时，孙卫红就给我介绍说，这酒泉所处的位置，其实在著名的河西走廊的西部；过了兰州，就等于离开了黄土高原的西部，渐渐深入戈壁沙漠地区了；而过了乌鞘岭，就正式进入了河西走廊了。

不过，我们还是在兰州落了一下脚，因为当时从江苏坐火车到兰州要两天多时间，我们的身体都吃不消，觉得睡不好觉，体力消耗太大，万一再遇到刘强他们一伙，实在是个麻烦事，所以一定要休整一下，然后再次出发。

这次到了兰州，我不再像上一次那么冒冒失失。我们几个人在兰州大吃大喝，拼命地把面条和肉往自己肚子里塞，之后，陈明和孙卫红各自出去看一下女朋友和老婆，至于他们见面后发生了什么事，这是人家的私人生活，我这里就不多说了。总而言之，陈明和孙卫红并没有贪恋柔情，第二天一大早，他们就出现在了我们所住的旅馆门口，精神抖擞，显得很有活力，显然他们已经休息好。

这次，我们走的路不再是铁路，主要是因为大家都觉得坐火车很是累人，所以大家决定改坐汽车，沿着 312 国道，向西部进发。

当时去酒泉的公共汽车不是很多，我们必须在路上转车，要先到张掖，这是整个路程的中点，离兰州大约四百公里；然后再从张掖上车，找到去酒泉的车。我们仔细算过，按照从兰州上午 8 点钟左右出发，我们大约可以在下午 4 点左右到张掖；到了张掖之后，我们正好可以赶上到酒泉的班车，大约在晚上 9 点左右，就可以到酒泉了。

说实话，从兰州到乌鞘岭这一段，实在没什么可看的，沿途所见，无非是已经在收割的粮食作物。不过想到我们正在往河西走廊方向赶，心里就觉得很是兴奋。

在中国地形中，这河西走廊很是奇怪，它北部有合黎、龙首两山脉，再往北就是瀚海大漠了；南部是绵延上千公里的祁连山，再向南就是柴达木盆地；这三山夹峙，中间却有一条狭长平坦地带，所以称之为"走廊"，因为在黄河以西，所以冠以"河西"。

据说，这走廊最宽的地方也不过一百多公里，窄的地方只有一两公里，长度倒有一千二百多公里。从远古起，这里就是中原通往西域甚至是欧洲和印度的交通要道。很多湮灭在历史长河中的古代民族曾经在这里生存过，而后又消失在茫茫黄土中。

直到张骞"凿空"西域，霍去病率十多万铮铮铁骑，从匈奴人手中夺得此处后，汉武帝在河西"列四郡，据两关"，这里才长时间纳入中原政权的版图中。汉代时，河西四郡就是武威、张掖、酒泉、敦煌，两关是阳关和玉门关。此后到了前凉时，张氏政权在这里设置了让人眼花缭乱的郡名，一时说不清、道不明。

张掖古称甘州、酒泉古称肃州，甘肃的省名就来自这两个城市，一听就知道这两个城市有着深厚文化积淀，虽然和江南风景迥异，两地却均充满了历史的苍凉和文明的璀璨。

虽然明知这地方充满了历史遗迹，我们从兰州到乌鞘岭这一段却是走得毫无意思，因为这段路上，除了偶尔在路边可以见到一片片浇灌出来的田地中有绿色外，剩下的就是黄色：黄色的山、黄色的土地……甚至连偶尔一见的河流和村庄，也都笼罩在一片黄色之中。不过当汽车行进一些黄色的大山时，却可以看到山坡上满是一丛丛不知是死是活的灰色草。

不过到乌鞘岭这一段，渐渐地，汽车开始爬起了山坡，车厢内的气温也在慢慢下降，只见窗外的人群甚至有穿着厚棉衣的，不过绿色开始逐渐多了起来，出现了草原和牧羊人，甚至还出现了蓝色的小湖泊。本来我们从兰州出发时，天空是万里无云的好天气，不想到了乌鞘岭附近，天气却突然变得阴沉起来，甚至有的路段下起了蒙蒙细雨，这倒是我们始料未及的。

过了乌鞘岭，就是河西走廊，出了高山，天气也渐渐放晴。再向前走，突然我们遇到了一大片绿色的树林。孙卫红指着前面的绿色对我说："这前面就是武威了。"武威古代名叫姑臧，曾经是前凉王朝的都城。想起张天锡的遗愿就是埋葬在武威，可惜一直没实现，却葬身在一个大瓷器里，我心里不禁有些伤感。

过了武威，遇到的又是前面我们遇到的土黄色山坡，不过这时我们已经能见到，顺着路边，有着连绵不断的低矮土墙，陈步云告诉我，这是汉代的长城。再走一段，又出现了面积更大的绿色树林，沟渠中也流着清亮亮的水，我知道，这里大概就是张掖市了。

到了张掖汽车站，我们买了票，上了车子，20分钟后，车子启动。"你们看！"陈明突然惊叫起来，用手指着窗外。这一看之下，我的心剧烈地跳动起来，只见有一群人正好从一辆大巴车里出来，身上的穿着几乎和我们在丹阳见到的那群人没有两样，背上也个个都是长长的包裹。

第九章　死亡山谷

　　我和陈步云折下数支草茎，选了几具还算完整的白骨，细细地挖掘起来。只见这些白骨的特征几乎一样，个个身体扭曲，嘴巴张得很大，甚至还有一个人在死前是用手死死抠住脸，可以想见，这些人在死之前均经历了巨大的痛苦。

幸好，车辆启动之后，这群人就消失在我们的视线之外。我们紧张的感觉也渐渐消除。"看来，对方动用的人手不少啊。"孙卫红突然闷声说道，这句话一出，我的心里更是紧张。

到现在我们只知道，我们有一个对手，它的领头人被称为"老头子"，这个"老头子"究竟是谁，有什么背景，为什么能叫得动这么多人，背后还有什么人在资助他们，直到现在，我们仍然对此一无所知，这让我心里更是感到惶恐。

"看来，我们和对手正在赛跑。"就在我沉思的时候，陈步云盯着窗外，嘴里若有所思地冒出了一句话。这话一出，我的心更是有种突然凝结的感觉。

不过，这一路的景色渐渐使我们的紧张情绪缓和下来。从张掖到酒泉，这段路上，绿色很多，直到高台县，我们一路见到的，几乎全是绿色。当时路上车辆极少，车子速度很快，时不时还能在路边看到头上裹着彩巾、在路边摆摊的当地妇女，真有一种下车看一看的欲望。

出了高台县，太阳已经渐渐西沉，气温骤降，绿色也越来越少，地上满是小石子，却没有任何沙丘，而且面积广大，祁连山只能远远看到一点点。北部再也看不到任何山，极目所见，全是一片平坦，却见不到任何人烟，这里就是所谓的戈壁。看到这副场景，我终于明白了为什么古人喜欢把戈壁称为"瀚海"了。这时，整个大地一片通红，色彩瑰丽，极为壮观，实在是以前从来没有见到过的景象。

途中，不时会有人叫司机停车，然后他们下车，走向无边无际的戈壁，然后消失了，在夜幕下，很是让人觉得苍凉。尽管如此，地面上不时还能见到巨大的沟痕，在沟底会有一些绿绿的草丛，后来我才知道，它们是著名的骆驼刺，别看叶面是绿的，全身却布满了刺。此后，车内就是一片黑暗，我渐渐睡去。等到我被推醒时，只见我们已经在一个灯火阑珊的城市中。经过十三个小时的车程，我们终于到了酒泉。

虽然到了目的地，我的心情有所放松，不过我心里很清楚，对手知道了我爷爷留下的资料后，也正在向酒泉方向赶来，我们和他们之间的距离，如果用汽车车程来算，不过几十分钟而已。而且对手人数很多，我们这里除了陈明和孙卫红之外，没有一个人是他们的对手，未来如何，实在很难说。

越是知道前途凶险，就越要休息好，这是我的原则。当天我们就在酒泉宾馆住下，这是一家开张不久的宾馆，不过设施很不错，厅堂明亮，也很干净，服务员彬彬有礼。真难想象，在茫茫戈壁之中，竟然有这么一家宾馆。第二天醒来时，我们推开窗户一看，只见正对着窗户的，是一座座藏在云雾之中连绵不绝的皑皑雪山，衬着周围蓝蓝的天空，宛若仙境。

看到这一场景，我不禁想到了古书中关于前凉的一段话："酒泉太守马岌上言，酒泉南山，即昆仑之体也。周穆王见西王母，乐而忘归，即谓此山。山有石室王母堂，珠玑镂饰，焕若神宫。"据说，在马岌上言之后，当时前凉的君主张骏立即采纳，下令在山里立祠堂，祭祀西王母。

不过，我们还没有解决一个问题，那就是现在的酒泉城，究竟是不是前凉时代的酒泉郡所在地，毕竟我们获得的地图，是一千六百多年前刻下的。要知道，在历史上，城市名字虽然仍存在，但随着岁月变迁，城市的位置却在不断移动，如汉魏时代的洛阳城和现在的洛阳市、秦朝的咸阳城和现在咸阳市就不在同一个位置上。酒泉市南部和雪山之间，有上百公里的茫茫戈壁，稍有不慎，不但得不到宝藏，甚至可能迷路，渴死在戈壁中。

现在对酒泉城址唯一可以得知的资料是东汉应劭写的《汉官仪》，里面说："酒泉城下有金泉，味若酒。"应劭是东汉人，当时历史书籍中没有证明从西汉到东汉时，酒泉经历过什么巨大的灾难，以至于迁城，所以他说的话应该是可信的。此后，酒泉一带也没有发生过什么大事，估计前凉时的酒泉城，就是应劭说的酒泉城。不过前凉之后，酒泉一带爆发过大规模的战争，很难说当时的人们为了军事，不去迁移城址。

所以，如果要证明现在的酒泉城就在汉代的酒泉城之上，只要找到金泉就行了。我们出去转了一圈，结果大失所望，原来酒泉市已经对"金泉"这个词充分进行了开发，有金泉路、金泉广场，等等，甚至有酒厂也叫"金泉"，可是现在用了"金泉"，并不意味着这个金泉就是当年的金泉。

到街上一问，当地人只知道泉湖公园附近有个"酒泉胜迹"，却不知道什么金泉。我们左问右问，一无所得，茫然无措之下，只好回到酒泉宾馆。没想到，打开电视，电视台正在介绍"酒泉胜迹"里泉水的奥秘，说这个泉水是重碳酸水，属于矿泉水，喝起来对人身体有好处，等等。当时的电视台节目有限，一旦做了个节目，往往反复重播。

看了这个电视，陈步云顿时眼睛一亮："这个节目很有意思，我们可以初步断定，这酒泉城应该没有迁址，就在现在的酒泉市！"当然，这个还要有佐证，在张天锡留下的图中，鲜明地刻着在酒泉城外，有一条河向东北方向流去。那么这条河是不是存在呢？

没想到，我们一问服务员，服务员马上告诉我们，酒泉城外，确实有这么一条河，当地叫它为红水河，不过我们来得不是时候，春夏之交、冰雪融化时，河里还有水，现在这条河里已经完全没有水，只剩下石头了。听到这句话，我们更是大喜，从这两点来看，我们确实找到前凉时代的酒泉城了。

虽然处在沙漠中央，其实酒泉这地方还算繁华，市场也算繁荣。我们问了一下当地人，知道在酒泉宾馆的街道对面微微向南，就有一个农贸市场，那里几乎什么商品都能买得到。

这个市场虽然不大，里面却有很多的商品，陈明和孙卫红最喜欢的是阿克塞的风干牛肉干，这东西分量轻，很好带，却又很能填肚子；陈步云和季慎喜欢的是来自新疆的无花果干，还有当地的李广杏干，我喜欢的则是时鲜水果。

正在我们大量采购，鼓鼓囊囊地弄了一大包东西时，陈明突然一拉我们："他们也来了！"我转头一看，果然冤家路窄，在张掖遇到的那群人正走进这个市场，大家立即隐入市场内的一家杂货铺内，背朝着门的方向，装模作样地和老板讨价还价起来，耳朵却高竖着。

"多买点，多买点，老头子说路还长着呢！"就在这时，只听得一个人说道。另一个人似乎有点牢骚："妈的，这个老头子真怪，只顾着叫我们买吃的，去什么地方都不肯说，装神弄鬼的，真不知道他在搞什么！"

又听得另一个人说道："奇怪，二叔他们去了江苏，怎么现在人影子都不见了？老头子倒是一个人回来，这是怎么回事？"

只听得又一个人说道："是啊，这次，咱们全村的男人听了老头子的话，都出来了，却不知道为了什么，这不是太奇怪了吗！"

听得周围人都在发牢骚，第一个说话的那个人似乎有点恼火："闭上你们的驴嘴，老头子讲话向来不错，二叔他们在江苏还有点事，老头子在电话里也说得明明白白。大家都是一家，你们连老头子都不放心吗？别多啰唆了，赶紧买东西，有这劲儿，到合适的时候再使。别到时候东西被人先刨了，你们哭都来不及。"这人这句话一出，刚才发牢骚的那几个人立即不做声，乖乖地和市场里的摊主讨价还价起来。

这伙人大约有六七人，买东西时，那个长条黑包照样不离身。我们在杂货铺内，连大气都不敢喘一下，生怕被对手认了出来。乘着这批人走过杂货铺，我们赶紧逃之夭夭。

"这次，对手人真是不少，刘强他们三个，加上那个什么老头子，还有在丹阳漏网的五六个人，大概有十六七个人，我们这里能打的才两个，实力太悬殊了。"出了市场后，孙卫红突然有点忧虑。

"连长，你厌包了吧，只要我们在战略上藐视对方，在战术上重视对方，这点小困难算什么？"陈明照样大大咧咧。"这是小困难？"孙卫红反问道，说这话时，他额头上的青筋直冒。

"那怎么办？我们打道回府，把宝藏让他们给挖了，行不行？"陈明反问道。听了这话，孙卫红也变得沉默起来。

"我们不是没机会。他们人多，肯定要聚集齐了，才开路，趁他们人没到齐，我们赶紧先去。说不定能抢在他们前面。"陈明说道。"看来也只能这样了。"孙卫红叹息道。

议论定了之后，我们立即开拔。当时，这里的交通还很不发达，街上甚至看不到几辆夏利出租车，我们只好徒步前进。过了位于城南的酒泉火车站不远，就看到了一个水泥厂，再过了水泥厂，在我们面前的，除了那个被称为红水河的河流留下的深沟，就是在蓝天之下一片茫茫的黑色戈壁，另外还有不远处在雾气围绕下隐约可见的雪山了。

这番壮丽景象，不到现场，实在难以领会那让人神驰心醉的感觉。就是这片戈壁，曾经有过彪悍的胡骑、扬鞭的汉军、垦荒的农夫、虔诚的僧侣、远行的商队……四方的人们，熙熙攘攘地赶来，然后又匆匆忙忙地离去，想到这里，我甚至有种流泪的冲动。

就在我感叹的时候，陈明和孙卫红却忙着四处捡黑石头，捡起一个扔掉一个，边捡边说："奇怪，这里的石头真是见鬼了。太阳晒着的地方，全是黑的，太阳晒不着的地方，居然是白的。"我听了之后，大为好奇，随手捡起几块石头，果然如此，只见被太阳晒到的地方，居然光油油的，如同涂上了一层油漆，翻开石头一看，底下却是普普通通、毫不稀奇。

"这种戈壁滩，名叫黑戈壁，这上面的黑色，有种说法，叫做沙漠漆，"陈步云笑着解释说道，"这些沙砾是原来的岩石风化后形成的，在强烈的日照和风沙的打磨下，不知道要经历过多少年，表面才会形成一层黑的沙漠漆，所以整个戈壁，也就成了黑色，被称作黑戈壁。"听了陈步云的解释，我不禁感叹造物主的神奇，竟然会给这个沙漠以特别恩赐，赋予它与众不同的颜色。

戈壁滩其实和平原差不多，极目远眺，只见一片平坦，而红水河里，千百年的水流却劈开了一条五六米的深沟，边缘处如刀削斧劈，和地面成九十度直角，从河的这边看去，稍不留神，就会把它当成古代城墙遗址。在蓝色天幕下，这个戈壁滩显得极其诡异和神秘。

沙漠里视线广阔，说话时，我们不时向身后看看，幸好什么也没看见。我们在市场遇到的那群人，似乎真的如陈明所说，要等人聚集齐了才出发。

这时，我们已经离酒泉城十多公里，这座原先看上去很繁华的城市，现在在我们看来，已经变得如同一个村庄一样小，戈壁中的绿洲和城市，原来是如此之小。我突然想到，如果从太空中看去，酒泉所在的绿洲，大概只是茫茫黑色戈壁和沙漠中的一个小绿点而已，天地如此悠悠，实在令人感叹。

向前走得越远，时间就越仿佛在凝固。这里的景象，也许已经千年不变，我们所见到的，几乎和几千年前古人见到的毫无差别。在路上，唯一让我们感到时间在变的，就是不时遇到的废弃烽火台，有的已颓败，有的仿佛昨天守戍的士兵刚刚才离开，还很完整，简直可以住人，只有偶尔发现锈迹斑斑的箭头时，我才稍有荒凉之感。

渐渐地，我们离雪山越来越近，原先小小的云雾也慢慢变大，几乎遮住了小半边天。路也开始变得不再平坦，一个个小土丘出现了，上面稀稀落落地长满了骆驼刺，还有一丛丛已经枯萎的灰草。

更为神奇的是，我们爬上了一个小土丘，向下走时，突然觉得和以往爬土丘时极不一样：前面走时，上坡费力下坡容易，这次我们却是上坡也费力，下坡同样费力。"奶奶的，这是个什么鬼地方！"走得气喘吁吁的陈明骂了一句，到坡底时，他捡起一块鹅卵石，随手向坡顶一扔，没想到这石头落地后，居然骨碌碌地滚到了坡顶。陈明大奇，从包裹里取出一个苹果，轻轻放在地上，这次这个苹果竟然也和鹅卵石一样，又骨碌碌地滚到了坡顶。

这段山坡长七十多米，我大惊，赶紧回头，跑到坡顶，没想到居然和平时从坡顶下来一样，非常轻松，背后似乎有一个人在推着我走；回来时，走起路来，却异常吃力。我站在这个坡上，只见下面沟壑纵横，高度极其明显，明明我是站在坡上，陈明他们站在坡底。为何如此，到现在为止，我还是没法找到理由来解释。

"这个地方有点古怪，我们要当心。"看到这里，陈步云嘱咐道。果然过了这个山坡后，只见山坡上突然芳草丛生，处处开满了粉红色的豆科植物的花，不时可见嗡嗡作响、正在采蜜的野蜂。而在草丛中，一只只黄色的动物蹿来蹿去，远远看起来似乎是野兔，近看却不是，它耳朵小小，长得很像老鼠。看惯了荒凉之后，突然见到这么一片繁华，让我们陡然间兴奋起来。

越向前走，草越多，颜色也越嫩，天上的云雾也越来越浓。原先在戈壁中见到的蓝蓝的天空，也成了我们身后的一块蓝色斑点。

"这个地方的人真懒，这么好的草，连个放羊的人都没有！"生长在农村的陈明突然心痛地骂了起来。我们四处张望，果然这个地方一个放牧的人也没有，这不禁让我联想起那个同样云雾缭绕的乌鞘岭，只要有一块地方能见到绿色，就能见到白色的羊群。

走着走着，我们面前突然出现了一块小小的石碑，走近一看，只见上面写着："此地易迷路，切勿向里走。"底下写着："酒泉市人民政府，1988年立。"看到这里，我们几人恍然大悟，难怪这个地方水草丰美，却没有出现成群的牛羊，看来这地方似乎有点古怪。

我掏出在张天锡墓里画的地图一看，再回想起我们经过的路途，觉得这条路走得完全没错，于是我们不顾警告，继续向前方走去。

俗话说，山路十八弯。我们沿着一个个丘陵之间的低地走了不知道有多长。有时候，我们会遇到以前见过的荒凉土丘，不过有时候，我们又会遇到一个个之前见过的杂草丛生的山坡。头顶上的云雾，也随着我们的路线，一会儿在我们头顶，一会儿又偏离了。

天渐渐黑了下来，我们别无选择，只好找了一个还算隐蔽的小山坳，吃了东西就睡起觉了。那时候，国内几乎没有民用帐篷生产，我们只能像以前在达力加山中的那个山谷时一样，和衣而睡。

祁连山中的天气，和戈壁完全不一样，本来温度就低，一到了晚上，温度更低。我们虽然来之前，已经准备了棉衣之类的衣物，却仍然觉得很冷。睡到半夜里，天上忽然淅淅沥沥地下起小雨来，衣服渐渐被打湿，冷得我们瑟瑟发抖。

"快起来，有人来了。"陈明突然低声说道，还推了我一把。只见远远的地方，似乎有一群人打着手电筒正在走着。如果不是有几条光柱晃来晃去，晃到了我们睡觉的地方，在这空旷的原野中，实在难以发现。

幸好，这山坳中，草长得又茂密又高，我们的身子能没在草里。于是大家各自找了地方，躲了起来。渐渐地，只听得脚步声越来越重，显然这群人正朝着我们的方向走来。

说实在的，在市场里，虽然见了那么多人，我心里并不是很害怕，在这几十里不见人烟的旷野里，我的心却大跳特跳，几乎要蹦出胸腔：敌众我寡，要是在这里被人杀了，几个月都不会有人发现！

脚步声越来越近，我们五人恨不得把身子埋入地里，只听得脚步声越加清晰，一抬一踏均能听清楚，知道这群人已是越行越近。这群人落脚轻重各不相同，听足音，便知道这群人共有八人。片刻之后，手电筒的光越照越亮，到得后来，更是光柱交错，显然是朝着这个山坳走来。

"这个鬼山，这个鬼天气，一会儿晴一会儿阴的。"突然，这群人中一个人骂了起来，说话的口音却和我们见到的那群人的甘肃口音很不相同，似乎是南方某地，和粤语有点类似，却又不是。这个人一边说一边掸着身上被雨沾湿的地方。

"老大，这个山坳坳很不错，要不，我们在这里吃点东西，再睡一下，等天亮了再走？"又有一人说道，口音却是山东一带，吐字咬词之间，舌音很重。

听到这人说要在我们藏身的山坳里休息一下，我的心更是怦怦直跳，口里发干。那个被称为"老大"的似乎是第一个开口说话的那人，只听得他说道："好的，那就吃点东西吧，吃完了再上路。"

听说有片刻休息时间，这群人哄然称好。说话间，这个被称为"老大"的人已经走到我隐身的草丛附近，一双大头皮鞋离我的脸只有几十厘米远。

我正在考虑是否该大呼逃走之时，这双大头皮鞋却停了下来。只听得"老大"一阵摸摸索索，然后又听见了拉拉链的声音，我还没反应过来，就听得草丛里传来一阵"索索"之声，随后就是一股热腾腾的尿骚味，不时有几滴热腾腾的液体溅到我脸上。

撒完尿后，这人就不再前进，摇摇晃晃地转身离去。我乘机悄悄抬起头，向陈明他们的藏身之处看去，只见他们埋头在草丛中，这群人离他们还有一段距离，似乎并无立即被发现的可能。

就在"老大"撒尿的时候，这群人已经席地而坐，更有人拿出个卡式液化气炉，取出一只小锅，倒了点水在锅里，煮起食物来。这液化气炉似乎火力很强，没几分钟，锅里就飘出香气。

"这个鬼地方，弄得我脚上都长泡了，实在挺不住了。"只听得一人说道。虽然说的是普通话，但听这人的口音却又类似粤语，和前面两人的口音大不相同。

听了这句话，"老大"哼了一声说道："刘老三，你恐怕不是脚上长泡，是那个东西痒痒了吧！"边上的几个人，顿时一阵嘲笑声。

"老大真会开玩笑。都出来几天了，谁的东西不是痒得难受？"刘老三尴尬地笑了几声，突然神往地说道，"要不是崔老板这次逼得急，说不定我正搂着翠翠睡大觉呢！"听了这话，周围人群又是一阵大笑。

"没出息！""老大"骂道，"那个翠翠，身材不行，简直是'太平公主'，也就刘老三你这小子喜欢，别人啊，她送上门都要推出门去。等这次事情办完了，分了钱，赶紧和她说'拜拜'，找个盘子亮一点的，别给弟兄们丢脸了。"

刘老三讨好地说道："那是那是，我这种人钱挣得不多，要求也不高，也就只能玩玩翠翠这种女人，怎么能赶得上老大的品味呢？"

"老大"又"哼"了一声："刘老三，你也太小看自己了吧。"接下来，他伸出一只手，五根手指竖得直直的，压低声音说道："崔老板说了，这次要是成功了，每个人起码能分到这个数！"

这群人发出一阵赞叹的声音。只听得刘老三说道："要是能拿到五千美金，我确实可以和翠翠说'拜拜'了，可以去找旺角的大眼妹了。"

只听得"老大"又是一声轻蔑的"哼"声："刘老三，要说你眼皮子薄，还算夸你了。告诉你，这次成功了，拿到的是这个数！"他猛地抖了一下那伸着的五个手指头，在每个人面前晃了晃。

"不会是五万美金吧？"刘老三吃惊地说道。"老大"听了之后，更是一连串的"哼"声："要是给你们五万美金，我会大老远地从深圳跑到这个鬼地方吗？"他抬高了声音，说道："告诉你们，是五十万美金！"

"哇……"听了这话，这群人一阵惊叹。刘老三呆了半晌，说道："老大，难怪你今天夜里催得这么急，原来能分到这么多钱啊！"

"那是，我会亏待自己的兄弟们吗？""老大"似乎很得意，然后又说道，"拿到钱后，你们赶紧回家去买几十间店面房，收收房租，也够吃下半辈子了。"

他拍拍刘老三的肩膀："我说刘老三，你不要老这么软乎乎的，干起事情来，要带点精神，到时候，我一个眼色，你操起刀，就朝人家的脖子里死命砍去！不过丑话说在前头，这次要是哪位兄弟把事情搞砸了，我一定把他大卸八块！"

其他的人听了，个个称是，纷纷说道："老大，你放心，肯定狠狠地剁！"

"不冲着别的，就为了这五十万，怎么着也得多用上三分力！"

"靠，怎么说我们也是在深圳混过的，那群土包子肯定不是我们对手！老大你放心！"

听了众人的表态，"老大"扬声大笑。待众人静了下来，他才神秘地说道："别看这些土包子土里土气，没见过什么世面，给崔老板开的价钱却不低，他们要两亿美元！崔老板是多么精明的人物，立刻就答应了他，这群土包子高兴得和什么一样，哪知道被放了窃听器，什么事情都瞒不过崔老板。这群土包子，想和他斗，还早着呢！"

刘老三说道："既然这样，我们跟着这群土包子好了，干吗要在他们前面先进这个地方呢？"

只听得"老大"说道："刘老三，说你笨，你真是笨！崔老板眼界高得很，他看中的，肯定不是一般的东西，我们就一定要这么老实，跟在这群土包子后面？就不能进来撞撞运气，先找到宝藏？"

这群人又是一阵哄然叫好，纷纷责骂刘老三。等大家停下后，"老大"又说道："哼哼，要是被我们先找到了，那两亿美元就是我们的了。到时候，我拿一亿美元，一亿美元兄弟们大家分！"听了"老大"这话，又是一片"哇"的惊叹声。

知道有了这么一大笔钱可以分，这群人对赶夜路再也没有怨言，一把食物分吃完，就立即动身，向深山里走去。我们依旧不放心，直到手电筒的光在远处晃动，再仔细倾听了好长一段时间，直到确认再也没有动静，才从草丛中爬了出来。

　　"妈的，没想到，竟然还有一批人。"刚从草丛里一出来，陈明就骂道。孙卫红接口道："看来，形势越来越严峻了。说不定还不止这两批人，恐怕还有别的人。"夜色之中，我们谁也看不清谁，但我知道，大家的脸色肯定不好看。

　　既然已经有一批人赶在前面，我们就不能再睡觉了，大家赶紧起来，远远地跟着这群人，向深山里摸去。

　　我们就这么默默地走了半小时，突然孙卫红低声惊呼："看后面！"我转头一看，只见远远的山坳里，似乎还有一大群人举着火把，正在尾随我们而来。"天啊，真是不是冤家不碰头啊！"我暗想。

　　根据现在的情况，目前追逐这批宝藏的，主要有三批人：我们、"老大"这帮人和那个尚未露面的"老头子"，在所有这些人中，我们人数最少，力量也最弱。当然，我们也并非没有优势，我们手中掌握的材料是最完整的，估计"老头子"得到的材料并不完整，而"老大"也就是靠着窃听器获得的一知半解。此外，这两帮人虽然都是奉着崔老板的指令而来，却并非没有矛盾，这点我们大可利用。想到这里，我精神大振，觉得并非没有获胜把握。

　　本来，我们的计划是赶在所有人前面，找到宝藏，既然我们前面已经有了一批人，我决定现在应该改变计划，设法让前面两批人火并起来，我们只要尾随他们，乘机捡便宜就够了。

　　我悄悄对陈明他们一说，他们四人也认为这个想法可行，于是我们找了个草长得很茂密的山坳，再次躲了起来。

　　过了二十多分钟，我们周围再次响起了脚步声，不过这次的人比上次更多。这群人大约路赶得很急，个个气喘吁吁。在这群人路过时，我悄悄地抬起头，果然不出所料，这批人中有些人，我们已经在酒泉农贸市场中见过。

　　"加快速度，加快速度。"这群人走过时，只听见一个人不断在催促着。声音极是耳熟，竟然是刘强的声音。

这时，又听得一个人说道："在农贸市场买东西时，那几人分明是老头子在电话里说的对手，可惜他们走得实在太快，一转眼就不见了。要不然，就不必这么匆匆赶夜路了。"有了上次在草丛潜伏的经验，不知怎地，我这次反倒是轻松了许多。

听了这人说的话，其他人七嘴八舌，纷纷埋怨刚才前面说话的那人。只听得一个声音说道："大家不要抱怨了，赶路要紧。眼馋这个宝藏的人，多得很呢！嘿嘿，我看啊，也未必只有你们看到的那一路。"

这时，又听得刘强说道："除了这一路外，没听说有别的人啊。"前面那个声音又说道："嘿嘿，我估摸着，这崔老板也来啦。要不，昨天我洗衣服时，怎么从衣领里突然冒出一股火来？人家早就给我们上了套啦！说不定，他已经赶在我们前头了，到时候我们可就是竹篮打水一场空啦。"这群人走路很快，转眼间已经离我们好长一段路，只见数点火光沿着荒山盘旋而上。

"咦，刚才那人说话口音很耳熟啊。"季慎突然咕哝了一句。我毫不为意，随口说道："说话的是刘强，打过好几次交道了，自然耳熟了。"

季慎说道："不是刘强，是另一个人。"他又低声说道："这人我应该见过，怎么全然想不起来了？"

既然我们已经决定跟在这两群人后面，所以我们倒不是很着急，于是干脆在草丛中睡起了大觉。走路实在是太累了，加上小雨慢慢停了，这一觉我们倒是睡得很香。更让人觉得高兴的是，草丛中似乎有一个微微的圆形突起，恰好如同一个小枕头。

我还在朦朦胧胧时，突然觉得有人在推我。睁眼一看，原来是陈明。"这地方有古怪！"陈明说道，只见他手里拿着一根长长的骨头，看上去似乎是人的大腿骨。

我翻身而起，只见这个山坳中，虽然杂草丛生，但是在草的缝隙之间，不时露出白色，显然也是白骨。回头一看，我惊得大声低呼，原来我夜里当枕头的圆形突起，竟然是一个深埋在土里的人头骨！

"这是怎么回事？我昨天睡的地方，也全是白骨！"正当我还在怔怔发愣时，季慎也叫了起来。大家一搜寻，只见整个山坳之内，虽然芳草丛生，繁花似锦，蜂蝶飞舞，哪知道在这草底下，竟然是累累白骨！看到这副场景，我们顿时不寒而栗。

我和陈步云折下数支草茎，选了几具还算完整的白骨，细细地挖掘起来。只见这些白骨的特征几乎一样，个个身体扭曲，嘴巴张得很大，甚至还有一个人在死前是用手死死抠住脸，可以想见，这些人在死之前均经历了巨大的痛苦。

"这些人和殷墟发现的那些生殉者像不像？"陈步云看着这几具白骨，皱着眉头沉吟了好长时间，突然问道。

我点头，不过我们俩都很清楚，生殉者是因为被活埋在土坑里，缺乏空气，死前因为窒息而产生了巨大的痛苦，而这些人生前显然并没有被活埋，只是因为后来的岁月流逝，外来的尘土渐渐覆盖了他们的尸骨而已，虽然表象相似，其实死亡原因完全不一样。

更为奇怪的是，在这群人中，我们还发现了很多马的骨头，数量几乎和人差不多，显然，这群人并非和我们一样步行，他们是骑着马来的。马的身体同样扭曲着，显然马在死亡之前，也同样经历过巨大的痛苦。

"毫无疑问，我们可以得出结论了，这批人和马绝对不是自然死亡，而是因为某种突然的原因致死，很可能是集体吃了有毒的食物，或者喝了有毒的水而死，当然也不排除突然窒息的可能性，这里我们要特别小心。"陈步云说道。

陈步云这么一说，我顿时想到了以前曾经在杂志中看到的"死亡谷"的介绍。世界上总共有五大"死亡谷"，其中中国、美国、俄罗斯、印尼和意大利各一个。这些"死亡谷"究竟是什么原因导致人或动物死亡，在当时还是个谜。

在美国加利福尼亚和内华达州毗连的群山之中，有一条"死亡谷"。据说在1949年，美国有一支进去寻找金矿的勘探队伍，因迷失方向几乎全队覆灭。几个侥幸脱险者，不久后也神秘地死去，此后去的人也屡屡葬身谷中。然而在这个死亡谷内，动物却活得好好的。

俄罗斯的"死亡谷"位于堪察加半岛的克罗诺基山区，人和野兽如果走进这个山谷，很少能活着走出来。奇怪的是，在距离这座死亡谷不到一箭之地有一村落，那里的农民却活得好好的。

意大利的"死亡谷"在那不勒斯和瓦维尔诺湖附近，每年在这座山谷中死亡的野兽多达37000多只。但是人走进去却一点事情也没有，可以说这个死亡谷对人特别友善。

中国的"死亡之谷"在四川峨眉山中，又称黑竹沟。平时很少有人涉足。该死亡谷的进口称鬼门关，连猎人都不敢进入，如进入必死无疑。

这里，会不会是另一个"死亡谷"呢？我暗想。就在这时，我们头顶突然一阵乌云掠过，整个山坳显得格外阴森恐怖。大家脸上的神色阴晴不定，我知道，想必他们也想到了"死亡谷"的传说。显然在这种情况下，我们必须立即离开这个山坳。

正要走到山坳口时，附近突然传来一阵阵杂乱脚步声，显然又有一批人马来到。敌友未定，我们只好先放弃离开这里的计划，再次潜伏在草丛中。

"实在走不动了，休息一下，休息一下。"这个嗓音很是熟悉，是昨天夜里遇到的那个"老大"。周围的人也均大声叫好。

这一群人立刻围坐了下来，只听得"老大"气咻咻地说："妈的，要不是为了钱，真不想到这个鬼地方来，转了一个晚上，又回到老路上来了。"听了这话，周围的人均是垂头丧气。

我心里原以为这群人是又一批来寻宝的人，没想到，他们似乎又绕回了原路。我心里突然觉得似乎有些不妙，再次想到了我们被刘强骗入西王母石室时的经历。莫非这些山坡的走势不是天然的，而是人造的，目的是故意骗人在里面走来走去？我想。随后一想觉得又不大可能，因为进入群山中的路十分明显。

又听得边上有个人说道："那些跟着我们、举火把的人怎么不见了？"只听得老大"哼"了一声："走这么远的路，谁吃得消？他们也要歇息一下，被我们甩在后面了。"

这群人再次取出卡式煤气炉，点着了，又生起火来。只听得刘老三说道："背上痒得真难受，谁帮我挠一挠？"周围人哄笑起来："去你的，刘老三，叫你的翠翠帮你挠好了！"

刘老三"嘿嘿"一笑，说道："你们不帮我挠，我就不会找东西挠？"他似乎在地里摸到了什么东西，在背后挠了起来。

这时，突然"老大"很惶急地说道："刘老三，你拿着的，是什么东西？"又听得刘老三"哇"地惊叫一声，连声说"晦气"。我拨开眼前的杂草一看，原来刚才刘老三拿来挠痒痒的东西，竟然又是一根白骨！

见了白骨，"老大"似乎有些慌张，周围人也议论纷纷，四处摸索。突然又一个人惊叫起来："我……我屁股底下的，是个……骷……骷……"这群人顿时炸了："不得了了，这地方有脏东西！全……全是人骨头！"

此后，就是连绵不断的"快走！"、"走"……这群人连地上的卡式炉和锅也不要了，连滚带爬地逃出了这个山坳。

"嘿嘿，这群胆小鬼！"陈明从草丛里钻了出来，不屑地朝地上吐了口痰："就这种胆子，也敢来寻宝！"他边骂边端走了地上的卡式炉和锅。"呵呵，从昨天中午到现在，一直喝凉水，吃凉食，现在可以吃点热的东西喽！"孙卫红笑嘻嘻地，也不顾满地白骨，就在这山坳里烧起水来。

说实话，这个卡式炉确实不错，还没几分钟，水就开了。孙卫红取出些牛肉干，放在水里煮了起来，渐渐地，香味从锅里冒了出来。这时候，乌云已经飘过，露出了半边蓝天，太阳直射在这个山坳里，大家身上都感到暖洋洋的。一想到在这荒郊野地里，还能晒着太阳，吃到热食，我心里就觉得很舒服。

这次我们想换换口味，所以改成煮牛肉汤。这风干牛肉，空口吃很不错，只是煮起汤来实在是麻烦，大概是这个山坳海拔有些高，半天都没有烂。这个卡式炉反正是陈明白捡来的，当然他就毫不心痛地用了下去。

这时候，整个山坳越来越热，和刚才乌云遮天时阴冷的感觉简直两样，我们甚至有种盛夏的感觉，人也开始渐渐发晕，头上出现了一阵阵的锐痛，手脚一点力气都没有。

"我怎么觉得想要吐？"陈明突然说道。他说了之后，刺激了年纪大的陈步云，他突然一口吐了出来。"是啊，我也想吐。"季慎捂着胸口说道。我挣扎着想要站起来，可身体却丝毫不听使唤，怎么努力，连手臂都抬不起来，人也渐渐神志不清。

孙卫红的反应似乎要大一些，他手猛地一挥，把一锅已快煮成的牛肉汤打翻在地，卡式炉也被打侧，点着了地上的草。恍惚之间，我见到，在空中似乎有一条蓝色的幽灵之火在四处游荡，若有若无。

突然，这火飘到了一块山石下，便停了下来，幻化为汹涌的气流，在地面上喷出两米多长的蓝色火焰。这火焰一出，本来快要神志昏迷的我清醒了好多，渐渐地，手指能动了，然后是胳膊、身体，到最后，已经能站起来了。

难道这群人之所以死去，也和我们刚才经历的一样？我的大脑虽然晕乎乎，却已经能思考。这时，陈明和孙卫红也渐渐地站了起来。看着草丛中白花花的骨头，大家恍若隔世。

这个洞口喷出的，肯定是一种什么无色无味的毒气，所以我们在不知不觉间，中了毒，险些被它毒死。在我心中，一个疑问产生了，如果这样的话，我们昨天晚上为什么不中毒，却要等到白天，太阳高升的时候，却会中毒呢？

在当时，虽然我心中存在着这种疑惑，不过我的第一反应是，和所有已经恢复了体力的人赶紧逃走，因为这个山谷实在是太可怕了。

出了这个山谷，可以看到在远处的山坡上，一群已经变得像蚂蚁般的人正在摇摇晃晃地走着；同时，我们也看到，在身后几公里处，另有一批人在跟着，这群人很可能是"老头子"他们。看来，昨天晚上，这两拨人一直在绕着圈子走。

远处是巍峨的雪山，可是我们一直不能靠近它，因为所有的路径虽然看起来确实指着它，但是实际上在弯弯曲曲中，我们无意中却又偏离了它。如果再按照这种办法走下去，我们将像在西王母石室内一样，也会一圈圈地绕下去，直到最后力竭倒地，或者干脆就像刚才那个山谷里的白骨一样，长眠在这西北的群山中。

"我们究竟在什么地方？"我自问道，可是越问，这个问题却越难以解决，甚至我们手中的地图也丝毫不能解决问题，这当然有其原因：这是一千六百多年前的地图，这里的地形地貌可能已经发生了巨大变化；第二，这张地图和现在的地图完全不一样，它没经过测量，一点也不准确。直到在这荒野绕圈圈的时候，我才明白什么叫"横看成岭侧成峰，远近高低各不同"了。

不过，就算这地图再不管用，多少总会留个当年的影子吧。我想，可是现实情况却完全不同，我看准了前面有座山坡，和张天锡留下的地图有几分像，不过它的弯是向左拐的，而我们的地图上，却是向右拐的，方向明显不对。我几乎把自己所处的位置和地图完全对照了一遍，却依旧没有发现，按照地图，自己应该所处何处。

陈步云也皱着眉头，似乎在苦苦思索。突然他眉头一开："有了，这个办法可以试验一下！"他这话一出，我们全转向看着他。

只听得他说道："我怀疑，这个山谷是按照《易经》八卦的设计来构造的。"听了这话，我觉得颇有道理，毕竟根据《晋书》的记载，张轨这人对《易经》很精通，当时他看到天下汹汹，似乎马上就要大难临头了，他就谋划着占领凉州这块土地，于是他就"筮之"，结果遇到了"《泰》之《观》"，他马上扔掉用具，高兴地说道："这是能够割据一方的征兆啊！"

我暗自想：张轨如此博学，肯定会传给后代。张骏虽说未必青出于蓝，估计这方面也不会差太多。在设计藏宝的外围，会按《易经》八卦方位排列，这也是题中之义了。

心里虽然如此想，不过《易经》如何化为建筑，却是大大超过我的能力了。这时，听得陈步云又说道："这《易经》化为建筑的学问就在于，它会使人受到自己感知的误导，分不清楚高下、远近这些很容易判断的东西。然后，在建筑中体现出来。"

陈步云捡起一块石子，在地上浅浅地画了一个八卦图："在八卦方位中，'离'、'坎'均是正对着太阳正午的方位，从角度来判断，我们现在所处的位置应该在'乾'位，也就是偏离了太阳在正午时的角度，或者说我们和那座雪山——"说到这里，陈步云指了指远处的一座高耸的雪山，然后继续说道："——的角度为45度，不过，现在是早上9点，还要再加上太阳偏角的度数。这样算来，我们现在应该在'元亨'的位置，这个位置有个特点，《易经》里说：'君子攸行，先迷失道，后顺得常，西南得朋，乃与类行。'也就是说，我们迷失了道后，要向西南方向去，才会'得常'，也会'得朋'，然后才'乃与类行'。"

我抬头一看，在我们的西南方向，是一座高耸入云的山，坡度将近70度。这山上全是一层层的，底下是一些显得有些干枯的草，再向上，则是一些低矮的灌木，更上就是黑压压的松林了。既然陈步云这么说了，我们也就不再说二话，立即顺着他的意思，向山上爬去。

这山很是奇怪，先开始时，全是如同粉末状的细土，就如面粉一般，我们爬的时候，很是艰难；再向上走，只见土依然细碎，不过却多了些长得像松柏，却又是灌木的植物，对我们来说，毕竟手上能揪到一些东西，方便了好多。再向上爬，就到了一片黑松林，本来在山下还是很晴好的天气，到了这黑松林后，却又是细雨蒙蒙。

虽然这山上视线很不好，不过毕竟登高能望远。在这山上，我们终于发现，这个山的周围，正如地图上所画，一圈圈地向内延伸。我把地图拿来一对照，这地图上虽然圈圈很多，层层叠叠，细细一数，正好九圈，而我们就位于这九个圈子的第一圈和第二圈之间。

一到了这山上，我终于明白了，这张家人果然家学源远流长，原来张天锡虽然留下一张图，但是这图却要配合《易经》才能解开，对于张家人来说，这是他们的家学，到了什么方位，自然一清二楚，怎么做也很明白。这时我才明白，图中的那些缺口，其实在实际中并不存在，只不过是为了提醒他的子孙们，发掘宝藏时，别忘了家学。对于我们这些根本没学过的人来说，却以为这山里肯定有个缺口，难怪只能在这山中绕来绕去，却摆脱不了。

不过，爬这座山，耗费了我们很大的精力，我们正在喘息之时，只见前后两拨人也正在朝我们方向奔来，大约我们爬山的举动，已经被他们发现了。

如果被他们任何一批人追上，我们五人都会没命。没想到正在这紧急时分，陈步云却嘴里念念有词，继续在地上画八卦图。直到"老头子"那批人到了山底下，已经开始纷纷爬山，才听见陈步云说道："我们很快要到'需'位，《易经》里说道：'险在前也，刚健而不陷。'一会儿，听我的口令，到了那里，立即重重地踏步走，否则，就会陷入地底。"

我们点点头，赶紧下山。这山上山难，下山也同样难，刚才上来之处，全是土，没想到山的另一面，却全是岩石，幸好这岩石之间均有可踏足之处，我们下山，虽然很是艰难，却并没有像上山时那么费力。

陈明这人，像猴子一样，爬山下山，均比一般人要迅速，不过也显得毛手毛脚，弄得一些小石头、泥土纷纷从山上落下，幸好几乎全被山坡挡住。他快到山底时，突然脚一滑，一块小石头坠落到地面上，地面"轰隆"一声大响，一大块陷了下去。我心吓得怦怦直跳："果然是'刚健而不陷'，不刚健就陷下去了。"

就在一刹那间，陈明已经到了山底，他大概也被适才脚底下的场景吓了一跳，站在边上，迟迟不敢动弹。等到我们爬下山，已经是好几分钟之后的事情了。就这么一停顿，只听得山上人声喧哗，原来已经有人爬上了山，急急赶来。

我们知道这山脚之下，当初被人设计了个陷阱，可是却又不明白这"刚健"要到什么程度，呆呆地站着，一动也不敢动。片刻之后，只见山上有一人大声呼喊，却又听不清说些什么。

这人见我们不答，似乎有些恼怒，左右一挥手，只见一块大石被推了下来，奇怪的是，大石看来虽然沉重，滚下山时却隆隆作响，带下无数泥沙，弄得我们浑身是土，似乎威猛无比，触地之后，地面却并无异样，倒是一些带下来的小石头，一旦落地，地面就纷纷下陷，露出一个个看不清有多深的黑洞。

山上人见状，停止了滚石头，适才高呼的那个人又冲着我们喊叫起来，可惜我们距离他实在太远，听不见他的喊话。这人见两番喊话无效，似乎极是恼怒，只听得山上隆隆作响，有五六块大石头被同时推了下来。

这些大石正对着我们的位置，只隔了片刻，隐隐的雷声已变作轰轰隆隆、震耳欲聋的大响。与此同时，还有无数的小石被带了下来，向四处砸去，被任何一块石头砸中，我们都会非死即伤。这时，只听得陈步云一声大喝："快跑!"便领着我们朝前跑去，当然也没忘有意加重落脚的力量。

这次跑了出去，我们是出于迫不得已，毫无把握。万没想到，落脚虽重，跑起来时却每脚都踏在地上，正在狂奔之时，只听得身后轰隆隆数声巨响，石头落地，随后烟尘大起，周围一片黄色，什么也看不见。此时人人心中惊慌，顾不得多想，只是拼命向前急奔，直至烟尘之外，方才停足。

烟尘渐渐散去，只见我们适才跑过的地面，已是大片陷落，露出一个个黑洞。而在这时，在山上的诸人，纷纷攀援而下，已经有数人站在黑洞旁边。

不久，只见这群人已经到齐，中间有一人似乎是带头的，他左右一指挥，只见便有两人冲了出来，小心翼翼地朝地面点去，所触之处，地面随点则陷。这批人中，再无人敢试，个个束手无策，不知所措。

直到这时，我们才想起刚才的可怕。知道在这短短的时刻之中，已经从生到死，从死到生走了一遍，大家的脸色均是惨白，你望望我，我望望你，眼光之中，全都是恐惧至极的神色。过了好久，陈步云才吐了一口气，显然在刚才跑动之时，他也并无十足把握，只是实在退无可退，不得已才行此险招。

这群人自然不肯罢休，沿着山四处试探，可是他们见这地面一触即陷，心有余悸，不敢过分用力；留下处处黑洞，却又更加小心，也就越发过不来。片刻之间，已将我们四周弄得处处陷入，形成一片圆形，反倒将我们立足之处包围起来。

虽然被困，我们倒也心宽起来，这才有闲暇工夫，发现我们立足之处是一片圆形的山包，直径只有二十多米，土包上树林茂密，四周却寸草不生，很是奇怪，四周则是一条深不见底的巨堑，宽约二十米，一时之间，对手绝对过不来。要不是这张氏王朝的设计精妙，算准了重量，我们不是死于巨石下，就是葬身巨堑中，想到这里，心中又是一阵后怕。

唯有陈明，似乎显得极其愤怒，他对着对面的人群，一会儿挥臂，一会儿伸拳，大声怒骂，显然是想激怒对手。可对手却格外冷静，个个默不作声，竟然在巨堑边上打起盹来。

看到这番场景，我们心中连声叫苦：这次前来，我们带的食物和水只够六天用，前面已经耗去了一天半，还剩四天半，而对手却在圈外，有充足的食物和水维持，完全可以以逸待劳，只要等到我们饿或渴得奄奄一息，再过来，他们根本不用动手，我们就会乖乖就擒。

再等片刻，"老大"率领的那批人也赶了过来，只见他和已经围困住我们的那群人一接触，便指挥手下人把壕堑四周团团围住，也同样一个个打起盹来，显然接受了对方的劝说，同样玩起以逸待劳这场游戏。

此时，陈明和孙卫红已经算清楚，"老头子"率领的人有十五人，加上"老大"率领的人，总数为二十三人，无论和哪一方相比，我们都远远不是对手，而且对方是接受同一个老板的指令，虽然各自打着小算盘，但在宝藏没有到手之前，他们之间翻脸的可能性几乎为零。

这时候，陈步云却如同适才一样，嘴里依旧念念有词，在地上画了一个又一个的图形，推算起来。他的结论是："现在我们所处的位置是'师贞'，对这个位置的解释是'地中有水'。"我们四周看了一下，只见四处均是一片黄土，干燥得要命，一星半点水都不见，不由得怀疑这个卦辞是否准确。更何况，按照我们现在被围困这情形，就算这里地中真的有水，无非是多挨几日，根本没法解决粮食的问题。略微一想，大家脸上便满是沮丧。

我摊开从张天锡墓穴里画来的地图，只见上面标明了从我们这个山包有一个出口通往西北，但是这个出口究竟在何处，在现实中却是一点也看不出来。

剩下的时间，我们就开始了漫长的僵持，太阳由东方转为日中，而后渐渐西下，就这样第一天很快就过去了。接下来，便是第二天，这一天我们更是无聊，简直就是徒劳地坐在地上，紧张地看着对方。和我们的高度紧张相比，对手仗着人多，极其悠闲，似乎我们已经是他们手中的一碟小菜，随时就手到擒来。

到了第三天早上，依旧是僵持，我数了数食物，心里一阵阵发凉：风干的牛肉干还只剩下四条，大约三斤左右，杏干、无花果干加起来也不过四五斤左右，在这山谷中，人很容易渴，虽然我们一直省着喝，也只有七八斤的样子了。看来，只要再过两天，我们就会断顿了。我暗想。

陈明和孙卫红两个人，虽然一身的武艺，可毕竟好汉架不住人多，他们这几天一直气鼓鼓的，想冲出去，但又知道这会使事情更糟。更糟糕的是，这几天，对手不断有援军加入，人数增加到三十多人，不但带来了新鲜的食物，还有各种各样的炊具。

等到夜幕降临时，对面篝火旺盛，食物的香气扑鼻，他们欢声笑语地吃着。我们却只能在黑暗的一边，默默地啃着越来越少的牛肉干，心惊胆战地等着对手的来袭。到了第三天晚上，吃过晚饭后，我们手中的牛肉干已经只有两条了，杏干和无花果干也只剩下一半，水也只有两三斤的样子。

"这点东西，估计过不了第四天了。"陈步云忧郁地说道。这几天，他一直在琢磨着"地中有水"的秘密，土包的周围，几乎全被他敲遍了，但是这里黄土依旧，他始终没有任何收获。

这一天的夜里，山谷中奇迹般地出现了月亮，即使是对岸的篝火也压不住它的光辉。天上一片澄净，没有丝毫云彩。我盯着月亮，暗暗地吸了一口气，心里想：只要再过一两天，我们肯定会被他们捉住，今天，说不定是我最后一次见到月亮了。随后想起刘强他们的狡诈和毒辣，心里满是恐惧。

陈步云呆呆地坐在我的身旁，看着月亮，叹息良久，突然说道："看到今天的月亮，倒让我想起当年在美国求学时的情形。那时候，我每天早上，要么去图书馆，要么去教室，不到天黑不会回住宿地，一年365天，只想着学习，从来没想过休息。走出图书馆之后，常常能看到这般的月亮。屈指算来，也已经是50年前的往事啦！"

停了停，他又说道："青春岁月，真是如同黄金般珍贵。现在，我倒不是为自己当年学了多少东西而感慨，只觉得如果人生能重来一次，我应该让自己的生活变得更加多彩一些。不过人过七旬，在古代也算长寿了，便是死在这里，我心里也没有什么放不下的东西，只是觉得可惜你们这年轻人了。"

只听得陈步云又说道："季慎，这么多年来，我一直想和你说声'谢谢'，可是这话实在说不出口。这么多年来，你对我不离不弃，即使身困险谷，过得人不像人，鬼不像鬼，你也从不出一声埋怨，即使是古代的义士，也不过如此，所以你虽然是我学生，其实在我心中，早已把你当做我自己的儿子。我心里也很觉得愧对你，因为如果你不是跟从了我，现在你早已有了儿子、女儿，甚至还有了孙子或外孙。到现在还要叫你和我受这般苦，我内心也是很不舍得的。"

季慎默默地点点头，借着月光，我看到在他的眼中，似乎有一点光在闪动。那是他的泪花。说完这些话，陈步云不再多说，只是默默地看着月亮。

这时，陈明看着我们，突然哈哈大笑起来，我们愕然地看着他，陈明笑了一会儿，突然孙卫红也哈哈笑了起来。畅怀大笑后，陈明说道："我们念的书不多，但我知道一件事，对面之所以来这么多的家伙，他们满心想的，就是把我们祖先传下来的东西拿去卖钱。发财，没有人不想！不过谁要是想发这么没良心的财，我就要和他拼到底！"

孙卫红冲着他，猛地点点头："当年我们在战场上，出生入死，也没怕过什么。现在对这些小喽啰，我们更是不怕，他们冲上来，我们拼一个够本，拼两个还赚一个，绝不怕死。"

听了这话，陈步云握着他们的手，语气很深沉地说道："我老了，活得够了，也不中用了。到时候，这批人冲过来，我就跳进这坑里，你们到时候能冲出去就赶紧冲出去，千万不要管我，出去之后，赶紧报告政府，把这批人给拦截住，不要让宝藏流失出国。这样，我在九泉之下，也能瞑目了。"

这几句话，虽然只有寥寥数语，在我们心中却不啻是重重鼓响。月光下，我看到陈明和孙卫红的眼睛里，泛出了点点光，他们不再多说，只是用力地握了一下陈步云的手，点点头。

第二天早上，我提着水和食物，挨个地分，陈步云接水来，轻轻地抿了一口，笑着说："够了！"季慎也只是轻轻地喝了一点，便说什么也不肯再喝水。陈明和孙卫红倒不客气，大大地喝了好几口水，便拿起牛肉干大嚼起来。

这几天，我们一直精神紧张，经过昨天一夜，倒觉得除死无大事，心里这根弦放了下来，倒是觉得一身轻松，反而盼望对手早点冲过来。乘着这机会，陈明居然爬到了小土包上，在土包上生着的十多丛树里四处转悠，显得很是悠闲。

孙卫红在土包四周忙忙碌碌，到处寻找拳头大小的石头，把它们堆在一起，这土包周围石头不多，他找了很长时间，才从黄土里抠出十多块小石头，摆在地上，甚至连个小堆都堆不起来。

"哈哈，这山上的景致还不错嘛，要——"正说到这字时，只听得陈明一声惊呼，剩下的声音便如从井里发出一般。我们大惊，冲上土包，只见正中露出个大洞。这土包上全是树，阳光透不进来，我们向下一看，只见黑黝黝的，不知道有多深。我唤"陈明"、孙卫红大叫"喂"，叫了好久，却不见回音。

孙卫红也顾不得这洞有多深，双手攀住一棵树，便欲下洞去探个究竟。他身体还有半截露在外面时，突然往下猛一沉，他惊得话也说不出，"喂喂"地叫了起来。我和季慎也大为吃惊，赶忙把孙卫红双手拉住，只觉得洞里似乎有股很大的力量在拖着孙卫红。

"下面……下面有只像手一样的东西在拖我。"我们俩一使劲，孙卫红得空，才气喘吁吁地叫着。

"那陈明就危险了！"

"能感觉到这东西吗？"

我们边拖边问，刚刚消失的恐惧又重现在心中。就在我们起劲问的时候，洞里突然传来了得意的笑声，那是陈明的声音！

"呵呵呵，下来吧，里面很浅！"陈明在下面说道，我们这才知道，这竟然是他和我们开的一个玩笑。我们跳进洞，这洞果然很浅，只是我们一直处于阳光底下，一时到了阴暗的树丛中，眼睛不能适应，大惊之下，才被陈明戏耍了一遍。

陈步云也跨进洞中。这时我们才看清楚，这洞不过一人多深，由石头构成，洞壁之上，处处挂着树的根根须须，透过去，能看到这洞大约有五米见方的样子。洞的内侧，居然还有一个一米多见方的小洞，隐隐约约能看到阶梯样的石阶。

"'地中有水'！"我们顿时心中一惊，不约而同地想到了这句话。反正呆在洞外也是被擒，我们索性就沿着石阶向下走去。别看这小洞开口不大，里面却是黑咕隆咚的，一眼看不到底。

我扭亮手电筒，朝下照去，只见一条石阶盘旋而下，和我们在张天锡造的大瓷器中见到的情形极为相似，只是底下氤氤氲氲，雾气浓浓，还带着一股冰冷。再下面，因为光线微弱，就看不清楚了。

这时，只听得对岸隐隐传来鼓噪之声，显然他们已经发现我们突然消失，只是过这道壕堑的工具没准备好，一时过不来。

再到下面，只见树根已经渐渐转为白色，枝杈蔓生，布满了整个台阶，稍不留神，就要滑下去。我们扶着树根，一步步地走着，又走了一段，已经能听到潺潺的水声。我们欢呼起来，这个地方果然是"地中有水"！

当我们终于走到底部时，四下一照，这才发现我们竟然身处一个巨大的石钟乳洞中。这个洞高十米有余，上方垂挂着姿态各异的钟乳石，质地坚硬，手感光滑，手电筒的光一照，只见光影闪烁，晶莹剔透，有水不断地从上面垂滴下来，"滴滴答答"的水声在洞内回响。

在地上，一条浅浅的小溪静静地流淌着，水流既清又凉，宛若一条长长的水晶，很是惹人喜爱。这洞的尽头有一个大洞，这溪流就从这洞中流出。既然到了此地，我们便继续向前走去。

这个洞很长，却和那满是石钟乳的洞不一样，垂挂在洞上的条条石钟乳已经被人尽数敲断，只是敲击的年代久远，敲断处又长出了圆圆的一层，不过断面结合得不是很好，所以一眼便能看出。

若是在普通旅游时遇到这种情况，这当然是大煞风景，不过在此处，我们却很高兴，既然石钟乳被敲断，那就证明这个地方有人来过，里面显然不是很危险。这一路走去，虽然寒气渐渐增加，我们却是满心喜悦，加上洞中处处皆景，我们昨晚那种惨淡黯然的情绪顿时一扫而空。

在这里面，我们走了十多公里，仍然不见头，与达力加山中的那个山洞不同的是，这个山洞沿途枝杈纵横，不时出现一个个小洞。幸好我们都明白在山中走路时一定要遵循沿着水走的道理，倒也不至于和初次野外旅行的人一样，轻易地迷路。

我们本来以为，这沿途之中会有水流不断汇入，结果并非如此，越往上走，这石洞内的温度越来越低，洞的坡度也越来越高；到后来，我们几乎是在爬行。周围的石钟乳也变得越来越晶莹剔透，在四周幻出五彩之色，和原先所见的半透明状大异其趣。

洞穴之内，隐隐传来一阵阵呼喝之声。我们知道，对手已经找到了这洞穴，正在尾随而来，虽然走了好长一段路，我们早已筋疲力尽，但在这种无路可退的情况下，也只能慌慌张张地努力向前。

渐渐地，远处出现了一道淡蓝色的微光，我们大喜，沿着这道光走去。十多分钟后，我们就到了这道光的发源地——一个小小的洞口，这洞口很是狭小，只有一米多高，宽仅容一人。出了这洞，我们发现，自己身处一片被山坳环抱的乱石之中，一条淡蓝色的巨大冰舌从雪山上伸出，就在我们身前不远处止住。从这冰舌上，一股股融化了的雪水流出，从乱石间渗出，最后汇集成溪流，流入这个小洞。

大约是流水的作用，在这洞口附近，乱七八糟地堆着一些弯弯曲曲的树木，显然是在盛夏之时，山上雪水大量融化，被水流冲击至此。看到这些木棍，孙卫红眼珠子一转，在这些木头中选了两根又直又硬的木棍，和陈明两人分立两旁，站在这小洞口边。

对手来得好快，过了几分钟，就听得这小洞内传来了杂乱的脚步声，这些人显然很有经验，他们走路时，竭力轻轻落脚，却不料这山洞很长，一点小声就能被放大。孙卫红和陈明使了个眼色，紧紧地握住了木棍。

第十章　九鼎的真相

"当然，这里还有一个疑问，前凉时代，早就不用青铜器做武器的材料，如果这个城堡是前凉时代建造的，那么为什么要倒退，突然会用青铜来制造箭头，甚至刀剑呢?"

片刻之后，洞里传来数声呼叫，显然这是洞内人看到出洞在即，情不自禁地呼喊出来。呼声刚落，一个人头就从洞里伸了出来，陈明的棍子早就在洞外等着，立即对准这人头，一棍子敲了下去，这人一声闷哼，身体倒地。

洞里顿时脚步声杂乱，一分多钟后，才平静下来，这个倒地的人被缓缓地拖进洞里。陈明和孙卫红仍然在洞口高举着木棍，静静地等待着，又过了好长时间，突然又有一个人探出头来，孙卫红"呼"的一棍，这人早有准备，头缩了回去，这棍打了个空。这人见机，又探出头来，不料洞外还有陈明的棍子在等着，这次他没逃掉，被严严实实地敲中，这人哼也没哼一声，又脸朝地倒下，不一会儿又被人拖入洞中。

洞里又是一阵慌乱，似有人在轻轻交谈。过了几分钟，洞内突然传来一个声音："洞外的人听着，既然大家都是为财来的，那就见者有份，和和气气的，不要再打打杀杀。反正我们都是干这一行的，大家抬头不见低头见，将来还能做个朋友。"

陈明眉毛一挺，似乎要喝骂回去。这时，孙卫红连忙使个眼色，陈明才把已经到嘴边的骂声吞了回去。"这个可以考虑，"孙卫红叫道，"不过，不能按人头来分，应该按批次来分，我们这批人要分三分之一。"

洞内这个声音似乎显得很是犹豫："这个……我们要商量……"话音未落，一个人"哇啊啊"地从洞里跳了出来，显然刚才那人喊话，是为了分散我们的注意力。没料到，孙卫红和陈明早有准备，孙卫红一棍直击这人面门，陈明一棍对准后脑勺，这人又被击倒在地上，整个身体倒在乱石中，不知是死是活。

就在陈明和孙卫红打前面冲出的这人时，另一人也从洞中蹿出，陈明一棍击去，这人身子一闪，棍子贴着这人的肩部打了个空。孙卫红又一棍，这人再也闪避不了，正中腹部，这人吃痛，再也站立不住，弯下腰去。陈明乘此机会，重重地一棍击中这人后脑勺，这人摇摇晃晃了几圈，也倒在乱石中，腿抽动了几下，也不再动。

转眼间，对手有四人被击中，洞里的人于是不再蹿出，反而变得静悄悄的。陈明得理不饶人，悄悄放下棍棒，从地上缓缓地捡起一块大石，突然扔进洞里。只听见洞内传出一片惨叫，乱成一团。见陈明得手，孙卫红也捡起好几块石头，朝洞内扔去，洞内更是惨叫连连，显然有多人被击中。

此后，虽然陈明又扔进几块石头，却只听到洞内传来石头撞击之声，显然没有击中人。显然对手很是老到，他们之所以吃亏，纯粹是因为意外，被几块石头击中后，他们已经找好死角。此后，洞内重归平静，只是依稀能听到有人压抑不住的轻轻呻吟。

陈明眼珠子一转，微一示意，他和孙卫红便抬起倒在地上的一人抛进洞里，洞里人早有准备，里面立即传来了"叮叮当当"、金刀相交的声音，而后是"咦"的几声惊呼，接着有人压低嗓子低低地咒骂。

"佩服，佩服。原来对自己人，你们也是这么心狠手辣！"陈明在洞外朗声说道，"这种脾性，叫我们怎么合作呢？"洞内说话那人回答倒是很快："好小子，嘴巴这么刁，待会儿抓到你，让你知道什么叫真正的心狠手辣。"

随着这话，洞内似乎有数人大声喊着，似乎要冲出来。这时，有个年龄较大的人在大声喝阻，他吼叫连连，却也阻止不了。陈明说那番尖刻话的本意，就是要激怒洞里的人，他和孙卫红不等洞里的人冲出来，便又捡起几块大石头，朝洞内扔去。

"噼里啪啦"、"哐当"、"啊唷"……这几块石头一出，洞里各种声音纷至沓来，显然又有数人被石头砸中。"狗小子，有种的，别耍阴谋，我们一对一拼个高低！""用石头伤人，算什么英雄！""等老子逮到了你，非把你剁成好几块，才能解恨！"……里面一阵阵骂声传来，这些人嘴上虽然骂得很凶，却再也没有一人敢冲出来。

"呵呵，小子们，这次叫你们学个乖！让你们知道爷爷的厉害！"在洞外，陈明笑道。然后，他又捏起鼻子说道："老二，要不我们放他们出来，我们五兄弟让他们见见到底谁更厉害？"

孙卫红见状，也领会过来，也捏起鼻子说道："那可不行，这几天翻山越岭的，累坏了，等过几天再打，这才公平。"接着，他又放开鼻子，用正常声音说道："你们别吵，我们就在洞口好好地守着，他们出来一个，打一个，出来两个，杀一双，这样比较好。"

陈明把手指头塞入一只鼻孔，这又是另一种声音，然后接嘴道："好的，好的，我们就这么和这群小子耗上了！"

陈明、孙卫红说的这段话，声音各不相同，如果不是亲眼所见，简直会以为有五个人在交谈着。听了这段话，洞里那些闹哄哄的声音顿时停了下来，又传来窃窃私语，似乎正在商量。他们说了片刻，又传来了纷乱的脚步声，片刻之后又渐渐远去，似乎这群人已经知难而退，正在沿原路返回。

陈明大喜，正要离开这个洞，却见孙卫红竖起一只手指，朝他悄悄摇手，陈明这才领悟，暗暗地搬起一块石头，原地踏步，只是落脚声音越来越轻，孙卫红也是如此。他们造的这声音很是奇怪，有时是正常落脚，有时则是脚刚一抬起，又急急忙忙在地上踩上两脚。总的听起来，似乎有好几个人正在离开，越走越远。在做这些事时，陈明和孙卫红一直在侧耳倾听。

没过多久，山洞又是一片静寂。突然，孙卫红竖起手掌，悄悄地做了个向下切的动作，陈明会意，不再踏步，把手中的石头狠狠地朝洞内砸去，洞内又是一片"噼里啪啦"、"哐当"、"啊唷"之声。

至此，陈明再不停手，他不断弯腰搬起石头，不停地朝洞内砸去，只听得里面惨呼不断，显然又有多人受伤，到后来，脚边的大石头捡光了，他和孙卫红便抬起在脚边还躺着的另一人，也把他扔进了洞内。

他们俩一不做二不休，边砸石头，边转身示意我们去搬堆在洞外的那堆树木，等我们一抬到，他们便抬起一棵棵枯树，不断塞进洞内。不一会儿，这洞里就被塞得满满的，陈明和孙卫红不放心，还在上面压上几十块石头，顿时将这个洞口给牢牢地堵住了。

干完这些事，这两人得意地搓搓手，哈哈大笑起来，我们三人也忍不住大笑起来。这洞口被塞，对手想要到这山坳里来，从这山势来看，绝非一日两日之功，等他们赶到，我们早就发现了宝藏。

直到这时，我们才感到寒冷，原来适才在对手追击下，早就紧张得浑身是汗，现在被山风一吹，立刻冷得发颤。这时，我们才有空打开我们在张天锡墓中发现的那张地图，细细查看其中的奥秘。

我首先在地图上找出我们的方位，这时我们才发现，经过这个地下暗洞，我们已经穿过了七道圆圈，距离地图中的宝藏埋藏地只有一个圆圈。不过这地图上画着，我们所处的位置，应该有一个方形建筑物，似乎是一座古代的城池，而且进入这最后一道圆圈的关键，就在这城池之中。可是我们四处寻找，却奇怪地发现，这座古代的城池丝毫不见踪影。

就在这时，陈明突然鼻子四处嗅着，边嗅边叫道："烟味，哪里来的烟味？"我细细一嗅，果然空气中似乎弥漫着一股烟味。孙卫红突然叫道：

"不好，这群小子正在烧树，等树烧光了，他们就要冲出来！"

孙卫红的猜测果然没错，过了一段时间，只见一股股浓烟从石缝中冒了出来，显然这洞中的树燃烧正炽，我们堵住洞口的这些树，最多只能承受一两小时的燃烧。到时候，对手还是会冲出来。一念及此，我们的心再次紧张了起来。

在此种情况下，我们要赶紧找到进入最后一道圆圈的途径，而陈明和孙卫红两人则四处捡起石头，堆在洞的附近，然而这些石头大多圆滚滚的，对手只要用力撞击，这堆起来的石头就会四处分散滚开，堵住的作用并不很大。

看着这张似乎没有作用的地图，我们一个个皱起了眉头。突然，陈步云大笑起来："看看，原来这个城堡，就在我们的头顶上！"我们抬头一看，可不是吗？在我们的背后，也就是小洞之上，是红色的垂直崖壁，大约是含铁量较高的原因。这悬崖并不很高，大约有六七米，一两百米之外，便有转角，适才我们拼命地向雪山深处张望，却没想到这城堡就在我们头顶上。想到这里，我们顿时哑然失笑，觉得自己实在是太不注意了。

我们沿着这城堡边缘走去，转过一面，见到一个同样仅容一人的石洞。城堡之内，石头不再圆滚滚的，我们进去之后，便从里面搬起块块大石头，将门堵得死死的。如果有敌来攻，只要我们有人在这门上面，扔下石头，敌人根本无法攻破。

城堡之内和外面大不相同，却是草木繁盛，显然是经过日积月累的岩石风化，加上城基阻挡，已经积累下厚厚的土壤。只是山中气温较低，此时的气候相当于平地上的初冬，城中草木虽多，却已是枯黄一片。

这时，那个小洞内的烟雾越来越浓，显然不用多少时间，只等这木材烧光，对手就能破开我们设置的阻碍物，冲出来。不过，我们也在城堡之上放置了石头，只要对方敢近城墙，我们就扔下石头。

果然没过多久，只听得一声"轰隆"巨响，堆在这洞外的石头崩坍下去，四处乱滚，有数人从洞内奔了出来，陈明和孙卫红急忙抬起石头，当头砸去。只是这次砸石，已经和上次大不一样，上次洞穴之内极其狭窄，石头砸至，对手退无可退，这次石头距对方有十多米之遥，对准本就很难，更何况，对手已经吃了上次的大亏，这次也极是小心，一听到有任何异动，便及时闪开。我们扔下的石头，只是砸得砰砰直响，虽然声势吓人，对对手却是毫无杀伤力。

只见在城墙之外，出洞的人越来越多，最后竟然有近三十人，有些人头上裹着渗出血迹的头巾，显然是被我们适才所伤。其他的人大约已经失去了战斗能力，至于是死是活，那就不清楚了。

虽然我们扔下去的石头毫无用处，对方却忌惮得很，不敢再行逼近，这时他们也已经看清楚我们这边只有五人，立即安心地坐在一百多米外，静静地等待着。这倒使我们大为头痛，因为一直到了现在，我们的处境并没有改善，无非是所处之地从原先的那个山包，变成了现在的城堡，照样没法挣脱他们的包围。

渐渐地，太阳开始西落，雪山映出落日的红色，我们每个人脸上都变得血红血红的，同样，城堡内的枯草和树木上也罩上了一层红色。陈步云守在城堡的壁内，只见他长髯飘飘，被夕阳一照，胡须半边通红。

我们怕对手乘着夜色进攻，早就连割带拔，在城头准备了大批干草和柴火，一旦对手夜里来攻，我们就点燃它们。

其实，这时我们已是穷窘万分，虽然城堡内并不缺水，食物却几乎消耗殆尽：牛肉干早就进了肚，口袋里的杏干已经不到十个，一个人吃都不够。这也意味着从明天开始，我们就要正式饿肚子。更严重的是，我们心里很清楚，即使对手现在撤退，因为缺粮，我们也已无体力跨越那上百公里的戈壁和高山；就算我们不出去，像目前这样子坚守城堡，照现在的情形，也支撑不了几天。

对手却并不如此，从山洞里，不时钻出背负重物的人，他们是运送补给的。这三十多人很快就在这乱石堆里支起了帐篷，生起了火，似乎正在准备烤肉。更让陈明气愤的是，甚至还有人从外面带来了啤酒，这些人把啤酒浸泡在冰川之下的水中，显然是要冰镇一下。

夕阳的红色越来越浓，我们五人一人手持一根木棍，舔着早已干裂的舌头，望着远处升起的篝火，却无能为力。

这群人渐渐逼近城墙，突然有一人走出，在暮光之下，看不清楚这人相貌。"下面的，赶紧退去，否则我们砸石头啦！"陈明虽然肚子饿，却中气十足。"上面的，可是陈步云教授？"这人停下步，仰头朝城堡内大呼。

"我是，你是谁？"陈步云回答道。他这话一出，城堡下那人突然俯地大哭，边哭边说道："我是金刀鑫，陈老师，没想到这辈子还能再见到你！"

听得"金刀鑫"这名字，我们城堡上的五人都大吃一惊。在二十多年前，他被张春唐一棍击中头顶，血流如注，当场死去，这可是陈步云和季慎亲眼所见，怎么在这当口，又出现一个自称"金刀鑫"的人呢？

"你胡说，金刀鑫早就死去多年。更何况，这人狼心狗肺，别说他已经死了，就算活到现在，我们也绝不放过他！"季慎在城墙上怒声说道。

"你是季慎吧！过去我做那些事，虽然迫不得已，但确实对不起陈老师，对此我一直怀疚在心，"城下这人说话很是诚恳，不似作伪，"我的过错，你们如果能原谅就原谅，如果不能原谅，我也不强求。"

只听得这人又说道："其实，在我心中念念不忘陈老师的恩情。"说到这里，他语气转为柔和："我是一名孤儿，靠着自己努力学习，考上了北X大学，在上大学之前，从没有人正眼看过我，不知道吃了多少苦头。陈老师，或许您不记得，我却还记得，我在北X大学的第一节课，就是您给我们上的；后来上了您的研究生，您当时把我叫到您的别墅里去，什么也没说，先对我讲了一句话：'学我们这一行，要能忍受别人不能忍受的寂寞，也要能承受别人不能承受的痛苦。'然后您说，希望我好好考虑，能不能接受这一点，如果能接受，就做您的研究生；如果不能，还能有时间去别的教授那里。"

陈步云点点头："是的，我确实说过这话，这也是我收学生的一贯原则。这么说来，你还真是金刀鑫了。"接下来，他的语气却是十分严厉："既然如此，你带人从吴江到丹阳，现在又到酒泉，对我们一直苦苦相逼，到底是什么意思？"

"陈老师，我一直以为您已经去世，虽然我带的人几次和您见面，回来描述相貌之后，我也疑心他们说的就是您，但是没有确证之前，我也不敢下定论，加上这事干系重大，我实在无法停下来。刚才在城头上见到，才觉得可能是您，所以不顾危险，来看个究竟。"金刀鑫说道。

"金刀鑫，你放屁！"季慎怒吼道。在我印象中，季慎这人一向温文尔雅，从来没有见过粗口，甚至待人接物也从来没有过失礼的地方。这句"你放屁"如果从陈明嘴里讲出来，我倒不觉得奇怪，可是从季慎嘴里讲出来，就可知他是怒到了极点。

季慎还要再骂，陈步云冲他轻轻摆摆手，他就不再做声，弯下身去，手牢牢地抓住一块石头，似乎马上就要将它抛下城墙。

　　"这么说，你这次，是准备再次认我这个导师了？"陈步云说道，他的话中，不无讥诮之意。金刀鑫也不是笨人，当然听出陈步云说话的意思。只听得他说道："当然，这是我到城墙下来的一个目的……"

　　他话还没说完，只听得陈步云问道："那你说说看，另外一个目的是什么？"只听得金刀鑫回答道："另一个目的，就是希望陈老师您能够和我们合作，一起合力取出这个巨大的宝藏，大家共享这笔巨大的财富。"

　　"金刀鑫，做你的白日梦去！"季慎怒不可遏，举起那块石头，狠狠地朝金刀鑫砸去。可惜的是，他这石头砸得很是不准，落在离金刀鑫三四米处。正在篝火边的那群人看到金刀鑫遭到石砸，纷纷跑了过来。这时，我才发现，这群人手里都举着明晃晃的大刀，似乎只待金刀鑫一声令下，便挥刀杀上这城堡来。

　　"季师弟，你的火气也忒大了点，难怪干不成大事，只能追随在陈老师左右。"城下，金刀鑫摇摇头，似乎对刚才季慎举石砸他一事很不在意。

　　接着他又冷笑着说道："在这些人中，最恨我的，不是陈老师，也不应该是你，而是上面这三个小伙子。就算你想要砸死我，你们自己人也要先排排队，嘿嘿，别抢了别人的事。"

　　我们最恨他？我们从来都没见过金刀鑫这个人，蓦地听到他这句话，我们三人觉得很疑惑，相互看了一眼，大家都摇摇头，觉得这不大可能。

　　只听得金刀鑫说道："想想看，在西来庄的那天夜里，你们绑了我小儿子刘强后，只用了很短时间就冲到旅店里，他们怎么能未卜先知，先躲到那个墓穴里去了呢？"我们一想，确实如此，当时我们也确实很疑惑。

　　这时，只听得金刀鑫继续道："那是因为我们早就算好了这一段，我在旅店边的一栋楼上，负责传递信息，看到你们对我的强儿下手后，立即让我另外两个儿子躲入墓穴中。如果你们不准备进去，那里面有炒面和水，他们支撑个七八天没问题，到时候你们一走，我就能下去把他们救出来；如果你们蠢一点，听了我强儿的话，进了墓穴，那我几个儿子就能把你们关死在墓穴内。结果，你们真的很蠢。"他摇摇头，显得很是不屑，又似乎带着点悲天悯人的口气说道："这次，你们也一样，早就在我的算计之中，已经没法逃脱，所以我诚心诚意地劝你们思考，和我们合作，不要把大好年华，白白地浪费在荒石堆里。"

"好家伙，原来你故意设了个套让我们钻，聪明聪明，"孙卫红不怒反笑，他突然在城墙上鼓起掌，鼓了一段后，他突然讥讽道，"既然你这么算计周到，那么这次你一定是嫌你们来的人太多，所以算准了，故意让我们用石头砸掉几个，是不是？"

"嘿嘿，"金刀鑫冷笑几声，不再继续这个话题，反而劝起陈步云来，"陈老师，人生一世，如同白驹过隙，短暂得很，也宝贵得很，虽然您现在已经是风烛残年，但我个人的感觉是，越到老年，这剩下的日子就越发珍贵。您这么一位有思想、有学问的大学者，难道真的愿意把自己的一把老骨头抛在这几百年都未必会来人的荒野里吗？"

陈步云冷笑道："金刀鑫，你这话是劝说呢，还是威胁？"

金刀鑫说道："我这是真心诚意的劝说。"他幽幽地叹了口气，说道："毕竟我是您的学生，想当年，您对我耳提面命，看待我就像自己的亲生儿子一样，不但教我学问，还教我怎么在社会避开一些事，对这些，直到现在，我的心中一直是感激的。"

他又说道："我现在还记得，有一年冬天，已经放假了，将近春节时，我病得很重，偏生同学们都放假回去了，宿舍里只剩下我一个人。整整一天，我一点东西也没吃，又病又饿。天黑时分，您到我的宿舍来，看到我病了，二话不说，背起我就去医院。那时候正好下大雪，路滑得很，您一路摔了好几个跟斗，后来几天，您的脚一直一瘸一拐的，就这样还不忘记天天给我送来饭菜和鸡汤，亲生父母对孩子，也不过如此。这个恩情，我是始终忘不了的。"

陈步云说道："你记性不错，居然还记得这些小事。"他的语句虽然平淡，但其中讽刺的意味一听便知。

金刀鑫当然也听出了其中的意思，不过他不顾，继续说道："其实，我对您一直心存感激，后来我也一直劝您不要坚持己见，一定要和周围的人搞好关系，这样不但能自保，还能进一步地发达，这也是我对您的一番拳拳之心。"

听了这话，陈步云没有继续讽刺下去。金刀鑫大约觉得这话有了效果，便继续说道："可惜您没有听我的话，坚持己见，结果一个县委书记一来信，您就决定离开大城市，到那个鸟不拉屎的地方去。说实话，当时我是不愿意的，不过念及您的恩情，我还是跟您去了，这也是我对您的一片心。"

季慎这时平静下来，插嘴说道："所以你在走之前，就去找了莫德生，向他表白，说愿意把陈老师的所有动向向他报告，你的这一片心，确实不错！"

金刀鑫听了这话，沉默了好长时间，身体也似乎有些颤抖，不过他却又抬起头，大声说道："我没错，如果要说错，那也是时代的错，和我无关！毕竟我这么多年来，辛辛苦苦地学习，为的是生活过得好一点！别忘了，在做陈老师的研究生之前，就算我本科毕业，我也能找到一个好工作，好好地过自己的日子，我这么做，只是为了把我失去的东西拿回来。凭什么你们都认为我错了？难道跟着一个导师，就要把自己的什么东西都搭进去吗？我承认你很高尚，可我做不到这么高尚，我想要过我自己的生活，难道这有错吗？"

季慎冷笑道："你没错，全是时代的错，全是我们的错，好了吧，你满意了吧！"

陈步云叹息道："我并不怪你出卖我，毕竟你有你的追求，这我不能强求。你的这种想法，我可以理解，既然这样，你回去吧！"

"不！"金刀鑫抬头大声说道，"可是我想要的生活并没有得到！我还是受了您的连累。那天我被张春唐他们逮到，被他们一棍子敲晕，醒来之后，我发现自己已经身在几百公里之外。原来张春唐以为我死了，就把我扔到了荒野地里，没想到被一个路过的马帮给救了。我更没想到的是，我一醒来，伤还没养好，就被人拥着当了新郎。"

说到这里，金刀鑫的语气里充满了苦涩："原来，这个马帮首领有个瞎眼的女儿，一直找不到丈夫，他们看到我时，摸摸我的心还在跳，就把我带回家，回家途中他们就商量好了，救醒了我，就把我留下当女婿。说实话，我当时是一百个不愿意，可是有什么办法呢？我那时身子很弱，如果不同意，那我就不能待在那村子里，出了村子，几十里荒无人烟，只有被狼吃掉的份儿。于是，我只能待了下来，成了一个瞎眼女人的丈夫。"

说到这里，金刀鑫的眼睛不禁眼泪汪汪："在北京读书的时候，我还在想，什么时候我要找个和我志同道合，又知书识礼的女人做妻子，一辈子和和美美，也不想做什么大官，就这么平平地过着，也是很有味道的事情。可是，我万万没想到的是……"

说到这里，他抽泣了好几声，然后继续说道："我……竟然会和一个毫无知识，而且还瞎了眼的女人结婚，此后的日子，我的生活越来越苦。没多长时间，孩子生出来了，丈人却死了，老婆、孩子还有岳母，全仗着我一个人在那贫瘠的地里刨点粮出来吃，一年到头，辛辛苦苦，不但一分钱都剩不下，还要倒欠生产队里的钱。这个生活，我真是万万没想到。

"就这样，我还辛辛苦苦积攒了几毛钱，乘着到乡镇的机会，给莫德生寄出了好几封信件，讲了自己的经历。可是，这些信件去了以后，就石沉大海，什么音讯也没有。"说到这里，他突然声音变得恶狠狠："该死的莫德生，他要用我的时候，客客气气的；等我落难的时候，他什么忙也不帮。"

金刀鑫接下去道："就这样，我等了一年又一年，三十多岁，我的头发就渐渐花白了，手也渐渐裂开，成了松树皮，身上的衣服也是一块补丁叠着一块补丁。这些年来，我不敢照镜子，一照镜子，我就要哭上好几天，我成了什么样子啦！简直是个西北农民！当年的那个北 X 大学研究生金刀鑫不见了，风华正茂也不见了，英俊潇洒也不见了，我成了一个头发灰白、眼睛发愣、穿得破破烂烂的西北老农民。原先，我还想着有一天我会回到大城市，后来这个念头也绝了，我想的只是，我的孩子不要再像我一样受苦，将来他们一定要到大城市里去，他们要能吃到冰激凌，骑上自行车，穿得不用再破破烂烂！

"我还有一个念头，那就是报仇。我的一切，都是张春唐造成的，没有他，我不会落到这么个地步，我不会成为一个老农民，可是他有帮手，我没有，所以我就拼命培养我的三个儿子。正好这个村子的人原来是靠做马帮为生，懂武艺的人很多，所以，我三个儿子从小就跟着学习武艺，我只等着有一天我儿子长大成人，就把这张春唐千刀万剐！"说到这里，金刀鑫凶相毕露，突然仰天大笑："谢天谢地，张春唐还在，更没想到的是，我儿子武艺有成。

"更让我想不到的是，崔教授居然已经到了香港，靠着他对文物的专业知识，靠倒卖文物已经成了大老板。在早年，他收到了我的信件后，知道我在这个小山村里，几个月之前，他就找到了我，给了我一万块钱，叫我设法组织人，去找到你一直在寻找的这个宝藏，还答应我，事成之后，会给我两亿美金，安排我到香港去住。"

他看着我，说道："那天，他们正在逼问你的时候，我们乘他不注意，冲了进去，一分钟不到，就把他们全干掉了，报了我二十多年的大仇，真是痛快啊！更让我高兴的是，张春唐居然这么蠢，二十多年都没找到宝藏的下落，不过从他的资料里，我倒是找到了吴江这位李老先生的地址。到了吴江，我终于知道，原来这宝藏就在这座山里。所以我们就赶来了，这宝藏，现在已经是唾手可得。

"虽然我们现在还不清楚这宝藏的具体位置，不过就算踏遍这座雪山，我也会把它找出来。"说到这里，金刀鑫仰天大喊道："这真是苍天有眼，我金刀鑫大难不死，必有后福啊！为了我的子孙后代不受我这样的苦，我说什么也不能放过这样的机会。"

陈步云看着金刀鑫，眼睛里充满了怜悯又愤怒的神色："所以，你就决定了，不管这个宝藏对我们这个民族有什么意义，找到之后，也要把它卖给崔子城？"

"什么对民族的意义！经过这么多痛苦后，难道我还会相信这些鬼话？"金刀鑫如癫似狂，"这个社会对不起我，难道还要我一定对得起它？就算今后我背上无数的骂名，只要我过得幸福，被人骂骂，又算得了什么？"

"你住口，金刀鑫！没想到，这么多年之后，你竟会变成这样一个人！"陈步云怒吼道，"你现在是彻底地自私自利，你还算个人吗！你受了这么多年的教育，没想到你竟然沦落到猪狗不如的地步！"

金刀鑫冷冷地看着陈步云："陈老师，你们现在已经是粮尽援绝，撑不了几天了，不和我们合作的后果，你要想清楚。我还想说一句：不是我金刀鑫不愿意报答你，而是你根本就不要我报答，我对你可是仁至义尽了。"

"去你妈的仁至义尽！"陈明再也按捺不住，举起一块石头，朝金刀鑫扔去。不想被他一闪，躲过了这块石头。

"陈老师，我给你们三天时间，希望你们好好考虑是不是和我们合作，三天之后，我们就没这么多耐心了。那时候，我们只能对你们不恭敬，可能要逼问你们宝藏的下落了。另外，就算你不说，也没关系，我们有的是时间，无非是再多花几个月时间罢了，这宝藏我想也不会找不到。"

说完这些，金刀鑫便慢慢地离开了这座城堡。这时，夜幕已经渐渐落下，只有雪山顶上，还是一片血红，陈步云默默地站着，一动不动，任凭凛冽的晚风吹拂。

"陈教授，你犯不着为这种人生气。"我不忍，上前劝道。陈步云仍然不做声，隔了良久，才听到他发出一声长长的叹息。

这一夜我们睡得很不舒服，一方面是这山中气温很低，另一方面，却又担心对手突然进攻。但是，我们没想到的是，金刀鑫居然很遵守承诺，当天晚上，他并没有派人来进攻。

早上，山谷中的空气更是凛冽，我们冷得发抖，可是也没有办法，因为在昨天，我们的食物已经消耗殆尽，从这天开始，我们就只能在这荒无人烟的古堡中挨饿苦守了。挨着饿，人的热量自然不高，虽然太阳渐渐升起，人却觉得冷得很厉害。

以前看历史书时，常常会见到"粮尽援绝"的字样，直到此时，我才知道这四个字沉甸甸的分量，一股悲怆的感觉顿时涌上心来。陈明和孙卫红却不死心，两人在荒草、枯树中四处搜索，想找到一些可以吃的食物。

我和陈步云、季慎不敢下城墙去，只能留下来警戒，防止对手突然发动进攻。远远看去，对手却是十分好整以暇，直到太阳高高升起，他们才开始在乱石间生火、烤肉，不一会儿，他们就围坐在一起，吃了起来。看到他们吃东西，我们的胃里一下子变得空荡荡的，顿时觉得饿得难受。

过了好长时间，陈明才爬上城墙，用衣服小心翼翼地兜着一些东西，给我们展示他们的收获。我上前一看，顿时吸了一口凉气：原来，他们衣兜里兜着的竟然是一些狗尾巴草的种子，这草籽虽然看上去有好几斤，可是里面混着很多的草刺。

"这东西能吃吗？"我指着狗尾巴草籽问道。"能吃。小时候闹饥荒的时候，我就曾经吃过，"陈明苦笑着说，"味道和小米差不多，只是颗粒要小了很多。"看到这夹杂着草茎的草籽，我一点食欲也没有。

孙卫红似乎收获更大，他除了兜了一衣兜狗尾巴草籽外，手里还捏着什么东西，上前来一摊手，我才看到，居然是几支青铜箭头。这箭头表面虽然有些锈蚀，但是顶端依然很锐利，显然是经过特殊处理的。"这城堡正下面，似乎有个古代军火库，里面刀、剑什么的都有，还算完整，还可以用来打仗，要是对手冲过来，我们还可以用这些古代的武器，和他们一搏。"他说道。

就在说话间，陈明已经开始用嘴吹起狗尾巴草籽来，在他大嘴的吹拂下，草籽和刺分离，然后他很高兴地找到了两片石头，搓起草籽来。过了好长时间，只见他搓出了一堆不知道算粉末还是算脱完皮的狗尾巴草籽。孙卫红也坐在地上，依照陈明的样子搓起狗尾巴草籽来。

陈步云叹息道："最初的小米，就是原始人从狗尾巴草培植而成的，想不到，今天我们竟然要过起原始人的生活了。"

过了一会儿，山谷中风渐渐起来，陈明和孙卫红把搓好的草籽一点点在风中扬起。这风力幸好不大，过了不多时间，这草籽的颗粒居然和搓好的壳分离，只见一摊黄色的颗粒堆在陈明的衣兜里，和我适才见到的一堆不知是草还是草籽的大不一样。

这时，孙卫红已经取出卡式炉的锅，在城内一个低洼处取了水，陈明抱来一大堆枯草，堆起三块石头，就在城墙上生起火来。水开了，陈明摸出个剥了皮的小树棍，小心地把米倒入锅中，搅动起来。没想到，这一搅动，居然有一股香味扑鼻而来，简直和小米粥差不多。

过了一阵，火熄了，陈明说："可以了。"我一看，只见锅里已经结了一大堆糊糊，就和糨糊差不多。

这种狗尾巴草做成的粥，味道还可以，只是没法去完全除掉籽的壳，所以吃起来难免在喉咙里有些刺刺的感觉，不过有总比没有要好，我们竟然靠这草籽，也得一饱。这城中，狗尾巴草很多，就这样，中饭、晚饭，我们全靠着这些刺刺的糊糊过日子。

既然知道了如何处理狗尾巴草，我和陈步云、季慎也不好意思老是让陈明他们劳动，我们也下城，留他们二人警戒，在城内采摘狗尾巴草。

这城内草很是茂密，几乎有大半个人高，我正在采集时，突然听到陈步云一声低呼，抬头一看，只见他双手扶着一棵长得如同人臂粗的树，树上叶子已经落光，正在上下打量。

看了半晌，他才说道："这是棵柘树。"说到柘树，我突然想起应劭在《风俗通》里写的一段话："柘材为弓，弹而放快。"

"陈教授，难道你准备做弓箭，来射对方？"我问道。陈步云点点头：

"这两天我一直在想，我们不能和对方硬拼，他们身上都带着武器，我们只能用弓箭来杀伤他们。"

幸好在这古堡中，还留有一些青铜的工具，像斧头之类的，这些工具倒不像铁器那样容易生锈腐烂，虽然表面锈迹斑斑，但是重重地磨了后，倒也露出雪亮的刃口来，显然还能使用。

我们砍下那些柘树，修剪掉枝条，然后把这树干从中间劈开。陈明的手法还算巧妙，很准确地把树干劈成相等的两半，然后留下树髓部，再削去树干的外皮，保留中间部位，这样一个粗糙的弓背就制成了。

剩下的事情就是点燃一大堆木头，把这简单的弓背在火上烤，除去树干的水分，同时借着火的作用，把弓背弯曲起来。这火一烤，树干就会发生自然弯曲，髓部因为含水量较大，收缩得比较厉害，我们再加以用力，一个弹力很强劲的弓背就做好了，然后我们再撕下衣服上的一些布条，搓成绳子，绊上弓的两头。

陈明手一拉弓弦，"嘣"的一声，"嗡嗡"作响。"还有点力道，估计可以用了。"他点点头，笑着说道。这时候，孙卫红已经收集了很多又细又长的树枝，在火上烤干后，插进箭头，顿时有了弓，也有了箭。

"就是没有长羽毛，估计这箭准头不足。"孙卫红遗憾地叹息道。陈明搭箭入弦，对准一棵在十多米外的树射出，果然这箭在空中虽然飞行得还算直，但是却离那棵树还有十多厘米远。"只能这样啦，"陈明苦笑着说，"十多米外都射不准，也实在是没办法啦！"

就这样，我们每个人身上都背了弓，还有二十多支磨好刃的箭头，试了大半天，总算用得渐渐熟悉起来，十多米开外的目标，也能射中一半左右。这弓倒也算有力，能够射出三十多米远，不过到了那个地步，基本上是十射九不准，要想射中人，也只能靠运气了。

第三天很快到了，这一天，我们吃了大量的狗尾巴草糊糊，还准备了一些，防止一旦对方不断地攻击，我们也有吃的。

清晨的时候，我们五个人就分散着在这城墙上，脚底下则是磨得很锋利的刀剑之类的武器。晨风轻轻地吹拂着我们，我静静地伫立着，突然间有种时光倒流的感觉：说不定在数千年前或者更晚一点的时间，当年那些戍守这个城堡的战士们，就是这样静静地等待敌人的到来，他们当时究竟是一种什么心情呢？他们身上穿的铠甲，是不是能抵御这山谷清晨的冰冷空气呢？他们是不是和我们一样，也是脚底下放着刀剑，在背上却背着一个弓呢？

城堡之上，弥漫着一股紧张的气氛。我觉得，自己的脸上，不仅仅是一种坚毅的表情，而是一种渴望冲锋的感觉，我们甚至有点迫不及待地等着对方的进攻了。空气中，遍布着清凉，这让我的视线分外清楚，而且还有一种精神抖擞的感觉，完全没有那种平常早晨刚起床，充满慵懒、昏昏欲睡的感觉。

阳光出现了，首先照在我们的脸上，渐渐地充满了整个山谷。对方的营地开始骚动起来，一缕缕炊烟升起来，消散在清澄澄的天空中。这一天，是绝好的晴天。

半小时后，从对方的营地里，走出一股一股的人，他们似乎漫不经心地走着，手里拿着的，当然是大刀之类的武器。这些人走得很是分散，显然是要组成一道散兵线，防止我们从城堡中逃出。

我的心突然收缩起来，左右一看，只见陈明和孙卫红两人脸上似乎带着微笑，于是我的心也定下来，卸下肩上的弓，弯下身，将一支箭放在弦上。对手走的步伐其实并不慢，很快就到了城堡下，他们中有人似乎从背囊中摸索着什么东西。

"放！"陈明突然大吼一声，一箭就朝正对着他的一个敌人射去。这人猝不及防，慌乱之间，用手一格，这箭很是厉害，居然洞穿这人的手臂，直插地上。与此同时，孙卫红、陈步云和季慎的弓也响了起来，结果是陈步云、孙卫红都没射中对方，倒是季慎一箭射中了对面的一个人。

这群人大概没有想到，被箭射中了之后，便迅速四散逃开，在四五十米之外才站住，站在那里冲着我们指指点点大骂，我们在城墙之上，什么也听不见。

我这边来的敌人走得似乎慢了一点，所以等到我瞄准他的时候，这人早就逃到几十米外。就这么两人中箭，这三十多人再不敢过分逼近，而是远远地站着，和我们干耗起来。

这中世纪的兵器居然这么厉害，我们心里不禁充满了自豪，觉得就这么下去，我们仍有希望能冲出这群人的包围。

就在这时候，一个人站了出来，手里举起一个东西，似乎是对准了我们的城墙，只听得"砰"的一声，我们脚下的城墙就有一小片石头被击落。

我还在痴痴地站着，只听得孙卫红和陈明一声大吼："低头！低头！"直到他们两人这声大吼，我才明白，对方的武器并不是我们所想的那样只有中世纪的武器，而是有一把手枪。

不过，这人似乎并不瞄准我们，只是对着城墙"砰砰"地开了好几枪。陈明怒吼着，朝着这人，一连射出了好几支箭，这些箭只是在空中划出一条弧形，然后落在这人的面前：我们弓箭的射程实在太近了，根本对这个持枪的人形不成任何威胁！

直到这时我才明白，原来我们昨天所做的一切全是白费，我们根本不是对手，一阵冷汗从身上每个毛孔涌出，适才的勇气顿时消散得无影无踪，心里有的，只是一种无力的感觉。人的血肉之躯，加上几十支射程有限、准头根本不行的箭，怎么能抵挡住这现代人制造的手枪呢？"我们最后还是输了！"一声叹息，从我的天灵盖透出，深深地浸透了我的全身。

尽管如此，在墙外的人同样也不敢过分逼近，因为我们毕竟有弓箭这种简陋的防御武器。我们万万没想到，原来我们预想中会很激烈的第三天，居然会这么平平淡淡地就结束了。

这一天，整个山谷中的晚霞很红，很灿烂，衬着四周皑皑的雪山，显得很是壮烈和绚烂，然而在这山谷中，其实并没有发生什么了不起的战斗。我本来准备好要好好干一场，突然这么平静，心里反而空荡荡的，有种积攒了一堆力气，却一拳打到棉花堆里的感觉。

历史上很多看来很激烈的战争，说不定也就是和我们现在所处的环境一样，就这么平淡，后来之所以觉得是金戈铁马，说不定完全是我们后来人的错觉。在这种时候，我居然还会起这种想法。想到这里，我突然哑然失笑，沮丧地摇摇头，觉得自己实在是不可救药的历史迷。

夜色降临了，我们虽然如临大敌，心里其实并不沉重。说实话，从听到手枪响的那一刻，我心里就打定了主意："除死无大事。"心一横，反而心情轻松起来，原来那种千恐万惧，一直担心自己被杀死，暴尸荒原，几百年也不会有人知道的痛苦顿时消失了。

世上艰难唯一死，只要能放得下生死，这世间估计什么事情都能干成。这个道理，虽然我当时没有想透，现在回想起来，觉得生命的意义就在于人能不顾自己的生死，愿意为自己想做的事情努力奋斗。这样的时刻，哪怕只有短短几小时，也比窝窝囊囊、委委屈屈地过几十年要好多了。

一想到这里，我觉得精神振奋起来。最大的可能也就是在这荒谷中死去，这有什么大不了的。一想到这里，我的心不再焦虑，反而想起一个一直缠绕在心中的疑问：古人为什么要在这里设立这个城堡呢？当时决定设立这个城堡，究竟是为了什么？

要知道，古人设立城堡，必然有它的意义，这个荒谷既非扼守沃野的战略要地，也不是战略重地，纯粹是在一片荒原中设立的，从任何角度来看，这个城堡的设立都是毫无意义的。我仔细想了一下，觉得这其中必然存在着某个不为人知的秘密。

难道，这个秘密就是那个储存着大量宝物的宝库，在这宝库中，甚至还有九鼎这样的绝世珍宝？我越想，越觉得有这个可能性。

毕竟史书上记载得很明确，在前凉张骏时，酒泉太守马岌上言，认为酒泉南山，也就是现在的祁连山上有西王母宫殿，于是张骏就在酒泉南山设立了祠堂。我在看到这一段的时候，觉得这可能只是传说而已，还哑然失笑，觉得这个古人真是奇怪，明明是说一个传说，还要说什么"有石室王母堂，珠玑镂饰，焕若神宫"之类的话，绘声绘色，说得像真的一样，真是毫无必要。

然而到了这个时候，看到这个古城堡，还有大量剩下的兵器，我就不得不掂量一下古人说的话了。毕竟古人写的是历史书，不是小说，说的话想必是有根据的，而且在此之前，我们已经在西来庄发现了几乎可以断定是西王母石室的地下建筑。

难道这里不可能是另一个西王母的石室吗？我细想了一下，觉得这非常有可能，毕竟我们不明白古人所说的"昆仑"是什么意思，如果"昆仑"的意思是很高，上面有积雪的山的话，那么任何一座雪山都可能是昆仑山。因为那时候西王母国的人说起昆仑，其实也就只是"高高的雪山"的意思，弄错的反而是我们的祖先，例如河宗氏之类的。他们本身并不是外语专家，如果错误地把一个简简单单的泛指名词，误认为是专指某座大山的话，那就很可能导致众多的争论。

想到这里，我觉得，这种理论就能解释，为什么现在很多人都举出一个个证据来，证明众多的大山是《山海经》或者《穆天子传》中所指的"昆仑"，却谁也说不过谁。或许，每座雪山都是昆仑，人家说起这个词时，就和我们随便指着一座山说"这是山"一样。这么一想，我顿时觉得自己想通了一个很重要的问题。

既然如此，我就继续沿着这个思路想下去，如果每座雪山都是"昆仑"的话，那么汉人误解了之后，会怎么办呢？他们往往会顺着我们固有的思路去寻找昆仑，也就是坚持两个标准：这座山上有个看上去像某代或某几代的西王母居住过的石室；另外，这座山的周围应该有个湖泊。

张氏王朝既然会把宝物藏在临夏的那个西王母石室内，为了节省人力，自然也会把它运到另一个类似的建筑物内藏起来，毕竟张氏王朝占据的前凉是个小国，国力有限，经不起大规模建造大型建筑物。因此，我得出结论：在张骏时代，他就觉得西来庄所在的那个西王母石室，实在太靠近前线，作为藏宝的地点很不合适，于是就谋划着要给宝藏找到另外一个安全的贮存处，而那个酒泉太守马岌应该完全知道张骏的心思，甚至很可能就是张骏为了寻找另一个西王母石室，故意任命他为酒泉太守。

那么这个马岌究竟是个什么人呢？这个人在历史书记载很少。我只知道他最初的时候，是张茂的参军，张骏嗣位后，当上了酒泉太守；张重华末年的时候，当过左长史；张祚篡位后，他还是受到宠信，升了官，当上了尚书，可谓"四代老臣"，而且一直是参与最高机密的官员，可见这人和张氏王朝的关系不一般。

我想到这里，顿时觉得豁然开朗，既然如此，我只要证明这个城堡是前凉时设立的就行了。如果是前凉时设立的，那就可能正是马岌设的，目的是为了保护某个就在附近的西王母石室。

于是，我便朝陈步云走去。这一天天气冷了下来，在城墙上戍守的，只剩下陈明和孙卫红两人。季慎和陈步云在城堡里找了个很小的室，已经在里面生起火来。走进这个小室时，我看到陈步云手持一条炭化了的树枝，正对着地上的几行字发呆。

凑近一看，只见上面写的是："丹崖百丈，青壁万寻。奇木蓊郁，蔚若邓林。其人如玉，维国之琛。室迩人遐，实劳我心。"这首诗的作者正是马岌，诗的名字叫做《题宋纤石壁诗》。看到这里，我不禁会心地一笑：原来，陈步云也想到了马岌。

看到我的笑容，陈步云大概一下子明白了我也想到了这个人。"我刚才细细地想了一下，终于认定，藏宝的地点其实不在别的地方，就在我们脚下！"陈步云说道。

尽管我心里已经想到了马岌，陈步云这话一出，还是让我大吃一惊。陈步云看出了我的惊讶，于是便解释道："这首诗，说的其实就是西王母石室的周围环境，第一句，说这个石室周围是高高的山崖，我们所在的城堡，不正是建立在山崖之上吗？至于'奇木翁郁，蔚若邓林'，我们所处的位置，不正好是一大片茂林吗？按照这里的地理环境，能够和这诗相符合的概率，不到千分之一。至于'室迩人遐，实劳我心'，表面上是说，为了寻找这个石室，我可是费了好一番苦心。实际上，可能还有另外一层意思。"说完之后，陈步云脸上露出了笑容。

"可是，我印象中的西王母石室，是建在地下的呀！"虽然陈步云讲得很有道理，我却觉得其中仍有不能理解之处。"那讲的只是王莽时代发现的另一个石室，并不适用于这个石室。"陈步云笑道。

这话一出，我不禁哑然失笑。这时我才明白，我在对西王母石室的考察中，犯了逻辑不清的毛病，确实不能用西汉时发现的一个西王母石室去套另一个西王母石室，两者之间还是可能有很大差别的。也正是这个思维定势，使得我有种老是要冲出这个山谷，去找出西王母石室，也就是目前所知的最后藏宝地的决心，却不知这个石室，很可能就藏在这个城堡的某处，而建这座城堡的唯一目的，实际上就是为了保卫这个巨大的宝库。

"当然，这里还有一个疑问，前凉时代，早就不用青铜器做武器的材料，如果这个城堡是前凉时代建造的，那么为什么要倒退，突然会用青铜来制造箭头，甚至刀剑呢？

"你有没有注意到，这里的刀的形状和汉刀差不多？"陈步云突然问道。这个问题提得非常准确，虽然我们在小时候看革命影片，时常能见到战士们拿着大刀和日本鬼子肉搏的场景。这种刀的刀柄较短，长度却至少在六十厘米以上，甚至有长一米多的，并且无一例外在刀柄外侧制成扁圆的环状，所以也被称为环首刀。

我细细一想，我放在脚底下，准备对抗敌人进攻的，正好是这种环首刀，这种刀是汉武帝时为了抵御匈奴而发明的。因此仅仅从刀的形制来看，这个城堡的建立，起码应该在汉武帝之后，不过当时武器早就是用铁器了，这里出现了青铜制的武器，显然不能用技术条件来解释，只能说是因为原料的限制了。

十六国时，出现在中原地区的刀有两种：汉族士兵用的刀还是环首刀，少数民族士兵用的是圆头弯刀。直到唐朝时，人们用的刀才有了改革，成了带柄长一米左右的长窄型刀，当时称"陌刀"，将柄截短一点，就成了现在的日本武士刀。

想到这里，我于是颔首说道："对，当时前凉士兵，确实很有可能还是使用环首刀，出现了青铜制的环首刀，并不能证明这城堡不是在前凉时建造的。"说到这里，我觉得陈步云的推断非常有道理，确实，这个城堡附近，很可能就有着另一个西王母石室。

从张天锡留下的地图来看，这里确实已经是地图所指的藏宝地。我们之所以一直被迷惑，关键一点，还在于这个高耸的城堡，使我们一下子失去了方向感，居然没意识到，我们其实可能已经到了目的地。当然，怎么找到那个神秘的藏宝地，则是另外一回事。

这么一分析，我们终于恍然大悟。确实，在这世界上，有很多事情，如果你随心所欲，不仔细地分析的话，往往就会陷入一团迷雾之中，再也找不到方向，最后只是陷入种种迷思之中。幸好，我们这些人经过专业训练，学会了怎么去思考问题，这样，摆在我们面前的种种迷雾就能一层层被剥开，最后显露出事情的真相。

在这中间，马岌的这首诗应该是个揭开巨大秘密的钥匙，因为如果不是真实到达现场，他是绝不会凭着自己的想象写出"丹崖百丈，青壁万寻。奇木蓊郁，蔚若邓林。其人如玉，维国之琛。室迩人遐，实劳我心"这类诗句的。

"揭开这个秘密，最关键是在后面两句。'其人如玉'，这句话从字面上来看，应该是说西王母这人长得如何如何漂亮，就和玉石雕的一样。不过，如果这样的话，'维国之琛'就不太好解释，难道说她就像宝玉一样，对国家很重要？如果这样的话，这段话就有点说不通了。"陈步云皱着眉头说。

季慎一直在我们身边听着，听到这里，他也插嘴说道："不仅如此，

'室迩人遐'这句话也大有深意，马岌在这里说的是石室很近，但是人很远，让他很操劳。不过这么说，虽然也有一定的道理，但是难道不能解释说，他为了设置这个藏宝地点，花费了很大的心思吗?"

我听着他们的议论，觉得古代汉语实在是太含糊，一点也不精确，一句普通的话可以这样理解，也能那样理解。要破解出这个一千多年前古人设置的谜团，实在是太艰难！

想到这里，我脑子里突然出现了一个想法，马岌在写这首诗的时候，虽然当时山水诗还没有盛行，但可以把这首诗看成一种未来的趋势。如果这个推断是正确的，那么马岌写这首诗的前两句的地点，就应该在这祁连山中，因为这首诗名字叫《题宋纤石壁诗》，它应该写在一个石壁上的，然后被人传抄出来。

既然有这么一个推断，这首诗的前两句就是写实的，在这首诗里，马岌无意中透露出了西王母石壁的准确地点，也就是这个石室的入口处，可以看到两个场景：一个是"丹崖百丈，青壁万寻"；另一个则是"奇木蓊郁，蔚若邓林"。在这种情况下，他才会发出"室迩人遐"的感叹。

想到这里，我顿时觉得豁然开朗：要知道，因为建了城堡，"丹崖百丈"和"奇木蓊郁"这两种场景只能在一个地方看到，那就是在城墙上！之前，我之所以忽略了这两句对地点的指导作用，是因为我下意识地认为，"丹崖百丈"这个场景肯定是要抬头看的，其实不然，这种场景也大可站在城墙上低头看，而且低头看，更有一种对高度的恐惧感，否则，我们所在的这个城墙也只不过只有六七米高，怎么能称得上"丹崖百丈"呢?

"哦，原来马岌写这首诗，是在城墙建好了，他站在城墙上，一面低头看着这让他头晕目眩的悬崖，一面回头望望包在墙内郁郁葱葱的树木，然后发出如此的感叹，这样推算出来，显然这石室的出口就在城墙的附近。"我说。

这时，我看见陈步云皱着眉头细想了一下，然后眉头舒展开来，点点头："既然我们可以肯定这个城堡是为了保卫宝藏而建的，那么这个石室的入口肯定不在城堡之外，而应该在城堡之内，既然如此，这个藏宝的地点应该在城墙之下。"

说到这里，他脸上露出了笑容，我和季慎也都笑了：这城墙之下，全是一间间的石室，有二三十间，要在这中间找出石室的入口，显然不是很难。而且我们还有一个线索：马岌在上报发现西王母石室后，张骏在这里建了一个祠，既然这地方如此偏远，运输不便，土层也浅，不大可能大规模取土，显然这个祠堂不会是那种传统的土木结构建筑物，而应该是石头建成的，这样的话，它应该会存在到现在，根据这个线索找起来，就更不难了。

既然如此，我们立即站了起来，打开手电筒，一个石室一个石室地搜寻起来。这些石室，基本上是卫戍这里的士兵的宿舍，无非是有的大一点，大约是古代军官的住所，有的小一点，估计是普通士兵住的。还有的石室内，虽然墙壁已经剥落，不过还是能看出上面有一层黑灰，估计应该是伙房。

直到走进第十二个石室时，我们才感到这个石室和前面见到的那些石室全不相同，这个石室特别大，有一百多平方米，高度也将近四米，三根巨大的石柱顶着屋顶。室内正中央，摆着三四个石制的莲花底座，直径为两三米，上面却空空如也。只不过，这些莲底座早已剥落得一塌糊涂，座下全是尘埃；还有一些已经破碎断裂的石头塑像，但是却又没有前面那些石室里见到的石制家具，显然其作用不是为了生活，而是为了祭祀。

这难道就是张骏建的西王母祠堂？我暗自想。陈步云和季慎大概也有相同的想法，他们绕着这个几乎空荡荡的石室走了一圈又一圈，却没有发现任何值得怀疑的地方。

不会吧，又要猜谜！从进入西来庄之后，我一直被张家人的种种设计搞得头痛不已。这个家族的人似乎智力过人，总是要设置种种谜团，每次破解总要耗费一些力气，甚至是张天锡在墓穴里留下的藏宝图，也并不是一步到位，而是要我们耗费脑力去设身处地地猜测，才一路闯到了这里。

陈步云这时候也似乎遇到了大难题，他嘴里一边嘟嘟囔囔地说着"室迩人遐"，一边东敲西打，可是这石壁传来的声音却实沉得很，显然没有空隙。如此折腾了一个多小时，却一点线索也没有发现。

这时候，我又想起了张氏家族设置的种种谜团，不禁骂起了这一千多年前的显赫家族，顺便朝那几个摆在地上的石莲座踢了一脚。因为心中气愤难当，这一脚有点重，我原本以为这一脚下去，我该捂着脚大声叫痛，没想到这石莲座已经风化得很厉害，竟然比我的脚还要软，这一脚恰好把它踢穿了个洞。

"这底座是中空的！"陈步云大声叫了出来。既然已经踢过一脚，我索性一脚朝莲座中央踹去，居然毫不费力，这个莲座就塌陷了，化成一堆碎片，地上出现了一个黑黝黝的大洞。看到这个景象，我们三人不禁欢呼起来。

这个洞穴并不是很深，只有两人左右高。我们打着手电筒下了洞，先看到的是一条长长洞穴，直通至黑暗，周围和我们之前见过的那条石钟乳洞极为相似，甚至有可能本来就是一条，只是前凉王朝在施工的时候，把这个洞给截断了。

此处的这个洞穴，和前面所见的洞穴也有不同之处，它的地面上均铺着厚厚的石板，人走在上面很是舒服，而且这洞内的水源大概也被人截断了，所以洞内很是干燥，一点也不像前面我们所见的那个洞穴。

朝前面走了二十多米，眼前豁然开朗，出现了个巨大的洞穴，有四五百平方米，墙壁上全砌着厚厚的石板，有棱有角。按照方位，我们推算出，这个洞穴应该在城堡周围的山中。我们用手电筒四处照射一下，却失望地发现：在这石洞内，竟然什么也没有，是空的！

我们绕着这个石室走了一圈又一圈，四处敲打，却再没有发现任何东西。我们极其失望地坐在地上，手电筒的光柱在墙壁上晃来晃去，突然间照到了几行字："九鼎之宝，前世所珍。熔以复国，以慰先人。余宝余珍，自宜善存。以待时靖，使见天日。""张大豫！"看到这三十多个字，我的脑海里，突然蹦出了这个名字。

一段往事顿时出现在我的脑海中：张大豫是张天锡的世子，张天锡在淝水之战阵前投奔晋军时，他没有在身边，但是他又怕苻坚害他，无奈之下，只好投奔前秦的长水校尉王穆。后来，河西焦松、齐肃、张济等人起兵反前秦，他在王穆等人的帮助下，逃到了起兵的军队那里，占据阳坞，自称凉州牧、凉王。

不久，吕光征讨张大豫，吕军一时大败，被张大豫围困在姑臧，但是张大豫不采纳王穆的话，强攻姑臧，被吕光寻机攻破兵营。张大豫军大败，逃奔广武，被当地人捉住交给了吕光，被吕光在闹市处斩。

"原来九鼎早在一千六百多年前就不存在了！"看到这几个字，陈步云一下子颓然坐在地上，喃喃地说道。这时，我心底里顿时雪亮，难怪我们会在城堡周围见到那些形状是汉代到唐代、材质却是青铜的刀剑，原来是张大豫仓猝之间，为了复国，竟然把九鼎熔化了，制成了刀剑、箭头等武器。

虽然我们见到这最后的藏宝地，我们心里却依旧充满了疑问：按照张大豫写的，他只动了九鼎，用来制造武器，可是别的珍宝，他并没有动，这些珍宝到底去哪儿了呢？在这中间，又发生了什么变故，储存在这里的珍宝，是被谁取走了呢？那些石室遍地的石头塑像，又是谁打碎的呢？

尾声

三天后，我们走在了从祁连山到酒泉的路上，两手空空，一无所获。就在我们发现这个藏宝地是空的第二天早上，我们突然发现，对面的对手突然消失了，而且撤退得就像他们从没出现过一样。我们下了城堡，竟然遍寻不见，整个祁连山的荒原，似乎就只剩下了我们五个人。

金刀鑫到哪里去了？另一伙人去哪里了？他们为什么要离开？在这中间，崔子城究竟扮演着什么角色？对我们来说，虽然人身已经安全了，迷雾却并没有消失，反而更加浓厚了。

我们的弓箭起了作用，路上我们打了几只野兔，就靠着这点可怜的肉食，我们支撑着疲劳的身体，出了这个白雪皑皑、充满神秘的大山，顺着一条清亮亮的小溪，走进了几天前走过的黑戈壁中。

"这是什么？"我们回头走的第二天，陈明突然指着溪里一块块白白的鹅卵石问道。陈步云一愣，他蹲下身子，从溪水里捞出了一块这样的石头，放到阳光底下细细一看，突然哈哈大笑："这是和田玉！"

酒泉附近的祁连山出玉，这我知道。但我万万没有想到，在这人迹罕至的山谷里行走时，居然会遇上和田玉。细细一想，也确实难怪，这里的地形和和田附近极其相似，玉原料经地质运动或风化从山体剥离被水流冲刷至山谷中，经过水流长期冲洗翻滚，一般停留在河流的上游，形成籽玉。

和田玉的出现，使我们的失望顿时一扫而空，我们跳入水中，拼命地捞起玉石来。半小时，我们每个人身上，都有了几十块籽玉。

我们顺着这溪流继续向下走，突然发现，这条溪流竟然是我们之前走过的红水河的一条支流。因为在上游发现了和田玉，在这河的河谷行走时，我们特别小心，结果发现这河谷内的石头，和一般石头不一样，在布满泥沙的表面，均透出层层绿意。

陈明举起一块大石头，使劲一砸，顿时把其中一块砸成两半，我们扒开一看，只见这石头致密坚硬，透出碧绿的颜色。"这也是玉石，不过不值钱，大概是蛇纹石。祁连山真是处处有宝啊！"陈步云叹道。

当天，我们走得很慢，到天黑时才到了酒泉水泥厂边的一个村子，于是我们就找了家人家住了下来，吃晚饭时，我们不经意地把那已经裂成两半的石头放在这户人家的桌上。

"这是什么？"这户人家的男主人问道。

"玉石。"我回答道。

"玉石？很值钱吧，你们从哪里弄到的？"男主人问道。

"就在你们门前的这条河谷内找到的，"我回答道，"这里面的石头，大部分是玉石。"

第二天，我们一觉醒来，再也找不到这户人家的任何人，村子里也静悄悄的，只是院子里有一大堆石头。我们大为疑惑，到了红水河边一看，惊呆了：只见河谷内全是黑压压的人群，男女老幼齐上阵，整个村子的人全都在捡石头。

大约五年后，我再去酒泉时，当地人拼命给我介绍，说在酒泉城南有个"奇石村"，如果要买玉石，或者奇石的话，可以去看看。当时我笑着一句话也没说。

至于我们捡到的和田玉卖了多少钱，现在我还打算保留这个秘密。不过，我可以透露：这绝对是个大数目。

顺便还要再说一句，在我回北京的火车上，无意之中看到了一张报纸，上面写着"中美首脑即将举行会晤"，里面说的是，中美首脑几个月之后，即将举行会晤，商谈两国所关心的国际问题云云。看到这个新闻，我悄悄地笑了："莫德生，你再一次成功了！"